Le siècle des Lumières éteintes

ŒUVRES DE JEAN DUTOURD

Aux Éditions Plon

Romans : *un volume de 1 500 pages*
Essais et autobiographie : *un volume de 1 100 pages*
Journal des années de peste
À la recherche du français perdu
Jeannot, mémoires d'un enfant

Aux Éditions Flammarion

Trilogie française, romans
Pluche ou l'amour de l'art, roman
Mémoires de Mary Watson, roman
Le Feld-Maréchal von Bonaparte, essai
Le Septième Jour, récits des temps bibliques
Domaine public, critique littéraire

Jean Dutourd
de l'Académie française

Le siècle des Lumières éteintes

PLON

ISBN : 2-259-19499-0

Exégèse du cocotier

Il n'est pas sans charme d'être congédié en dix minutes d'un journal dans lequel on a écrit pendant trente-six ans. J'ai toujours rêvé d'une tribulation de ce genre, qui me paraissait le comble du chic dans une biographie, mais je ne voyais pas bien comment *France-Soir* pourrait m'en gratifier. En quoi j'étais myope car c'était très prévisible. Cette pauvre feuille qui avait connu un succès extraordinaire au temps où Pierre Lazareff la dirigeait, au point d'être un des plus grands et des plus puissants quotidiens d'Europe, déclina d'année en année après la mort de son fondateur. Elle fut rachetée par l'un, par l'autre, et finit, je ne sais comment, par appartenir au *Figaro*, c'est-à-dire à M. Hersant, ce qui me rassura un moment sur son avenir. Mais M. Hersant mourut, et *Le Figaro* se trouva fort embarrassé de posséder *France-Soir*. Il y mit trois ou quatre directeurs successivement. Le dernier en date s'appelait, si je me souviens bien, M. Moreau. Quoique nous ne nous fussions jamais rencontrés, je devinai bientôt que j'étais très antipathique à cet homme-là. Non pas à cause de mes idées (d'ailleurs ai-je des idées ? Plutôt des sentiments), mais par ce qui rend certaines personnes difficiles à supporter : leur tournure d'esprit, leur façon de parler (ou d'écrire), le regard qu'elles portent sur les grands et les petits événements, toutes choses qu'on pourrait grouper sous la rubrique « questions de peau ». Ma peau, cela est certain, hérissait la peau de M. Moreau. Il était aussi réfractaire à mes gaietés qu'on peut l'être. Celles-ci, non seulement ne l'amusaient pas, mais encore le mettaient de mauvaise humeur.

Il me le montra de façon tangible après quelques mois. Ma chronique paraissait en première page dans un « encadré » depuis bientôt vingt ans. Un jour, elle fut reléguée à la page 8 ou 10 du journal.

M. Moreau prit la peine de me téléphoner la veille pour m'en informer, ajoutant que je n'aurais qu'à me louer de cette nouveauté. La chronique serait imprimée sur un bien plus grand espace, avec des titres en gros caractères et des photographies l'illustrant subtilement.

Je n'étais pas si novice que je ne comprisse que ce n'était pas là un honneur mais plutôt une disgrâce et le commencement de mon déclin. Ou, si l'on préfère, les premières secousses données au cocotier pour m'en faire tomber. Devant ces sortes d'entreprises, je suis envahi d'une étrange passivité. L'idée de jouer à la petite guerre avec M. Moreau m'ennuyait incommensurablement. En fait, ce qui me plaisait, c'était l'obligation d'écrire mon billet tous les samedis ; qu'il parût en première page ou ailleurs m'était assez égal, puisque, un jour, il figurerait dans un recueil et que je me flattais qu'on lirait encore mes bavardages longtemps après qu'on aurait oublié l'actualité qui les avait nourris.

D'après divers témoignages, la vente de *France-Soir* montait sensiblement le samedi. Les gens qui m'aimaient prétendaient que les lecteurs n'achetaient que le numéro de ce jour-là, par curiosité pour les plaisanteries que m'aurait inspirées la conjoncture. Il paraît qu'en ne voyant plus mon nom sur la première page et n'ayant pas la patience de le chercher ailleurs, ils cessèrent de donner leur obole, et le samedi, qui était un beau jour pour la comptabilité, descendit au niveau piteux du reste de la semaine.

Le Figaro, considérant que *France-Soir* était un boulet décidément trop lourd à traîner, vu qu'il fallait chaque mois combler son déficit, se résigna à vendre ce titre jadis si illustre. Il le céda pour un franc à un Levantin qui pensait sans doute que posséder un journal est un brevet de parisianisme. Ce Levantin que je ne rencontrai jamais avait un nom si difficile à prononcer et si insolite à écrire, que je ne parvins pas à me le mettre dans la tête. Quant au directeur qu'il nomma, je ne sus même pas comment il s'appelait ; toutefois je sentis en une semaine qu'il réussirait le tour de force de me faire regretter M. Moreau.

Un détail encore me montra que mon temps tirait à sa fin : il y avait à *France-Soir* une chroniqueuse prénommée Arlette dont la fonction était de rendre compte des nouveautés littéraires. Nous étions, elle et moi, amis depuis longtemps, voire un peu complices, comme on l'est entre journalistes. Elle avait été victime d'un accident d'auto quelques années auparavant et je m'étais inquiété de sa convalescence, des douleurs qui lui étaient restées, de son moral. Elle en avait été touchée car, comme il arrive généralement dans ces cas-là, le reste du monde l'avait abandonnée. Chaque fois que je publiais un roman ou un essai, j'étais sûr que ma bonne Arlette y consacrerait la moitié ou les deux tiers de sa rubrique et que j'y aurais ma ration de compliments. Soudain, plus un mot. Arlette, non seulement avait oublié que j'étais écrivain, mais encore que j'étais son collègue et que nous avions quelques années d'amitié derrière nous.

La seule personne qui me resta inébranlablement fidèle, et qui même, si j'ose dire, s'enrôla sous ma bannière, fut, comme à l'accoutumée, quelqu'un qui n'était en mesure d'exercer aucune action en ma faveur, mais seulement de me donner gratuitement son affection, à savoir Évelyne, sténo de presse du journal, et qui, à part moi, exécrait tout le monde, du rédacteur en chef, du patron jusqu'au dernier des grouillots. Elle les trouvait tous, globalement, d'une insupportable arrogance et d'un snobisme politique bouffon. En effet, ces gens-là étaient avec ostentation « de gauche », non peut-être par conviction mais parce que, depuis quelques années, il est de meilleur ton d'être de gauche ou du moins de le paraître que d'être de droite. Mes rapports familiers avec Évelyne sont à l'image de ma vie sociale et professionnelle. J'ai toujours été aimé de ce qu'on appelle le « petit personnel » mais peu goûté en revanche par les autorités, les chefs en tout genre, les puissants qui auraient pu, éventuellement, m'être utiles.

Si je m'étais appliqué à lire *France-Soir* page après page, il ne m'aurait pas échappé que mon tour d'esprit et ce que j'oserai appeler « mon style » étaient aussi différents qu'il se peut du reste du journal. Pour reprendre une image chère à Stendhal, ma chronique, le samedi, faisait l'effet « d'un coup de pistolet au milieu d'un concert ». Mais je ne regardais que mon propre texte, pour le plaisir et pour constater que nulle coquille ne le défigurait. En quoi je n'avais pas à me plaindre, car les correcteurs, en dépit des vicissitudes et des renouvellements, étaient restés grosso modo les mêmes que jadis.

Si j'avais lu notre journal, dis-je, je n'aurais pas tardé à m'apercevoir que j'étais incompatible avec ses opinions, ses marottes, son genre et jusqu'au langage dans lequel il était rédigé. Du reste, le Levantin, ou son directeur, avait embauché un éditorialiste quotidien dont il me parut, après avoir parcouru deux ou trois de ses billets, qu'il était chargé de fournir l'antidote au poison que je distillais chaque samedi, c'est-à-dire de rappeler « la ligne » de la publication, qui était celle, à peu de chose près, de la majorité de la presse parisienne. Ce mimétisme ne pouvait, à mon avis, que conduire au désastre. Il n'y avait en effet aucune raison pour que les lecteurs achetassent ce journal nouveau venu ou ce vieux journal maquillé en jeune organe d'opinion, plutôt que ceux qui existaient déjà. Si l'on voulait que *France-Soir* eût un regain de prospérité, il fallait qu'il proclamât sans vergogne des idées conservatrices, qu'il se donnât bravement pour le journal de la droite bienséante mais résolue que désirait au moins la moitié du public, excédé de ne voir partout que des idées et de la propagande socialistes.

Contrairement au préjugé, il est rare que les gens sacrifient leurs passions à leurs intérêts. Seuls les hommes très supérieurs, les Talleyrand, ont la force d'âme que cela suppose. *France-Soir* n'était pas, hélas ! confectionné par Talleyrand, mais par des étourneaux qui étaient en proie à la plus despotique des passions : le snobisme, et qui étaient émerveillés de disposer de toutes les pages d'un quotidien pour montrer au monde qu'ils étaient à la dernière mode de la politique et de la morale. De temps à autre, je me plaisais à imaginer, non sans un ricanement de contentement, la façon dont ils devaient m'accommoder lorsqu'il leur arrivait de parler de moi entre eux, quels qualificatifs de fossile, d'homme des cavernes, de dinosaure, de gâteux ils me donnaient, ces bonnes gens pour qui le bonheur suprême eût été d'être les employés de M. Jean Daniel ou de M. Serge July, les deux maréchaux de la presse.

Avant que *France-Soir* ne quittât son siège fameux de la rue Réaumur, j'allais de temps à autre faire un tour à la rédaction. Assez rarement, à vrai dire, car je professais un excellent principe, à savoir qu'il faut se montrer aux collègues le moins possible. De la sorte les caractères ont peu d'occasions de se heurter et l'on n'est embrigadé dans aucune coterie. Ce rôle m'était d'autant plus facile à tenir que, jusqu'à la fin de ma collaboration, je pratiquai le vieux système des chroniqueurs ; c'est-à-dire que je glissais ma copie sous le paillasson de ma porte et qu'un cycliste du journal venait la prendre dans la nuit. Cette coutume, comme tout ce qui est traditionnel ou artisanal, était très commode. Heureuse aussi : ce cycliste qui pédalait dans Paris, emportant ma pensée dans sa sacoche, était une espèce de lien charnel entre moi et le journal. Il me plaisait de savoir que rien au monde ne l'empêcherait de passer à telle ou telle heure, et que, quoi qu'il pût survenir, il faudrait que mon article fût rédigé et l'attendît.

Quand *France-Soir* déménagea à Bercy puis à Aubervilliers, je cessai complètement d'y aller. C'est alors que mon système, qui m'avait si bien réussi jusque-là, révéla sa faiblesse. Il ne restait plus grand monde à la rédaction qui m'eût connu. Les divers propriétaires et directeurs de la publication avaient, d'un rachat à l'autre, renouvelé le personnel. Moi et une demi-douzaine de vétérans, tels qu'Arlette, Évelyne et le dessinateur Trez, nous faisions en quelque sorte partie du matériel ou du mobilier de l'entreprise. Moi surtout, qu'on ne voyait jamais, qu'on se repassait d'acquéreur en acquéreur, comme une espèce de tradition ou de servitude. Je n'étais pas le grand absent que je croyais mais une survivance, un vestige, presque une abstraction, ma foi ; et une abstraction qui, sauf aux lecteurs, déplaisait à tous. Pour me pousser dehors, il ne fallait qu'une chiquenaude : *France-Soir* m'évacuerait comme on eût reconduit dans la rue un vieillard fourvoyé dans une surprise-partie d'adolescents.

À lire mes dernières chroniques parues, on conçoit que j'aie été licencié. Vu ce qu'était devenu le journal, elles étaient scandaleuses. La dernière en date, qui provoqua mon renvoi, et que j'avais intitulée « La trahison des clercs », n'était pas la plus effrayante mais elle venait après dix, vingt, cent autres du même ton et elle était, comme on dit, « la goutte d'eau qui fait déborder le vase ». On était au mois de juillet 1999 et j'avais pris huit jours de vacances au bord de la mer, plutôt par routine que par besoin de repos. Le malheureux chargé de m'apprendre par téléphone que l'on me mettait dehors avait été minutieusement choisi, c'était un briscard du *France-Soir* de jadis, M. Nardonnet, qui était devenu l'un des rédacteurs en chef, c'est-à-dire l'un des généraux de cette espèce d'armée mexicaine. Le pauvre garçon se serait volontiers passé de la corvée ; il m'aimait bien, je crois, et ne sachant comment s'y prendre pour me faire avaler la pilule, il me confia qu'il était lui-même sur le point de s'en aller du journal, afin de prendre sa retraite, et qu'il en était bien content.

Il y avait d'autant moins de pilule à m'administrer que je n'attendais moi-même qu'une occasion pour m'envoler de *France-Soir*, à quoi il était devenu presque déshonorant de collaborer. Je n'y restais que parce que j'y avais d'anciennes habitudes, que j'y disposais d'une tribune quasiment inamovible, que le public, s'il me cherchait, savait qu'on me trouvait toujours là. Je me disais que j'étais le locataire d'une vieille maison délabrée, toute sale, enlaidie par les siècles, menaçant ruine, mais dans laquelle on a vécu si longtemps qu'on n'a pas le courage de l'abandonner. J'éclatai de rire à la révélation de M. Nardonnet : si le Levantin et son directeur avaient seulement patienté encore un peu, c'est moi qui aurais eu l'embarras de leur donner ma démission. Ainsi n'eussent-ils pas eu le déplaisir de lire le petit récit de mes malheurs, que je composai plutôt par dépit de la façon cavalière dont on en avait usé à mon égard que par douleur, et que je donnai au *Monde*, lequel ne fut pas mécontent, je pense, de faire à l'un de ses confrères la malice de l'imprimer. La revue *Valeurs actuelles* me demanda l'autorisation de publier la chronique refusée. Tout cela, finalement, fut assez amusant et, à ce qu'il semble, plutôt bénéfique : je me mis à écrire un livre, dès le mois d'août, qui m'occupa pendant une demi-année et me détacha curieusement du journalisme, chose qui m'eût semblé impossible un trimestre plus tôt. Ayant tendance à voir la main de la Providence dans les moindres événements de ma vie, je ne pus m'empêcher de penser que ma mise à la porte de *France-Soir* avait été le moyen dont elle s'était servie non seulement pour me ramener à ma vocation la plus profonde, mais encore pour m'éloigner des querelles de la vie publique, auxquelles j'étais forcément mêlé et qui me dessinaient une figure caricaturale. Il est probable que je porterai longtemps encore le masque de polémiste, de pessimiste, de vieux réac, de ronchon sempiternel, car il faut être mort, et même attendre une trentaine d'années après avoir été enterré, pour que le monde daigne enfin vous voir dans votre vérité. Ce qui, malgré tout, tendrait à montrer que je ne suis pas tout à fait un journaliste, autrement dit un homme de l'instant, c'est que je ne suis pas pressé.

Un mot, pour finir, à propos du titre que j'ai donné au présent ouvrage. Tout le monde a évidemment compris ce qu'il signifie. Le XVIIIe siècle était, selon l'expression consacrée, le « siècle des Lumières ». Le XXe, aujourd'hui écoulé, est celui au cours duquel ces belles lumières, qui éclairaient l'entendement humain depuis l'Antiquité et qui n'avaient jamais été aussi brillantes qu'au temps de Louis XV, sont devenues bien clignotantes, quand elles n'ont pas complètement disparu.

Ayant pendant des dizaines d'années contemplé le monde afin de le décrire ou plutôt de le crayonner dans les journaux, j'ai pu constater l'extinction progressive de ces feux, ainsi que l'influence obscurantiste de la science et des techniques. Tout au long de son existence, l'humanité s'était principalement occupée de son esprit et de son âme. D'où la place que tenaient les lettres, les arts et la religion, instruments majeurs de la connaissance spirituelle. Soudain, au XXe siècle, l'humanité, pour la première fois de son existence, ne s'est plus intéressée qu'au corps, à sa commodité, à son bien-être, à la puissance ou à la vitesse que les objets ou les savoirs nouveaux pouvaient lui donner. Il s'en est suivi une curieuse retombée en enfance. Le monde, en un demi-siècle, s'est rempli de jouets. L'humanité infantile du IIIe millénaire a les insuffisances et les vices des enfants : crédulité, amoralité, lâcheté, ignorance, goût de la violence, esprit grégaire, etc.

À la fin du siècle des Lumières, l'Europe parlait français, sachant ou sentant que cette langue était la plus apte à explorer l'inconnu. À la fin du siècle des Lumières éteintes, l'Europe jargonne un sabir américanoïde incapable (et d'ailleurs ne l'ambitionnant pas) d'exprimer autre chose que des besoins élémentaires et des idées convenues.

1992

L'affaire Touvier

Quand on félicite quelqu'un d'avoir pris « une initiative courageuse et originale », il est à peu près certain que c'est une idiotie et que le type en question aurait mieux fait de se tenir tranquille. Il me semble que tel est le cas du cardinal Decourtray. M. René Rémond l'admire d'avoir « pris le risque » d'ouvrir les archives de l'archevêché de Lyon concernant l'affaire Touvier « sans savoir ce qu'elles contenaient ». Oserai-je dire que je l'admire un peu moins ? Je trouve même qu'il a agi avec légèreté.

Que pouvaient en effet raconter ces archives, sinon donner des précisions malheureuses sur des événements dont personne n'ignorait rien, à savoir que Touvier, depuis 1944, avait été recueilli et caché par divers ecclésiastiques ? Je crois volontiers que Mgr Decourtray est une âme pure et un honnête homme, mais ces vertus ne suffisent pas à un cardinal – primat des Gaules ; il faut aussi un peu de prudence, un peu de diplomatie, une certaine hauteur de vues. Un cardinal n'est pas un simple prêtre ; c'est, à sa manière, un homme d'État, responsable de cette grande nation qu'est l'Église. Tout ce que l'initiative courageuse et originale de Mgr Decourtray aura produit, c'est de faire croire au public que l'église française dans sa totalité a protégé pendant quarante ans et plus un vieux collabo.

Et d'ailleurs, l'eût-elle protégé au lieu que ce soit le fait de quelques moines, où serait le mal ? Le devoir de l'Église est d'accueillir ceux qui lui demandent asile. Il n'y a pas de pécheur si noir qu'elle n'ait la mission de lui ouvrir les bras. Entre 1940 et 1944, bien des curés ont abrité des résistants poursuivis par la police allemande. Leur reproche-t-on de ne pas les avoir remis à la Gestapo ? Le cas de Touvier, quoique inverse, est le même. Les ecclésiastiques qui l'ont aidé n'ont pas obéi à un autre impératif que les curés de l'Occupation : l'impératif de la charité chrétienne, qui consiste à secourir celui qui demande du secours, quoi qu'il ait fait.

Afin que quelques lecteurs résistantialistes ne m'écrivent pas que je suis un vieux Vichyssois, je me permettrai de dire que j'ai fort à me plaindre de la Milice de Lyon, c'est-à-dire celle-là même de Touvier, et que, s'il n'eût tenu qu'à elle, j'aurais été très gentiment fusillé. La perte n'eût pas été grande, peut-être, mais elle m'aurait personnellement chagriné.

(11 janvier)

Le monstre de Frankenstein

Il y a un côté Frankenstein dans le parti socialiste. Comme le célèbre docteur, il a créé un monstre qui lui a échappé et qui parcourt les campagnes (électorales) en dévorant une quantité d'électeurs. Ce monstre s'appelle Jean-Marie Le Pen. Les cris d'horreur du Frankenstein socialiste devant l'abominable créature qu'il a façonnée de ses mains sont un spectacle vraiment comique. Je ne sais si l'Histoire retiendra grand-chose de ce qui s'est passé en France depuis la mort de De Gaulle, mais il serait dommage que l'oubli recouvrît complètement cette grande farce.

C'est une grande farce, en effet, ou un croustillant paradoxe politique, que le parti socialiste, en dix ans, soit parvenu à tuer le parti communiste qui fut son allié dans la conquête du pouvoir, et à tirer le Front national du néant. La fameuse « Union de la gauche » avec laquelle on a tant électrisé jadis le bon peuple n'a eu pour résultat tangible que de faire apparaître dans la politique française un parti qualifié « d'extrême droite », ce qui ne s'était pas vu depuis un demi-siècle.

Le plus farce dans cette affaire est peut-être l'attitude de la vieille droite traditionnelle (qui n'a rien d'extrême). Elle est tellement snobée par la gauche, si éperdument désireuse de lui ressembler, si persuadée qu'il n'est de chic, d'allure, de culture, d'intelligence qu'à gauche, qu'au lieu de rire des tribulations de Frankenstein avec son œuvre, et de rester en dehors de ce psychodrame qui ne la regarde pas, elle affecte, depuis des années, de se voiler la face devant le monstre, de s'offusquer de ses calembours (car il en fait sans arrêt), de rivaliser avec la gauche d'invectives contre lui. Il semble qu'elle soit un peu moins godiche ces temps-ci, et qu'elle n'ait pas trop envie de s'associer aux manifestations organisées par M. Fabius.

Je n'ai pas lu depuis ma jeunesse le *Frankenstein* de Marie Shelley, mais j'ai revu, il n'y a pas longtemps, le film qui en a été tiré, où Boris Karloff joue le rôle du monstre. Le Dr Frankenstein, après l'avoir fabriqué avec des membres et des organes humains, l'anime en lui faisant passer un courant électrique dans le corps. Le courant électrique avec lequel le Frankenstein socialiste a animé M. Le Pen est le scrutin proportionnel. D'après ce qu'on dit, il aurait l'intention, aux prochaines élections, de lui en reflanquer une bonne décharge.

Il y a quand même une différence entre le parti socialiste et le Dr Frankenstein, c'est que celui-ci ne se cachait pas d'être le père du monstre, et se repentait tragiquement d'avoir été farfouiller du côté de la biologie, tandis que le P.S. pousse des cris d'orfraie et organise les battues comme s'il n'était responsable de rien du tout. Cela doit tenir à ce que le Dr Frankenstein ne faisait pas de politique et ne préparait pas d'élections.

(25 janvier)

Le gouvernement-morpion

Au moindre semblant de désaveu, le général de Gaulle donnait sa démission ou tout au moins la brandissait. Il était impossible de trouver un homme tenant moins au pouvoir que lui, qui l'exerçait si bien. Il était, à tout instant, prêt à l'abandonner, à se retirer à Colombey. D'ailleurs il a fini par le faire, alors que nul ne le voulait.

De Gaulle était à l'égard de la France comme un amoureux. Il lui demandait à chaque instant : « Est-ce que tu m'aimes ? » Pendant dix ans, elle a répondu « oui ». La onzième année, elle a eu un mouvement d'humeur et a répondu non. Ce « non » a considérablement vexé le Général, qui a aussitôt plaqué l'inconstante. Tout le monde en a été désolé, à commencer par l'inconstante elle-même, qui n'avait parlé que par agacement.

Nous sommes si loin de ces temps cornéliens que nous les imaginons à peine. La France a beau crier au gouvernement actuel qu'elle en a par-dessus la tête de lui, qu'elle est écœurée de ses histoires d'argent, de son impuissance, de ses reniements, de ses gaspillages, de ses échecs, de ses palinodies et même de son jargon moralisant, il fait la sourde oreille. Il est là, on l'a régulièrement élu, il restera jusqu'à la fin de son mandat, et tâchera même de se perpétuer.

Au temps de Cromwell, on appelait la Chambre des communes « le parlement-croupion » parce que le Lord-protecteur l'avait amputé des deux tiers de ses membres. Il me semble que nous pourrions, nous autres, parler du gouvernement-morpion, qui est accroché à nous par toutes les pinces dont l'a doté la Constitution de la Ve République. Nous nous grattons jusqu'au sang, mais rien n'y fait, les bestioles ne bougent pas. Elles sont là par la volonté du peuple et ne s'en iront que par la force du suffrage universel (tempéré par la proportionnelle).

Au fond, le Général n'avait pas tort : la Constitution de la Ve République est fondée sur l'amour. Quand il n'y a plus d'amour, le divorce s'impose. Mais il était le seul à le savoir, apparemment.

(1er février)

La grande pitié

À l'église Saint-Sulpice on a démonté et caché les panneaux sculptés des confessionnaux pour éviter qu'ils ne soient volés. Si l'on entre par les portes latérales, on est obligé de tirer sur un bout de ficelle, car les poignées ont disparu. Quelqu'un a dû penser qu'elles pourraient rapporter un peu d'argent en les vendant à un brocanteur. Or, Saint-Sulpice, quoi qu'en dise le poète Raoul Ponchon, est un des plus beaux sanctuaires de Paris. C'est un chef-d'œuvre d'architecture. L'intérieur est plein de statues du XVIIIe siècle, dignes des basiliques romaines. Heureusement qu'elles sont en pierre, sans quoi les pillards les auraient déménagées depuis longtemps. Il y a également des fresques de Delacroix qui, Dieu merci, sont impossibles à détacher des murs.

À part cela, les larcins ne se comptent plus : chandeliers de bronze doré ou d'argent, nappes d'autel, chasubles, patènes, ciboires, calices, crucifix, qui trouvent facilement des amateurs parmi les athées du XXe siècle. Certes l'Église de France est « archipauvre », comme dit Mgr Decourtray, mais elle arrive quand même à faire prospérer quelques petits métiers non ecclésiastiques. En effet, le cas de Saint-Sulpice n'est pas unique. Toutes ou presque toutes les églises de notre pays ont été cambriolées, et il est probable que ce que le butin a rapporté aux coquins aurait été suffisant pour faire vivre décemment les pauvres prêtres pendant des années, consolider bien des clochers, refaire bien des toitures.

C'est la République qui, en 1905, a ruiné l'Église de France, avec la loi de séparation. Jusque-là, l'Église vivait sur le Concordat, c'est-à-dire que les curés étaient payés par l'État, comme des fonctionnaires. Il y avait même une espèce d'équivalence entre les grades civils et les dignités ecclésiastiques. Par exemple, les appointements d'un évêque étaient, je crois bien, les mêmes que ceux d'un préfet. La loi de séparation, c'est-à-dire l'abolition du vieux Concordat, a, du jour au lendemain, privé de salaire, c'est-à-dire de pain, des milliers de braves gens. Longtemps, les fidèles, en versant le denier du culte, ont aidé leurs prêtres à vivre. Mais à mesure que le temps a passé, il y a eu de moins en moins de fidèles et de moins en moins généreux.

Les premiers des pauvres sont les prêtres. Nul ne le sait car ils ne le disent pas. Ils n'ont pas d'indemnités de chômage, pas d'avantages sociaux, pas de retraite, rien. Voilà de grandes misères muettes qu'il faudrait secourir avant beaucoup d'autres. Les prêtres sont les médecins des âmes. Ils en sauvent quelquefois. Mais l'âme ne se voit pas, et la société ne subventionne que ce qu'elle voit.

Une des parties de l'Église de France a néanmoins échappé à la pauvreté : c'est l'Église d'Alsace et de Lorraine, qui n'était pas française en 1905, puisque ces deux provinces avaient été annexées à l'Empire d'Allemagne après la guerre de 1870. Bismarck n'avait pas dénoncé le Concordat ; la République, après la reconquête en 1918, n'a pas osé le faire comme pour le reste du territoire. Si j'étais curé, je ne pourrais m'empêcher de penser quelquefois : « Tout le monde n'a pas la chance d'être allemand ! »

(15 février)

Croâ croâ !

Ce qui m'étonne dans le refus de M. Charasse d'entrer dans l'église de Petit-Couronne pour assister à la messe d'enterrement de Bernard Guillier, garde-côtes tué en service, c'est que ce soit le fait d'un homme politique, d'un ministre. Ces sortes de gens, ai-je remarqué, se prennent tous pour Machiavel, c'est-à-dire qu'ils n'hésitent pas à serrer la main ou à presser sur leur cœur leurs pires ennemis pour peu que ceux-ci puissent leur être utiles ou (dans les cas grandioses) pour obéir à la Raison d'État.

Or, il y avait une petite Raison d'État dans le fait d'assister aux obsèques religieuses de M. Guillier. Personne n'aurait pensé que M. Charasse, farouche libre-penseur et anticlérical comme on l'était à la Belle Époque quand on criait « Croâ croâ » en croisant un curé dans la rue, s'était soudain converti. Sa présence devant un prie-Dieu aurait été prise exactement pour ce qu'elle eût été, à savoir un acte de respect ou de gratitude à l'égard du défunt, et tout le monde l'aurait appréciée. En tout cas le pauvre homme n'aurait pas eu droit aux moqueries unanimes qu'il a récoltées.

D'autant plus, ai-je lu dans les gazettes, lesquelles se sont fait un plaisir de le révéler, que M. Charasse est déjà entré dans une église, à l'occasion de la mort de M. Pelat, et qu'il a très sagement suivi l'office, se levant et se rasseyant selon le rite, prenant une tête de circonstance, et maniant le goupillon. Il est vrai que M. Pelat était un ami du président de la République, et que celui-ci était là. Si M. Mitterrand était venu à l'enterrement de M. Guillier, peut-être M. Charasse aurait-il surmonté ses répugnances.

En 1992, refuser d'entrer dans une église est une bêtise. Cela fait sectaire, intolérant, étroit d'esprit, toutes choses que les électeurs n'aiment pas, y compris les électeurs athées. Je me demande si quelqu'un de plus haut placé au gouvernement que M. Charasse lui sonnera les cloches, si j'ose dire, et le traitera de gaffeur. Normalement, c'est à Mme Cresson, Premier ministre, qu'il revient de procéder à cette gronderie. Elle trouverait les mots qu'il faut.

(22 février)

Le côté « ludique »

Il y a une grande différence entre mai 68 et février 92 : c'est la saison. En février, il fait un froid de chien ; en mai, il fait beau, le jour tombe tard, la nuit est douce. C'est le temps idéal pour une révolte (ou une révolution). En effet, pour qu'une émeute soit réussie, il faut qu'elle ait un côté « ludique », comme on dit dans le jargon actuel, c'est-à-dire que ce soit une sorte de fête. Mai 68 était une fête, le 14 juillet 1789 était une fête. S'il y a des morts, la fête n'en est que plus belle : les survivants sont convaincus d'avoir été des héros.

Il suit de ces considérations que lorsque le gouvernement veut faire une bêtise ou une mauvaise action, il vaut mieux qu'il la fasse en hiver qu'en été. C'est là que M. Jospin, selon moi, a été plus sage que le roi Charles X, qui promulgua ses lois sur la presse, dites scélérates, en juillet 1830. Avoir choisi le mois de février pour annoncer ses réformes scolaires et universitaires était une excellente idée, et les choses devaient se dérouler sans heurt. Naturellement, tout le monde aurait été mécontent, mais qui n'est pas mécontent en France depuis un ou deux siècles ?

M. Jospin a été plus sage que Charles X, dis-je, mais il n'a pas eu de chance : il ne pleut pas. Avec du froid et de la pluie, il aurait été tout à fait tranquille. Les étudiants auraient confabulé entre eux, ils auraient occupé leurs amphithéâtres, ils se seraient longuement indignés, mais cela n'aurait pas été jusque dans la rue. Or tout ce qui n'aboutit pas dans la rue est sans importance. Spécialement de nos jours, où l'Assemblée nationale n'est qu'une annexe du pouvoir exécutif.

Une chose devrait inquiéter le gouvernement : lors de la seconde manifestation universitaire, mardi dernier, on a relevé la présence, en queue de cortège, de ce qu'on appelle des « casseurs ». D'après ce que j'ai lu dans les gazettes, ils étaient une centaine. Les casseurs sont essentiels dans les coups de chien. Je dirai même que, sans casseurs, il n'y aurait jamais de révolution, car les simples mécontents sont de braves gens pacifiques, qui croient naïvement qu'il suffit de proclamer son bon droit pour que le reste du monde le reconnaisse. Les casseurs, eux, ne sont là que pour casser, c'est-a-dire pour s'amuser. Ce qui nous ramène au côté ludique mentionné ci-dessus.

J'ai été étonné de ne pas voir M. Jack Lang en tête des manifestants. Lui qui se proclame « ministre de la jeunesse », c'était pourtant bien là sa place. Se pourrait-il que la solidarité ministérielle l'ait emporté sur la solidarité de génération ?

(29 février)

Gaspillage

Je trouve qu'il y a du gaspillage à donner, comme le fait M. Lang, l'ordre des Arts et Lettres aux Américains qui viennent villégiaturer à Paris. S'il était vraiment un bon serviteur de l'État, comme il se pique de l'être, il devrait le leur vendre. Pas très cher, naturellement, parce que, il faut bien le dire, l'ordre des Arts et Lettres n'est pas une marchandise de premier choix. Cela ne vaut pas le Mérite, encore moins la Légion d'honneur. Mais enfin cela fait son petit effet, et il peut y avoir des amateurs étrangers.

Un autre avantage de ce système serait que les nouveaux décorés tiendraient à leur médaille. En effet, on a toujours tendance à attacher plus de valeur à ce qu'on a payé de son bon argent, qu'à ce qui vous a été offert gratis, à l'instar d'un objet publicitaire. J'imagine mal M. Warren Beatty ou M. Stallone arborant leur rosette des Arts et

Lettres à la boutonnière quand ils seront retournés à Hollywood. Leurs confrères se ficheraient d'eux. Tandis que s'ils l'avaient achetée, cela passerait pour un souvenir de voyage, une curiosité exotique acquise au cours d'une escale, du même genre que les colliers de fleurs d'Honolulu.

Et pourquoi M. Lang ne décore-t-il que des Américains ? Il y a là une discrimination quasiment injurieuse. Pourquoi néglige-t-il les Norvégiens, les Luxembourgeois, les Finlandais, les Albanais, les naturels du Liechtenstein, etc. ? Ils ont bien autant droit que les autres à des rubans, des rosettes et des cravates. En outre, je crois qu'ils seraient très contents, eux, fiers même, peut-être, que la France leur ait conféré un de ses ordres.

Aux États-Unis, les journalistes ne manquent pas d'humour. Je serais bien étonné si une chronique piquante ne paraissait pas sous peu dans le *New York Times* ou le *Herald*. Thème : « Attention, chers compatriotes ; si vous allez à Paris, ne vous approchez surtout pas des jardins du Palais-Royal. Un énergumène y est embusqué et se jettera sur vous pour vous accrocher de force une médaille sur la poitrine. Après quoi, vous serez bien ennuyé, parce qu'il faudra remercier votre bourreau en français, et porter son truc sur le veston. Bref, si le malheur veut que vous soyez contraints d'aller en Europe, évitez la France, ce sera prudent. En Angleterre, en Allemagne, en Italie, en Russie, vous ne risquez rien. »

(7 mars)

Raisons d'espérer

Toutes les gazettes, y compris celles de gauche, prédisent, pour les prochaines élections régionales, une mémorable piquette des socialistes. Les cantonales, à ce qu'il paraît, ne s'annoncent pas mieux. Le verbe « basculer » fleurit dans la presse. Une quantité de cantons s'apprêtent à « basculer » de la gauche vers la droite.

Il me semble que, si j'étais socialiste, ces mauvaises nouvelles me remonteraient le moral. Je me dirais que de si affreuses perspectives sont peut-être exagérées et qu'en tout cas, puisqu'on s'attend au pire, on ne pourra avoir qu'une bonne surprise.

Le charme du suffrage universel est qu'il est imprévisible comme la nature. Qui eût jamais pensé que les socialistes gagneraient les élections législatives de 1988 ? Le gouvernement de M. Chirac avait été plutôt bénéfique. M. Balladur était un grand ministre des

Finances et M. Pasqua un ministre de l'Intérieur à poigne, comme on les aime traditionnellement. En deux ans, la droite avait à peu près rattrapé toutes les bêtises que la gauche avait accumulées pendant un lustre. Les impôts, ô merveille, avaient même un peu baissé. Or qu'est-il advenu ? C'est la gauche qui l'a emporté. Le suffrage universel, comme le chien de l'Écriture, était retourné à son vomissement.

Un autre aspect amusant des élections est la pratique socialiste consistant à changer le mode de scrutin lorsqu'on prévoit une catastrophe. La proportionnelle est la planche de salut des incapables, des nullots, des gens qui pendant toutes les années qu'ils étaient au pouvoir n'ont fait que des stupidités, sans parler de ceux qui se sont mis un peu d'argent dans les poches.

La proportionnelle est l'illustration de la formule si consolante et si humaine : « Il faut bien que tout le monde vive ». Avec la proportionnelle, tout le monde vit ou vivote. Sans elle, combien de charmants et attachants socialistes dont le visage et les habitudes nous sont familiers se trouveraient tout à coup sans emploi et grossiraient le nombre déjà si grand des chômeurs ? Je ne comprends pas que le gouvernement ne se serve pas de cet argument, très propre, selon moi, à toucher la sensibilité actuelle.

Bref, rien n'est perdu pour les socialistes. Et puis, on peut aussi compter un peu sur la droite, qui coupe dans toutes les blagues de la gauche, et qui fera tout ce qu'elle pourra pour saboter son succès.

(14 mars)

La muse de la rue de Grenelle

J'ai beau chercher, je ne vois pas ce que les étudiants reprochent au projet Jospin sur l'enseignement supérieur. D'après les divers fragments que j'en ai lu dans la presse, cela me paraît un très beau texte, poétique, insolite, très hermétique naturellement ainsi qu'il convient à un morceau composé par les aèdes du ministère de l'Éducation nationale. À mon avis, les étudiants se sont mépris sur la portée de ce document, ou plutôt ils ne l'ont pas lu comme il fallait.

Leur erreur vient de ce qu'ils lui ont attribué une signification. Or, il est évident qu'il n'en a pas. C'est une incantation. On n'analyse pas une incantation, on n'essaie pas de mettre un sonnet de Mallarmé à la portée des gamins en traduisant « Tel qu'en lui-même enfin l'éternité le change » par : « Maintenant qu'il est mort, on voit quel type épatant c'était ». Or il me semble que c'est cela que les étudiants ont tenté de faire avec la loi Jospin.

Il était fatal qu'ils se trompassent. Moi qui suis expert en l'art d'écrire, je ne vois pas d'équivalent français à une phrase telle que : « La productivité professionnalisante ne doit pas être analysée dans une perspective mécanique, à finalité univoque, mais comme une relation ouverte et continue avec le champ professionnel, permettant aux étudiants d'approcher une gamme évolutive et diverse d'insertions professionnelles et de leur fournir les bases d'un développement ininterrompu de qualifications par un acquis intellectuel dont l'Université est le support et l'instigatrice ». Il s'agit là de poésie et de rien d'autre. C'est un poète qui a écrit cela, dans un bureau ombreux du 110 de la rue de Grenelle, un poète qui s'est grisé d'images et de mots, qui a voulu exprimer avec son vocabulaire particulier, une sensation intime et peut-être fugace, qui a voulu faire entendre une musique essentiellement moderne.

J'ai vu aussi, dans le texte du projet de loi Jospin, revenir assez souvent le mot « module » qui, selon Littré, a quatre sens : a) terme d'architecture ; b) par extension, tout ce qui sert à mesurer ; c) diamètre d'une médaille ; d) quantité par laquelle il faut multiplier les logarithmes. S'il en était encore besoin, « module », qui n'est là que pour faire joli, prouverait définitivement que le texte jospinien n'est pas autre chose que de la poésie.

Ce que les étudiants devraient faire, selon moi, c'est organiser des manifestations, non certes pour que les projets de loi du ministère de l'Éducation nationale soient rédigés en français, car cela est probablement impossible, mais en latin. Au moins on pourrait se servir du Gaffiot pour savoir ce qu'ils contiennent.

(21 mars)

Une femme qui tombe

Lorsque je suis tenté d'imaginer comment vont tourner les événements, je pense toujours à la formule de Churchill : « La prophétie est un genre difficile, surtout quand elle porte sur l'avenir. » Écrivant cette chronique, je ne sais pas encore si le président de la République changera de Premier ministre, s'il remaniera le gouvernement, s'il le renouvellera de fond en comble, s'il dissoudra l'Assemblée nationale qui ne représente plus le pays, s'il démissionnera lui-même, noblement, à la manière du général de Gaulle, etc.

Je ne suis pas le seul à me faire ainsi des contes de fées. Mes confrères journalistes, depuis lundi, se sont bien amusés à spéculer sur l'éventuelle nomination de M. Delors ou de M. Bérégovoy à Matignon et à pleurer hypocritement sur le sort de Mme Cresson, lequel, selon eux, est très sombre. On a été jusqu'à la comparer à Iphigénie, égorgée pour raison d'État.

Je ne suis pas aussi pessimiste quant à ce qui attend cette héroïne infortunée. Les malheurs du parti socialiste aux régionales et aux cantonales lui ont conféré quelque chose d'intéressant, d'attendrissant, de pathétique qu'elle n'avait pas jusqu'ici. La Cresson triomphante, la favorite du souverain, la hautaine pourfendeuse d'Anglais et de Japonais, était une sorte de Marie-Chantal socialiste. La Cresson meurtrie, honnie par ses propres amis, la victime parée pour le sacrifice, ne saurait laisser indifférents nos cœurs sensibles. En la contemplant, on se récite mentalement les vers célèbres de Victor Hugo :

Oh ! n'insultez jamais une femme qui tombe !
Qui sait sous quels fardeaux la pauvre âme succombe !

En tant que romancier, j'ai depuis longtemps l'habitude de me mettre dans la peau des gens et de me demander ce que je ferais, à leur place, dans une situation donnée. M'étant mis dans la peau de M. Mitterrand et ayant longuement débattu avec moi-même d'une conduite à tenir, je suis arrivé à ceci qu'il ne fallait rien faire du tout, ne serait-ce que parce qu'on fait toujours des bêtises quand on agit sous la pression des circonstances. Bref, si le Président est aussi intelligent que moi (ce qui se pourrait bien, après tout), il ne poignardera pas l'Iphigénie de la rue de Varenne, il la maintiendra dans sa dignité de femme et de chef, il proclamera hautement que « ni elle ni son gouvernement n'ont démérité ». Il pourrait, en revanche, passer sa mauvaise humeur sur M. Marchand. Un ministre de l'Intérieur qui perd des élections comme lui, c'est quand même une chose assez rare.

Quand paraîtra cette chronique, j'aurai peut-être tout faux : M. Jack Lang sera à Matignon, Mme Cresson dans un couvent, M. Lalonde pendu en place de Grève. Si les choses ne tournent pas comme je dis, cela prouvera une fois de plus que Churchill a raison et que la prophétie, décidément, n'est pas un genre facile.

(4 avril)

Hommage à Béré

Personnellement, je n'ai qu'à me louer de M. Bérégovoy : il est le seul ministre des Finances, depuis vingt ans, qui m'ait demandé de venir le voir, à la suite de plusieurs chroniques que j'avais écrites dans *France-Soir*, où j'expliquais que la sauvegarde de la langue française est une affaire strictement politique.

Mon idée était simple : à savoir qu'on n'extirperait le charabia et le franglais que si l'on confiait ce soin à un ministère doté de pouvoirs coercitifs, c'est-à-dire, en l'espèce, le ministère des Finances, habilité à infliger des amendes. Par exemple, si les enseignes en jargon et en américain (ou en pseudo-américain) étaient taxées à cent mille francs par an, elles disparaîtraient toutes en une semaine, et les rues de Paris n'auraient plus l'air d'être des rues de Portland ou de Detroit.

M. Bérégovoy me demanda de lui écrire un « exposé des motifs », ce que je fis. Après quoi je n'entendis plus parler de rien. Je le rencontrai par hasard trois ans après. Il me dit qu'il avait fait part de ma théorie et de mes propositions au conseil des ministres, lequel en avait bien ri et lui avait demandé si j'étais fou. Cette réaction ne m'étonna pas de la part de pareilles gens.

Peut-être est-ce pour me consoler que M. Bérégovoy accepta l'année dernière d'adhérer à l'association « Défense de la langue française », dont je suis président. Cette recrue me donna du lustre auprès de mes ouailles, et me voilà aujourd'hui président du Premier ministre. Oserai-je le prier de se souvenir de notre conversation, qui date du temps de la rue de Rivoli ? Maintenant qu'il est le patron de ses collègues, il pourrait leur reparler de notre langage et des moyens de le protéger sans provoquer leur hilarité.

On m'objectera qu'il a d'autres chats à fouetter que de s'inquiéter si les Français parlent bien ou mal. J'en conviens, mais ce chat-là, qu'on ne fouette jamais, est plus important que tous les autres. Il s'agit de sauver notre identité, c'est-à-dire notre âme. Si un gouvernement socialiste s'attelait à cette tâche insolite, je crois bien que je voterais pour lui aux prochaines élections. Je crains, hélas ! que je n'aurai pas à tenir cet imprudent engagement !

(11 avril)

Cohabitations

Je sais bien qu'en politique M. Mitterrand est beaucoup plus fort que moi. Depuis dix ans, je l'ai vu mainte fois se tirer de situations délicates où, si j'avais été à sa place, je me serais cassé la figure dans les grands prix. Néanmoins, je ne parviens pas à concevoir quel raisonnement particulièrement profond l'a conduit à changer de ministère et à remplacer Mme Cresson, qu'il aimait bien, par M. Bérégovoy, qu'il aime aussi, mais peut-être un peu moins. Avec mon esprit naïf d'homme de lettres, je ne vois que des inconvénients (pour lui) à cette opération.

D'abord cela revient à entériner la formidable tape que le parti socialiste a prise aux cantonales et aux régionales. Peut-être que je me trompe, mais je crois qu'il eût mieux valu, dans cette occurrence, faire mine de rien, déclarer que ces petites élections locales n'avaient rien à voir avec la conduite des affaires nationales, et qu'on n'allait pas tout remettre en question sous prétexte que quelques villages avaient mal voté.

Dans *L'Habit vert* de Flers et Caillavet, il est dit que le candidat idéal à l'Académie française est celui qui n'a rien fait, qui n'est rien par lui-même et qui doit tout à la Compagnie. Dans cette optique, on peut dire que Mme Cresson était une sorte de Premier ministre idéal. M. Mitterrand l'avait installée à Matignon un peu comme l'empereur Caligula avait nommé son cheval ministre. La postérité a même conservé le nom de ce docile animal, qui s'appelait Incitatus. Comme quoi une dignité vous fait aussi bien entrer dans l'Histoire qu'un exploit.

Avec M. Bérégovoy qui est quelqu'un, qui a la bénédiction périodique de M. Pinay, qui a probablement l'ambition terrible des sexagénaires, les choses vont être bien moins agréables pour l'Élysée. D'autant plus qu'ayant une bonne tête et une personnalité sympathique, il est quand même moins joli que Mme Cresson. Et il n'a pas son parler pittoresque. Peut-être est-ce là la raison profonde pour laquelle le président de la République s'est envolé pour la Turquie. Un voyage était ce qu'il lui fallait, sans doute, pour lui changer les idées, lui remonter le moral.

Au fond, le voilà de nouveau dans la cohabitation. En 1986, il cohabitait avec la droite. En 1992, il cohabite avec le parti socialiste, qui m'a l'air animé des plus désagréables sentiments à son égard. Ce serait amusant que Fabius lui fît regretter Chirac et que Bérégovoy lui donnât la nostalgie de Balladur. Pour montrer, peut-être, qu'il n'a rien perdu de son mordant, il a dit d'un des ministres du présent gouvernement : « Il n'est pas prouvé qu'il soit malhonnête. » D'un chef d'État parlant d'un de ses collaborateurs, c'est assez fabuleux, quand on y songe.

(18 avril)

Ne bougeons plus...

M. Lang, ministre de l'Éducation nationale, a décidé de suspendre la réforme universitaire proposée par son prédécesseur, M. Jospin. On comprend bien que « suspendre » signifie torpiller, enterrer, jeter aux oubliettes. De la sorte, les écoliers apaisés rentreront gentiment dans leurs écoles et n'iront plus faire les fous dans la rue. Il faut « épurer l'atmosphère », a déclaré M. Lang, et se garder « de toute précipitation ». Ah ! Que ces paroles sont donc douces à nos oreilles, après onze ans de précipitation et d'atmosphère chargée !

De même, il semble bien que ce que le jargon ministériel a qualifié de « délocalisations », c'est-à-dire le déménagement en province de la manufacture des Gobelins et de l'École nationale d'administration, soit mis au rancart. Je ne me suis pas donné la peine de chercher les autres belles réformes que l'on a annulées, mais il doit y en avoir une bonne demi-douzaine.

La raison de cette subite sagesse est évidemment que le gouvernement n'a que onze mois devant lui ; l'année prochaine, il y aura des élections. On n'espère pas les gagner, mais limiter les dégâts. On se fait petit, on fait le gros dos. On quitte la carmagnole du sans-culotte et l'on endosse la flanelle grise du gestionnaire. Soit dit en passant, je trouve que c'est une attitude idiote. Quant à moi, si j'étais sûr d'être battu, je profiterais de mes derniers moments de pouvoir pour réaliser les choses les plus extrêmes, voire les plus folles de mon programme. Pourquoi se gêner quand on sait que, de toute façon, on est cuit ?

Il y a une jolie leçon constitutionnelle à tirer de l'immobilisme du gouvernement. C'est que pour avoir des ministres à peu près agréables, qui ne nous prennent pas trop d'argent, qui ne cherchent pas systématiquement à nous empoisonner la vie, en un mot, qui nous respectent, il faut avoir des élections législatives, non pas tous les cinq ans, mais tous les six mois. La charmante république que nous aurions là ! Il nous suffirait d'exprimer à mi-voix notre satisfaction pour que les ministres soient au septième ciel et que nous froncions le sourcil pour qu'ils rentrent sous terre. Mais nous avons connu cela, ou quasiment, jadis. Cela s'appelait la Quatrième. Nous ne savions pas quel fardeau horrible est la stabilité.

(2 mai)

L'opposition doit s'opposer

Dans l'affaire du traité de Maëstricht, l'opposition, c'est-à-dire la droite, se montre extraordinairement stupide. Dès qu'on commence à discuter, à concéder, à peser avec bonne volonté le pour et le contre, on est fichu. Or, c'est exactement ce qu'elle fait. Comme toujours, elle veut avoir l'air intelligent, réfléchi, sensible, responsable. Alors elle déclare que Maëstricht, ce n'est pas mal, à part quelques détails fâcheux, bien sûr, que l'intérêt de la France est de signer le traité, qu'il faut regarder les grands enjeux, penser à l'avenir et autres balivernes.

Le rôle de l'opposition, comme son nom l'indique, est de s'opposer. À quoi ? À tout ce que le gouvernement veut réaliser, jusqu'au jour où elle aura le pouvoir et sera en mesure de le réaliser elle-même. Telles sont les règles de la démocratie. M. Mitterrand les connaissait bien, et les appliquait. Pendant vingt-cinq ans, il a tout trouvé mauvais, il a voté impavidement contre ce qui était le plus raisonnable et le plus salutaire, pour l'unique raison que ce n'était pas lui qui le proposait. Cela lui a assez bien réussi, comme on peut constater.

Pour dire automatiquement noir quand l'adversaire dit blanc, et surtout s'il est fondé à dire blanc, il faut de la force d'âme. La droite actuelle n'en a pas. Elle acquiesce à demi ou aux trois quarts, elle se laisse persuader, elle pare ses abandons de préoccupations nobles. Elle veut que tout le monde reconnaisse sa bonne foi, ce qui est une bêtise supplémentaire et peut-être la pire de toutes.

La mauvaise foi est la seule condition de survie en politique, mais il ne faut pas la distiller à petites doses et d'un air honteux. Il faut la proclamer, avoir l'air de croire dur comme fer à ce qu'on dit, se faire un front qui ne sait plus rougir.

Pauvre opposition ! Si elle s'était totalement unie dans le refus de Maëstricht, elle aurait eu, avec le vote des députés communistes et celui de quelques socialistes amis de M. Chevènement, une occasion en or de mettre le gouvernement en minorité, voire de le flanquer par terre. À la suite de quoi, les électeurs allaient aux urnes, elle gagnait les élections, elle avait trois cents sièges à l'Assemblée et on reprenait l'affaire de Maëstricht à zéro. Tant pis pour elle.

(9 mai)

La cigarette de la terreur

Je trouve que la loi Évin est trop douce. À mon avis, tout individu pincé en train de griller une cigarette au restaurant devrait aussitôt être appréhendé par la force publique, conduit au commissariat et (l'expression s'impose) « passé à tabac ». Après quoi on le traduirait devant les assises où il écoperait de dix ans de prison ferme, avec inscription indélébile sur le casier judiciaire, et de cent mille francs de dommages-intérêts à verser aux vertueux citoyens dont il a offusqué les voies respiratoires.

Périodiquement l'opinion demande que, pour quelques crimes particulièrement odieux, on rétablisse la peine de mort. Celle-ci me paraît très indiquée pour les fumeurs récidivistes qui sont plus dangereux pour la société que les trafiquants de drogue, les assassins de vieilles dames ou de policiers, les divers sadiques qui opèrent dans les terrains vagues, les pauvres garçons qui dévalisent les banques et tuent quelques personnes par inadvertance.

Deux choses sont en effet à considérer dans le crime en général : s'il est facile à imiter et s'il fait plaisir à celui qui le commet. Or il n'est pas à la portée du premier venu de pénétrer par effraction dans un appartement et d'en emporter les trésors. Cela demande une sorte de bravoure. Il est encore moins facile de tuer des gens. D'abord, cela n'est pas propre, on risque de patauger dans le sang, ensuite l'air épouvanté des victimes doit avoir quelque chose de gênant. Pour éprouver du plaisir dans de pareilles conditions, il faut vraiment aimer le métier.

Tandis que rien n'est plus simple (et, hélas ! plus agréable) que d'allumer une cigarette comme Humphrey Bogart ou une pipe comme le commissaire Maigret. La pente du crime est d'autant plus savonneuse qu'on y rencontre des personnages que l'on avait l'habitude de tenir pour irréprochables.

C'est à la quatrième récidive que la peine de mort devrait être prononcée contre les fumeurs. En guise d'exemple, et pour le bicentenaire de la Terreur, en 1993, on pourrait dresser la guillotine place de la Concorde. Vingt ou trente fumeurs exécutés en un après-midi, cela aurait, en matière de commémoration révolutionnaire, un autre ragoût que les défilés de Chinois peints et de nègres à tam-tam de M. Jean-Paul Goude. Bien entendu, il ne sera pas question d'offrir un verre de rhum et une cigarette aux condamnés : ce serait mauvais pour leur santé.

(16 mai)

La peur du pouvoir

L'Europe ennuie tout le monde, mais personne n'ose le dire, sauf le Danemark, parce qu'on a commis l'imprudence de le consulter par référendum sur le traité de Maëstricht. Il est probable que si l'on consultait de la même façon les autres pays de la C.E.E., ils feraient une réponse identique et Maëstricht irait à la poubelle.

Les peuples sont réfractaires aux grands ensembles. Toute idée d'union avec des nations étrangères leur est désagréable. Ils n'aiment que les petites communautés bien chaudes, bien refermées sur elles-mêmes. Dès qu'on les groupe artificiellement, soit par la conquête, soit, comme aujourd'hui, par le consentement mutuel, ils n'ont qu'une envie : se réfugier dans leur identité nationale, se pelotonner dans leur passé historique.

Tel est le grand malentendu entre les populations et les hommes politiques. Ceux-ci, au contraire de celles-là, raffolent de l'Europe, parce que au fond ils ont peur du pouvoir. J'entends le vrai pouvoir, celui qui consiste à agir sur les événements, à assumer les grandes responsabilités d'un État, à se salir les mains au besoin, à être le gardien sourcilleux de l'honneur national, quelque péril qu'il puisse en résulter. Les hommes politiques n'aiment que l'apparence du pouvoir, c'est-à-dire la pompe ministérielle et les privilèges, bref le conte de fées.

Avec le traité de Maëstricht et l'Europe, ils seront bien tranquilles : ils garderont tous les signes extérieurs de la puissance et n'auront à peu près aucune de ses charges réelles. À tout reproche qu'on leur fera, ils se retrancheront derrière une autorité abstraite, plus haute qu'eux, à laquelle la « discipline européenne » les contraint d'obéir. Je crois que le rêve de tout homme politique français, aujourd'hui (à quelques exceptions près, bien sûr) est d'avoir un jour la possibilité de dire à propos de tout : « Ce n'est pas ma faute, c'est la faute à l'Europe. » Et si la langue officielle de la France devient l'américain, cela, bien sûr, ne sera imputable qu'à cette bonne Europe, si commode, qui légitime toutes les démissions. L'âme d'un pays, c'est lourd à porter. Quel soulagement quand il n'y a plus d'âme !

(6 juin)

Le modèle anglais

Les Anglais ont toutes sortes de défauts mais il faut bien reconnaître que, quelquefois, ils sont là au bon moment. En 1940, par exemple. Rappelez-vous, mes enfants : il y avait à cette époque un caporal bohémien qui régnait sur la Germanie et qui s'était mis dans la tête de faire l'Europe. C'était une Europe de sa façon, naturellement, et non de la nôtre. Ni de celle de ces bons Anglais qui n'en voulaient pas, et qui ne se lassèrent pas de le répéter pendant cinq ans, avec des arguments variés, tels que cuirassés, sous-marins, avions de bombardement, intelligence-service et corps expéditionnaires.

J'entends bien que l'Europe de Maëstricht n'a rien de commun avec celle d'Adolf, laquelle ressemblait à un camp de concentration surveillé par des S.S. Mais elle comporte quand même un point qui nous ennuie : c'est qu'en dépit des ratifications démocratiques qu'on nous propose, nous avons le sentiment qu'on nous force la carte. C'est l'Europe ou le retour au Moyen Âge, c'est l'Europe ou le chaos.

Nous autres Latins nous sommes émotifs et nous avons tendance à croire ce qu'on nous dit, surtout si on nous le dit avec énergie. Nous sommes également modestes, nous pensons que les gens qui nous gouvernent savent mieux que nous ce qui est bon pour nous. Ce n'est pas vrai, bien sûr, ils le savent plutôt moins bien, mais cela ne nous empêche pas d'être intimidés par les grands messieurs de la politique, surtout quand ils organisent des meetings où l'on voit les notables de la gauche et de la droite dire, pour une fois, la même chose.

Les Anglais, eux, ne sont ni émotifs ni modestes. À la vérité, ils sont un peu bêtes. On peut bien leur expliquer pendant cent ans où est leur intérêt, ils n'écouteront rien s'ils ne s'en sont pas rendu compte par eux-mêmes. Moyennant quoi, à force de mauvaise volonté, d'entêtement, d'inertie, ils finissent par sauver le monde entier avec eux, comme en 1940.

Tout cela pour dire que je compte beaucoup sur ces chers Anglais pour avoir des idées étroites, donc saines, sur le traité de Maëstricht et le genre d'Europe qui en sortira. Il me paraît difficile qu'ils fassent moins bien que les Danois quand l'occasion leur en sera donnée. Peut-être alors que les Français qui, en plus de leur modestie et de leur émotivité, ont la faculté de changer de couleur comme les caméléons, retrouveront-ils, à leur exemple, quelque bon sens.

(20 juin)

L'Europe de l'ennui

L'Europe m'est de plus en plus antipathique. Telle qu'on la voit s'agiter mollement ces temps-ci, comme une espèce de gros monstre élémentaire sortant de la boue et faisant de petits gestes incohérents, on se demande avec appréhension ce qu'elle pourra bien être quand elle aura atteint son développement d'adulte. Elle est incapable de mettre fin à la guerre en Yougoslavie, et n'y songe même pas ; en revanche elle nous submerge de contraintes idiotes sous le nom de « normes européennes ».

Qui diable définit ces normes ? Et où s'en procure-t-on la liste ? Voilà des choses que j'aimerais savoir et que nul ne me dira, comme d'habitude. De temps à autre, une norme européenne me tombe sur la tête alors que je ne m'attendais à rien moins. Le cas le plus extravagant est celui des cigarettes Gitanes. Voilà que cet innocent plaisir est tout à coup régi par les sinistres normes, ce qui signifie que les paquets ont diminué d'un demi-centimètre parce que les cigarettes sont plus minces. Naturellement, on les paie le même prix.

Qu'est-ce que la Seita, régie française des tabacs, a à voir avec les normes européennes ? Quel zèle fait-elle tout à coup en s'y pliant ? Ou bien saisit-elle ce prétexte pour fomenter une de ces petites escroqueries nationales auxquelles l'État nous a accoutumés depuis la fondation de la République ? On lit sur les nouveaux paquets de Gitanes un texte ingénu par lequel la Seita nous apprend que, pour continuer à nous « satisfaire », elle a voulu « préserver l'essentiel : le goût de votre Gitane ». Ma foi, c'est encore heureux, mais si les normes européennes avaient spécifié que les cigarettes des Douze devaient sentir l'eucalyptus ou la fiente de tigre, je gage que la Seita leur aurait immédiatement obéi.

Un des plaisirs du voyage est la diversité. C'est elle qui dépayse, au moins autant que l'architecture des villes et les lointains des campagnes. Si je vais en Italie ou en Hollande, ce n'est pas pour retrouver les mêmes produits que dans les supermarchés de mon quartier.

J'aime que tout soit différent, nouveau, d'un goût inédit. J'aime qu'on parle italien en Italie, allemand en Allemagne, grec en Grèce et non une espèce de sabir pseudo-américain. L'Europe veut-elle me priver de ces petites joies ? Les gens de Bruxelles, car je suppose que c'est là qu'on élabore les normes, n'ont-ils jamais entendu dire que l'ennui naît de l'uniformité ? L'Europe de l'ennui pointe à ce lugubre horizon 2000 dont on me parle depuis vingt ans et que j'ai fini par prendre en horreur.

J'aimerais que l'on me rassurât sur les normes européennes prévues pour les revers des pantalons, la teneur en degrés du gruau-larose, le nombre de pages des romans d'amour, et quelques milliers de choses de ce genre. Elles sont sûrement déjà en vigueur. Les sonnets auront-ils toujours quatorze vers et les alexandrins douze syllabes ? Rien n'est moins sûr. Il faudra émigrer en Bosnie-Herzégovine pour être à l'abri de ces réglementations. Là-bas on vous tue, certes, mais on ne vous abrutit pas.

(4 juillet)

Le magnétoscope japonais

Je suis possesseur d'un magnétoscope japonais, qui est un instrument très compliqué, fonctionnant à l'aide d'une télécommande garnie de cinquante-huit boutons et d'une espèce de roue appelée *swinging shuttle*. Au-dessus de chaque bouton, on lit des inscriptions mystérieuses, telles que *Data screen*, *Timer on screen*, *Input select*, etc. L'autre jour, ayant fait une fausse manœuvre, j'ai déréglé l'instrument. Pour le remettre d'aplomb, j'ai lu les 64 pages de la brochure explicative, à laquelle je n'ai pas compris un mot. En réfléchissant (ce qui m'arrive parfois) je me suis avisé qu'il n'y avait là rien de surprenant. En effet, cette brochure a été composée initialement en japonais, puis traduite du japonais en américain, puis de l'américain en français – si toutefois on peut appeler du français le charabia que j'ai tenté de décrypter.

Mon magnétoscope m'a fait songer au traité de Maëstricht, sur lequel on nous demandera de nous prononcer au mois de septembre prochain. Le gouvernement a fait savoir que l'on enverrait un exemplaire de ce document (qui a plus de 400 pages paraît-il) à tous les électeurs afin que ceux-là puissent se prononcer en connaissance de cause.

Je ne me suis pas demandé combien de gens le liront, mais combien seront capables de le lire, et combien, l'ayant lu, auront bien vu de quoi il s'agit dans le détail. Car il en est du traité comme de la brochure du magnétoscope. Il n'a évidemment pas été rédigé en français, comme il l'eût été il y a cinquante ou soixante ans, lorsque le français était encore la langue de la diplomatie, mais en anglais. Que dis-je en anglais ! En américain, plutôt, c'est-à-dire dans une langue abréviative, peu rigoureuse, équivoque. On a ensuite traduit ce magma en langue de bois francophone, et voilà ce qu'il faudra avaler. Il serait plus agréable de relire *L'Esprit des lois* de Montesquieu, qui est clair comme de l'eau de roche.

Rivarol disait que « le français a une probité attachée à son génie », c'est-à-dire que, grâce à sa syntaxe et à la justesse des termes, il est impossible de se tromper sur la signification d'un texte écrit dans notre langue, alors que dans les autres langages, quels qu'ils soient, il subsiste toujours certaines obscurités, certaines phrases à double entente qui risquent de provoquer des malentendus, si ce n'est des catastrophes, car les malentendus sont plus graves dans les relations internationales que dans mes rapports avec mon magnétoscope japonais.

Rivarol disait encore, pour se moquer des émigrés en 1795 : « Ils prennent leurs souvenirs pour des droits. » Il est encore plus bête, ma foi, de prendre ses droits pour des souvenirs. Le français étant une des deux langues constitutionnellement internationales, nous avons tout à fait le droit d'exiger que les traités soient écrits en français (et de préférence par des gens qui connaissent la grammaire, ce qui n'est pas le cas de la plupart des technocrates). C'est prendre ses droits pour les souvenirs que d'accepter que ce qu'on nous donne à signer ne soit qu'une traduction approximative.

Et voilà pourquoi je voterai non à Maëstricht. J'emporterai au besoin mon magnétoscope dans l'isoloir pour ne pas oublier ma résolution.

(11 juillet)

Copie à refaire

Les partisans du oui pour le référendum sur Maëstricht me paraissent quelque peu excessifs dans leurs arguments. Si le traité est rejeté, s'écrient-ils tragiquement, on aura tué l'Europe ! Cela n'est pas mon avis : on aura tout au plus refusé une certaine rédaction dudit traité. Il suffira que les messieurs de Bruxelles qui l'ont concocté le reprennent, y travaillent de nouveau, lui apportent des améliorations susceptibles de nous convenir.

Après tout, ils sont faits pour cela. Nous les payons assez cher, nous autres contribuables européens, pour qu'ils se creusent un peu la tête, pour qu'ils remettent sur le métier deux fois, trois fois, vingt fois leur ouvrage. Il arrive constamment que l'on modifie les textes internationaux, que l'on apporte des amendements, des accommodements, des retouches. Pourquoi le traité de Maëstricht ferait-il exception ? Pourquoi devrions-nous l'entériner sans en changer une virgule ? Cette carte forcée, ce choix entre tout ou rien, accule l'Européen de la base (c'est-à-dire moi) à l'esprit de contradiction.

Autre chose qui m'étonne : la précipitation que l'on met dans toute cette affaire. Rien ne presse, pourtant. On n'est pas à six mois ou à un an près quand il s'agit d'une grande chose comme l'Europe unie, destinée à durer des siècles. Mais non : les gens qui gouvernent et qui technocratisent veulent qu'on aille vite, que l'on dise oui tout de suite à tout ce qu'ils ont bricolé. C'est à croire qu'ils se livrent à un tour de prestidigitation. On ne laisse pas au client le temps de voir ce qui se passe afin qu'il ne s'aperçoive pas qu'il y a « un truc ».

Je suis comme les Danois : je déteste qu'on me bouscule, et je voudrais bien que les autres Européens fussent ainsi. C'est une chose importante, l'Europe, que diable ! Il ne s'agit pas de la bâcler, et on a tout à fait une impression de bâclage avec Maëstricht. Et de bâclage dangereux. Pour ce qui est des Français en particulier, ils devraient être plus prudents et plus lents que les autres, car nos gouvernements, depuis une quinzaine d'années, m'ont l'air d'être beaucoup plus bêtes que les gouvernements de nos partenaires. Attendons au moins les élections de 1993, en espérant qu'elles changeront quelque chose, avant de prendre des engagements définitifs.

Rien n'est plus triste et plus terne qu'un État américain. Il y a dans le traité de Maëstricht une volonté de faire de chacun de nos vieux pays européens quelque chose qui y ressemble. Lorsque je serai vraiment totalement sûr que la France ne deviendra pas la Caroline du Nord ou l'Idaho, et ne sera pas gouvernée par une espèce de Maison-Blanche sise à Bruxelles, je commencerai à dire non avec un peu moins de conviction qu'à présent.

(8 août)

La chienlit

L'autre jour, pendant la canicule, sur les quais, marchait devant moi un homme nu. Enfin, pas tout à fait nu : il portait une espèce de caleçon, et causait avec un être du sexe féminin qui n'était guère plus vêtu que lui, si ce n'est qu'une sorte de ruban lui entourait la poitrine. Le derrière de cette personne était envahi de cellulite, la culotte n'en laissait rien ignorer. L'homme était particulièrement répugnant, le dos et les mollets couverts de poils.

Ils parlaient entre eux un langage que je ne parvins pas à identifier, mais où je reconnus des sonorités nordiques. Je n'en fus pas étonné : les gens du nord sont généralement moins pudiques que les gens du sud, peut-être parce qu'ils ont été naguère protestants. Ce couple cheminait sans le moindre complexe devant le majestueux hôtel de la Monnaie, puis devant le palais de l'Institut. De l'autre côté de la Seine, le Louvre et les Tuileries les contemplaient. La statue d'Henri IV sur le Pont-Neuf, du moins, leur tournait le dos.

En regardant leur accoutrement – ou leur absence d'accoutrement – je songeais que Paris, qui est une ville ancienne et glorieuse, méritait qu'on lui témoignât quelque respect, alors que ces gens, en exhibant leur peau comme s'ils étaient à la mer ou à la campagne, n'en montraient pas. Je songeais également à certains restaurants de luxe où, lorsqu'un client vient sans cravate, le maître d'hôtel lui en fournit une avant de l'installer à une table. Je me disais qu'on devrait avoir des réserves de cravates tout autour de Paris, afin d'en louer aux touristes qui n'en ont pas dans leurs bagages.

Ensuite de quoi, comme je suis équitable, je pensai que les Parisiens n'ont pas de respect, eux non plus, pour leur ville, vu la chienlit qu'on peut observer dans les rues, et qu'après tout les touristes ont des excuses de se conduire aussi déplorablement : ils ne font que suivre l'exemple national.

De tout temps la nudité a été la marque des esclaves et des primitifs. Les hommes civilisés, les hommes libres portent des vêtements, fût-ce en pleine canicule, et quitte à suer dedans. C'est à cela que l'on voit qu'ils ne considèrent pas que leur corps est plus important que la politesse, la bienséance, voire l'esthétique, car la plupart des gens sont moins laids quand ils sont habillés que quand ils ne le sont pas.

Les touristes sont une des plaies de notre époque. Ils piétinent les vieilles cités comme des troupeaux d'éléphants. Ils parcourent la vieille Europe comme des armées d'invasion. Tout cela pour rien, pour bouger, pour rapporter des photos, pour dire à leurs connaissances qu'ils ont « fait » des milliers de kilomètres. La beauté, l'art, l'histoire, la poésie des paysages, ils s'en fichent. Et on les attire, au lieu de les tuer ! Mon camarade Paucard, président du Club des Ronchons, préconise qu'on les fasse circuler en cars plombés. C'est une remarquable suggestion. Tout le monde y trouverait son compte, à commencer par les touristes eux-mêmes qui auraient bien voyagé et auraient eu le temps de nouer, dans les cars plombés, des amitiés charmantes, qui survivraient aux vacances.

(15 août)

L'oracle a parlé

Le destin a beau multiplier ses avertissements – et certains sont terribles – personne ne voit rien, personne n'écoute rien. Pourtant les présages sont une très ancienne réalité, et l'histoire fourmille d'orgueilleux qui se sont perdus parce qu'ils n'avaient pas voulu convenir que quelque chose de surnaturel leur défendait de se lancer dans une entreprise qu'ils avaient en tête.

Pour un esprit non prévenu, pour quelqu'un qui n'est pas abêti par le rationalisme moderne, il est évident que le destin a condamné le traité de Maëstricht, et qu'il ne veut pas que la France le signe. Les deux derniers présages sont la mort du pauvre Yvon Briant, président du C.N.I., qui se rendait en Corse afin de faire campagne pour le oui au référendum, et le scandale des déchets empoisonnés déversés en France par l'Allemagne, la Suisse et l'Italie. J'avoue que je ne sais lequel de ces avertissements est le plus effrayant.

M. Yvon Briant ne méritait certes pas de mourir, non plus que sa famille, laquelle était avec lui dans l'avion qui a explosé et les a tous carbonisés. C'est une fin affreuse ; l'on a le sentiment, en la contemplant, qu'une malédiction mystérieuse l'a ordonnée. M. Léotard, sur qui, Dieu merci, n'a pas fondu une pareille tragédie, n'a pas été non plus épargné : huit jours après avoir défendu le oui, il s'est retrouvé inculpé par un juge d'instruction et a démissionné de toutes ses fonctions.

Quant aux camions de déchets empoisonnés qui traversent nos frontières, et viennent abreuver nos sillons d'un sang impur qui n'a rien à voir avec celui que chante *La Marseillaise*, quel symbole de ce qui nous attend lorsque le traité de Maëstricht aura supprimé les douaniers ! Toutes les gazettes, d'ores et déjà, impriment que la France sera la poubelle de l'Europe. Ma foi, c'est l'expression qui convient. Le vieux « pré carré » de nos rois transformé en décharge publique. Ah ! que voilà une exaltante perspective historique !

Si l'on va se promener sous l'Arc de Triomphe de l'Étoile et si l'on a la curiosité de regarder les noms des victoires de la Révolution et de l'Empire, on peut lire celui de Maëstricht, qui fut prise par le général Kléber en 1794, gravé dans la pierre comme je l'orthographie ici. C'est ainsi qu'on a toujours dit chez nous pour désigner cette bourgade ci-devant française et aujourd'hui hollandaise. N'y a-t-il pas là encore une espèce de présage ? Ce « Maastricht » imprononçable dans notre langue, et qui nous est arrivé de Bruxelles, n'a pas été un instant discuté par nos ministres socialistes. Dieu sait pourtant si ceux-ci sont attachés aux souvenirs de la Révolution française et nous cassent les pieds depuis 1989 avec son bicentenaire ! Aucun n'a daigné se rendre sous l'Arc et constater que les grands ancêtres qu'ils invoquent si volontiers ne parlaient pas comme eux.

(22 août)

Le bicentenaire de septembre

Il y a trois ans, lors des grandes singeries du Bicentenaire, je me demandais si le gouvernement célébrerait, en 1992, l'anniversaire des massacres de septembre. Eh bien ! il faut se faire une raison : il ne les a pas célébrés. Regrettons-le car c'est là une bien jolie page de la Révolution. Ces massacres commencèrent le 2 septembre 1792 et durèrent cinq jours. En cinq jours, quand on ne crache pas sur l'ouvrage, on a le temps d'abattre de la besogne.

Les braves sans-culottes qui exécutèrent ce travail patriotique avaient la partie belle : les prisons de Paris étaient bourrées à craquer d'un tas de vauriens qu'on avait arrêtés depuis le 10 août précédent parce qu'on les soupçonnait d'être un peu royalistes. Les plus amusants à tuer étaient les curés. On en trouvait autant qu'on pouvait en désirer à la prison des Carmes et à celle de l'Abbaye. Il paraît qu'on égorgeait les enfants avec un peu moins de plaisir, car ils se débattaient.

D'après nombre d'historiens, les massacres de septembre furent suscités et commandités par le comité de surveillance de la Commune. Les hommes touchaient six francs par jour, et le vin à discrétion. Comme dit le vieux proverbe : toute peine mérite salaire. Cependant, si le salaire était le bienvenu, ainsi que le pinard, la peine n'était pas grande, car les excellents garçons qui officiaient à coups de sabre, de couteau et de massue aimaient le métier. Ce fut au cours des massacres de septembre que fut assassinée et décapitée la princesse de Lamballe. On la déshabilla et on la laissa exposée toute nue « comme Dieu l'avait faite », dit Michelet, au coin d'une borne pendant quatre heures. Les passants s'extasiaient sur la blancheur de sa peau. Voilà un détail pittoresque pour le bicentenaire.

Pendant tout le temps que durèrent les massacres, Danton qui était ministre de la Justice fut d'une prudence bien rare chez ce grand tribun. On peut dire qu'il ne bougea ni pied ni patte. La Commune envoya des lettres aux départements, où il y avait aussi des prisons et des gens qui ne demandaient qu'à être massacrés, ordonnant que l'on copiât Paris. Lyon, Meaux, Versailles, Reims, Caen, etc., s'empressèrent d'obtempérer, et l'on tua presque aussi bien en province que dans la capitale.

Je n'ignore pas que M. Lang est à présent ministre de l'Éducation nationale mais il doit être un peu resté ministre du Bicentenaire. Pourquoi diable ne dit-il plus rien là-dessus ? « La Révolution est un bloc », déclarait Clemenceau : ce n'en est pas un pour nos pauvres socialistes qui, décidément, ressemblent peu aux grands ancêtres puisqu'ils appellent à capituler devant Maëstricht, alors que les armées de la République, commandées par le général Kléber, l'avaient prise.

(12 septembre)

Fièrement non !

Décidément, on ne sait pas me prendre, avec Maëstricht. Les gens qui voudraient que je vote oui ne me disent que des choses qui me hérissent. J'ai été particulièrement agacé par les paroles de M. Giscard d'Estaing comme quoi, si j'approuvais le traité, je pourrais être « fier d'être français ». J'ai remarqué depuis longtemps que lorsqu'on m'exhorte de la sorte, c'est toujours pour me faire faire une bêtise ou me faire aller au rebours de ce que je crois juste.

Outre cela, je ne pense pas que M. Giscard soit un bon professeur de fierté. Pendant son septennat, il nous a répété mainte fois que la France était « une puissance moyenne ». À mon avis, ces choses-là ne doivent pas se dire, même si elles sont exactes. Elles démoralisent le peuple. À quoi bon se donner du tintouin, travailler, être honnête, se surpasser, pour n'être en définitive que citoyen d'une puissance moyenne ?

Du moins, c'est ainsi que je réagis, moi qui appartiens au peuple et même, j'ose le dire, qui incarne le peuple. Je veux entendre que la France est toujours une chose immense, un flambeau de civilisation, et que si, temporairement, elle n'a pas beaucoup de force politique pour agir sur le monde, elle a conservé son statut séculaire. La France de M. Giscard, à qui il concédait qu'elle était dans « le peloton de tête des moyennes puissances », ne me rendait aucunement fier d'être français.

Une autre chose m'indispose chez les propagandistes du *Oui*, c'est qu'ils mobilisent l'étranger pour nous faire la leçon, et plus spécialement les Allemands. Je suis, bien sûr, tout à fait attaché à l'alliance franco-allemande que de Gaulle et Adenauer ont scellée, j'en vois tous les bienfaits, je souhaite que les liens qui nous unissent ne se relâchent pas, mais comment dire cela ? Il ne me plaît pas que M. Kohl apporte sa caution au président de la République dans sa campagne référendaire ni que M. Genscher déclare : « J'espère que je ne me suis pas trompé en plaçant ma confiance dans le peuple français. » Cela réveille furieusement mon esprit de contradiction. J'ai envie de ne plus donner confiance à M. Genscher.

Enfin, je ne suis pas loin de considérer l'abaissement des taux d'intérêt consenti par la Banque fédérale allemande comme une espèce d'insulte. Cela revient à nous dire : Votez bien, chers Français, votez européen, et vous aurez une gratification. Que notre gouvernement reprenne tacitement cet argument à son compte, n'est pas, hélas ! pour m'étonner. On me reproche souvent de ne pas être « sérieux ». Je suppose qu'on me le reprochera encore à propos de cette chronique, où je parle de sentiments et non d'idées. Mais les sentiments sont beaucoup plus importants que les idées. Principalement le sentiment de fierté, grâce auquel on conserve son honneur en toute circonstance.

(19 septembre)

Ouais !

Depuis une cinquantaine d'années, l'onomatopée « ouais » a subi un glissement de sens. Elle est attestée pour la première fois en 1553 et pendant quatre siècles n'a exprimé que la surprise, quelque chose comme « Bigre ! » ou « Ça alors ! ». Littré n'en donne pas d'autre définition. À présent elle signifie plus ou moins « oui » mais c'est un oui goguenard, dubitatif, plein de réticences. Ouais veut dire : « Cause toujours, je ne te contredis pas parce que je suis bon garçon, mais je n'en pense pas moins. »

Il me semble que les Français ont répondu « ouais » plutôt que « oui » au référendum sur le traité de Maëstricht. À un cheveu près, le « non » l'emportait. Nous sommes loin du « oui franc et massif » que demandait le général de Gaulle quand il posait une question au pays. Curieusement, malgré la règle de la majorité absolue acquise à une seule voix, on a l'impression que l'infime majorité qui a ratifié le traité n'a rien de définitif, que tout ou presque tout va être remis en question, renégocié, rendu plus réaliste, c'est-à-dire plus humain, bref, qu'il va se passer ce que demandaient précisément les partisans du « non ».

Et puis, grâce à Dieu, nous avons les chers Anglais qui n'ont pas fini de faire des manières. Ils n'aiment pas beaucoup l'Europe en général, et celle de Maëstricht leur est, à ce que je crois savoir, de plus en plus antipathique. On peut compter sur eux pour faire traîner les choses en longueur, manifester de la mauvaise volonté, se retrancher derrière mille objections, torpiller les plus charmants espoirs. Enfin, il faudra bien, lorsque tout le monde aura dit « oui », ou « ouais », ou « ni oui ni non », voire « zut ! », tenir compte du Danemark, dont personne ne parle plus depuis qu'il a osé envoyer une gifle aux technocrates de Bruxelles et à son propre gouvernement, mais dont on devra nécessairement examiner, un jour, la situation particulière.

Une chose, en tout cas, a bien raté dans notre affaire, c'est l'espèce de plébiscite qui se cachait sous le référendum. Un plébiscite à cinquante et quelque pour cent, c'est quasiment une motion de censure. D'autant plus que dans ces cinquante et quelque pour cent, on trouve une vaste proportion de gens à qui le gouvernement actuel pue au nez et qui n'ont voté oui que parce que M. Giscard d'Estaing et M. Chirac se tuaient à leur expliquer qu'il le fallait.

Au fond, les vrais vainqueurs du référendum de Maëstricht sont MM. Pasqua, Seguin, de Villiers et leurs amis. Telle est la politique : on mise sur le cheval qui ne gagne pas la course, mais il se trouve que c'était quand même le bon cheval !

(26 septembre)

Opération Sauve-qui-peut

C'est une merveilleuse invention que le Sénat, et l'on comprend l'épouvante de la classe politique lorsque le général de Gaulle se mit en tête de vouloir le supprimer. C'était ôter le pain de la bouche à toutes sortes de braves garçons de la politique qui voyaient arriver avec appréhension les diverses catastrophes auxquelles expose ce métier hasardeux, telles que de n'être pas réélu député ou de tomber avec le gouvernement sans espoir de retrouver son siège à l'Assemblée.

Dieu merci, le cher Sénat est là, qui se renouvelle par tiers tous les trois ans, ce qui fait que quand on est élu on est tranquille pour neuf ans. Sans compter que le palais du Luxembourg est magnifique et que l'on y dort mieux encore qu'à l'Académie française, ne serait-ce que parce que les fauteuils de la salle des séances sont plus confortables.

Le gouvernement actuel peut se passer de sondages en ce qui concerne les élections législatives de 1993 : ils lui ont été donnés par avance par les deux ministres et les quatre députés socialistes qui viennent de se transformer en sénateurs. Il s'agit, comme on sait, de M. Charasse que, pour ma part, j'aime mieux voir jouer au Luxembourg que faire des additions à Bercy, et de M. Rausch, qui en avait sa claque, je suppose, du Commerce et de l'Industrie, ce qui se comprend par les temps qui courent. Quant aux quatre députés, j'avoue que trois d'entre eux me sont complètement inconnus, mais le quatrième est fort illustre : ce n'est rien de moins que M. Mauroy, ci-devant Premier ministre, député-maire de Lille. Si M. Mauroy, qui est un des piliers du socialisme, quasiment un symbole, se jette comme un pauvre rat affolé dans le bassin du Luxembourg, c'est que le bateau est bien mal en point.

Je ne sais pas trop bien comment qualifier l'élection sénatoriale de ces bonnes gens. Il me semble que « l'Opération Sauve-qui-peut » serait assez appropriée. Ou encore « l'Opération Après-moi-le-déluge ». En effet, qui est bien ennuyé par la métamorphose des ministres et députés socialistes en sénateurs ? C'est le gouvernement, pardi, qui va être obligé de remanier le ministère et qui n'aura peut-être plus de majorité à l'Assemblée nationale, ce qui le met à la merci d'une motion de censure.

Ma foi, crève le ministère, crève le P.S. ! L'essentiel est que MM. Charasse, Rausch, Mauroy et consorts soient inamovibles pendant neuf grandes années, ce qui nous met à l'an 2000. Vieux sentiments humains. Villon, vers 1460, écrivait dans la *Ballade de la grosse Margot* : « Vente, gèle, grêle, j'ai mon pain cuit ! »

(3 octobre)

Pour le triennat

Nous n'avons vraiment pas lieu de jalouser les Écossais sur le chapitre du monstre du loch Ness. Nous en avons un, qui vaut bien le leur, et qui fait surface périodiquement, quand la situation politique est embêtante pour le pouvoir : c'est le septennat. Tout à coup, on s'interroge gravement pour savoir si le mandat présidentiel doit être ramené de sept ans à cinq ans. Cela donne matière à des controverses aussi juteuses que stériles ; cela occupe les journaux qui, pendant qu'ils parlent du septennat, ne parlent pas d'autre chose.

Cette fois-ci, on a amélioré le monstre, on lui a, pour ainsi dire, ajouté une nageoire en posant la question sur le mode dubitatif : faut-il réduire le mandat, ou le conserver tel qu'il est, avec l'impossibilité pour le président de se représenter ? Ce qui m'étonne, c'est que la presse, la télévision, les politiciens, les partis se laissent toujours prendre à cette vieille blague.

Après tout, qu'est-ce que cela peut leur faire que le président de la République soit élu pour cinq ans ou pour sept ans et que son mandat soit ou non renouvelable ? Cette affaire regarde tout au plus trois ou quatre personnes, à savoir les trois ou quatre candidats possibles à ce que le duc de Maulévrier appelait « ce petit poste », ceux dont on dit qu'ils ont un « destin national ». Moi qui, en compagnie de cinquante-cinq millions de Français, n'ai pas de destin national, je me fiche dans les grandes largeurs que Tartempion ou Duchmoll s'installe à l'Élysée pour cinq ans ou pour sept ans.

Si l'on me pousse dans mes retranchements (et l'on m'y pousse !) je dirai que cinq ans, à mon avis, c'est encore trop. Deux ans, trois ans, ce serait bien assez, vu les personnages que nous fournit depuis une quinzaine d'années la vie politique française. Il serait bien temps, si par extraordinaire nous avions la divine surprise d'élire un homme de génie, et que nous fussions émerveillés par ses succès en tous genres, de demander qu'on prolongeât son bail de quinze ans, de vingt ans, voire pour toute sa vie, le cher homme !

Si, en 1981, M. Mitterrand avait été élu pour trois ans, il aurait quitté son poste en 1984, sous les gémissements et les bénédictions du bon peuple de France ; il serait aujourd'hui ancien président de la République, ce qui est une position infiniment plus agréable que Président en exercice. On est grand-croix de la Légion d'honneur, on a une rue à son nom, et probablement une excellente retraite.

Au fond, le seul homme de la Ve République qui méritait sept ans, et la réélection, ce fut le général de Gaulle. Il était le seul, aussi, pour qui la Constitution n'était pas un costume trop large.

(10 octobre)

Prophétie d'un carnage

En lisant dans une gazette la liste des cent dix-huit députés socialistes qui sont à peu près sûrs d'être battus aux élections législatives du mois de mars prochain, je songeais que les sondages sont un facteur terrible de défaitisme. En effet, la gazette dont je parle a fait des calculs, comparé des pourcentages, donné des estimations plausibles : tout a l'air tellement inéluctable que si j'étais un des cent dix-huit infortunés, je serais complètement démoralisé et renoncerais dès maintenant à me présenter.

Le charme de la guerre, c'est qu'on y va en se disant que non seulement on ne se fera pas tuer, mais encore que, si l'on montre du courage et de l'intelligence, on a des chances d'être vainqueur. On n'imagine pas un général, appuyé sur les sacro-saints sondages, déclarant aux soldats qu'il n'en reviendra que la moitié, fournissant les noms des futures victimes et concluant que, de toute façon, on court à un désastre. Il faut être animé d'un irréductible patriotisme pour monter à l'assaut en sachant que, dès les premières rafales, on sera zigouillé.

D'après les sondages, il paraît que M. Vauzelle est condamné, ainsi que M. Poperen, M. Le Garrec, M. Queyranne, M. Sapin, M. Auroux. Qui l'eût cru : M. Rocard lui-même, qui fut un Premier ministre tellement discret, qui ne mécontentait personne (sauf le président de la République, lequel ne vote pas à Conflans-Sainte-Honorine), M. Michel Rocard, dis-je, va gésir le ventre ouvert.

Les vierges guerrières ne seront pas davantage épargnées : Mme Roudy, Mme Avice, Mme Ségolène Royal, et hélas ! trois fois hélas ! Mme Cresson, sont promises au sacrifice. Les femmes étant généralement plus vaillantes que les individus de sexe masculin, je suis sûr qu'elles feront face sans broncher. Je suis moins sûr de M. Sapin qui a dû prendre des habitudes de sybarite à Bercy. Moins sûr aussi, oserai-je le dire, de M. Rocard, qui a un destin national, chose rare et précieuse, qu'on ne risque pas imprudemment dans quelque obscur scrutin législatif. Quand on est en réserve de la République, on ne s'expose pas en première ligne.

Il est certainement affreux, après qu'on a été député, de ne plus l'être. Encore plus affreux, je pense, d'avoir été ministre entouré de toute la pompe de l'État, et de se retrouver soudain simple particulier. Je suppose que les ministres lisent les journaux tous les matins avec fébrilité, cherchant comme des acteurs ou des hommes de lettres, leur photo, leur caricature, la page où l'on parle d'eux. Le moment où ce glorieux bourdonnement s'arrête et où tombe le silence est une des grandes épreuves de la vie.

Enfin, peut-être que d'ici au mois de mars 1993, date du futur Waterloo socialiste, l'empereur aura trouvé quelque chose. Il est si débrouillard. Le sondage qui lui sapera le moral n'est pas encore né.

(17 octobre)

Ça craint...

L'Académie s'est émue du nouveau slogan de la Sécurité sociale, qui passe à la télévision et qui est placardé jusque sur les autobus : « La Sécu, c'est bien ; en abuser, ça craint ». Qu'un organisme d'État fasse sa réclame dans un pareil jargon nous a paru, pour parler à sa manière, « craignos » (ou craignosse). Aussi, le Secrétaire perpétuel a-t-il écrit une lettre de protestation au ministre des Affaires sociales et (ô ironie !) de l'Intégration, qui s'appelle M. Teulade, lequel a répondu qu'il était fort sensible au bon usage de la langue française et à son « rayonnement dans le monde ». Dans le monde, je n'en doute pas, mais point chez nous, apparemment.

M. Teulade, dans sa lettre, donne un argument que je trouve fort contestable, à savoir que la campagne publicitaire de la S.S. recueille l'adhésion de nombreux Français « et particulièrement des jeunes ». Qu'est-ce que cela peut lui faire d'avoir l'adhésion des jeunes ? Ce n'est pas les jeunes qui abusent de la Sécu. Dans l'ensemble, ils se portent bien, ces chéris, vont peu voir le médecin et ne hantent guère les pharmacies. Si, par hasard, ils attrapent une bronchite, la moitié d'entre eux oublient de se faire rembourser leurs feuilles de maladie.

On commence à avoir des embêtements de santé vers cinquante ans. Après quoi la machine se déglingue d'année en année. En fait, qui abuse de la Sécu, si abus il y a ? Les septuagénaires, les octogénaires, les nonagénaires. Comme ils sont à la retraite, ils ont tout leur temps pour s'occuper de leurs catarrhes, de leurs rhumatismes, de leurs arthroses et pour remplir dûment leurs feuilles de maladie, qu'ils expédient dare-dare au centre de paiement. En outre ils se dorlotent, ce qui est bien compréhensible, vont voir le toubib pour un oui ou pour un non et achètent plus de drogues qu'il n'en faut, afin de ne pas manquer. Comme ils ont cotisé toute leur vie à la Sécu, ils se disent qu'elle peut bien leur rétrocéder, pour leur pauvre foie ou leurs vieilles artères, un peu de l'argent qu'elle leur a pris.

Les gens de cinquante ans et au-delà ne connaissent pas le charabia moderne. Ou, s'ils le connaissent, il les exaspère. Le « ça craint » de la Sécu et de M. Teulade leur donne de l'humeur. Je le sais, ayant reçu une foule de lettres de lecteurs mécontents de constater que l'État, ou une de ses émanations, parle comme les voyous. S'ils écrivaient à M. Teulade, ils ne le feraient pas, je crois, avec la douceur et l'aménité de M. le Secrétaire perpétuel de l'Académie française.

La francophonie ou, comme dit M. Teulade, « le rayonnement du français dans le monde », est une belle chose, mais j'avoue que j'aimerais que le français rayonnât un peu en France même. Il y faut, évidemment, une volonté politique, qui n'existe pas, hélas ! Tout le monde, à commencer par le gouvernement, a oublié que le français est la langue officielle de la République. On nous interdit de fumer pour préserver notre corps. On ne nous interdit pas de baragouiner, c'est-à-dire de ruiner notre âme. Pis : on nous y encourage.

(31 octobre)

Matière à rire

Pour les gens ayant quelque propension à l'humour, il y a deux matières à rire cette semaine. La première est la Haute Cour. Le président de la République ne voit pas d'inconvénient à ce qu'on la constitue, afin qu'elle juge M. Fabius, M. Hervé et Mme Dufoix.

C'est très beau, ce nom de « Haute Cour », cela fait tragique et auguste. On pense aux magnifiques scandales et aux belles trahisons qui illustrèrent la IIIe République. Le côté plaisant de cette juridiction est qu'avant qu'elle soit mise en place et qu'elle rende son verdict, il peut se passer plusieurs années. D'ici là, les Français étant ce qu'ils sont, ils auront oublié de quoi il s'agit.

Il est possible aussi que M. Fabius, M. Hervé et Mme Dufoix, dont les noms retentissent aujourd'hui, soient devenus de complets inconnus lorsque la Haute Cour les condamnera ou les acquittera. Ces choses-là arrivent avec les hommes politiques, qui sont des gens d'actualité. Dès qu'ils ne sont plus au pouvoir, on ne sait plus qui c'est. La Haute Cour serait peut-être un moyen, pour Mme Dufoix et ses amis, de laisser un nom dans l'Histoire. Stendhal disait de Charles X qu'on se souviendrait de lui un peu plus que des autres puissants personnages de son temps parce qu'il s'était fait chasser.

L'autre sujet de s'égayer est le traité de Maëstricht dont on nous affirmait avant le référendum qu'il était la grande chance de la France, que grâce à lui nous ne serions plus seuls devant un monde hostile, que l'Europe de la Communauté serait là pour nous donner un coup de main chaque fois que nous en aurions besoin, nous épauler, faire cause commune avec nous.

J'aimerais bien connaître l'opinion de MM. Mitterrand, Giscard, Chirac, Léotard, etc., sur la façon dont l'Allemagne et l'Angleterre nous ont laissé tomber dans la guerre douanière que viennent de déclarer les États-Unis et dont la France est la principale victime. Je crains malheureusement qu'ils ne la donnent pas. Ils ne nous diront pas que l'Angleterre et l'Allemagne préfèrent l'Amérique à l'Europe, et que nos deux partenaires se fichent bien de la France qui s'est tant dépêchée d'abdiquer sa souveraineté nationale. D'ailleurs, l'ont-ils signé, eux, le traité de Maëstricht ? Pas encore. Rien ne les oblige à voler à notre secours, si ce n'est l'honneur ou la morale. Autrement dit, pas grand-chose.

Quand on dit qu'il y a matière à rire de quelque chose, ce n'est jamais très gai. Sauf si l'on a l'esprit tourné à la philosophie. En onze ans de régime socialiste, les Français sont-ils devenus philosophes ? D'après ce que j'entends dans la rue, qui est mon milieu naturel, je n'en jurerais pas.

(14 novembre)

L'art du cocuage

Du temps du Général, il n'y avait pas plus cocu que les gaullistes. Lorsque ceux-ci souhaitaient quelque chose, on pouvait être sûr qu'il ferait le contraire. Le plus beau est que ces cocus du gaullisme étaient très contents de l'être, qu'ils ne cessaient de s'extasier sur la vision prophétique du « Vieux », et qu'au bout du compte, ils lui étaient reconnaissants de n'en avoir fait qu'à sa tête, en méprisant leurs volontés.

L'art de faire des cocus est probablement le fin du fin de la politique. Je crains que les malheurs actuels de M. Mitterrand ne viennent de ce qu'il n'a pas cocufié le parti socialiste en 1981, après s'être servi de lui pour conquérir le pouvoir. Non seulement il a tout mis en œuvre pour appliquer le programme socialiste, qui était idiot, démodé et ruineux, mais encore il a gavé ses partisans de places, de prébendes, d'argent, d'amnisties, ignorant superbement le reste de la nation. Pour lui qui se plaît tant à ce qu'on l'assimile à de Gaulle, une telle attitude était aussi peu gaullienne que possible. Mais les leçons de l'Histoire, apparemment, sont perdues pour tout le monde, y compris les présidents de la République.

Après onze ans de pouvoir, les bons « godillots » que le Général avait tant tournés en bourrique se seraient tous jetés au feu pour lui. Après onze ans de pouvoir, y a-t-il un seul socialiste qui lèverait le petit doigt pour garder M. Mitterrand un jour de plus à l'Élysée ? On m'objectera que maintenant il cocufie très bien le P.S. Mais c'est trop tard. Il en est du cocuage comme de tout : il faut s'y prendre au bon moment, c'est-à-dire le jour même des noces, afin que le cocu pense que le cocuage est un état naturel, non pas neuf ou dix ans plus tard, après que le cocu s'est habitué à la fidélité.

Il me semble que si la droite était capable de réfléchir une minute sur les événements politiques, et d'en tirer des maximes de conduite, elle aurait lieu de se réjouir d'un pareil état de choses. Sans M. Mitterrand, le parti socialiste n'est rien, et sans le parti socialiste, M. Mitterrand n'est rien non plus. Leur faiblesse commune est qu'ils tiennent au pouvoir, et qu'ils se disent, l'un qu'en se débarrassant d'un vieux président usé, il pourra le reconquérir, l'autre qu'il pourra le conserver en abandonnant à son triste sort un vieux parti avarié. Ce genre de calcul est généralement désastreux.

Au fond, la grande chance de M. Mitterrand est la victoire de la droite en mars prochain. Mais la droite est si bête, si aveugle, si snob, qu'elle ne l'aidera même pas à tuer définitivement le P.S.

(21 novembre)

Incongruités monumentales

Il faut bien que je le dise : je trouve que la sculpture de M. Botero que l'on a plantée au Rond-Point des Champs-Élysées est une pure horreur. C'est bien une idée de maintenant que d'exposer ces sortes de machins en plein milieu de Paris. Et plus c'est gros, plus cela paraît enchanter les pouvoirs publics, à moins qu'ils ne soient si myopes qu'ils n'arrivent seulement à distinguer que le colossal, ou comme on écrivait par dérision, au temps où le goût existait en France, le *Kolossal.*

D'après ce que je connais de l'œuvre de M. Botero, il me semble que c'est là un artiste assez médiocre, qui n'évolue pas plus dans sa facture que dans son inspiration. Il a trouvé un truc, qui consiste à peindre ou à sculpter des personnages énormes ou obèses, et il en fabrique des quantités, qui se ressemblent tous entre eux. Je suppose que c'est justement cette absence de variété qui a séduit la municipalité parisienne. Elle s'est dit qu'un homme qui répète tout le temps la même chose ne pouvait être qu'un génie.

Je pense aussi que le fait que M. Botero ne soit pas français a été déterminant. Ce qui est étranger a quelque chose de « culturel » qui épate le bourgeois contemporain, lequel se flatte, en admirant les ouvrages exotiques, d'avoir l'œil ouvert sur le vaste monde et ses diverses manifestations. Aucun sculpteur français actuel – et il y en a bien une douzaine ayant plus de talent que M. Botero – n'oserait rêver de voir une statue de lui au Rond-Point des Champs-Élysées. Mais que parlé-je de sculpteurs actuels ! Ni Rodin, ni Bourdelle, ni Maillol, ni Despiau, ni Belmondo n'auraient droit à une pareille gâterie.

Et que parlé-je de talent ! Nous sommes très capables de faire des choses aussi laides que les étrangers. Il n'était pas nécessaire de mobiliser un Chinois pour concevoir la pyramide du Louvre, ni un certain Carlos pour concocter l'Opéra-Bastille, ni Johan Otto von Spreckelsen pour extraire de sa cervelle l'Arche de la Défense. Nous aurions trouvé chez nous, rien qu'en nous baissant, un tas d'architectes lamentables qui auraient parfaitement convenu (et qui auraient été moins chers).

En contemplant le Botero du Rond-Point, j'avais une pensée émue pour le pauvre Arno Breker dont on se moquait tant dans ma jeunesse. Voilà un homme qui s'est trompé d'époque. S'il avait quarante ou cinquante ans aujourd'hui, au lieu d'être mort, et s'il inondait le marché de ses athlètes musclés, la municipalité parisienne lui ferait un pont d'or. À côté de Botero, Breker, c'est Michel-Ange.

(5 décembre)

Dieu est-il suisse ?

Il doit être délicieux d'être né en Suisse. C'est le seul pays adulte qui existe dans le monde, tous les autres, sans exception, étant secoués de passions infantiles, emportés par la vanité et la gloriole, susceptibles, chimériques, voulant toujours surpasser le voisin, ou au moins l'épater, ne restant tranquilles qu'après avoir reçu une bonne correction.

Pendant quelques siècles, la Suisse a été l'unique république de l'Europe, l'unique territoire où des hommes vivaient ensemble sans qu'on les y eût forcés, simplement parce qu'ils le désiraient. Il s'en est suivi un phénomène curieux : c'est que ce pays, si en avance sur les autres, a l'air d'un corps étranger dans l'Europe. La Suisse est beaucoup plus insulaire que l'Angleterre, et elle y a davantage de mérite, n'étant bordée aquatiquement que par le lac Léman et le lac de Constance, ce qui ne fait pas beaucoup d'eau. Ses montagnes lui tiennent lieu d'océan.

Si j'étais citoyen helvétique, je serais très attaché à cette insularité ou, comme on dit depuis une cinquantaine d'années, cette neutralité. Elle me paraîtrait la chose la plus précieuse, la plus digne d'être préservée. Je comprends tout à fait que les Suisses aient voté non au référendum. Dans son cas, le mot neutralité signifie « individualisme ». Pour un État sage, prudent, bien administré, prospère, ayant l'avantage de posséder une monnaie forte, une agriculture heureuse, une industrie efficace, une certaine paix sociale, un régime perfectionné par l'ancienneté, l'individualisme permet de vivre quasiment en autarcie. Il n'y aurait que du dommage pour la Suisse, je crois, à abandonner cette autarcie, à en partager les bienfaits avec des nations qui n'en profiteraient pas.

Pendant la guerre, alors que la France était plongée dans les ténèbres et la famine, c'est à la Suisse que je rêvais avec le plus de nostalgie, au chocolat qu'on y mangeait, à la liberté qui y régnait, à la compassion qu'elle manifestait pour nous autres misérables. Elle me paraissait le refuge le plus sûr et surtout le plus enviable : bien des fois, j'ai désiré passer sa frontière en fraude afin de m'y reposer, ne fût-ce que quelques jours, des travaux de la résistance. Mon journal favori, que j'arrivais à me procurer quelquefois, était le *Journal de Genève*, que nous nous repassions les uns aux autres comme une lecture clandestine. Ah ! le beau temps où le grave M. Payot, dans ses éditoriaux mesurés, nous apportait des pensées raisonnables d'homme libre qui peut tout dire !

Il n'est pas de nation dont on puisse affirmer qu'elle est inviolable. Et pourtant nulle armée ne songerait à pénétrer en Suisse, non que ce soit plus difficile que d'envahir un autre pays, mais il y a autour d'elle toutes sortes de choses invisibles qui s'y opposent, en particulier qu'elle est un pays adulte, que cela se sait, ou mieux encore, que cela se sent, que cela est définitivement établi, et que les enfants ne se battent qu'entre eux.

Les adultes sont faits pour recueillir les enfants éclopés, les soigner, leur faire la morale. C'est là un rôle dans lequel la Suisse est incomparable et il est bien naturel qu'elle n'ait pas voulu y renoncer. Elle est, comme disent les mauvais traducteurs d'anglais, un « sanctuaire », c'est-à-dire un asile, une maison de famille, où les fils prodigues se refont une santé après leurs tribulations.

(12 décembre)

Le bonheur d'être danois

Un des axiomes les plus sérieux de la politique, que personne ne formule jamais, mais que certains hommes d'État exceptionnellement profonds connaissent et pratiquent, est le suivant : « Pour devenir indispensable, il faut être insupportable ». Ce n'est pas sans nostalgie que je me souviens du temps où la France, gouvernée par le général de Gaulle, était rarement d'accord avec le reste du monde, mettait l'Otan à la porte, mécontentait les États-Unis à jet continu, prônait le Québec libre, bref qu'elle était carrément odieuse. Les choses ont bien changé. À présent la France, avec les socialistes au pouvoir depuis onze ans, est devenue ce qu'il y a de plus désastreux : un pays de bonne volonté. Elle fait tout ce qu'on lui demande, et même elle en rajoute, elle déborde de zèle.

Nous en avons eu un remarquable exemple avec le traité de Maëstricht. Le gouvernement français nous prédisait les pires catastrophes si le non l'emportait au référendum, et il a dépensé à peu près huit cents millions pour l'éviter. On devait accepter ce document les yeux fermés, ne pas en retrancher un mot, faute de quoi la chère Europe était par terre. Résultat, c'est le Danemark, le petit Danemark, en se montrant insupportable, qui a gagné la partie.

À Édimbourg, tout le monde a cédé devant sa mauvaise humeur. Pour garder le Danemark dans le sein de la communauté, on l'a dispensé de ce qu'il ne voulait pas : la monnaie commune, la défense commune, voire l'Europe commune. On lui a implicitement dit : « Le traité de Maëstricht comptait pour du beurre ; tout ce qu'on vous demande, c'est de voter oui à un prochain référendum qui, cette fois, nous l'espérons, vous plaira. » Qu'il doit être doux d'être danois ces jours-ci ! Contrairement à ce que prétend Shakespeare dans *Hamlet*, il y a quelque chose de très sain dans le royaume du Danemark : son opinion publique. Elle est plus intelligente que son gouvernement.

On se prend à rêver sur les gracieusetés qu'on aurait faites à la France si elle avait dit non à Maëstricht. Nos braves partenaires en auraient été si atterrés qu'ils nous auraient accordé n'importe quoi. Il eût suffi de demander. C'était le moment ou jamais de pacifier nos pauvres agriculteurs car il va de soi que, sur ce plan-là, nous eussions obtenu tout, et que la sinistre affaire du Gatt eût été réglée en cinq sec.

C'est un grand malheur que d'être devenu un pays de bonne volonté. Comment se débarrasser de cette malédiction ? En chassant, bien sûr, les petites gens qui nous gouvernent, ce qui se passera sans doute au mois de mars prochain. Mais ceux qui les remplaceront sauront-ils qu'il faut être insupportable ? Je voudrais bien en être sûr.

(19 décembre)

Liberté, nullité, égalité

Je ne comprends pas pourquoi les socialistes sont tombés dans un tel discrédit. Tout le monde prophétise qu'ils vont prendre une épouvantable piquette aux élections de mars 93. Les moins pessimistes leur accordent, paraît-il, une centaine de sièges à la prochaine Assemblée nationale, ce qui n'est pas gras. On parle de « sanction », de « châtiment », on les accuse d'être à la fois nuls et pourris, ce qui fait beaucoup pour un seul parti.

À mon avis, on ne tient pas compte d'un détail : c'est que les socialistes sont au pouvoir depuis onze ans (avec une petite interruption de 1986 à 1988). En 1981, lorsque M. Mitterrand succéda à M. Giscard et les convia à gouverner la France sous sa houlette, on s'aperçut tout de suite qu'ils étaient, les pauvres, tout aussi nuls qu'aujourd'hui. Néanmoins ils n'avaient pas encore eu le temps de s'enrichir, et la nullité n'est pas une chose bien grave en démocratie C'est même assez apprécié. Égalité est un des mots clés de la République : il y a quelque chose de mystérieusement égalitaire dans le fait que la puissance politique soit détenue par des gens médiocres.

Bref, il n'y avait aucune raison, aux élections législatives de 1986, pour que les socialistes fussent battus. D'ailleurs, grâce à la proportionnelle, ils ne l'ont été que de peu. L'erreur de la droite, appelée alors à gouverner, fut de former un ministère composé d'hommes brillants et capables. Pourtant, elle avait dans ses rangs un certain nombre d'imbéciles, qui auraient occupé de façon très satisfaisante les postes clés et n'auraient en rien froissé l'esprit démocratique des Français. Mieux encore, si la droite avait été aussi nulle que la gauche, il est probable qu'elle n'eût pas perdu les élections de 1988.

Autant qu'on puisse en juger, c'est à partir de 1988, après leur second succès électoral, que les socialistes ont commencé à s'enrichir. En devenant malhonnêtes, ils parurent tout à coup un peu moins nuls. Du moins, l'opinion put-elle observer qu'il y avait un domaine dans lequel ils réussissaient. Et c'est cela, je suppose, qu'ils vont expier si, comme le disent les commentateurs politiques, ils expient quelque chose.

Le drame de la vie est qu'il faut toujours choisir. Ou l'on veut le pouvoir, ou l'on veut l'argent. Il est bien rare qu'on ait les deux en même temps. Il semble que les socialistes, qui ne sont pas très doués pour le pouvoir, aient finalement choisi l'argent. S'ils perdent le pouvoir, ils garderont l'argent, et une fois de plus, tout sera pour le mieux dans le meilleur des mondes possibles.

(26 décembre)

1993

L'homme providentiel

Il y a une chose, au moins, en faveur de M. Tapie : c'est qu'il ne parle jamais d'« idéal » et d'« honneur », qui sont les deux mots favoris des canailles, comme on peut le constater depuis environ dix mille ans. Peut-être est-ce pour cela que le Premier ministre lui a rendu son portefeuille : il s'est dit qu'un homme qui n'évoque jamais son honneur ni ne proclame son idéal ne peut pas être entièrement mauvais, ce qui ne m'étonne pas de la part d'un politique aussi perspicace.

Si j'étais M. Bérégovoy, je demanderais néanmoins à M. Tapie de ne pas s'exprimer comme Mme Cresson ou le général Bigeard. Cela ne fait pas bon effet. Il y a, non dans ses propos, mais dans sa manière, un côté populacier, argotique, qui ne convient pas à un membre du gouvernement. Les Français sont excessivement sensibles à des dissonances de ce genre. Ils ont beau parler de plus en plus mal, ils veulent que ceux qui les mènent pratiquent le beau langage. Cela explique le succès de M. Le Pen qui, lui, ne fait pas de fautes de grammaire ni n'emploie de vilains mots lorsqu'il se produit en public.

Une autre qualité de M. Tapie est qu'il est riche. Un millionnaire comme lui devrait normalement avoir des idées de droite. Or il est de gauche, ce qui est tout à fait remarquable et même inespéré. Un millionnaire dans un cabinet socialiste, cela signifie implicitement que la gauche n'a plus de gauche que le nom, que non seulement elle est réconciliée avec l'Argent, mais encore qu'elle se recommande de lui pour plaire aux électeurs.

En effet, on dit beaucoup que M. Tapie a été réintégré dans son ministère pour donner une impulsion heureuse à la campagne électorale de mars prochain. Je ne vois pas bien comment il pourrait faire élire ici ou là des candidats socialistes qui ont bien l'air d'être battus d'avance ; en revanche, sa réputation de brasseur d'affaires, de jongleur de milliards, donne à la gauche tout entière un ton réactionnaire, ploutocrate, qui est sa dernière chance. Pourquoi appeler la droite au pouvoir, si la gauche est encore plus à droite qu'elle ?

Il y avait une bêtise à dire sur le retour de M. Tapie au gouvernement. Par chance ce n'est pas un homme de l'opposition qui l'a dite, mais M. François Hollande, député socialiste. Il a déclaré que ce qu'il faut administrer aujourd'hui aux socialistes « ce n'est pas du strass et du bagout en guise de vitamine, mais de la confiance dans leurs idées ». Quelles idées ?

(2 janvier)

Il faut des incapables pour gouverner le monde

Lorsque M. Brejnev était le maître de l'U.R.S.S. et qu'après sa mort lui succédèrent des vieillards de plus en plus impotents, je me disais que ce genre de patriarche est encore ce qu'il y a de plus satisfaisant pour gouverner un pays très puissant, doté d'une armée formidable et d'un arsenal capable de faire sauter toute la planète. Ce qui me rassurait encore davantage était que MM. Brejnev, Andropov et consorts n'étaient pas seulement antiques, mais aussi n'avaient pas de génie. Ils avaient suivi sagement des carrières politiques et administratives, ils avaient, pendant quarante ou cinquante ans, appliqué leurs facultés à survivre, c'est-à-dire à ruser, éviter les pièges, évincer leurs rivaux, grimper d'un poste à l'autre, fermer les yeux sur la corruption et les abus, lécher les pieds des supérieurs et exploiter les subalternes, etc. Lorsque des gens de cette sorte accèdent au pouvoir suprême, on peut raisonnablement espérer qu'ils sont éreintés et qu'ils aspirent plus ou moins à la retraite. Cela signifie que ce n'est pas eux qui se lanceront dans des aventures hasardeuses et sublimes.

Au temps de M. Brejnev, la presse occidentale était pleine d'articles effrayants sur l'Armée rouge, disant que quarante mille chars soviétiques étaient massés à la frontière de l'Allemagne de l'Est et n'attendaient qu'un signal pour se jeter sur l'Europe, qu'il y avait trois ou quatre millions de soldats, une quantité de missiles nucléaires derrière eux et, ce qui était encore plus accablant, que tous ces hommes et ce matériel, lorsqu'ils s'ébranleraient, marcheraient dans le sens de l'Histoire.

Quant à moi, j'étais bien tranquille en lisant ces niaiseries apocalyptiques. J'étais sûr que rien de tel n'arriverait jamais. La situation eût été grave si l'U.R.S.S. avait eu pour chef un jeune homme plein d'ambition et d'intelligence, désirant poser son empreinte sur le monde, quelqu'un comme Bonaparte. Mais il n'y avait rien de Bonaparte dans Brejnev. La seule guerre qu'il osa entreprendre, ce fut contre l'Afghanistan, peuplade prétendue arriérée, qui dura plus longtemps que lui et qui finit par la déconfiture de l'invincible Armée rouge.

Les vieux messieurs arrivant au sommet de l'État après une vie d'intrigues et de compromis ne présentent jamais un vrai danger pour les nations qui les entourent. Ces oiseaux de proie ont été en cage pendant trop d'années ; ils ont perdu le goût de survoler les grands espaces ; leur bec s'est émoussé, leurs serres sont devenues rhumatisantes. Tout ce qu'on peut attendre d'eux est qu'ils soient bons gestionnaires. Ils le sont d'ailleurs généralement. Brejnev, appuyé sur les privilégiés de son régime, a utilisé les forces qui lui restaient à maintenir l'U.R.S.S. immobile, et il y est très bien parvenu, ce qui, rétrospectivement, peut paraître assez remarquable, car, de son temps, ce malheureux pays, si redoutable à l'extérieur, était à l'intérieur aussi misérable et insatisfait que nous observons qu'il l'est aujourd'hui.

D'une façon générale, rien n'est plus inquiétant que de voir une nation puissante gouvernée par un habile homme, n'ayant pas perdu les trois quarts de son existence à préparer son élévation, et dont la carrière plus ou moins courte a été accompagnée par la chance. Quelles que soient son intelligence et sa prudence, il ne peut s'empêcher de penser que, s'il a atteint avec une relative facilité la première place, les autres actions qu'il tentera seront également favorisées par le succès. Telle est l'idée qui m'a traversé la tête lorsque M. Clinton a été élu président des États-Unis, jusqu'au moment où j'ai vu sa photo dans le journal, ce qui m'a considérablement soulagé. M. Clinton ressemble à la fois au président Carter et au président Kennedy. C'est le même genre de visage poupin et souriant. Cette morphologie m'inquiéterait si j'étais américain, mais aujourd'hui, les gens ne tiennent jamais compte des apparences, ce qui est d'une grande légèreté : les apparences ne mentent pas et un visage est toujours le reflet d'une âme. Il y a quelque chose de banal, de satisfait, de « *cheap* » comme on dit en anglais, c'est-à-dire de médiocre, dans l'expression de l'homme qui désormais aura le plus de poids sur notre Terre.

Si mon sentiment ne me trompe pas, cela nous changera agréablement. En effet les États-Unis, depuis l'élection du président Reagan, ont été tout à fait désespérants. C'était une suite de réussites. On avait l'impression qu'ils régentaient tout et que nous n'avions qu'à approuver leurs diverses initiatives ou bien nous taire. Ah ! Où était-il le bon vieux temps du président Carter ou de Gerald Ford ! Le monde entier n'avait pas assez de sarcasmes pour eux. On disait de M. Ford qu'il avait reçu un coup sur la tête dans sa jeunesse en jouant au football et qu'il ne s'en était jamais remis. Quant à M. Carter, il nous donna bien des joies avec ses échecs et ratages variés, le plus brillant étant l'affaire des otages américains à Téhéran. Avant son couronnement, il avait, prétendait-on, une petite affaire d'oléagineux, d'où le surnom de « marchand de cacahuètes » dont l'opinion l'avait affublé. Il y a des métiers qu'il vaut mieux ne pas avoir exercé quand on est promis à un grand destin. Ou alors, il faut les faire oublier par un caractère désagréable, comme M. Truman, par exemple, que nul ne s'avisa jamais de traiter de « marchand de bretelles ». M. Carter, pour son malheur, était plutôt gentil.

M. Reagan est arrivé au pouvoir à Washington à peu près en même temps que les socialistes à Paris. Tout à coup les États-Unis ont retrouvé leur moral et leur fierté alors que nous autres, en France, nous avions douze ans de sottises en perspective. M. Reagan était loin d'être un jeune homme, sans doute, mais il était loin aussi d'être un vieillard fatigué comme l'avaient été les derniers potentats soviétiques. Le système capitaliste maintient jeune, ne serait-ce que parce qu'il ne garantit pas la sécurité de l'emploi. Il faut sans cesse se battre pour conserver sa situation quand ce n'est pas pour gagner son pain. M. Reagan qui a commencé par être petit acteur de cinéma est passé tout seul, par sa seule énergie et sa seule intelligence, de l'état de ringard à Hollywood à celui de premier rôle sur la scène mondiale. Tandis que dans les régimes communistes, on est pris en charge par un appareil d'État, qui vous fait monter d'échelon en échelon de façon quasiment automatique. Il suffit, pour être considéré comme un bon sujet, digne des plus hautes faveurs, d'être imbattable sur la doctrine. Celle-ci tient lieu de tout, y compris de compétences.

Pendant la campagne présidentielle de M. Reagan, il y eut un vrai déchaînement de la presse américaine contre lui. On le présentait comme un complet imbécile, principalement parce qu'il était le candidat républicain, c'est-à-dire le candidat de la droite, et que la presse américaine est en grande partie démocrate, c'est-à-dire vaguement de gauche. Les journaux français s'y mettaient aussi, et je me souviens de l'un d'eux où il était traité de « vieille poupée fardée ».

La vieille poupée montra vite qu'il était un homme de valeur et, durant les huit ans qu'il fut au pouvoir, redonna aux États-Unis tout l'éclat et toute l'influence que leur avaient fait perdre leurs prédécesseurs. M. Bush qui vint après lui gagna la guerre du Golfe et a réalisé le tour de force consistant à obliger les Israéliens et les Arabes à négocier. Bref, je crois que l'Amérique n'avait jamais atteint le degré de puissance qu'elle avait encore au mois d'octobre dernier. Il suffisait qu'elle dît un mot et tout le monde obéissait. Il n'était pas jusqu'à l'U.R.S.S. qui s'était désagrégée pour lui laisser l'hégémonie mondiale.

Dieu merci, on peut toujours faire confiance aux démocraties : lorsqu'une politique se révèle intelligente et, pis encore, qu'elle apporte de la gloire et du profit à la nation, elle déplaît infailliblement, au bout d'un certain temps, à la majorité qui a envie de changer, qui veut des têtes nouvelles, celles-ci fussent-elles pleines de vent, comme si l'on en avait assez, tout à coup, de voir des gens sérieux au pouvoir, comme si l'on se disait que c'était injuste en somme d'être à la fois capable et en mesure d'exercer ses capacités. Il y a dans toute démocratie un ferment funeste d'égalité à cause duquel le corps électoral punit sans pitié les hommes qui ont commis le péché de montrer qu'ils n'étaient pas médiocres.

Après tout il se pourrait que M. Clinton fût tout à fait digne d'être président des États-Unis, que ses larges sourires publicitaires et sa chevelure de boy-scout ne signifiassent rien, et peut-être que c'est un homme remarquable. Mais il serait plaisant, avouons-le, que ce n'en fût pas un, qu'il fût une seconde édition du cher Jimmy Carter. Il doit y avoir un peu de médiocrité dans son caractère pour qu'il ait plu au point de détrôner M. Bush, qui avait pourtant toutes les raisons d'être réélu. Et puis il est démocrate, ce qui suppose que, contrairement aux républicains, il a un peu d'idéologie dans la cervelle, qu'il a un programme, des idées apparemment généreuses (enfin, légèrement plus généreuses que n'en ont les réactionnaires), qu'il veut s'illustrer dans des genres nouveaux, toutes choses désastreuses en général. Il va avoir envie de faire ses preuves. Il sera intéressant de voir si sa première action importante sera une bêtise. Après quoi on pourra respirer. Autrement dit, il y aura de nouveau du champ pour la politique des autres nations.

(4 janvier)

L'hallali

Les dernières semaines que vit le gouvernement ont quelque chose de tragique. On dirait une chasse à courre. Ce pauvre gouvernement fuit à travers les halliers de la politique comme un cerf ou un renard.

Il est tellement affolé qu'il ne sait plus où il va et change de direction à chaque instant. Le plus horrible est qu'il y a encore deux mois à attendre pour que la chasse prenne fin. Encore deux mois à galoper, à être assourdi par les aboiements des journaux et harcelé par les cavaliers ! Je vois assez bien M. Chirac, M. Giscard, M. Léotard, etc., en tenue rouge, bottés, bombe sur la tête, sonnant l'hallali dans leur trompe.

Lorsque la bête sera forcée, les chasseurs sauront-ils bien se servir de leurs couteaux et l'égorger définitivement ? Ils l'ont déjà ratée une fois ; on peut craindre qu'ils n'aient pas fait beaucoup de progrès dans l'art cynégétique. Voilà cinq ans maintenant qu'ils ne sont pas montés à cheval. En cinq ans, on se rouille. Et leur chevauchée n'est pas aussi satisfaisante que le public le désirerait. De temps à autre, ils s'arrêtent pour se chamailler ou pour déterminer qui aura les honneurs de la mise à mort. Quelques-uns n'ont pas une très bonne assiette sur leur monture et se font désarçonner.

Après que l'expédition sera terminée, et que le cerf gouvernemental aura versé sa dernière larme, il y aura encore à s'occuper du vieux solitaire du Faubourg-Saint-Honoré, qui n'est pas un gibier aussi facile. La dernière fois que les chasseurs se sont risqués dans sa bauge, il les a éventrés avec ses grandes défenses. Peut-être n'étaient-ils pas assez méfiants. Ils croyaient déjà qu'ils allaient s'installer à sa place, et que la question n'était que de savoir qui d'entre eux le ferait.

Les gens qui s'adonnent à la chasse à courre ont-ils un peu de temps pour réfléchir, ou bien le sport violent qu'ils pratiquent les en empêche-t-il ? On aimerait qu'il y eût des cervelles sous les bombes en velours noir et qu'après toute l'excitation de la cavalcade on redevînt un peu froid, pessimiste et surtout que l'on se dépouillât de la vanité propre aux chasseurs. La chasse n'est pas toute la vie. Après qu'on a bien chassé, il faut songer aux choses sérieuses.

(9 janvier)

La chance de l'opposition

Il n'est pas tellement avantageux d'être porté au pouvoir par un grand mouvement d'enthousiasme. C'est ce qui est arrivé aux socialistes en 1981. Au bout de six mois, l'enthousiasme des électeurs était tombé, et cinq ans plus tard, c'était la tape aux élections législatives. Certes, M. Mitterrand fut réélu président de la République en

1988, mais je crois qu'il le dut au fait que l'on était habitué à sa tête, à sa voix chantonnante, à ses battements de cils. Cela était entré dans le folklore, et les Français sont très attachés au folklore.

L'opposition, en outre, avait fait son possible pour qu'il remportât la victoire. Elle lui avait offert le combat d'Horace contre les trois Curiaces, lesquels étaient en l'occurrence MM. Chirac, Giscard et Barre. C'est un combat dont l'issue n'est jamais douteuse : à un contre trois, on gagne toujours. M. Mitterrand leur passa son glaive au travers du corps. Ce spectacle de cirque plut beaucoup aux électeurs qui pensèrent qu'un pareil champion méritait de retrouver ses vieilles troupes et ramenèrent les socialistes au pouvoir.

On ne saurait dire que l'opposition, quoiqu'on la donne largement gagnante aux élections prochaines, suscite un grand mouvement d'enthousiasme dans le corps électoral. On a le sentiment que les gens vont voter pour elle faute de mieux, parce qu'il faut bien en finir avec ces malheureux socialistes qui sombrent dans les scandales financiers et le gâtisme politique.

C'est peut-être là qu'est sa chance. En effet, nul ne s'attend de sa part à des prouesses ou à des merveilles. On lui fait d'avance grise mine parce qu'on sait qu'elle apportera au gouvernement tous ses défauts, dont le plus exaspérant est sa manie de vouloir paraître aussi à gauche que la gauche. On se dit qu'elle reprendra à son compte toutes les horreurs artistiques et architecturales enfantées par les socialistes, qu'elle n'osera pas arracher les colonnes de Buren, raser la pyramide du Louvre, démolir l'Arche de la Défense et l'Opéra-Bastille, annuler les travaux de la Bibliothèque de Tolbiac, expulser les baraques foraines qui déshonorent le jardin des Tuileries, ce qui serait autant de gestes flamboyants et symboliques.

Bref, on compte si peu sur l'opposition que tout ce qu'elle fera qui sera en désaccord avec le socialisme aura l'air d'une bonne surprise. Or il faudra bien qu'à chaque heure du jour elle soit en désaccord avec le socialisme. Les hommes politiques ont beau répéter qu'ils ne font pas de miracles (c'est leur formule), on s'attend toujours un peu, lorsqu'on change de majorité, à ce qu'ils en fassent. Cette fois-ci, on ne s'y attend pas du tout. D'où il suit qu'après tout, il pourrait bien y avoir un ou deux petits miracles.

(18 janvier)

Louis XVI superstar

En 1989, dès le début des fêtes commémoratives du Bicentenaire, on s'aperçut que, par une ironie historique très imprévue, celui dont la figure dominait la Révolution était le roi Louis XVI, qui en avait été le martyr. Les historiens découvrirent tout à coup qu'il avait été un souverain intelligent, éclairé, bon, subtil et hardi dans sa politique étrangère et qu'en fin de compte, c'était son humanité, son bon cœur, son amour pour le peuple qui l'avaient perdu. Les manuels d'histoire de la République où, depuis 1875, on le présente aux enfants des écoles comme un benêt, un indécis, voire un traître, en furent du coup discrédités.

Cela n'empêche pas qu'il y ait encore des jacobins farouches qui déclarent qu'on a bien fait de lui couper la tête et que si c'était à refaire aujourd'hui, ils voteraient sans hésiter la mort. Cela seul suffirait à prouver que Louis XVI était un homme supérieur. Il n'y a que les hommes supérieurs pour susciter de telles passions après deux siècles. Un scélérat ou un imbécile serait pardonné depuis longtemps et tout le monde verserait une larme de circonstance sur son triste destin.

Au fond la seule chose que l'on puisse reprocher au roi, c'est son bon naturel. La révolution n'a pas été faite par le peuple, mais par ce qu'on appelle de nos jours des « casseurs », c'est-à-dire la lie de la population, qui monte à la surface lorsqu'il se produit un peu d'agitation sociale, et qui rend les choses irrémédiables par ses excès. Quel était le nombre de ces casseurs en 1789 ? Un millier, peut-être moins. Après avoir cassé la Bastille, ils cassèrent la plus vieille et la plus illustre monarchie d'Europe, ce qui entraîna toutes les catastrophes du XIXe et du XXe siècle.

L'erreur de Louis XVI fut de confondre les casseurs avec le peuple et de ne pas opposer tout de suite la violence d'État à leur violence anarchique. Il suffisait de faire entrer dans Paris le 13 juillet 1789 quelques régiments de dragons avec la consigne de maintenir l'ordre. Mais le roi ne voulait pas « faire couler le sang français », ce qui est un scrupule toujours funeste : il en coule bien davantage par la suite. Son successeur sur le trône, Napoléon, qui n'avait pas de ces délicatesses, déclarait que « la saignée fait partie de la médecine politique ».

Renan dit qu'« en coupant la tête à son roi, la France commit une espèce de suicide ». Sans 14 juillet, pas de Révolution, pas de Terreur, pas de premier Empire, pas de second Empire, pas de République. Louis XVI aurait peut-être vécu jusqu'en 1830, sinon au-delà ; le dauphin lui eût succédé ; il n'y aurait pas eu de guerre en 1870, 1914 et 1939, car les Bourbons, fidèles à l'esprit de Richelieu, n'auraient jamais inventé l'inepte politique des nationalités qui a donné toutes les Allemagnes à la Prusse. Et on parlerait toujours français dans une bonne partie des États-Unis, car ils n'auraient pas bradé la Louisiane.

(23 janvier)

La cohabitation, c'est la guerre

Ce qu'on appelle la cohabitation s'annonce comme une guerre de tranchées. On pourrait quasiment parodier Hugo : « D'un côté Mitterrand, et de l'autre la France ». Nous n'en sommes qu'à la mobilisation, mais tout est déjà en place pour la campagne. Le gouvernement actuel a nommé une foule de fonctionnaires socialistes formant une espèce de réserve territoriale qui prendra la relève de la première ligne (c'est-à-dire des députés) après que celle-ci aura été écrasée lors de la grande offensive de mars.

Pour l'homme de la rue, ou l'électeur de base, cette guerre a moins d'attrait que pour les militaires professionnels qui s'apprêtent à la faire. Il la trouve absurde comme la plupart des guerres, et craint qu'elle ne soit coûteuse. Coûteuse pour lui, bien sûr, car en définitive, c'est lui et nul autre qui paie les dommages.

On sait que la guerre durera deux ans. Cela signifie que, pendant vingt-quatre mois, le pouvoir de gauche qui tient l'Élysée et le pouvoir de droite qui sera retranché à Matignon se feront toutes sortes de misères, lesquelles prendront beaucoup de temps et beaucoup de forces. On m'objectera que c'est la démocratie qui veut cela, que c'est inévitable, que les partis sont semblables à tous les êtres vivants : ils sont dans la nécessité de tuer ou, au moins, d'exténuer les partis adverses pour triompher sur leurs décombres et imposer leur loi.

Le citoyen de base, qui est un ingénu, ne cesse de faire le rêve que les personnages mandatés par lui pour le gouverner sont des hommes de bonne volonté, préoccupés avant tout par le bien public et l'éclat extérieur de la nation. Ce qui ne manquerait pas de le charmer serait que la guerre de la cohabitation n'eût pas lieu, que les deux armées en présence à partir du mois de mars, plutôt que de se tirer dessus, décidassent de fraterniser. En d'autres termes, que le président de la République et le Premier ministre eussent une pensée charitable pour le pays.

Mais je crains bien qu'en démocratie il n'y ait pas d'hommes de bonne volonté. Quand il en apparaît un, il passe instantanément pour un imbécile. Au fond, seuls les rois légitimes peuvent s'offrir le luxe de la bonne volonté. Et encore, s'ils en montrent trop, on leur coupe la tête.

(30 janvier)

L'héritage

L'une des commodités de la démocratie c'est qu'il y a, de temps à autre, des élections qui retirent le pouvoir aux gens qui l'ont, ce qui est un grand soulagement pour eux. En dépit de leurs cris de douleur et de fureur, il est probable que les socialistes voient arriver les législatives de mars avec ivresse, comme des vacances longtemps désirées, comme la perspective d'une retraite heureuse. Cela se comprend : ils sont éreintés, les pauvres. Ils portent depuis près de douze ans sur leurs frêles épaules l'écrasant fardeau de l'État, lequel est si lourd qu'ils l'ont mainte fois laissé tomber par terre.

Je ne suis pas de ces sectaires qui considèrent que les socialistes sont plus bêtes que la moyenne des citoyens. Je les crois tout aussi fins que n'importe qui. Ils savent très bien qu'en douze ans ils n'ont fait à peu près que des bêtises, et ils se disent non sans satisfaction, que ces bêtises, ce sera à d'autres qu'eux de les réparer. J'entends déjà ce cher parti socialiste battu à plates coutures au mois de mars pousser un « ouf ! » de soulagement. Je l'entends s'écrier : « Enfin tranquille ! » Je l'imagine se frottant les mains à l'idée de refiler à la droite la dette publique, le déficit de la Sécurité sociale, les quatre millions de chômeurs et diverses gâteries qu'en douze ans il a eu le temps de lui préparer.

Il serait amusant que, contre toute attente, la gauche gagnât les élections de mars et qu'il y eût à l'Assemblée une majorité socialiste. Quel ne serait pas le désarroi de ces malheureux, qui avaient tout préparé pour la défaite, qui l'appelaient de leurs vœux, qui s'étaient déjà démobilisés ! Catastrophe sans nom : il faudrait recommencer le chemin de croix politique parcouru depuis 1988 et qui a été jalonné de tant de chutes, retrouver les quatre millions de chômeurs intacts, les entreprises en faillite, les fausses factures, la délinquance en progression géométrique, payer les milliers de fonctionnaires inutiles nommés en toute hâte pour embêter la droite, créer des impôts épouvantables, porter la responsabilité des casques bleus tués en Yougoslavie et pour finir – ô horreur ! – « toucher aux acquis sociaux ».

La gauche, en 1981, n'avait pas assez d'imprécations ni de gémissements pour évoquer ce qu'elle appelait « l'héritage », c'est-à-dire la situation que lui avait laissée la droite, qui avait gouverné pendant vingt-trois ans. Dommage que nous soyons condamnés à ne jamais savoir ce qu'elle penserait de son propre héritage ! Car je rêve : elle les perdra, ces fichues élections de mars. Et elle aura, en plus, la satisfaction de se poser en martyr.

(6 février)

Allons, les Verts !

L'autre jour, une demoiselle journaliste m'a demandé ce que je pensais de la faveur dont jouissent les écologistes dans le corps électoral. Je n'en pensais rien, naturellement, et je le lui dis, ce qui lui parut poseur et l'agaça. Pourtant c'était vrai. Je n'ai en général aucune idée sur rien. Il me faut méditer longuement (de préférence la plume à la main) avant qu'une lumière se décide à traverser mon esprit désertique.

Les écologistes ont toutes les raisons de me plaire : comme moi ils détestent le progrès technique, ils condamnent la science qui défigure la nature, ils aiment l'air pur, ils se désolent parce qu'on tue les baleines, ils s'inquiètent de constater que des gaz variés attaquent la couche d'ozone de l'atmosphère, ils se lamentent en voyant les déchets industriels polluer les rivières, ils tonnent contre la désintégration de l'atome, etc. Tout cela devrait m'attirer. Aucun parti ne me donne d'arguments plus propres à me convaincre.

Au fond, ce qui me retient de voter pour ces bons écolos, c'est qu'ils ont deux sens qui ne marchent pas très bien : la vue et l'ouïe. En effet, on a l'impression qu'ils ne s'intéressent qu'à la verdure, aux sentiers campagnards, aux fumées des usines, aux espèces animales en voie de disparition, mais que le destin des villes leur est assez indifférent. Or moi, je suis un habitant des villes, et je voudrais bien que le programme des écologistes contînt une clause prévoyant la démolition immédiate de tout immeuble dépassant six étages, ainsi que de toutes les horreurs enfantées par l'État depuis une trentaine d'années, c'est-à-dire depuis que les ministres se sont mis dans la tête l'idée funeste qu'ils avaient du goût.

Autre chose qui fait cruellement défaut dans la profession de foi des écolos : la langue française. Elle est en train de disparaître comme les baleines et ils n'ont pas l'air de s'en apercevoir, ou ils s'en fichent. Mais moi, qui suis écrivain français, j'ai un besoin primordial que la langue française continue à vivre, à s'épanouir, à se répandre dans le monde. Je souffre autant de la voir polluée par le jargon des commerçants, le sabir pseudo-américain, la langue de bois des politiciens et de l'administration, que les écologistes de voir l'air que nous respirons et l'eau que nous buvons détériorés par l'industrie.

Être français me paraît aussi important que d'être homme, sinon davantage. Je n'ai aucun désir de vivre dans un monde dont la France aurait disparu. Je n'y trouverais pas l'oxygène indispensable à mes poumons. Cette considération est-elle incompatible avec l'écologie ? J'aimerais bien être informé là-dessus avant les élections prochaines, mais il est un peu tard, et je crains que les Verts n'aient jamais songé à moi.

(13 février)

Pas de programme !

La semaine dernière, *Le Nouvel Observateur* inscrivait en grosses lettres sur sa couverture : « Avez-vous lu le programme de la droite ? » Ma foi non, je ne l'ai pas lu, cher *Nouvel Obs*, et j'oserai ajouter que je me fiche des programmes dans les grands prix. Ah ! que j'en ai vu mourir, des programmes, depuis que je suis sur terre ! Je ne crois plus qu'aux hommes : d'abord ils durent plus longtemps, et il arrive parfois qu'ils soient sérieux, compétents, honnêtes, subtils, doués de bon sens. Ce n'est pas fréquent, j'en conviens, mais cela s'est vu. La politique et le pouvoir ne peuvent pas corrompre absolument tout le monde.

Les programmes ont un double inconvénient. Ou on ne les applique pas et ce n'était pas la peine de se creuser la tête pour les établir ; ou l'on se fait un point d'honneur de les appliquer, et c'est encore pire, car la réalité ne se plie jamais aux volontés abstraites et à l'espèce de logique partisane qui les inspirent. Un programme politique est quelque chose comme un vêtement de confection coupé par des tailleurs myopes. Quand il s'agit d'habiller le client, on s'aperçoit que celui-ci éclate dans le pantalon ou que les manches lui arrivent au coude. Les tailleurs pragmatiques s'en moquent ; ils jettent leur ouvrage à la poubelle et ravaudent modestement le vieux costume. Les tailleurs orgueilleux considèrent que c'est le client qui a tort de ne pas être bâti selon leur patron ; ils lui coupent les mains quand les manches sont trop courtes.

Dieu sait si le programme socialiste était copieux et détaillé, en 1981 ! Tout y était, jusqu'à la morale : la France, qui s'était vautrée dans la corruption et l'affairisme, allait enfin entrer dans la Pureté.

Après onze ans de gouvernement, on constate que le nombre de chômeurs a doublé, que la dette publique est insondable, que les gens au pouvoir n'ont pensé qu'à se mettre de l'argent dans les poches, et vingt autres détails aussi amusants. Il n'était pas nécessaire, pour arriver à ce résultat, de soumettre au bon peuple cent une propositions, qui ont dû coûter de terribles migraines aux têtes pensantes du parti socialiste, aux alentours de 1980.

Il semble que le programme soit un exercice de style indispensable à toute campagne électorale. Un candidat qui n'a pas de programme ne fait pas sérieux. Ah ! Comme je voudrais entendre quelqu'un dire : « La politique est une chose changeante, que l'on ne peut prévoir à l'avance ; c'est une continuelle guerre de mouvement. Ce qui importe, pour remporter des victoires, pour rendre la patrie puissante et prospère, c'est d'avoir de la vigilance, de la volonté, de l'honneur, de l'imagination, peut-être de la philosophie. Il s'agit de redonner à tout un peuple confiance en lui. Cela ne se fait pas avec des théories, mais par une foule de travaux quotidiens. » Oui, si quelqu'un me tenait ce langage, je voterais aussitôt pour lui. Et peut-être, après tout, que je ne serais pas le seul.

(20 février)

Qu'en pense le dentiste ?

Le péché des Français (mais peut-être est-ce un péché inhérent à toute démocratie ?) c'est qu'ils se sont érigés en professeurs de morale. À tout propos, ils jugent, ils blâment, ils lancent des anathèmes. C'est particulièrement agaçant quand il s'agit de politique étrangère. Il me semble que la France n'était pas aussi sourcilleuse du temps qu'elle était une grande puissance. Elle se servait sans préjugé des gens dont elle pensait pouvoir tirer quelque avantage. C'est l'actuel séjour de M. Mobutu chez nous qui m'a inspiré ces réflexions.

En effet, je ne lis et n'entends que des choses désagréables sur ce galant homme qui n'a confiance que dans les dentistes français et dont généralement, en tant que nation, nous n'avons qu'à nous louer. Certes il a, chez lui au Zaïre, la poigne un peu dure, et l'on ne saurait dire qu'il y a fait régner l'équité, la probité, la justice, les droits de l'homme, mais en quoi cela nous regarde-t-il ? La seule chose qui importe pour nous, c'est qu'il soit notre allié et notre ami. Or, il l'est. En outre, il parle français, ce qui est inestimable. S'il est un jour renversé et remplacé par quelque vertueux personnage qui nous haïra et qui s'exprimera dans le sabir américanoïde du monde moderne, nous serons bien avancés.

Il faudrait avoir toujours présent à l'esprit le pauvre roi Farouk. Dieu sait si nous l'avons brocardé et traîné dans la boue parce qu'il était gros, parce qu'il faisait des bancos au casino de Deauville et que, selon nous, il gouvernait mal l'Égypte. Mais lui aussi, le cher Farouk, il aimait bien la France, il s'y plaisait mieux que dans son propre pays. Qui est venu après lui ? Le colonel Nasser, qui ne jouait pas à la roulette mais qui nous a causé une infinité de tracas.

Gide disait qu'on ne fait pas de bonne littérature avec de bons sentiments. On ne fait pas non plus de bonne politique avec de bons sentiments. Les gens qui sont dans ce qu'on appelle aujourd'hui la « communication » veulent à tout prix passer pour de belles âmes. D'où les innombrables leçons de morale qui résonnent dans notre presse et sur nos ondes. Les ministres, à force de les lire et de les entendre, finissent eux aussi par avoir envie d'exhiber de belles âmes et, par voie de conséquence, ils deviennent idiots.

La seule personne à qui l'on devrait demander son avis sur M. Mobutu, c'est son dentiste. Il ne dirait rien de la mâchoire de son patient, attendu qu'il est astreint au secret professionnel. Il ne dirait même pas le montant de ses honoraires, pensant, je suppose, que cela ne regarde pas l'opinion publique.

(27 février)

La priorité des priorités

La politique, pour ceux qui n'en font pas, comme moi et mes pareils, est une perpétuelle leçon d'humilité. Nous sommes le jouet des apparences. Nous pensons niaisement que le gouvernement devrait s'employer à réduire le chômage, amortir la dette publique, endiguer la criminalité et dix autres insignifiances du même genre. Bref, nous ne voyons pas plus loin que le bout de notre nez. Le vrai danger n'est pas là, et notre Président, qui n'est pas atteint de cécité (ou de non-vue), s'en est aperçu. Il sait, lui, ce qui ne va pas : c'est l'article 16 de la Constitution.

Il est inconcevable que la totalité des Français n'aient pas l'article 16 présent à l'esprit en permanence. Je suis sûr que si l'on faisait un sondage, on constaterait avec tristesse que quatre-vingt-dix-huit pour cent au moins de la population est sans opinion (ou « sans op ») sur ce sujet primordial. J'oserai même croire qu'ils ne savent pas de quoi il s'agit. Ce n'est pourtant pas bien sorcier : l'article 16 prévoit que, dans certaines circonstances, le président de la République peut être investi de « pouvoirs spéciaux ». Quelques esprits grincheux objecteront qu'il n'a servi qu'une seule fois en trente-cinq ans, à savoir lors du putsch des généraux dont de Gaulle, grâce à lui, triompha.

N'importe. Une fois, c'est encore trop. Quoiqu'il n'y ait pas de généraux putschistes en vue, il est essentiel de supprimer le funeste article 16 toute affaire cessante. Ce qui est étonnant, c'est que M. Mitterrand ait attendu douze ans avant de prendre cette mesure de salubrité publique. Mais enfin, il y est parvenu. Rare exemple d'audace méditée.

Après que l'article 16 sera abrogé, il est évident que l'on respirera mieux. La Sécurité sociale, l'A.N.P.E. et les juges d'instruction offriront l'image même de la prospérité et du bonheur. Il sera exquis de prendre le métro à minuit. M. Tapie achètera deux ou trois sociétés afin de les revendre à l'État. M. Bérégovoy pourra récupérer ses collections de livres et d'objets d'art qui doivent bien lui manquer. M. Mitterrand, enfin, aura la satisfaction de penser que son règne aura été illustré par une grande action dont retentiront, dans l'avenir, les manuels d'histoire.

Ce qui serait désolant, c'est que le Conseil constitutionnel, qui a parfois des lubies, et qui peut en avoir ces temps-ci, à cause des prochaines élections législatives, refusât d'ôter l'article 16 de la Constitution. Ce serait là, vraiment, faire acte de mauvais Français, qui ne voient pas plus loin que l'homme de la rue.

(6 mars)

La loterie nationale

Il suffit de réfléchir un peu sérieusement et l'on trouve la raison profonde des choses. Par exemple, tout le monde s'ébahit devant le grand nombre des candidatures aux élections législatives. Il y en a, paraît-il, 5169 pour 555 circonscriptions, ce qui fait à peu près dix postulants à chaque siège. Pourtant l'explication est des plus simple : elle se trouve dans le goût que les Français ont pris depuis vingt ou trente ans pour le loto et le tiercé. Ces deux admirables inventions du monde moderne permettent au dernier des imbéciles, s'il a un coup de chance, de devenir du jour au lendemain millionnaire.

Parmi les « acquis sociaux » dont nous ont gratifié les bons socialistes, il en est un que, par modestie, sans doute, ils ne mentionnent jamais : c'est qu'ils ont considérablement amélioré les conditions de la profession politique. Le pays entier a pu admirer, depuis une douzaine d'années, comment une foule de petites gens, de besogneux, pour ne pas dire de smicards, par le seul fait qu'ils ont été élus députés et parfois nommés ministres, sont passés de la gêne la plus cruelle à l'opulence la plus dorée.

On ne sait pas très bien comment cela s'est fait. Il y a du mystère dans ces métamorphoses. Chaque fois, c'est comme un conte de fées. Bref, cela ressemble à la loterie. Être élu député, c'est apprendre soudain que l'on a touché le bon numéro, augmenté, si l'on n'est pas trop maladroit dans les opérations ultérieures, de la supercagnotte.

Pour dire le fond de ma pensée, je trouve que 5169 joueurs de loto, pour une grande nation comme la France, ce n'est pas excessif. Et les chances sont meilleures qu'au loto, puisqu'il y aura obligatoirement 555 billets gagnants. Après quoi, on procède à un second tirage, qui est la nomination des ministres, ce qui constitue une quarantaine de gros lots, agrémentés de logis superbes, de mobilier national, de grandes voitures noires, d'huissiers à chaîne, sans parler des occasions de faire fructifier son petit capital grâce aux amis qu'on se fait tout à coup dans de telles circonstances.

Le bon peuple n'est pas oublié dans l'affaire. Il pourra s'enrichir un peu, lui aussi, en établissant des tiercés de candidats dans les diverses circonscriptions. Toucher six ou huit cents francs dans l'ordre pour une mise de cinq francs, voire cinquante francs dans le désordre, n'est pas à dédaigner, après tout.

(13 mars)

La ruée vers le fromage

La droite est alarmée parce que le régime actuel, prévoyant la catastrophe des élections, case à tour de bras des socialistes dans l'administration. Les ministres vont s'abriter au Conseil d'État et à la Cour des comptes. On fait en toute hâte des fournées de préfets, de sous-préfets, d'ambassadeurs, de magistrats, de directeurs de police. Les gazettes expliquent gravement que cette pléthore de taupes causera d'horribles difficultés au nouveau gouvernement.

Ce n'est pas mon avis. Connaissant les socialistes comme, depuis douze ans, nous avons appris à les connaître, nous savons que ce qu'ils désirent, ce n'est pas le pouvoir, qui les ennuie et dont ils ne savent que faire, mais l'argent, c'est-à-dire les places, les prébendes, les occasions de faire de bonnes affaires, les voitures de fonction, les huissiers à chaîne, bref, les fromages. Dans la ruée vers les fromages dont nous avons le spectacle, il y a quelque chose de profondément tranquillisant. Les excellents socialistes qui les auront attrapés voudront à tout prix les conserver. Il s'ensuit qu'ils seront fort traitables, qu'ils feront tout ce que la droite voudra d'eux et même davantage.

Telle est la nature humaine en général et la nature socialiste en particulier. Lorsqu'on a quelque chose à perdre, on devient tout à coup d'une surprenante docilité. Sans compter que l'on éprouve de grandes joies à trahir au profit d'un maître puissant dont non seulement dépend le fromage qu'on possède, mais encore qui peut l'augmenter. Il est bien connu que les éléments les plus sûrs sont toujours les transfuges. Ils en font dix fois plus que les vieux fidèles pour faire oublier leur passé.

Je suis convaincu que les hauts fonctionnaires socialistes (et les moins hauts) nommés entre le mois de janvier et le mois de mars 1993 seront d'excellents auxiliaires pour le prochain gouvernement qui non seulement pourra compter sur leur zèle, mais encore leur confier les sales besognes que refuseraient peut-être de vieux militants R.P.R. ou U.D.F. promus à l'ancienneté et ayant gardé quelque pureté à cause de leur longue marche dans l'opposition.

Quand on va gagner, il faut être tout au plaisir et non point songer aux difficultés qu'on rencontrera après que l'on se sera emparé de l'État. Elles ne viennent jamais du côté que l'on prévoit. En l'occurrence, je garantis aux futurs ministres que ce n'est pas le noyautage socialiste des administrations qui leur causera du tracas. Tout au contraire : ils auront là une pépinière d'hommes de confiance, lesquels en outre sont pleins de petits secrets amassés en douze ans, et qu'ils se feront un devoir de raconter

(20 mars)

Harpagon le sauveur

Le prodigue est charmant. Les femmes en raffolent. Rien n'est plus élégant en effet qu'un garçon qui vit dans le luxe, qui ne se refuse rien, qui n'a pas l'air de tenir à l'argent et qui vous laisse entendre qu'il ne demande qu'à partager ses richesses avec vous. Le peuple est une femme : ce genre de mirliflores lui tourne volontiers la tête. C'est ce qui s'est passé en 1981. Le peuple français, pendant vingt-trois ans, avait été marié avec des hommes sérieux, qui lui constituaient un magot. Mais cela ne l'amusait pas. Il s'est offert douze ans de folies avec un délicieux farceur.

Il faut dire qu'au bout de cinq ans, il en avait un peu assez dudit farceur. Il l'a trompé avec un type capable, un bûcheur qui habitait non loin du Bazar de l'Hôtel de Ville. Mais les polissons ont un charme dont il est difficile de se déprendre. Le peuple, sommé de choisir en 1988 entre le bon et le mauvais sujet, se remit en ménage avec le mauvais sujet, lequel devint de plus en plus extravagant dans les années qui suivirent, et mit très proprement le bon peuple sur la paille.

La sagesse revient aux femmes (et aux peuples) lorsque leur chéri ayant, dans sa frénésie de dépenser, croqué toutes leurs économies les a complètement ruinées, qu'elles voient le gouffre des dettes et de la pauvreté ouvert devant elles. Elles se mettent à haïr tout ce qu'elles avaient tant aimé : la vie à grandes guides, les fêtes dont il ne reste rien, les coûteuses inutilités qu'on leur a offertes. Surtout elles sont indignées de constater que le prodigue qui a fait le malheur de tous ceux qui l'entourent n'a pas été fou au point de faire le sien propre et a mis rapacement de côté un joli pécule en prévision de la rupture.

Un gouvernement soucieux des deniers de l'État, qui vit comme un rat, qui ne prend pour subsister que le strict nécessaire, qui considère comme sacré le moindre sou sorti de la poche du contribuable, est une bénédiction. Cela ne se sait pas. Mais il semble toutefois que M. Balladur le sache, puisque son premier geste, après son élévation à Matignon, a été de couper vingt milliards dans le budget officiel, de défendre aux ministres de prendre les avions du Glam pour aller de Paris à L'Haÿ-les-Roses, de ne pas changer de voitures de fonction comme de chemises.

Mon Dieu ! Cela va être exquis d'être gouverné par des avares, des gens à qui on pourra confier son porte-monnaie sans redouter qu'ils nous le rendent vide. Nous allons retrouver cette vieille vertu de notre pays, génératrice de tant de satisfactions : l'esprit d'économie. Nous ne regarderons plus, consternés, les « grands travaux » qui sont tous d'une rare laideur et qui sont comme l'orgueilleux symbole de notre misère, pour l'excellente raison (du moins je l'espère) qu'il n'y aura plus de grands travaux. Rien que de petits ravaudages qui nous permettront de refaire de nos haillons des costumes décents. Après « Douze ans, ou la vie d'un joueur », voici Harpagon qui entre en scène. Enfin !

(10 avril)

La maladie est sur les poules

Les paysans d'autrefois, dans les périodes de guigne, disaient : « La maladie est sur les poules ! » On pourrait dire aujourd'hui que la maladie est sur les socialistes. Après la catastrophe du socialisme français, voici celle du socialisme espagnol qui s'annonce. M. Felipe Gonzalez, Premier ministre du royaume d'Espagne, a en effet décidé d'avancer les élections pour cause de fausses factures, ce qui, par parenthèse, me semble une bizarre stratégie. À mon avis, il eût mieux valu laisser passer un peu de temps sur le scandale, attendre que les électeurs n'y pensent plus. Mais peut-être que les Espagnols n'ont pas la faculté d'oubli des Français et qu'au contraire, plus les mois s'écoulent, plus leurs griefs s'indurent.

Péguy, vers 1908, notait que tout allait bien en France parce que tout allait bien dans le reste de l'Europe : en Allemagne, en Italie, en Angleterre, en Autriche-Hongrie, en Roumanie et même en Russie malgré des agitations révolutionnaires sporadiques. Cette remarque, lorsque je la lus, me frappa par son acuité. Il est tout à fait vrai que l'Europe moderne n'est qu'un seul grand corps, et que si l'une de ses parties est infectée d'un microbe, celui-ci ne tarde pas à se répandre dans tout l'organisme. Le pauvre Péguy, tué à la bataille de la Marne, a vu sa théorie confirmée par la Grande Guerre, qui n'affecta pas seulement la France et l'Allemagne, mais s'étendit à tout le continent.

L'Europe de maintenant est encore plus resserrée, plus poreuse que celle qu'observait Péguy, et il est probable que le glas de la gauche européenne a sonné lorsque le régime soviétique s'est effondré. Certes la social-démocratie n'est pas le communisme, mais il y a quand même de profonds liens de parenté idéologiques. Deux frères ennemis, en dépit de leur antagonisme, restent frères ; si l'un tombe, il entraîne de façon quasi métaphysique l'autre dans sa chute.

Je crois que l'on verra dans les prochaines années l'effet meurtrier de la contre-révolution de l'Est. Peut-être M. Mitterrand l'avait-il pressenti au moment, lorsqu'il manifesta son attachement et sa solidarité à M. Gorbatchev, à l'encontre de M. Eltsine. Bien qu'il eût, en France, beaucoup contribué au déclin du parti communiste, peut-être sentait-il que c'était toute la gauche, et la sienne propre, qui recevait un coup fatal avec la mort du communisme russe.

Si les socialistes espagnols sont battus aux élections législatives du 6 juin prochain, la droite qui les remplacera aura au moins un avantage sur la nôtre : c'est que la question de la cohabitation avec le chef de l'État ne se posera pas. La supériorité d'un roi constitutionnel sur un président élu est qu'en principe il n'est d'aucun parti politique. Il cohabite avec tout le monde – ou avec personne. On ne se fait pas la petite guerre dans les palais nationaux, on ne pense qu'au bien, au renom, à la dignité de la France... Pardon, je veux dire de l'Espagne.

(17 avril)

La francophonie commence à Paris

J'en ai par-dessus la tête des pleurnicheries sur la « francophonie » qui recule partout dans le monde. En février, c'était l'atterrement parce que l'Italie avait décidé que la connaissance du français ne serait plus obligatoire pour la carrière diplomatique. Ce mois-ci, c'est la désolation parce que l'Algérie a décidé que le français serait remplacé par l'anglais comme première langue étrangère dans les lycées. Et ce n'est pas fini, sans doute. D'autres crève-cœur nous attendent.

Ce qui m'exaspère dans ces lamentations, c'est qu'elles sont illogiques. Comme toujours, avant de regarder l'étranger, nous devrions nous regarder nous-mêmes. Pour dire les choses carrément, ce n'est pas au-delà de nos frontières que commence la francophonie, mais ici même, en France. Et je trouve qu'elle se porte bien mal. Les Français ne parlent presque plus français. Ils usent d'une espèce de sabir américanoïde, composé de mots vaguement anglais ou de mots français dénaturés de leur sens parce qu'ils ont été mal traduits. Par exemple « opportunité » pour « occasion ». Quant aux enseignes des boutiques, les deux tiers sont rédigées en charabia. Près de chez moi, il y a une « *Body Shop* » ainsi nommée parce qu'elle vend du savon, qui me donne envie de ne plus jamais me laver. Je me demande ce que pensent les touristes lorsqu'ils voient ces enseignes jargonnantes.

Peut-être quelques-uns, tombant par hasard sur Notre-Dame ou la place de la Concorde, s'avisent soudain qu'ils sont à Paris (France) et non à Detroit (Michigan).

Le Premier ministre lui-même, qui parle une excellente langue, n'a pu s'empêcher, lorsqu'il est entré en fonction, de demander à ses services de lui établir un « audit », c'est-à-dire un état des comptes de la nation. Cet « audit » vient tout droit de la Cité de Londres, si ce n'est de Wall Street. En 1979, il ne figurait pas dans le Petit Robert.

Pourquoi les étrangers auraient-ils le moindre respect et le moindre attachement pour la langue française lorsqu'ils voient le cas qu'en font les Français eux-mêmes ? La France, par la faute du laisser-aller des gouvernements depuis quinze ou vingt ans, de l'absence de volonté politique, des efforts conjugués du commerce, de la publicité, de la télé et des traducteurs ignorants, sans parler de l'école, est en train de devenir un pays anglophone – enfin, vaguement anglophone, baragouinant, patoisant, une sous-province de l'empire américain.

Ce n'est pas aux Affaires étrangères que devrait être rattaché le ministère de la Francophonie, mais à l'Intérieur. Car la francophonie est avant tout une affaire nationale. Et qui requiert, pour commencer, quelques arrêtés préfectoraux. Par exemple, de taxer à cent mille francs par an les enseignes en sabir. Elles disparaîtraient toutes aussitôt. Voilà un peu d'argent pour M. Balladur qui en a tant besoin !

(26 avril)

Le ministère de la Parole

On disait jadis de M. Mitterrand, avant qu'il ne devînt président de la République, qu'il était titulaire du « ministère de la Parole », entendant par là qu'il dissertait mieux (et plus abondamment) que personne sur la morale, la politique, la morale en politique, la démocratie, les droits de l'homme, le bonheur de la nation, etc. Rien de ce que faisait la droite au pouvoir ne trouvait grâce à ses yeux. Tout était mal, jusqu'aux institutions, jusqu'à la Constitution. La conclusion de ses discours et de ses écrits était que le socialisme, du jour où il serait le maître, nous ramènerait à l'âge d'or.

L'inconvénient du ministère de la Parole est qu'il exclut les autres ministères, ou plutôt qu'il les annexe, qu'il les dévore. Après que M. Mitterrand fut élu chef de l'État, ses gouvernements se mirent à parler à sa place : au lieu d'un solo, la France, pendant douze ans, entendit un chœur. Ce chœur lui répétait que tout allait bien, que tout irait de mieux en mieux et que c'était un grand bonheur pour un pays que d'être régenté par le parti socialiste, seul à connaître le secret de ce qui était bon pour la France.

Un autre inconvénient du ministère de la Parole est qu'il épuise les forces de son titulaire – ou de ses quarante titulaires. Il ne lui en reste plus pour agir : tout s'en va en bruits mélodieux. Le plus étrange est que, pendant très longtemps, les paroles ont l'air d'être des actes. C'est un des sortilèges de la démocratie. Celui qui parle est convaincu que, puisqu'il a dit quelque chose, ce quelque chose va devenir une réalité, que son souffle se transformera en événement ou en matière. Celui qui entend est la proie d'un mirage analogue, mais peut-être un peu moins longtemps. Néanmoins cette illusion peut durer une douzaine d'années, comme nous avons pu l'observer récemment.

Le troisième inconvénient du ministère de la Parole est qu'une fois que l'on a compris qu'il ne produit que des sons et n'a à peu près aucun pouvoir sur le monde, ceux qui se sont longtemps grisés de sa mélodie le renversent avec fureur et s'écrient qu'on ne les reprendra pas de sitôt à écouter les choristes. Normalement, si la droite ne fait pas trop de bêtises, et surtout si elle montre bien qu'elle ne ressemble pas à la gauche, elle va rester aux affaires pendant deux générations, c'est-à-dire jusqu'à ce que quelques millions d'oreilles nouvelles, qui ne connaissaient pas la musique du ministère de la Parole, la découvrent avec ravissement.

On dirait que M. Balladur est tout le contraire d'un Premier ministre de la Parole. Cela tient à son aspect physique, à sa froideur, à sa voix douce. Il a commencé par en faire plus qu'il ne dit, ce qui est une nouveauté bien plaisante. Quant à M. Pasqua, quand il parle, c'est pour dire le contraire de ce qui fait le texte habituel des ministres de la Parole. M. Lang, ci-devant ministre de la Culture, avait une des plus belles voix de la cantate. Espérons que M. Toubon qui lui succède chante faux.

(8 mai)

Du suicide

La mort de M. Bérégovoy m'a affecté autant que n'importe quel Français, et peut-être un peu plus, parce que je le connaissais personnellement et que son caractère m'inspirait de la sympathie. Cependant je ne me considère pas comme autorisé à rendre quelqu'un responsable de cette mort. Un suicide est toujours quelque chose de mystérieux et dont l'explication, s'il y en a une, se trouve dans un désespoir bien plus profond, bien plus caché que celui où aurait pu nous jeter, par exemple, une méchante campagne de presse, ou la déception causée par une défaite électorale.

Quand on a le pouvoir, on doit s'attendre à être vivement attaqué et à recevoir toutes sortes de coups, y compris des coups bas. M. Bérégovoy le savait, évidemment. De même qu'il se disait avec philosophie que le poids du pouvoir balançait bien celui des petits journaux, que ceux-ci étaient dans leur rôle en clabaudant et le pouvoir dans le sien en faisant la sourde oreille. Il connaissait enfin la parole fataliste du tsar Alexandre III après avoir échappé à un attentat : « Ce sont les risques du métier. »

Les risques de la démocratie sont un peu moins grands que ceux de l'autocratie, mais ils existent. Et ils ont ceci de particulièrement dangereux qu'on les partage avec d'autres gens. Je veux dire que le tsar est seul devant l'opinion, qu'il n'est responsable que de lui-même, tandis qu'un homme politique, aux yeux du public, est solidaire de son parti. Si le parti a la réputation d'être corrompu, il en est éclaboussé, fût-il immaculé comme une hermine.

Sans que cela jette de lumière sur son suicide, je crois que M. Bérégovoy a été victime du discrédit dans lequel était tombé le parti socialiste. Lui qui était tout probité et droiture, il a été pris dans le grand mouvement de dégoût suscité par les monceaux d'argent que les socialistes ont raflé et par les scandales qui en ont résulté. L'affaire du million prêté par M. Pelat est probablement très innocente et personne n'en aurait parlé s'il n'y avait eu tant de fausses factures, de pots-de-vin, de trafics d'influence et d'enrichissements imprévus dans les rangs de la gauche depuis plusieurs années.

À mon avis, s'il existe une responsabilité quelconque dans la mort de M. Bérégovoy, c'est à gauche qu'il faut la chercher et non chez les « chiens » qui auraient aboyé contre lui. D'ailleurs c'est une vieille vérité que le malheur nous vient plus souvent de nos amis que de nos ennemis.

(17 mai)

L'ogre et les fées

Fait-on encore des contes de fées aux enfants ? Le cinéma et les dessins animés ont dû tuer ce genre littéraire pourtant si captivant, si générateur de rêveries, où l'on voyait la bonté et l'innocence triompher des monstres. L'inconvénient, quand un genre littéraire meurt, c'est que la réalité prend la relève et se substitue à lui. Les ogres de maintenant ne mangent plus les enfants, mais ils les droguent, les violent ou les étranglent. Et les loups à deux pattes font régner la terreur dans le métro à minuit.

L'affaire de l'école maternelle de Neuilly a l'air d'avoir été écrite par Perrault ou les frères Grimm. Tout le personnel des contes de fées s'y est donné rendez-vous, en costumes du XXe siècle. Il y a l'Ogre, naturellement, et les petits enfants dont il s'est emparé. Mais trois bonnes fées veillent, à savoir Mmes Laurence Dreyfus, Évelyne Lambert et Catherine Ferracci. Autour de la forteresse de l'Ogre, se pressent les pauvres parents en larmes. M. Sarkozy, maire de Neuilly, me paraît assez bien remplir le rôle du Chat botté, grand dialecticien comme on sait, et qui fait jaillir des valises pleines d'or fournies par la Banque de France afin d'éblouir l'Ogre. Quant à M. Pasqua, c'est évidemment le bon roi, qui veut que la paix règne sur ses terres, que ses sujets vivent dans la sécurité, que les méchants soient impitoyablement punis et qui offre de beaux rubans rouges aux fées quand le conte est fini.

Qui a pris le château dans lequel l'Ogre s'était retranché ? Une petite troupe de chevaliers au service du bien, appelée R.A.I.D. Ils ont endormi le preneur d'enfants avec un mystérieux soporifique, et lorsque le sommeil l'a terrassé, ils l'ont occis. Une des fées, avec de tout petits gestes (ceux qu'on fait précisément quand on se sert d'une baguette magique) et avec l'aide d'une caméra de télévision, les avait fait assister pendant plusieurs heures à toutes les allées et venues de l'Ogre.

Cette magnifique histoire, dont la France entière, l'Europe et même l'Amérique ont suivi les péripéties pendant deux jours en haletant, a malheureusement un côté moderniste qui risque de la déparer aux yeux d'un véritable amateur de contes de fées. C'est que l'Ogre, comme n'importe quel imbécile d'aujourd'hui, se croyait obligé de jargonner en sabir américanoïde. Avoir signé ses menaces du nom de « Human Bomb » ou « H.B. » est parfaitement désolant. Et calomnieux par surcroît. En effet, « H.B. », en français, cela signifie Henri Beyle, c'est-à-dire Stendhal, l'un des plus grands et des plus délicieux écrivains qui se soient jamais servi de notre langue. Mais l'Ogre de Neuilly n'avait sans doute jamais entendu parler de lui. Quand on a lu ne fût-ce que deux lignes de Stendhal, il est impossible de devenir un ogre.

(22 mai)

Vos papiers S.V.P.

J'ai lu dans une gazette les déclarations d'un avocat à propos de la loi sur les contrôles d'identité. Il était contre, pour des raisons qui m'ont semblé peu convaincantes. À l'objection comme quoi la loi ne dérange pas les personnes qui n'ont rien à se reprocher, il répondit qu'il lui plairait d'entendre les plaintes de ces hermines le jour où elles sortiraient sans papiers et se retrouveraient au poste, ou bien lorsqu'elles auraient perdu leur temps à faire la queue dans un couloir de métro en attendant qu'on les contrôlât. Péroraison de l'avocat : j'aimerais qu'on me dise en vertu de quoi nous sommes contraints d'avoir en permanence nos papiers sur nous.

Ma foi, cher Maître, je crois que je le sais, moi qui ne suis pas avocat. C'est que nous sommes en 1993 et non en 1930 ou en 1880. La situation n'est pas du tout la même. La délinquance, depuis ces temps paisibles, a progressé de façon quasiment géométrique, entre autres à cause de l'immigration clandestine. Il faut bien donner à la police quelques armes dont elle n'avait pas besoin lorsque la France était un pays convenable. Maintenant que c'est une caverne de brigands, elle est plutôt démunie, et je crois que toute personne de bonne foi ne saurait prétendre que les contrôles d'identité soient quelque chose de bien barbare. Quant à moi, j'oserai affirmer qu'à tout coup je préfère un policier qui me demande mes papiers à un voyou qui me demande mon portefeuille.

Les braves citoyens ne considéreront pas, je me plais à le croire, comme un attentat contre les droits de l'homme de mettre leur carte d'identité dans leur poche avant de sortir. Surtout s'ils se disent qu'ils apporteront ainsi leur contribution à l'assainissement des mœurs. Ils ne l'oublient pas, cette carte d'identité, quand ils font des achats et ont l'intention de payer par chèque. Ce que l'on montre à une caissière de supermarché, on peut le montrer tout aussi tranquillement à un gardien de la paix.

Quant à passer une ou deux heures au violon, lorsqu'on a la conscience pure, c'est une expérience plutôt amusante, à condition qu'elle ne se renouvelle pas toutes les semaines. Le spectacle d'un commissariat est très intéressant, il suffit, pour en être persuadé, de regarder les films et les feuilletons de la télévision : c'est le sujet de la moitié d'entre eux.

Quoique la France soit pleine de malfaiteurs, la grande majorité des Français est composée d'honnêtes gens à qui l'on peut dire, sans qu'ils se mettent à claquer des dents : « Vos papiers, s'il vous plaît ». D'autant plus que les agents de police, depuis qu'on les a dotés de casquettes, ont l'air plus gentils et cordiaux que du temps où ils portaient le képi. Je suis prêt à parier que quatre-vingt-quinze pour cent de la population est heureuse qu'on établisse des contrôles d'identité. Ce serait même là un agréable référendum à organiser, tout à l'avantage de M. Balladur.

(29 mai)

Cinquante ans de retard

J'ai remarqué que l'opinion a, en général, cinquante ans de retard sur la réalité, sinon davantage. Nous en avons l'exemple avec le nouveau code de la nationalité. Beaucoup de gens sont choqués par certaines de ses dispositions. En particulier celle qui stipule que les petits immigrés nés chez nous ne pourront pas être automatiquement des citoyens français, mais seulement s'ils en font la solennelle demande lors de leur majorité. Ils disent que c'est là une trahison de notre passé, que la France est une terre d'asile, qu'il est dans ses traditions d'accueillir et d'assimiler tous les étrangers qui viennent s'établir sur son sol.

Ce que personne ne semble voir, en l'espèce, c'est que cette tradition remonte à une époque où la France était aimée. Et pourquoi était-elle aimée ? Pour les seules raisons qui font que l'on aime un peuple à l'étranger : parce qu'elle était forte, redoutable, égoïste, expansionniste, parce qu'elle brillait par ce qu'on appelle aujourd'hui « la culture », c'est-à-dire ses artistes, ses écrivains, ses créateurs en tous genres, qui surpassaient ceux des autres nations. En France, alors, tout était mieux qu'ailleurs. Du moins, nous le disions, et nous le disions avec tant de conviction que le monde entier en était persuadé et avait à notre égard une espèce de complexe d'infériorité.

Bref, en 1930, il était très enviable d'être français. On se donnait beaucoup de peine pour y parvenir. Obtenir la naturalisation était un travail de longue haleine, un examen que l'on préparait pendant cinq ou dix ans. Ressembler aux Français autochtones, se fondre en eux était l'ambition essentielle du naturalisé. Quant aux petits étrangers nés en France, ils n'étaient pas si nombreux qu'ils risquassent de modifier « l'équilibre biologique » de la population.

Je crois, hélas ! que la France n'est plus aussi aimée dans le monde qu'elle l'était en 1920. Les étrangers n'ont plus envie d'être français pour le plaisir ou pour l'honneur, mais simplement parce que cela peut être commode ou avantageux. D'ailleurs quelle France exaltante offrons-nous à leur regard ? Celle d'un pays pleurnichard, qui s'attendrit sur les malheurs de l'humanité sans y porter remède, qui remplit ses villes d'horreurs architecturales, qui se laisse gouverner pendant douze ans par des farceurs incapables et qui enfin ne sait presque plus parler son propre langage. La terre d'asile est devenue un hôtel, où les portiers parlent américain à la clientèle. On ne respecte pas un hôtel. On s'arrange pour payer le moins cher possible et pour resquiller sur les consommations.

On a les étrangers qu'on mérite. Il me semble que les chapitres préliminaires d'un nouveau code de la nationalité devraient être constitués par un état de la France actuelle comparée à la France de Poincaré ou de Félix Faure. Cela donnerait à réfléchir même aux ecclésiastiques qui pourtant ne réfléchissent guère quand ils se mêlent de politique.

(5 juin)

La duperie de Vichy

L'assassinat de M. René Bousquet m'a remis dans un train d'idées que j'ai chaque fois qu'il est question dans la presse de criminels de guerre, de crimes contre l'humanité, de bourreaux à la retraite, d'anciens nazis coulant des jours tranquilles au Paraguay. Je me demande comment ces gens-là se débrouillent pour vivre avec leurs souvenirs, ou si l'on préfère, avec leur âme. J'attends toujours que l'un d'eux fasse une grande confession publique, se décharge de son fardeau qui doit être écrasant, sollicite le pardon de Dieu, s'enferme dans un monastère. Mais rien de ce genre ne se produit jamais. Les vieux monstres n'ont pas de remords. Et ils sont probablement athées, ce qui simplifie beaucoup les rapports qu'on entretient avec soi-même.

Je ne pense pas que M. Bousquet, sous l'occupation, ait été un personnage aussi atroce que Barbie, par exemple, ou que dix autres du même acabit. Il était un fonctionnaire de Vichy qui, je suppose, avait l'illusion, dans le poste où il était, de « sauver les meubles », c'est-à-dire de faire la part du feu, de sacrifier certains hommes ou certains principes pour en protéger d'autres, de soutirer au vainqueur quelques avantages par d'apparentes soumissions.

Telle a été, pendant quatre ans, la duperie dans laquelle a vécu le gouvernement de Vichy. Il a cru qu'on pouvait opposer des négociations à un ennemi qui avait triomphé entièrement par la force. Et il s'est passé ce qu'il se passe toujours en pareil cas : le vaincu est très vite devenu l'instrument du vainqueur. Sauver les meubles n'est pas une bonne affaire : après que la tragédie est finie, on s'aperçoit que la plupart des meubles sont devenus inutilisables. Pis : on n'ose même plus regarder ceux qui sont demeurés intacts, tant ils symbolisent notre lâcheté.

Quelles étaient les pensées de M. Bousquet à quatre-vingt-quatre ans dans son bel appartement du XVIe arrondissement ? Il est dommage qu'on ne le sache jamais. Et qu'a-t-il ressenti lorsqu'il a vu son assassin braquer sur lui son revolver ? Que la vie, sans doute, était très courte. Ce revolver contre sa poitrine, c'était cinquante ans plus tôt qu'il l'avait attendu, au temps où les patriotes abattaient Philippe Henriot, qui avait dû être son ami. On voudrait pour le repos de cette âme qu'en apercevant soudain la mort, elle se soit dit fugitivement qu'au fond, tout était bien, tout était juste.

C'est pourquoi je ne parviens pas à déplorer que le procès de « crime contre l'humanité » que l'on devait faire prochainement à ce rescapé du passé n'ait pas lieu. Qu'eût apporté ce procès ? Il aurait été, une fois de plus, celui de la France, qui n'est pas coupable de ce qui s'est passé entre 1940 et 1944, et non de quelques hommes qui s'étaient arrogé de parler en son nom. Entre 1940 et 1944, la France était à Londres, avec de Gaulle. Non à Vichy avec Pétain, ni à Paris avec Bousquet.

(12 juin)

Le bon sens en politique

M. Pasqua, parmi les ministres que nous avons eus depuis une vingtaine d'années, constitue un phénomène tout à fait singulier : il n'a pas de snobisme politique. Je veux dire que par aucune de ses actions ou de ses paroles il ne tend à se faire bien voir de l'intelligentsia, laquelle n'admire ou ne prône que les beaux sentiments.

Lui, M. Pasqua, n'a pas de beaux sentiments. Pis encore : il ne feint pas d'en avoir. Il ne consent pas à dire les jolies choses grâce auxquelles on montre à l'univers qu'on a une âme de premier choix. Il a pris possession du ministère de l'Intérieur non pas comme un homme public, mais comme un simple particulier, qui souffre de ce qui fait souffrir le peuple et qui, avec les moyens qu'on lui a donnés, s'emploie à y porter remède.

Il s'ensuit que s'il persévère dans cette voie – et tout porte à croire qu'il persévérera –, le peuple, qui a déjà pour lui une particulière inclination, ayant reconnu, enfin, quelqu'un qui comprend ses difficultés, qui les partage et qui veut les alléger sans souci du qu'en-dira-t-on, l'aimera de plus en plus.

On pourrait croire que l'irritation des élites pensantes contre M. Pasqua croîtrait en progression inverse de la faveur populaire. Or, on constate une notable baisse de ton dans les attaques dont il est l'objet de leur part. Le fait d'être ministre, et, qui plus est, ministre d'État, mettrait-il une sourdine à l'indignation ? Cela se pourrait, ma foi, il n'y a rien de tel qu'une fonction officielle, qu'un titre, pour inspirer tout à coup une sorte de révérence, même de la part des plus moqueurs, pour celui qui en est revêtu. J'ai remarqué cela souvent à propos de l'Académie française. Il suffit qu'un auteur vilipendé endosse l'habit vert pour que, soudain, on lui trouve une espèce de charme mystérieux. C'est qu'il peut faire, en votant, d'autres académiciens et, sans aller jusque-là, il distribue une centaine de prix par an.

Un ministre de l'Intérieur a considérablement plus de poids qu'un académicien. Je me souviens de tout ce qu'on disait de M. Pasqua du temps qu'il n'était pas membre du gouvernement, quand il n'était qu'un simple militant du R.P.R. C'était atroce. J'avais le plaisir de le connaître à ce moment-là et je puis témoigner que, étant un homme sage, il ne faisait qu'en rire. Son caractère n'ayant pas changé, je suppose qu'il ne doit pas moins rire des précautions que l'on prend à présent pour parler de lui.

Au fond, la raison pour laquelle M. Pasqua a eu tant d'ennemis, c'est qu'il a du bon sens. Le bon sens en politique est la chose la plus exécrée dans la démocratie. Il ne faut pas moins que le pouvoir pour se le faire pardonner.

(19 juin)

Un grand écrivain français

Il est curieux que personne n'ait souligné que Jean Cau est mort le 18 juin, comme s'il l'avait prémédité, ou comme si la Providence avait voulu lui faire cette grâce. Pour lui qui était lentement venu au gaullisme, qui s'y était quasiment converti, qui avait fini par vénérer la mémoire du Général comme celle du dernier grand homme de l'histoire de France, c'était le destin qui lui confirmait ainsi qu'il y a des correspondances mystérieuses entre le ciel et la terre.

J'ai quelque difficulté à écrire ce texte, car une amitié étroite me liait à Jean Cau, et il me faudrait un peu de recul ; mais comment prendre du recul deux jours après une séparation dont on prévoit qu'on souffrira longtemps ? J'aimais Jean Cau d'abord parce que c'était un homme qui ne se prenait pas pour un autre, chose rarissime aujourd'hui où tout le monde, précisément, se prend pour un autre, les bourgeois pour des révolutionnaires, les maîtres pour des esclaves, les gens de droite pour des gens de gauche, les curés pour des socialistes, les dictatures pour des démocraties, etc. Jean Cau, lui, se prenait pour Jean Cau, et c'est toujours un spectacle exaltant que de voir une âme qui ne transige pas avec sa propre vérité. Jean Cau n'avait qu'un visage : le sien, celui que Dieu lui avait donné et qu'il avait fini par trouver après une dure conquête de soi, après avoir parcouru les yeux ouverts un certain chemin plein d'embûches.

Il fut un temps où Jean Cau avait les idées à la mode dans l'intelligentsia parisienne. Il était jeune, il montait de la province, on l'aimait bien, on lui prédisait un bel avenir, il écrivait un petit livre de dérision à la manière de Gide qui s'intitulait *Le Coup de barre* ; l'ombre tutélaire de Sartre s'étendait sur lui. Quand il publiait quelque chose, il avait sa bonne mesure d'éloges ou de benoîtes critiques comme n'importe quel écrivain bien-pensant. Puis il se mit à penser mal, c'est-à-dire à penser sincèrement ou à penser droit, comme on voudra. Il se dit que la grandeur c'est mieux que la bassesse, que l'héroïsme est plus honorable que la capitulation, que les vrais liens de l'homme sont la confiance, l'admiration, l'émulation et non l'égalitarisme, que l'amour est préférable à l'érotomanie, que la guerre nécessite les plus hautes vertus, que les peuples lâches sont asservis par les peuples braves, et enfin que l'intelligence doit être responsable. Bref, ce petit apatride intellectuel apprit tout seul, par la droiture de son cœur et de son esprit, à devenir un grand écrivain français, un grand moraliste français. Dans les caves de Saint-Germain-des-Prés, au Montana, au Bar vert, il avait surtout rencontré Pascal, Vauvenargues, Balzac, Barrès, et même Montherlant. Là-dessus le général de Gaulle revint au pouvoir. Jean Cau vit en lui un homme que l'on pouvait admirer et aimer parce qu'il était un héros. Le héros est celui qui ne fait pas « la politique de ses moyens », mais qui se donne les moyens de sa politique. Le héros a une certaine idée de la France. Justement celle que Jean Cau était en train de se faire.

Le gaullisme était la dernière étape de la damnation de Jean Cau. Il l'a franchie sans peur, dans le mouvement naturel de sa logique. La sanction ne s'est pas fait attendre : tous ses amis lui sont tombés dessus à bras raccourcis. Moyennant quoi, pendant trente ans, il a occupé la place la plus glorieuse de la littérature française : celle d'écrivain maudit.

Dès qu'on prononçait son nom, c'était un concert de cris d'animaux. S'il publiait un livre, c'était de la part de toute une portion de la critique et de ce qu'on appelle l'opinion un silence épais. Peu importait que son talent fût éclatant, qu'il possédât une force imprécatoire digne de Bloy et de Bernanos, qu'il souffrît dans son cœur de ce qu'est devenu le monde actuel et qu'il exprimât cette souffrance avec son génie particulier, qui était déchirant et cocasse, c'était comme s'il n'existait pas. On ne voulait pas l'entendre, on faisait le désert autour de lui, on le bâillonnait par des injures ou par le mépris. Le malheureux commettait le péché majeur : il voulait du bien aux hommes.

Voltaire disait de l'Académie que « c'est toujours une espèce de rempart contre les fanatiques et les fripons ». Je désirais si fort que Jean Cau bénéficiât, enfin, de ce rempart, que je le convainquis, à un moment que je jugeais propice, de faire acte de candidature. Le succès me paraissait si sûr que je me réjouissais d'avance, que je le voyais déjà revêtu de l'habit vert (qu'il aurait porté magnifiquement, avec sa tournure de colonel d'empire), que je l'entendais prononçant le discours de réception, de sa belle voix chantante de l'Aude. Je fus certainement plus fâché que lui qu'il ne récoltât que quatorze voix, alors qu'il en aurait fallu deux ou trois de plus. L'Académie n'était pas dans son destin, sans doute, et il se pourrait que cela rendît sa gloire posthume encore plus brillante.

(20 juin)

La France de Néron

Une des idées les plus diaboliques de M. Jack Lang, au cours de ses dix années de règne sur ce qu'on appelle la Culture, a été l'institution de la Fête de la musique. Il faut naturellement entendre « musique » dans le sens de « bruit ». Cela consiste une fois par an à autoriser les petits tapageurs de France (et ils sont nombreux) à se déchaîner pendant toute une nuit. Le résultat est effrayant et hallucinant. Sauf dans quelques hameaux de l'Ardèche ou de la Lozère où il n'y a pas de guitares électriques ni d'amplificateurs, les malheureuses populations ne peuvent fermer l'œil. Une statistique intéressante à faire serait de demander aux pharmaciens si la vente de boules Quiès a doublé, triplé ou décuplé la veille de la catastrophe.

Ayant l'infortune d'habiter dans une des zones les plus dangereuses de Paris, où l'on trouve un foyer de tintamarre tous les cinquante mètres, et quelques braillards agglutinés autour qui émettent des aboiements quand par hasard le bruit causé par les instruments s'arrête, je me suis réveillé le 22 juin avec une mine de déterré, n'ayant trouvé un peu de sommeil qu'après quatre heures du matin.

L'œil ouvert dans la nuit, je pensais à M. Lang, à ses collègues du gouvernement, au président de la République lui-même et je me disais que, pendant dix ans, nous avions vécu sous le règne de Néron. Il y a eu, en effet, quelque chose de néronien chez les socialistes, qui ont appliqué à Paris en matière d'urbanisme les idées du fils d'Agrippine. Avec moins de splendeur, comme de juste. Étant de petites gens et non des empereurs, ils n'ont pas osé incendier la capitale de fond en comble, mais comme il leur fallait quand même les distractions bizarres des potentats blasés, ils se sont amusés à la défigurer par des constructions saugrenues telles que la pyramide du Louvre et les colonnes de Buren ou de colossales laideurs du genre de l'Arche de la Défense et de la « Très Grande Bibliothèque ». M. Lang, qui était le plus néronien de tous, ou qui était peut-être le Tigellin du Néron du Faubourg-Saint-Honoré, a raffiné dans l'horreur en encourageant les imbéciles connus sous le nom de « taggers » à barbouiller les façades les plus nobles d'innommables graffitis à la bombe de couleur. Le vacarme de la Fête de la musique est tout à fait l'équivalent, dans le domaine du bruit, des « tags » sur les murs.

La seule chose consolante que j'aie pu observer est une révolte des habitants de la rue de Seine qui, de leurs fenêtres, ont aspergé les faiseurs de charivari et leur public avec de la poudre à éternuer. Cela a produit une espèce de tranquillité pendant un quart d'heure.

Puis la brise a dissipé la poudre à éternuer, hélas ! car les accalmies ne durent jamais bien longtemps en ce monde.

Y aura-t-il encore une fête de la prétendue musique l'année prochaine ? Cher monsieur Toubon, après Néron, soyez le Titus de la Culture ! La population – au moins celle de la rue de Seine – vous dresserait des arcs de triomphe.

(26 juin)

La France absurde

Il est singulier que personne n'ait relevé le caractère saugrenu de la politique des nationalisations pratiquée par le parti socialiste quand il est arrivé au pouvoir en 1981, suivie de la politique des privatisations commencée en 1986 par le gouvernement de M. Chirac et continuée aujourd'hui par M. Balladur. Il y a là une illustration particulièrement cocasse de l'adage populaire : « Faire et défaire, c'est toujours du travail ».

Enfin, quand je dis cocasse, cela ne signifie pas que cela fasse rire. Au contraire, ce serait plutôt à pleurer. Et c'est l'image même de la démocratie : le suffrage universel porte à la tête de l'État un parti de fous qui mettent leur point d'honneur – tout au moins pendant les premières années – à appliquer un programme absurde. Après quoi le même suffrage universel, atterré, remplace les fous par des gens qui lui paraissent raisonnables, afin qu'ils limitent les dégâts.

Les gens raisonnables, malheureusement, ont limité les dégâts un peu trop vite. Au bout de deux ans, le suffrage universel a redonné le pouvoir aux fous, pour lesquels il avait une inclination incoercible, lesquels fous s'étaient néanmoins un peu assagis. Je veux dire qu'ils ne revinrent pas sur les privatisations réalisées par le gouvernement Chirac. Du reste, ils ne songeaient plus tellement à leur cher programme : il leur apparut qu'il était plus plaisant de profiter de ce qu'on était à la tête de l'État pour s'enrichir que pour gouverner.

Au fond, l'affaire des nationalisations et des privatisations se ramène à un schéma très simple : on dépense une fortune pour acheter un tas de choses dont on n'a pas besoin et dont on ne sait pas se servir. Puis quand on s'aperçoit qu'on est ruiné, encombré par ce monceau d'emplettes, impuissant à en tirer le moindre profit, on les revend. Lorsqu'un particulier se livre à ce genre de folies, il se retrouve invariablement sur la paille. Nous observons, hélas ! qu'il en est de même pour un pays. Les socialistes en dix ans ont mis la France sur la paille, et c'est M. Balladur qui a hérité du pénible travail consistant à la tirer de cet état.

Le suffrage universel, qui ne voit guère en général plus loin que le bout de son nez, verra-t-il que M. Balladur est autre chose qu'un Père Fouettard ayant pris la place d'un Papa-Gâteau ? On dirait quand même, à en juger par les dernières élections, qu'il est un peu las de ses délicieux socialistes, las de l'absurdité politique et qu'il se rappelle vaguement un dicton qu'on répétait beaucoup dans mon enfance, mais que je n'ai plus entendu, ma foi, depuis une quarantaine d'année : « Gouverner, c'est prévoir ». Qui sait, le suffrage universel en a peut-être assez d'être gouverné par des gens qui ne prévoient jamais rien ? Le pire n'est pas toujours sûr, comme il est dit en sous-titre dans *Le Soulier de satin.*

(3 juillet)

Les nouveaux Français

M. Pasqua est décidément un homme de bon sens. Mieux que cela : un connaisseur du cœur humain. En tant que ministre de l'Intérieur, il a été le premier à s'aviser que c'était aux immigrés eux-mêmes qu'il fallait demander leur avis sur l'immigration, certain d'avance, je suppose, que cet avis serait plus ou moins conforme à ses propres idées sur cette affaire.

En effet, il en est des immigrés comme des candidats à la Légion d'honneur qui, une fois qu'ils l'ont obtenue, voudraient bien que le robinet des croix s'arrêtât soudain de couler, ou tout au moins que l'on ne distribuât plus cette haute distinction qu'avec une extrême parcimonie. De même, les immigrés, après qu'ils ont tant fait que de décrocher un statut, voient d'un très mauvais œil tout afflux de gens susceptibles de partager leur privilège. Je ne sais si M. Pasqua a raisonné de la sorte, car il ne me fait point ses confidences, mais il y a lieu de le penser, puisqu'il a chargé la Sofres de poser aux immigrés quelques questions cruciales. D'abord, s'ils étaient contents de vivre en France, à quoi 86 % d'entre eux ont répondu oui. Il n'y a que 9 % à n'être « pas très satisfaits » et 5 % à n'être « pas satisfaits du tout ». Si l'on avait interrogé sur ce point-là des Français de souche, des Français originaires de notre sol depuis cinquante générations, il y a gros à parier qu'on n'aurait pas eu de réactions aussi patriotiques.

Le plus amusant du sondage de la Sofres est ce qui a trait aux abominables contrôles d'identité qui ont soulevé tant d'indignation chez les défenseurs des droits de l'homme. Soixante-seize pour cent des immigrés ont la conviction que ces contrôles ne risquent pas de se transformer en incidents racistes. D'ailleurs, pensent-ils, les Français ne sont pas racistes. Voilà une nouvelle qui va plonger dans la désolation un certain nombre de moralistes qui, depuis vingt-cinq ou trente ans, nous répètent que nous sommes des monstres de xénophobie. Dupont-la-Joie n'existe pas : les immigrés ne l'ont pas rencontré. Qui ne se souvient de la grande campagne « Touche pas à mon pote » ? Le pote peut enfin ouvrir la bouche et c'est pour dire que personne ne fait mine de le toucher. Est-ce drôle !

Pendant douze ans, la gauche a essayé de faire passer les immigrés pour des marginaux et des martyrs. Et voilà M. Pasqua qui arrive avec son air à la fois finaud et naïf, qui les invite à se confier, et l'on s'aperçoit qu'ils sont à peu près des Français à part entière, qu'ils désirent qu'on lutte contre la drogue, les mariages blancs, l'abus du droit d'asile, qu'on ferme les frontières aux familles polygames et, enfin, qu'on supprime les remboursements sociaux pour les étrangers en situation irrégulière. À mon avis, ce sondage devrait devenir historique. C'est la première fois, en démocratie, qu'on donne la parole à des gens qui avaient l'inestimable qualité d'être muets et à qui on pouvait attribuer, en toute tranquillité, les pensées qui faisaient l'affaire d'un parti. On aura vraiment tout pris à la gauche, y compris les immigrés qu'elle était si sûre de posséder (dans les deux sens du terme).

Le crime des justes

Depuis bientôt cinquante ans, nous gémissons sous la dictature des belles âmes. Le propre de celles-ci est de prendre invariablement le parti des canailles contre les honnêtes gens. Pour les belles âmes, la canaille est une victime, à laquelle on ne saurait témoigner trop de mansuétude, de longanimité, de miséricorde, d'amour. Il y a là un phénomène social curieux, que l'on pourrait appeler « le complexe du fils prodigue ». Pour plaire à la gauche et à ses intellectuels, qui règnent sur la morale depuis 1944, il faut être un scélérat chargé de mauvaises actions ou de crimes. Il n'est même pas nécessaire de feindre le repentir. Les belles âmes vous en créditent automatiquement, ou plutôt elles pensent que si elles montrent une compréhension et une indulgence inlassables, le plomb vil se changera en or pur.

Cela n'arrive jamais, bien entendu, et le plus singulier est qu'en un demi-siècle les belles âmes n'aient pas compris qu'elles ne sont pas autre chose que des dupes ; au contraire, elles ont érigé leur duperie en principe national. Nul aujourd'hui n'ose les contredire sur ce point. Lorsque les belles âmes sont au pouvoir, on assiste à toutes sortes de pardons et d'amnisties qui désespèrent la police, laquelle sait bien qu'il lui faudra perdre son temps à arrêter de nouveau les braves garçons remis en liberté. Les gouvernements socialistes, depuis douze ans, ont réalisé évidemment les plus grands exploits dans ce domaine. Mais cela avait commencé avant eux. Une des premières actions de M. Giscard d'Estaing après son élection à la présidence de la République fut d'aller serrer la main des détenus dans les prisons. M. Pompidou lui-même avait signé des grâces bien hasardeuses.

Celle du nommé Sydor, en particulier, lequel avait été condamné à la réclusion perpétuelle pour avoir assassiné sa femme, et qui ne resta « à l'ombre » que dix-sept ans. C'était un individu fort dangereux. Tout le monde le savait dans le village de Thollon en Haute-Savoie, où il s'était installé en 1982, et particulièrement son voisin, M. Abou Rjeily, qui ne cessa d'alerter les autorités, préfet, sous-préfet, etc. À la suite d'une condamnation de prison d'un an en 1989, Sydor fut interdit de séjour en Haute-Savoie, mais les belles âmes veillaient : les services de M. Joxe, alors ministre de l'Intérieur, refusèrent d'appliquer cette mesure.

Le rôle de Cassandre est ingrat, car en fin de compte on s'aperçoit qu'elle a raison de prophétiser des catastrophes, et on ne lui pardonne pas sa clairvoyance. M. Abou Rjeily a dû excéder les autorités administratives et judiciaires de Haute-Savoie et passer pour un fieffé réactionnaire en leur prédisant sans repos que l'affaire Sydor finirait mal. Elle a en effet très mal fini, puisque le misérable a violé et tué une petite fille de sept ans. Il avait lui-même soixante-trois ans, ce qui prouve que la peine de prison à perpétuité qui lui avait été infligée pour le meurtre de son épouse était justifiée. La peine de mort eût été encore plus adéquate.

Je crains que la pauvre petite fille violée et tuée ne pèse pas lourd sur la conscience des belles âmes qui, par leur compassion mal placée, portent la responsabilité de cet acte atroce. Elles n'ont jamais lu le poète persan Saadi, qui écrit dans son chef-d'œuvre *Le Jardin des roses* : « Avoir pitié de la panthère, c'est être injuste envers les agneaux ».

(31 juillet)

Le salut par la monarchie

La Belgique est sortie du Congrès de Vienne en 1815, comme la Tchécoslovaquie, un siècle plus tard, du Congrès de Versailles. C'était le même assemblage de populations hétéroclites sinon antagonistes, soudées ensemble par la volonté de quelques puissances victorieuses. Il y avait d'une part les Belges catholiques et d'autre part les Hollandais protestants. Les Belges parlaient français et les Hollandais une sorte d'allemand. Les Belges étaient des ruraux, les Hollandais des marchands. La combinaison dura quinze ans, jusqu'à ce que la Révolution parisienne de 1830 la désagrégeât. Les Belges proprement dits se séparèrent des Hollandais et devinrent ce qu'ils sont encore aujourd'hui, c'est-à-dire une double communauté de Wallons et de Flamands.

Ce qui est instructif dans l'histoire de la Belgique, c'est qu'elle est une Tchécoslovaquie réussie. Ou plutôt, par l'exemple de la Belgique, on constate qu'un monstre politique comme la Tchécoslovaquie peut être viable. Cela tient évidemment à la monarchie, qui est un ciment beaucoup plus puissant que la démocratie, un principe unitaire plus efficace que toute république, celle-ci se proclamât-elle « une et indivisible ». En effet, le propre des peuples est d'être racistes, c'est-à-dire centrifuges. Une différence de langage, d'habitudes, de traditions locales, de religion, et les voilà aussitôt pleins d'hostilité les uns à l'égard des autres, n'ayant qu'un désir : se démarquer, conquérir leur indépendance, quitte, lorsqu'ils l'auront obtenue, à devenir faibles, vulnérables et malheureux.

Le Congrès belge, qui se tint en 1831 et qui était composé d'hommes prévoyants, résolut d'établir la royauté. C'est ainsi que Léopold de Saxe-Cobourg devint le premier roi des Belges. C'était l'oncle de la reine Victoria, laquelle le vénérait et écoutait pieusement ses avis. Après lui vint Léopold II, sorte de Jules Ferry couronné, qui donna à son petit pays le Congo, c'est-à-dire quelque chose comme un empire colonial. Léopold II n'était pas très aimé en Europe, ce qui montre qu'il était un bon roi. Son fils Albert, qu'on appela le roi-chevalier, fut un des héros de la Grande Guerre. Léopold III, si la France avait tenu en 1940 contre l'invasion allemande, aurait peut-être été lui aussi un roi-chevalier.

Il est arrivé au roi Baudouin une aventure singulière : cet homme de soixante-deux ans avait toujours l'air d'un jeune homme maigre, un peu timide, un peu gêné, monté prématurément sur le trône. Avec cela, ce fut un des hommes d'État les plus sérieux, les plus persévérants de notre époque. Par sa seule dignité et son seul caractère, il a maintenu l'unité de la Belgique qui n'eût sûrement pas tenu bon dans une démocratie. Et puis il a fait une chose inouïe au cours de sa carrière, une chose unique dans l'histoire de la monarchie universelle : il s'est mis en grève quelques jours pour ne pas signer un décret qu'on voulait lui imposer.

On dit toujours, quand un haut personnage meurt, qu'il sera difficile de lui succéder. C'est quelquefois vrai. Ce l'est en tout cas pour le prince Albert de Liège. Il faudra qu'il soit roi, lui aussi. Et ce n'est pas une petite affaire que d'être le roi d'une Tchécoslovaquie occidentale à la fin du XXe siècle.

(7 août)

Le Grand Bazar de la Vierge

La seule chose que je reproche au « Virgin Megastore » des Champs-Élysées, c'est son enseigne. Je regrette qu'elle n'ait pas été traduite du charabia en français. Cela donnerait : « Grand Bazar de la Vierge », ce qui serait infiniment plus joli et plus poétique. Quant au reste, c'est-à-dire l'ouverture de cette boutique le dimanche, j'en suis très satisfait. Je trouve que c'est une excellente initiative ; je souhaite qu'elle soit imitée par tous les commerçants de France et de Navarre.

Le dimanche et les fêtes religieuses n'ont pas de signification dans un État laïc et républicain. La Révolution dont on a tant fêté le bicentenaire s'en était déjà avisée en créant des semaines de dix jours avec un seul jour de congé, le décadi. Ce qu'on appelle « le repos du septième jour » est une notion toute religieuse, tirée de la Bible. Elle n'a pas de raison d'être pour des athées ou, si l'on préfère, des libres-penseurs. De même, Pâques, l'Ascension, le dimanche et le lundi de la Pentecôte, la Toussaint, etc., ne sont plus rien d'autre que des prétextes à se croiser les bras. Du moins, c'est ainsi que les considère la population qui ne va plus à la messe.

Quand j'avais vingt ans, j'habitais Londres. Rien n'était plus sinistre que le dimanche anglais, légué par les puritains. La torpeur et la mort tombaient sur la ville. Je songeais avec nostalgie aux dimanches français qui étaient si gais, parce que la moitié ou les trois quarts des gens continuaient à exercer leurs activités. À présent les dimanches français sont aussi lugubres que les dimanches anglais. La loi est arrivée au même résultat que le puritanisme, non pas pour honorer le Seigneur mais pour complaire aux syndicats.

Quel symbole, quand on y songe, que le Grand Bazar de la Vierge soit condamné à payer un ou plusieurs millions d'amende pour crime d'ouverture dominicale ! Le droit au travail, décidément, est hors de prix, en dépit de toutes les belles déclarations que l'on entend à son propos.

Étant un ingénu, j'ai du mal à comprendre que le gouvernement ou l'administration, dans notre époque de chômage et de crise, ne soit pas à l'affût de toute espèce de velléité de travail et ne s'empresse de l'encourager au lieu de la punir. Il me semble que, depuis une vingtaine d'années, la preuve a été faite que ce n'est pas en diminuant le temps de labeur des uns qu'on créera des emplois pour les autres. Peut-être pourrait-on essayer le système inverse, autrement dit remplacer la psychose de la flemme par la psychose du boulot. Il serait tout à fait rafraîchissant d'entendre les Français, un jour, parler de leur métier avec le même enthousiasme que des vacances. Verrai-je cela de mon vivant ?

Quant aux dimanches et aux fêtes carillonnées, je propose qu'ils soient réservés aux seuls catholiques pratiquants, qui feront une demande en trois exemplaires et jureront sur l'honneur qu'ils ont la foi.

(14 août)

Le moignon séculier

Ce qui est particulièrement exaspérant dans la démocratie et le régime des partis, c'est le côté sportif de la politique. Quand une équipe a gagné, l'équipe adverse essaie encore de marquer des points non pas tant pour préparer une éventuelle revanche que pour embêter ceux qui ont désormais le pouvoir, leur rendre tout plus difficile, les acculer, s'il se peut, à l'impuissance. Le pauvre électeur de base, en assistant à ce jeu, se dit avec consternation que l'on ne pense guère à lui ni à la nation.

On ne peut s'empêcher d'avoir une réaction de ce genre devant la grande bataille qui a opposé le Conseil constitutionnel à la loi Pasqua sur l'immigration.

La situation, dans ce domaine, était devenue si insupportable qu'il fallait bien y trouver un remède. La loi Pasqua avait un avantage qui était de mettre une digue à l'invasion et, sinon de la supprimer complètement, de la réduire à des dimensions acceptables.

Je crois que 80 % de la population au moins considérait cette loi comme bienvenue, l'approuvait, souhaitait qu'elle entrât en vigueur aussitôt que possible.

Le Conseil constitutionnel a d'excellents arguments pour censurer la loi Pasqua. Néanmoins on ne peut s'empêcher de penser que si cette loi, au lieu de s'appeler Pasqua, s'était appelée « loi Joxe », il ne l'aurait pas censurée. Il l'aurait trouvée charmante au contraire, très intelligente, très humaine et aurait imputé son allure un peu sévère à la triste conjoncture qui réclamait de la fermeté.

J'entends bien que M. Joxe n'aurait jamais accouché de la loi Pasqua, et que par conséquent le Conseil constitutionnel n'aurait pas eu à statuer là-dessus.

Mais c'est pour cette raison précisément, et diverses autres, que les socialistes ont été écrasés aux dernières élections.

Il ne reste plus, de ce qu'on pourrait appeler « l'ancien régime », que le président de la République et le Conseil constitutionnel. Celui-ci donne, à tort ou à raison, le sentiment d'être le prolongement de celui-là. Il serait exagéré de parler à son propos de « bras séculier ».

C'est plutôt un moignon séculier, mais ce moignon n'est point tout à fait paralysé et peut encore, le cas échéant, donner des coups.

Le fond de la question est celui-ci et non un autre : la loi Pasqua a-t-elle pour objectif le bien public et, dans cette vue, sera-t-elle efficace ? Il ne semble pas à l'électeur de base (qui est en fin de compte le souverain arbitre) que le Conseil constitutionnel ait envisagé la chose de cette façon, mais qu'il se soit conduit en petite assemblée partisane. Les cris de joie des rares députés socialistes rescapés du massacre de mars suffiraient à le prouver.

Mais ces victoires sportives sont funestes, surtout quand les supporteurs de l'équipe opposée sont largement majoritaires.

(21 août)

La France des boulangers

Pour une fois que le gouvernement s'occupe un peu de nous dans le détail de la vie quotidienne, afin d'améliorer notre condition, il serait ingrat de ne pas le féliciter. C'est du pain que je veux parler. Enfin voilà une bonne nouvelle ! Il paraît qu'un décret va définir prochainement ce que doit être « le pain de tradition française », c'est-à-dire celui que les boulangers, jadis, faisaient dans leurs boulangeries, en se levant à quatre heures du matin pour allumer le four. Le plus beau est que ce sont les boulangers eux-mêmes qui l'ont demandé. Un certain nombre d'entre eux sont dégoûtés de fabriquer du pain industriel avec de la pâte surgelée fournie par des usines. Ils veulent retrouver leur beau métier, si contraignant, si fatigant qu'il soit.

Quand j'étais petit, un des spectacles charmants de la rue était les enfants qui revenaient chez eux en tenant à la main comme un cierge la baguette qu'on les avait envoyé acheter. Le pain était si bon alors, si croustillant, si vrai, c'était une telle friandise qu'ils ne résistaient pas à en grignoter le croûton, et quand ils arrivaient chez eux, il n'était pas rare qu'ils eussent mangé un quart de la baguette, ce qui provoquait des lamentations rituelles de la mère de famille qui s'écriait : « Tu n'auras plus faim à dîner ! »

Souvent je pense à ce pain qui n'existe plus. Autrefois la France était la patrie du pain. Les Américains venaient chez nous pour en manger. On leur en expédiait par avion. Pagnol leur en avait donné le goût avec son chef-d'œuvre *La Femme du boulanger* et ils n'étaient pas déçus. Tous les boulangers de France faisaient du bon pain comme Raimu. S'ils visitent encore la France, ces bons Américains, ce n'est certes pas pour le pain qu'on y sert et qui est aussi mauvais que partout ailleurs dans le monde, sinon pire. Triste résultat du progrès, de la science, de la technique et des industriels qui veulent gagner de l'argent en se fichant bien de tout détruire.

Parmi les ministères saugrenus que les imaginatifs de la Ve République inventèrent, il en fut un qui était particulièrement comique. Il s'appelait « ministère de la Qualité de la vie ». Voilà une douzaine ou une quinzaine d'années qu'il a disparu. Je mets au défi qui que ce soit de dire aujourd'hui qui en détenait le portefeuille et surtout en quoi il a empêché que cette pauvre vie continuât à se détériorer inexorablement. Avec le futur décret sur le pain, et ce qui, j'espère, en découlera, il y aura vraiment un pas de fait dans la reconquête.

Puisque le gouvernement est dans de si bonnes dispositions pour améliorer la qualité de la vie française, je me permettrai de lui suggérer pour la centième fois de tenter quelque chose contre le jargon américanoïde qui nous a envahis comme la pâte à pain surgelée et qui fait que la France a l'air d'un patelin vaguement anglophone. Le jargon est aussi mauvais pour nos oreilles et par suite pour notre âme que le pain industriel pour notre estomac.

(29 août)

Les nuls de l'ère scientifique

Le mot « illettrisme » n'a que dix ans d'âge, ayant été forgé en 1983. Jusque-là on disait « analphabétisme », mais les fabricants d'euphémismes ont dû trouver que ce n'était pas gentil. L'illettré est donc à l'analphabète ce que la gardienne d'immeuble est à la concierge et l'homosexuel au pédéraste. De même on ne dit plus qu'un individu ne sait pas lire, mais qu'il ne « maîtrise pas la lecture ». Il ne faut surtout pas appeler les choses par leur nom, car on pourrait, soudain, entrevoir la vérité, ce qui constitue, comme on sait, le scandale majeur du XXe siècle.

En ce moment, à cause de la rentrée des classes, on parle beaucoup d'illettrisme. Les journaux sont pleins de statistiques terribles. Par exemple qu'un enfant sur trois entrant en sixième est incapable de déchiffrer un paragraphe. Il paraît qu'il y a sept degrés dans l'illettrisme, à savoir les gens qui ne comprennent pas le sens des mots, ceux qui ne comprennent pas le sens des phrases, ceux qui ne comprennent pas le sens des assemblages de phrases, et ainsi de suite. Une commission a été créée pour dresser des « cartes de France de l'illettrisme » dont M. Bentolila, professeur de linguistique à l'Université, est le président ou, comme on dit aujourd'hui, le « coordinateur des travaux ». Les cartes dévoilent des choses effrayantes. Entre autres que 7 % de la population ne parvient pas à saisir la signification de phrases élémentaires. Cela m'a rappelé que, dans mon enfance, on avait coutume de dire que le peuple français était le plus intelligent du monde. Ma foi, c'était peut-être encore vrai dans ces temps reculés !

M. Bentolila voudrait bien trouver des remèdes à cette triste situation : « Si l'on connaissait exactement les causes de la montée de l'illettrisme, a-t-il déclaré, on pourrait définir une politique appropriée ; mais on ne peut pas statuer avec certitude sur l'origine du phénomène. » Là, je me permettrai de faire remarquer respectueusement à M. le professeur de linguistique qu'il est affecté de quelque myopie. L'origine du phénomène n'est pas difficile à apercevoir : elle tient à la civilisation actuelle, qui est industrielle et scientifique, c'est-à-dire uniquement occupée du corps des hommes, de leur commodité, de progrès technique. Leur esprit est complètement laissé à l'abandon. Jadis on étudiait les lettres et c'était grâce à elles que les enfants devenaient intelligents, déliés, spirituels et sérieux. Les lettres négligées, l'intelligence est partie, et les autres qualités.

Cher M. Bentolila, comment voulez-vous que dans une société où l'on hait le travail et qui a la psychose du loisir, où les valeurs les plus élevées sont les vacances et le soleil, il y ait le moindre désir de s'instruire chez les enfants ? Quant à travailler chez eux après les heures de cours, la télé est là pour les bourrer d'imbécillités. Tant que les parents ne jetteront pas leur poste aux ordures ou ne les cadenasseront pas, l'illettrisme marchera d'un bon pas.

Un autre joli mot nouveau, qui date de 1967, est « élitisme ». Les professeurs, je crois, pratiquent volontiers cet élitisme depuis une vingtaine d'années, c'est-à-dire ne s'intéressent qu'à deux ou trois élèves doués dans leur classe et abandonnent les quarante autres à leurs jeux vidéo et à leurs ordinateurs. Enfin, il y a le jargon, l'américanomanie, les horreurs linguistiques qui parsèment les rues de France. Bref, pour tuer l'illettrisme, il faut une volonté *politique*, des décrets, des défenses, des coercitions. Il faut peut-être aussi rétablir la bonne vieille école communale et le certificat d'études, examen plus difficile que le baccalauréat.

(11 septembre)

L'opinion et la réalité

Tout le monde pousse des cris d'admiration parce que M. Emmanuelli a été réélu dans les Landes à son propre siège de député. À en croire les dithyrambes qui fleurissent un peu partout, c'est là une victoire fabuleuse du parti socialiste. Pourtant M. Emmanuelli est passé de justesse, avec 50 % des voix. Apparemment il est des temps où le simple fait de n'être pas battu constitue en soi un succès inespéré.

M. Garnier, qui vient d'être élu député de Saint-Nazaire, n'est pas fêté comme M. Emmanuelli. Lui aussi a obtenu 50 % des voix. Il y avait du mérite, pourtant. En effet, il s'agissait d'arracher son siège à M. Évin, ancien ministre socialiste, célèbre pour avoir empêché les dîneurs de fumer des cigares au restaurant. Gros morceau, s'il en fut. M. Évin était vissé là depuis 1978, et Saint-Nazaire vote traditionnellement à gauche depuis 1936. M. Rocard et M. Jospin s'étaient déplacés pour proclamer aux populations locales les mérites de M. Évin. Néanmoins c'est le petit Garnier avec son étiquette R.P.R. qui l'a emporté. Il me semble que cela vaut bien quelques félicitations. Au lieu de cela, on insiste sur ce qu'il n'a gagné la partie qu'avec vingt-neuf voix de majorité, et l'on prend un air dégoûté.

M. Garnier n'est pas le chouchou des « observateurs » et des « commentateurs », mais il a quand même des compensations.

D'abord, il est élu, ce qui est l'essentiel, et élu selon la loi démocratique de la majorité. Vingt-neuf voix, ce n'est pas le Pérou, mais cela suffit à entrer au Palais-Bourbon et à y rester cinq ans. Dans ce Palais-Bourbon, il va trouver une majorité énorme de gens qui pensent comme lui. M. Balladur aura sûrement une tendresse particulière à son égard : n'a-t-il pas apporté à la droite le grand port de Saint-Nazaire, et sa population, ce qu'on n'osait pas espérer ? Il n'est pas exclu que lors d'un remaniement ministériel on lui offre un portefeuille. Jolie perspective pour un homme qui est passé avec vingt-neuf voix. M. Emmanuelli ne peut rien rêver de tel. Quant à M. Évin, je lui suggère de se mettre à fumer la pipe : c'est très bon pour le caractère et cela donne de la philosophie. J'en sais quelque chose.

À cause des moyens d'informations modernes, on finit par croire qu'une chose existe parce qu'elle a été dite à la radio, montrée à la télévision ou imprimée dans le journal. Mais ce n'est pas vrai. Il y a toujours, comme depuis le fond des temps, la réalité et l'opinion. Ce n'est pas parce que l'opinion a cent ou mille trompettes que la réalité change d'un iota.

(15 septembre)

S'il était roi !

Au temps du général de Gaulle, je songeais à peu près tous les jours : « Quel dommage qu'il ne soit ni son fils ni son père ! », entendant par là que, la Constitution étant ce qu'elle est, il eût été bien plus commode, pour le pays et pour lui, qu'il fût un roi héréditaire plutôt qu'un président élu. Lundi dernier, en écoutant M. Mitterrand babiller à la télévision, je me disais que cet homme si remarquable à tant d'égards aurait fait un roi très satisfaisant alors qu'il est un président contesté, plaisant aux uns, rendant les autres enragés, et surtout attaché à une idéologie à laquelle on se demande s'il croit encore ou s'il se cramponne à elle pour ne point avoir l'air de se déjuger.

Le grand avantage des rois est de n'être pas portés au pouvoir par le suffrage universel. Ils n'ont donc à plaire à personne. Leur seule affaire est de rechercher, sans se soucier de l'opinion, ce qu'il y a de plus salutaire pour l'État. En outre, comme ils sont toujours là, que l'on n'a aucune possibilité – à part la révolution – de les déloger de leur trône, ils représentent un point fixe et immuable dans la vie d'un pays, un facteur permanent de cohésion. Bref, pendant que

M. Mitterrand parlait, je pensais avec des larmes aux yeux à la reine d'Angleterre qui passe sa vie à cohabiter avec des Premiers ministres qu'elle n'a pas choisis et dont certains ne doivent guère l'enchanter.

M. Harold Wilson, par exemple, qui était le chef des travaillistes, n'était sûrement pas, comme disent les Anglais, sa « tasse de thé ». Néanmoins cette personne éminemment discrète n'a jamais laissé filtrer le moindre soupir sur les ondes de la radio et de la télévision britanniques pendant tout le temps qu'il a occupé le n° 10 de Downing Street. Il est probable que Mme Thatcher n'était pas non plus de son goût à toutes les heures du jour, ne fût-ce que parce qu'elle était une femme et que les femmes ont des caractères plus emportés et plus obstinés que les hommes, à plus forte raison si elles travaillent ensemble.

Quand Churchill disait que la démocratie est le moins mauvais des régimes, il pensait évidemment à la monarchie constitutionnelle anglaise et non pas aux diverses républiques plus ou moins autoritaires ou débiles qui parsèment le monde. Nous autres Français, nous vivons dans une république autoritaire qui est une espèce de monarchie absolue tempérée par l'élection présidentielle. Il s'ensuit que le monarque, quand on ne fait pas exactement ce qu'il veut, n'est pas content, pousse des cris de douleur, et tente de faire tomber son Premier ministre dans toutes les embûches possibles.

J'entends bien que M. Mitterrand, lundi dernier, a été très mesuré dans ses propos, voire quelquefois bénisseur. Mais il n'en reste pas moins qu'il est l'ennemi et non l'allié du chef du gouvernement, et que tout le monde a bien compris qu'il ne serait content que si ses chers socialistes, chassés par les électeurs, revenaient au pouvoir afin de refaire ou de continuer les diverses bêtises qu'ils ont accumulées depuis douze ans. Il est rare de voir à ce point méconnu le vieil et vénérable aphorisme : « L'union fait la force ». Ah ! vraiment, que M. Mitterrand n'est-il roi, et non président ! Il serait uni à son Premier ministre comme la reine d'Angleterre au sien, et cela donnerait, je crois, quelque force à la France qui en a bien besoin depuis 1970.

(30 octobre)

Les eurochiens

Les peuples sont comme les chiens, qui ne savent pas parler, mais qui aboient pour attirer l'attention de leurs maîtres sur un spectacle insolite ou sur un danger. En ce qui concerne la création de l'Europe, les peuples européens ont aboyé à diverses reprises, et les maîtres n'ont rien compris à leurs avertissements. Ce n'est pas étonnant : les maîtres avaient l'œil fixé sur le Nouveau Monde. Ils voulaient à tout prix créer les États-Unis d'Europe sur le modèle des États-Unis d'Amérique, et les pauvres chiens tâchaient de leur faire comprendre que ce n'était pas possible, ne fût-ce que parce qu'on ne peut pas faire avec un vieux monde ce qu'on peut faire avec un nouveau monde.

L'Amérique, lorsqu'elle s'est constituée, il y a deux cents ans, avait un grand avantage sur l'Europe de maintenant : elle n'avait pas de passé. Elle a conquis son territoire par les armes, d'abord en chassant les Anglais (avec l'aide du roi de France), ensuite en exterminant les Indiens autochtones, et enfin en réunissant les États du Sud à ceux du Nord par la guerre de Sécession. Cela fait beaucoup de sang et beaucoup de violence. Après quoi la Confédération, ou plutôt la nation était soudée. Les États du Sud qui avaient été vaincus n'avaient pas plus de passé que les États du Nord. Tout au plus des habitudes.

Le Dakota, l'Ohio, la Californie, le Texas, la Virginie, le Montana ne sont en rien comparables au Danemark, à la Suède, à la Grèce, à l'Espagne, qui ont des caractères spécifiques depuis des siècles, ou plutôt à qui les siècles ont sculpté une physionomie particulière, forgé une âme profonde, donné un être irréductible et surtout façonné un langage. Tous les conquérants qui ont essayé de faire l'Europe – ou du moins une Europe dessinée par eux – se sont heurtés à cet être irréductible, qui a fini par triompher de leurs entreprises. Napoléon et Hitler, dans leur genre, étaient des utopistes, comme les technocrates de Bruxelles.

Le traité de Maëstricht est entré en vigueur lundi dernier, c'est-à-dire que la Communauté économique européenne est devenue l'Union européenne. Il est curieux de noter que le principal néologisme que cet événement a suscité soit le mot « eurosceptiques », servant à qualifier les personnes qui ne croient pas que cette union puisse être réellement sérieuse et efficace parce qu'elle a été réalisée par des rationalistes, des économistes, des philosophes, des fonctionnaires. Ce n'est pas ces sortes de gens qui créent les empires ou même les confédérations : il faut que les peuples soient soumis par la force pour s'agréger les uns aux autres, ou alors qu'il y ait entre eux un désir puissant de coopération internationale.

Je me souviens que de Gaulle, traitant de ce sujet dans une de ses conférences de presse, dit qu'il y avait « un peuple italien », « un peuple anglais », « un peuple allemand », etc., qui avaient chacun leur nature propre, qui ne désiraient nullement en changer, et que pour les unir il fallait surtout respecter cette nature-là, ne pas vouloir tout niveler, tout rendre semblable. Je crois que c'est à cette occasion qu'il parla de « l'Europe des patries », formule qui égaya beaucoup les imbéciles.

(6 novembre)

La difficulté d'être potiche

Les gens à qui l'on donne de hautes responsabilités – ministre, par exemple – devraient être avertis avant d'entrer en fonction qu'une terrible tentation les guette : celle de se rendre utiles. Il en est peu qui le sachent. Aussi voit-on les nouveaux promus faire du zèle, avoir des idées, se poser en champions de la morale, élaborer des projets, préparer l'avenir, toutes activités généralement nuisibles ou, pour le moins, inutiles.

Comme toujours, en fait de sagesse politique, il faut se référer au général de Gaulle. En 1964, il nomma Gaston Palewski président du Conseil constitutionnel, pensant ainsi récompenser dignement d'éminents services et couronner une brillante carrière politique. Après quelques mois, le Général demanda à son entourage si Palewski était heureux dans ses beaux locaux du Palais-Royal, dont les fenêtres faisaient face à celles du ministère de la Culture où régnait André Malraux. On lui répondit que M. Palewski, certes, était bien conscient de l'honneur dont il avait été l'objet et qu'il appréciait le cadre somptueux dans lequel on l'avait logé, mais qu'on ne pouvait affirmer néanmoins qu'il fût heureux au sens strict du terme.

— De quoi se plaint-il donc ? interrogea le Général.

— De n'avoir rien à faire, mon général. L'inaction lui pèse. Quand le Conseil constitutionnel se réunit, il n'y a rien à l'ordre du jour et l'on a bien de la peine à faire durer les séances plus d'une demi-heure.

— Ce Palewski est insatiable, s'écria de Gaulle. On lui donne le plus beau poste de l'État, et encore il voudrait travailler !

Il est regrettable que M. Dailly ne se soit pas rappelé cette anecdote et ne l'ait pas citée dans son discours au Sénat sur les empiétements de pouvoir commis par le Conseil constitutionnel. Elle dit tout, à mon avis. Lorsqu'on a fait la Constitution de 1958, on a posé sur elle le Conseil constitutionnel comme une potiche sur une cheminée.

Les potiches sont indispensables. C'est grâce à elles que les cheminées deviennent agréables à regarder. Plus la potiche est belle, plus l'ensemble est plaisant à l'œil. Mais il ne faut pas que les potiches remuent. Il ne faut pas qu'elles disent à la cheminée qu'elle tire mal, par exemple, car elles outrepassent leur compétence. Le tirage de la cheminée dépend, comme nous le savons tous, des fumistes, c'est-à-dire du gouvernement, de l'Assemblée et du Sénat. Une potiche bavarde, qui met son grain de sel à tout bout de champ, qui pousse des cris quand on a oublié de disposer du petit bois ou que les chenêts ne sont pas strictement parallèles, devient vite insupportable. M. Badinter et ses conseillers qui siègent à la grande table du Palais-Royal ne connaissent pas non plus la boutade du général de Gaulle. D'ailleurs ils ont un grand tort pour des potiches : ils ne sont pas gaullistes.

M. Dailly fait remonter ce qu'il appelle la « dérive » du Conseil constitutionnel à 1971, ce qui tendrait à prouver que M. Palewski était arrivé finalement à travailler un peu. Mais il n'avait osé le faire qu'après la mort du Général.

(20 novembre)

Mickey

Presque chaque jour, en lisant le journal, je m'aperçois que je suis trop modeste, surtout en matière de prévisions. J'ai remarqué cela depuis que les socialistes et M. Mitterrand sont arrivés au pouvoir. Avant 1981, il me semble que j'avais un peu moins l'occasion de me reprocher ma modestie. Entre 1958 et 1969, du temps que le général de Gaulle était président de la République, je n'en avais pas l'occasion du tout. Le Général était toujours en avance sur moi d'une prophétie, et le plus beau, c'est que chaque fois, il tombait juste.

Une chose qui m'avait bien étonné il y a quelques années, c'était les efforts de la France pour que les Américains choisissent notre pays afin d'y établir leur parc d'attractions, « Eurodisney ». Il y avait là, à en croire les faiseurs d'opinion, une question d'honneur, un grand enjeu politique et économique. Il fallait à tout prix que cette foire installât chez nous ses châteaux de carton-pâte et ses parades. Cela créerait, disait-on, une foule d'emplois ; cela attirerait des millions de badauds (payants) ; cela ferait pâlir d'envie toute l'Europe. Quelle catastrophe si c'était l'Allemagne ou la Belgique, au lieu de nous, qui emportait l'affaire !

Nous l'emportâmes. Eurodisney « s'implanta », comme dit le jargon actuel, dans l'aimable commune de Marne-la-Vallée et émit des actions qui furent cotées à la Bourse. Tout le monde était si persuadé du succès de l'entreprise qu'un journal de penseurs austères publia un article dans le ton peiné et grondeur déplorant que la France ne fût plus capable de « sécréter sa propre culture ». Je me souviens formellement de cette expression qui, sur le moment, m'égaya. Je ne voyais pas quel rapport pouvait exister entre la Culture et Mickey. Dans mon enfance, il y avait un parc d'attractions à la Porte Maillot appelé « Luna-Park » qui se recommandait par un scénic-railway, un water-chute, une rivière enchantée, des miroirs déformants et des autos-tamponneuses. Nul n'aurait eu l'idée de dire que Luna-Park faisait du tort à Montaigne, à Voltaire, à Pasteur ou à Proust.

Le pauvre Luna-Park, au fil des ans, s'étiola et finit par fermer. Je pensais qu'il en serait de même pour Eurodisney, et que cela irait sûrement plus vite, pour diverses raisons, la première étant que les Français, en dépit de leur américanomanie actuelle, ne comprennent et n'aiment rien de ce qui vient de l'étranger, États-Unis inclus. Eurodisney était un morceau d'Amérique posé sur notre sol. C'était tout autre chose que les enseignes des boutiques en sabir et ce que Queneau appelait les « bloudjinnzes ». C'était trop gros pour nos estomacs. Ce n'était pas comestible.

J'ai encore un autre exemple de mon incurable modestie. Au début de son premier septennat, M. Mitterrand prononça un éloge vibrant de la machine qui, disait-il, ferait le travail de l'ouvrier, lequel se reposerait en la regardant se fatiguer à sa place. Je pensai, en l'entendant, que si les machines faisaient le travail de l'ouvrier, celui-ci deviendrait inutile et on le licencierait. Je ne le dis pas, alors, car ce raisonnement me semblait trop simple et trop logique. La réalité, croyais-je dans ma modestie, n'est ni simple ni logique. Or elle l'est. J'ai appris cela en vieillissant.

(4 décembre)

La Maison du Nez

Depuis des mois, j'essaie de comprendre ce que c'est que le GATT et dans quelle mesure ce traité, si nous le signons, nous sera utile ou nuisible. Je ne suis même pas arrivé à savoir ce que les initiales G, A, deux T, signifient. J'ai beau scruter les gazettes, aucune ne le précise. Peut-être l'ont-elles fait il y a un an ou deux, mais la malchance a voulu que cela m'ait échappé. Depuis lors, rien nulle part. Le vocable « gatt » évoque vaguement pour moi un chat ou un gâteux, ce qui est probablement très loin du sujet.

Jusqu'à cette semaine, j'ai désespéré de me faire une opinion sur ces négociations énigmatiques, dont on dit qu'elles se déroulent à Blair-House, endroit que je connais, car je suis passé devant, il y a vingt ans, lors d'un séjour à Washington et dont je traduisis le nom par : « la Maison du Nez ». L'architecture de ce bâtiment me parut assez quelconque, pour ne pas dire médiocre, et je me demandai fugitivement de quels sujets ennuyeux on discutait à l'intérieur.

Une chose néanmoins me rendait méfiant à l'égard du Gatt : c'est que ce traité plaisait bien à l'Europe du Nord et à l'Angleterre, mais, en revanche, n'était pas trop apprécié par l'Espagne et l'Italie. Les intérêts et les goûts de ces deux pays sont proches des nôtres et il y a une connivence des nations latines à laquelle je trouve que nos gouvernements ne font pas assez attention. Jadis, avant l'Europe des six, des douze et de Maëstricht, j'avais rêvé d'une petite Europe du Sud et de l'Ouest, limitée à l'Espagne, l'Italie et la France, étroitement unies, ce qui faisait un bloc de cent cinquante millions d'hommes, très suffisant pour traiter d'égal à égal avec les superpuissances.

Grâce à MM. Barre et Giscard d'Estaing, je crois que je sais enfin à quoi m'en tenir sur le Gatt. L'un et l'autre, publiquement, ont pressé le Premier ministre de signer le traité. Il existe en ce monde ce que j'oserai appeler des « hommes-boussoles ». MM. Barre et Giscard remplissent éminemment ce rôle bienfaisant, à ce détail près qu'ils indiquent avec infaillibilité, non pas l'endroit où l'on désire aller, mais celui où nous risquons de nous casser la figure. Il suffit, par conséquent, lorsqu'ils pointent le doigt dans une direction, de prendre la direction opposée. Autrement dit si MM. Barre et Giscard recommandent de signer l'accord du Gatt, sans se soucier, par leurs déclarations, d'affaiblir la position de la France à la Maison du Nez, il est impératif de ne pas le signer.

Je vois bien la faiblesse de mon raisonnement : c'est qu'il est simple et qu'en politique on se méfie toujours de ce qui est simple. On le qualifie de « simpliste », ce qui, généralement, suffit à le couler. Pourtant il arrive souvent que la vie soit simple. Quant à MM. Barre et Giscard, on a pu suffisamment observer, quand ils étaient l'un et l'autre à la tête de l'État, qu'ils étaient sans doute fort intelligents, mais qu'ils manquaient totalement d'instinct. Or la politique se fait autant avec de l'instinct qu'avec de l'intelligence. Davantage, même.

(11 décembre)

L'exception commerciale

Mon confrère, M. Frossard, fait remarquer que « l'exception culturelle » spécifiée par une clause du Gatt ne peut être profitable qu'aux navets, attendu que les œuvres de qualité se défendent très bien toutes seules. Il note que 80 % de notre production plus ou moins intellectuelle est composée de navets. Je le trouve pour ma part bien indulgent. Il me semble que la proportion est plus élevée. Mais la question n'est pas là.

Ce n'est pas avec des chefs-d'œuvre qu'un pays devient à la mode à l'étranger, lesquels chefs-d'œuvre sont forcément rares, mais grâce à toutes sortes de bêtises qui plaisent parce qu'elles sont bien faites. Nous en avons l'exemple avec les États-Unis qui exportent dans l'univers entier des quantités d'imbécillités dont il faut bien reconnaître que, si elles sont aussi lamentables intellectuellement que nos propres réalisations dans le même genre, elles sont fabriquées avec plus de soin, mieux agencées, mieux finies. On reconnaît la supériorité d'un pays non pas à quelques éclairs de génie mais à la bonne qualité des choses médiocres.

Il fut un temps où c'était la France qui fournissait l'Europe, et, accessoirement, les autres continents, d'idées moyennes, d'adultères mondains, de musique légère, de comédies de boulevard, de fauteuils Louis XV, d'acteurs célèbres, de chapeaux, de romans d'aventures. Qu'est-il arrivé à nos imbéciles nationaux ? Ils sont muets, ils ne créent plus rien, ou ils bâclent. Voilà où est le vrai drame. Et, contrairement à M. Frossard, je crois qu'il faut féliciter notre gouvernement de s'être battu pour eux avec tant d'acharnement dans les négociations du Gatt.

Ce n'est pas au seul bénéfice de quelques hommes de génie que le législateur fait des lois, mais pour l'ensemble de la population, et les hommes de génie jouissent ou pâtissent des lois comme les gens ordinaires. Il faut toujours, dans les actes publics, tenir compte du plus grand nombre. Dans les négociations du Gatt à propos de « l'exception culturelle », nos mandataires n'ont tenu compte que du plus grand nombre et ils ont eu raison.

Maintenant, comme disent les gazettes, « la balle est dans le camp » de nos chers fabricants de stupidités. Il est essentiel qu'ils profitent des efforts surhumains qu'ont déployés M. Balladur et M. Juppé, qu'ils retrouvent leur savoir-faire, leur habileté, leur conscience artisanale. Au fond, c'est le mot « exception culturelle » qui brouille tout. Il ne s'agit nullement de culture mais de commerce.

On ne fait pas de commerce avec les chefs-d'œuvre, ce serait trop aléatoire. En revanche, on en fait avec les vaudevilles, les romans policiers, les chansonnettes, les téléfilms et les diverses niaiseries dont sont affamés tous les publics du monde.

À mon avis, c'est une question d'honneur pour la France que notre médiocrité l'emporte sur la médiocrité américaine. Les chefs-d'œuvre, s'il y en a, par surcroît, quelques-uns, ne sauraient qu'en tirer du lustre : à la suite des téléfilms et des vaudevilles, on les accepterait les yeux fermés, ce qui est le plus souhaitable pour les chefs-d'œuvre.

(18 décembre)

M. de Falloux

À l'âge de trente-trois ans, en 1844, M. de Falloux publia un ouvrage en deux volumes sur le pape Pie V dans lequel on trouve un vibrant éloge de l'Inquisition. « La tolérance, dit l'auteur, n'était pas connue dans les siècles de foi... Autrefois il y avait, en immolant l'homme endurci dans son erreur, toute chance pour que cette erreur pérît avec lui et que les peuples demeurassent dans l'orthodoxie religieuse. »

Le grand Larousse du XIXe siècle, ce monument de républicanisme, considère M. de Falloux avec horreur : c'est une créature des jésuites, un pur produit du parti légitimiste et clérical. En 1846 il fut élu député de l'extrême droite. À la révolution de 1848, il se rallia à la République. Mais on ne trompe pas aussi aisément Pierre Athanase Larousse : les partis monarchiques et réactionnaires avaient compris qu'ils ne pouvaient triompher que par la ruse, dit-il. Et il ajoute : « Avec son esprit pénétrant, son éducation jésuitique et son aptitude à l'intrigue, M. de Falloux était essentiellement propre à ce rôle. »

À ce qu'il semble, il était propre à plusieurs rôles. Il s'était rapproché de tout ce qui pouvait profiter de la révolution, principalement de l'homme qui allait être le prince-président, puis l'empereur Napoléon III, ce qui lui valut, après l'accession de celui-ci au pouvoir, le poste de ministre de l'Instruction publique et des Cultes. « Il travailla naturellement dans le sens de sa faction, dit Pierre Athanase, et prépara cette loi sur l'enseignement qui augmentait l'influence du clergé et à laquelle son nom est demeuré attaché. »

Une autre action de M. de Falloux, « élevé à la grande école de la politique cléricale », consista à faire voter, en juin 1848, la fermeture des Ateliers nationaux, où l'on employait les chômeurs à ne rien faire, ce qui permettait de leur verser une petite allocation grâce à quoi ils n'étaient pas dans la misère complète. Cette initiative provoqua les terribles journées de juin, au cours desquelles des milliers de pauvres gens furent tués par les forces de l'ordre. « Telle fut l'œuvre de ce chrétien, s'exclame Larousse. Si sa conscience ne lui reproche rien, c'est à l'opinion publique et à l'histoire qu'il appartient de le juger. »

On parle souvent des morts qui se retournent dans leur cercueil. L'exemple de M. de Falloux nous montre qu'il y a aussi des morts heureux. Si l'on avait dit à cet homme de bien qu'un jour, cent sept ans après sa mort, les socialistes et les communistes organiseraient des manifestations afin que l'on laissât sa loi scolaire intacte, il aurait été assez incrédule, je pense. Quelle ne doit pas être sa satisfaction, dans son cimetière, de savoir que son nom est devenu le cri de ralliement de la gauche française à la fin de l'année 1993 !

Je me demande s'il y a des bibliothèques place du Colonel-Fabien et rue de Solferino. En tout cas, elles ne possèdent pas le grand dictionnaire encyclopédique Larousse en dix-sept volumes, qui raconte tout ce qui s'est passé sur Terre jusqu'en 1875.

(25 décembre)

1994

Mes chers lecteurs...

J'ai trouvé naturellement excellente l'allocution aux Français du président de la République à l'occasion du Nouvel An ; toutefois, dans ce petit discours prononcé avec l'abandon un peu guindé qui est si caractéristique du chef de l'État et qui nous est devenu familier, deux points n'ont pas entraîné mon adhésion complète. La péroraison en particulier dans laquelle M. Mitterrand s'écrie : « Mes chers compatriotes, je vous le demande, soyez unis et solidaires ; c'est la réponse à tout. »

Si je n'avais pas tant de respect pour notre premier magistrat, j'oserais presque penser qu'il dit n'importe quoi. En effet, comment peut-on se réclamer de la démocratie, de la république, de la laïcité, et en même temps exhorter les citoyens à la solidarité et à l'union ? Ces divers éléments sont incompatibles. La démocratie a toutes les vertus, comme nous savons, il paraît même que c'est le meilleur des régimes, mais il faut bien constater qu'elle est fondée sur la divergence des opinions, et que les rivalités qu'elle engendre pour la conquête du pouvoir divisent la nation en deux ou plusieurs partis irréconciliables. Je n'ai jamais vu la gauche et la droite unies, sauf sous l'Occupation, pour résister aux Allemands. Mais s'il faut un cataclysme historique comme la défaite de 1940 pour qu'enfin nous nous sentions frères, j'aime mieux, à tout coup, nos bisbilles du temps de paix.

Le mot de « compatriotes » qu'emploie le Président ne me plaît pas énormément. C'est bien froid, bien fade, bien gourmé. On n'imagine pas un roi s'adressant ainsi à ses sujets. Il dirait plutôt quelque chose comme « Mes chers peuples » ou « Mes enfants ». Giscard disait « Mes chers Français », ce qui donnait l'impression qu'il était au-dessus ou en dehors de la France. Ah ! certes, les vœux de Nouvel

An sont un art difficile pour le chef d'un État, et demandent un toucher exquis, mais ce sont les exigences du métier. Le toucher exquis est la moindre des choses que l'on puisse attendre d'un homme à qui l'on a donné un pouvoir à peu près aussi absolu qu'à Louis XIV.

L'autre point du discours de M. Mitterrand qui m'a fait tiquer est celui où il rappelle que depuis la Révolution et la Déclaration des droits de l'homme, l'espoir des peuples opprimés se tourne vers la France. Voilà encore quelque chose de bien contestable. Sous Napoléon Ier, par exemple, les peuples opprimés ne se tournaient guère vers la France, ils tâchaient plutôt de regarder ailleurs. Et à présent, il me semble que c'est plutôt vers les États-Unis qu'ils se tournent. Non pas certes parce qu'ils les trouvent plus charmants que nous, mais parce qu'ils sont plus forts.

Dans ma jeunesse, j'étais très agacé quand j'entendais dire de tel potentat ou de tel pays qu'il était un grand ami de la France. Comment peut-on être le « grand ami » d'un pays qui n'est pas le sien propre ? pensai-je. Et comment peut-on être simple au point de prendre pour un ami quelqu'un qui vous fait des grâces parce qu'il y voit son intérêt ? Je ne prenais pas en compte une chose : c'est que la France alors était puissante ou le paraissait. Elle avait gagné la guerre précédente, elle croulait sous les colonies, elle était la terre d'asile des réfugiés politiques, elle comptait plus d'hommes célèbres que toute autre nation. Elle se complaisait dans l'idée qu'elle avait une foule d'amis dans le monde parce qu'elle continuait à faire peur. La Révolution et les droits de l'homme n'étaient pour rien dans ce succès. D'ailleurs les présidents de la République, alors, ne souhaitaient pas la bonne année aux Français. Ils pensaient qu'on n'avait pas besoin de leur remonter le moral.

(8 janvier)

Le bleu, couleur de l'âme

Les Casques bleus de l'O.N.U. sont une des institutions les plus caractéristiques de notre époque. Ces soldats que l'on envoie dans les endroits en proie aux horreurs de la guerre afin qu'ils « observent », personnifient exactement l'âme de l'Occident. Je veux dire par là qu'ils n'ont pas d'armes ou, s'ils en ont, qu'ils ne s'en servent pas. Leur présence incarne la morale et la justice devant la violence et l'iniquité. Ils sont la représentation matérielle de la bonne conscience occidentale qui ne veut jamais rien faire mais qui ne veut pas non plus qu'on dise qu'elle est insensible aux misères du monde.

Il y a longtemps que je me demande pourquoi les Casques bleus sont composés de militaires encadrés par des officiers. N'importe quel corps de civils ferait aussi bien l'affaire. On pourrait les appeler les infirmiers bleus ou les brancardiers bleus ou les journalistes bleus. Il me semble que, dans le genre Casque bleu, *Amnesty International* est plus efficace. Elle expédie ses bavards un peu partout dans le monde et publie de gros rapports relatant les divers crimes et abominations dont elle a été témoin. On pourrait certes reprocher à cette organisation d'avoir un peu plus d'indulgence pour les monstres de gauche que pour les monstres de droite, mais enfin, dans l'ensemble, elle dénonce avec vigueur la barbarie contemporaine.

L'Occident, c'est-à-dire l'O.N.U., dépose les Casques bleus comme des cartes de visite dans les maisons où il y a un incendie. Cela signifie à peu près ceci : « Vous êtes dans l'adversité mais nous sommes là. Nous regardons avec beaucoup de tristesse votre logis brûler. Il ne nous est malheureusement pas possible de combattre le feu, car on nous accuserait d'ingérence dans des affaires qui ne nous concernent pas. Si vous parvenez à échapper au sinistre, nous vous apporterons des couvertures et des boissons chaudes, ce qui vous montrera combien nous sommes compatissants, gentils, civilisés et occidentaux. Nous pouvons vous garantir, en outre, que si vous mourez, l'O.N.U. en ressentira un grand chagrin et trouvera des accents remarquables pour l'exprimer. »

Pascal disait que la justice sans la force est impuissante. Elle est pire qu'impuissante : elle est à la fois dérisoire et désespérante. Les Casques bleus sont l'image même de la justice sans la force, les pauvres gens meurent autour d'eux, et ils sont confinés à ce que l'on appelle des « missions humanitaires ». C'est là un angélisme criminel. Mais tout angélisme n'est-il pas criminel sur cette Terre ?

Le général de Gaulle appelait l'O.N.U. un « machin ». C'était un homme plein d'imagination et qui avait des formules amusantes. Je présume qu'il trouverait aujourd'hui un autre terme que « machin », qui lui semblerait faible.

(15 janvier)

L'armée de Darius

Certes, la politique n'est pas la guerre, encore que, dans les démocraties soumises au régime des partis, il y ait des ressemblances. Par exemple, si un parti veut remporter la victoire sur un parti adverse, il lui faut avoir les vertus d'une unité combattante, c'est-à-dire avant tout la discipline, qui fait le mérite principal des armées. De la discipline découle l'union, et celle-ci produit la force, grâce à laquelle on écrase l'ennemi.

Un parti peut être très puissant ; s'il n'est pas discipliné et uni, il est assuré d'être battu. L'armée de Darius était quatre ou cinq fois plus nombreuse que celle d'Alexandre le Grand, mais elle arriva à la bataille en désordre, avec des rivalités de satrapes, peu de confiance dans son roi, des soldats mécontents, et elle fut taillée en pièces par la petite troupe d'Alexandre le Grand.

La majorité actuelle me semble en train de se conduire comme l'armée de Darius. Cette majorité est énorme, formidable, il suffit qu'elle se taise pour que tout le monde soit épouvanté. Mais elle ne se tait pas. Elle est bavarde, elle veut montrer à l'opinion publique qu'elle n'est pas une armée, justement, mais un assemblage harmonieux de personnalités distinguées et originales, en qui le pouvoir n'a pas éteint l'esprit critique. Or rien n'est plus funeste, dans des circonstances de ce genre ; chacun se croit plus malin que le général en chef et dit : « Moi, si j'étais à sa place, je serais plus intransigeant, plus audacieux, plus prudent, plus souple, plus autoritaire, plus coulant, etc. »

Cela a commencé avec les satrapes, naturellement, qui ont été très vexés de ne pas avoir été appelés à la dignité de Premier ministre et qui ont gardé, à l'égard de celui qui en a été investi, une rancœur plus forte que le souci bien entendu de leur politique. Dès le premier jour de la cohabitation, les satrapes ont proclamé leur désaccord. L'un d'eux, plus ardent que les autres, a fait de son mieux pour embarrasser le gouvernement dans ses négociations sur le Gatt, ce qui équivaut presque à une trahison en temps de guerre et relève du tribunal militaire. Après les satrapes, sont venus les lieutenants et la piétaille du Palais-Bourbon. À présent, un tiers de la majorité, la moitié peut-être, a son avis sur le généralissime qui est mandaté pour la mener à la victoire, et cet avis est, pour le moins, nuancé.

Or il ne faut pas avoir d'avis nuancé sur le chef qu'on s'est choisi ou que les événements vous ont donné. Il faut le suivre les yeux fermés. Toute autre attitude ne sert qu'à faire le jeu de l'ennemi. Le seul succès qu'aient remporté les socialistes depuis leur désastre de mars 1993 est la division de la droite, mais c'est un assez joli succès, indiscutablement.

C'est encore une chance qu'ils ne soient pas conduits à la présidentielle de l'année prochaine par Alexandre le Grand. Je ne vois personne dans leurs rangs susceptible de tenir ce rôle. Du moins dans l'état actuel des choses. D'ailleurs le roi de Macédoine est mort à trente-trois ans. Dans les démocraties modernes, trente-trois ans, c'est l'enfance, pour ne pas dire le berceau.

(5 février)

Correction fraternelle

Il est assez flatteur, en somme, que le Département d'État des États-Unis ait consacré une partie de son rapport annuel à la France. Il ne s'agit évidemment pas d'exalter les vertus des Français, leur talent, leur douceur, leur sérieux, de nous prendre comme modèles ni de comparer M. Mitterrand à Louis XIV ou d'expliquer que la langue française mérite d'être parlée dans le monde car elle est supérieure à la langue américaine en clarté et en précision. Non, le rapport n'est pas tout à fait aussi aimable. Nos amis américains s'y déclarent peinés de constater que les policiers français demandent leur carte d'identité aux gens, que nous ayons des « pratiques discriminatoires » à l'égard des Maghrébins ou des Noirs, que nous empêchions les petites filles de porter le tchador à l'école, que notre population commence à éprouver des « sentiments anti-immigrés », que les incidents racistes aient une fâcheuse tendance à se multiplier dans l'Hexagone.

Certes il est douloureux de constater que nos amis américains, qui sont si parfaits en général, si dignes d'admiration, qui se conduisent de façon si évangélique avec leurs minorités de couleur et qui peuvent s'honorer d'avoir une entreprise de bienfaisance à l'échelle mondiale que l'on désigne sous les initiales de C.I.A., n'approuvent pas nos manières d'être. Néanmoins nous avons lieu de leur être reconnaissants. C'est une preuve d'attachement qu'ils nous donnent en nous jugeant mal et en le faisant savoir. Il n'y a que les membres d'une même famille qui s'envoient ainsi leurs vérités à la figure. C'est même une coutume typiquement familiale que de laver son linge sale en public.

Comme on peut penser, je n'ai pas lu le rapport du Département d'État et je ne sais ce qu'il dit d'un certain nombre d'autres nations du globe, où l'on serait dans le ravissement si la police se bornait à demander à voir la carte d'identité des individus suspects. Mais je serais bien étonné qu'il marquât pour elles autant de sévérité que pour nous. Cette attention qu'il nous porte spécialement ne peut signifier qu'une chose, c'est que nous sommes très chers à la grande et vertueuse nation américaine, très proches d'elle, et qu'elle dénonce en nous des péchés qu'elle ne connaît que trop bien.

Dans les monastères il y avait jadis (mais peut-être existe-t-elle encore) une institution appelée la « correction fraternelle ». Lorsqu'on avait quelque chose à blâmer dans la conduite ou dans les sentiments d'un moine, l'un de ses confrères le prenait à part et lui faisait des reproches d'autant plus véhéments qu'ils ne cherchaient nullement à le blesser mais à l'amener au repentir et à l'aveu libérateur de ses fautes. Il semble bien que ce soit une correction fraternelle que le Département d'État nous ait administrée. Pour notre bien, naturellement, et non par antipathie.

Il y a encore une autre façon de voir les choses. C'est que les États-Unis se sont institués le maître d'école de la planète, qu'ils considèrent les autres pays comme des gamins à qui il faut faire la classe, qu'ils distribuent des bons points et des mauvais points. Auquel cas nous jouerions le rôle de l'infortuné moutard qu'on a pris en grippe. Mais je ne veux pas m'arrêter à cette triste hypothèse.

(12 février)

Les normes européennes

Il y a deux ou trois ans, désirant acheter des chaussettes en coton, il me fut répondu dans les divers magasins où je m'adressai : « On n'en fabrique plus ; elles n'étaient pas conformes aux normes européennes. » Établir des « normes européennes » pour des chaussettes en coton me parut le comble de la bouffonnerie. L'année suivante, la Seita nous avisa que les cigarettes *Gitanes* devraient, elles aussi, adopter les normes européennes, c'est-à-dire devenir plus courtes, plus étroites et se composer d'un tabac un peu différent, en un mot, être moins agréables qu'auparavant.

Il doit exister des centaines ou des milliers de normes européennes du même genre, dont la caractéristique est d'apporter un inconvénient supplément à ce qui existe ou d'en diminuer la qualité, à croire que le Parlement européen, secondé par les technocrates de Bruxelles, a pour mission expresse de nous taquiner et de se mêler de ce qui ne le regarde pas. À mon avis, ce n'est pas l'affaire d'un parlement – ni même d'un super-parlement – de légiférer sur des chaussettes.

Ce n'est pas davantage son affaire de légiférer sur l'homosexualité, laquelle désormais, ai-je lu dans les gazettes, bénéficie d'une « approbation juridique ». D'après ce que j'ai cru comprendre, on aura le droit de la pratiquer à partir de dix-huit ans ; des messieurs pourront convoler en justes noces avec d'autres messieurs (et des dames avec des dames), après quoi ces couples heureux pourront avoir beaucoup d'enfants, à condition d'en adopter.

L'Académie française, au moins, qui distribue chaque année le prix Cognacq-Jay à des familles nombreuses et méritantes, sera intéressée par la décision du Parlement européen. Nous avons en effet de plus en plus de difficulté à dénicher des familles correspondant à la définition de notre donateur, c'est-à-dire comportant huit ou dix enfants. Grâce aux mariages homosexuels, nous allons peut-être trouver de nouveaux débouchés à nos largesses. Deux papas (dont l'un sera maman) ou deux mamans (dont l'une sera papa) auront la latitude d'adopter quinze moutards, voire davantage, pour peu qu'ils aient la vocation paternelle ou l'instinct maternel.

Il me semble toutefois que si je faisais partie de la grande tribu des homosexuels, je ne serais pas trop content de voir le Parlement européen se pencher avec tant de sollicitude sur ce qu'on appelle ma « différence ». Il faut chercher soi-même, sans l'aide de personne, ce dont notre être a besoin. Dès que les pouvoirs publics s'en mêlent, fût-ce des pouvoirs supranationaux, tout commence à aller mal. L'homosexualité existe depuis le commencement du monde ; elle a généralement trouvé les objets nécessaires à son contentement. Elle avait en plus le plaisir d'être secrète, un peu clandestine, naguère encore dangereuse. La voilà devenue officielle, inscrite dans les lois de l'Europe. Il va falloir vraiment beaucoup de conviction pour s'y adonner.

(26 février)

L'arme foudroyante de la démission

Pendant les deux ans qu'a duré la première cohabitation, de 1986 à 1988, je me demandais chaque jour : « Quand Chirac va-t-il faire un éclat ? » Je me rappelais son apparition rageuse à la télévision en 1976, au cours de laquelle il annonça au pays qu'il démissionnait de son poste de Premier ministre parce qu'il n'en pouvait plus des bâtons que le président de la République lui mettait dans les roues.

Cette démission fut excellente pour sa carrière ultérieure. Le peuple aime qu'on quitte la fonction que l'on a sans y être obligé. Dans ce rejet des grandeurs, il voit une fidélité à soi-même, une honnêteté politique qui le charment. Il récompensa M. Chirac en l'élisant un peu plus tard maire de Paris, ce qui est une position plus enviable (et plus stable) que celle de Premier ministre.

M. Chirac, étant Premier ministre de M. Mitterrand, pensa peut-être qu'on ne saurait réussir deux fois le même numéro et ne parut point à la télévision pour déclarer qu'il était excédé de la mauvaise volonté que l'Élysée manifestait à son égard et que, par conséquent, il secouait la poussière de ses sandales sur l'hôtel Matignon. Il faut noter à sa décharge que M. Mitterrand le gênait beaucoup moins que M. Giscard, du fait que son parti avait été battu aux élections législatives, et qu'à cause de cette défaite, il ne pouvait guère s'opposer aux décisions du gouvernement. Outre cela, M. Chirac était un bon Premier ministre, il aimait le métier, il y réussissait. Il était sûr que les résultats qu'il obtenait le mettaient en bonne posture pour la magistrature suprême. Fatale illusion, qui le perdit, comme on sait. Tandis que si, après un an de pouvoir, il était parti en claquant la porte, il eût peut-être gagné la partie en 1988.

Le régime de la cohabitation a quelque chose de diabolique, singulièrement lorsque la droite arrive aux affaires après la gauche. Celle-ci, pendant cinq ans, a accumulé les stupidités, ruiné et discrédité l'État, multiplié le chômage, laissé tout aller à vau-l'eau, etc., et la droite ne dispose que de deux ans pour réparer tout cela. Elle y parvient en partie, mais elle a un grand désavantage, c'est que pendant ses deux ans de règne, elle fait oublier les cinq ans de gestion désastreuse de la gauche, et que c'est à elle, malgré les efforts titanesques qu'elle fait, que l'on impute la triste situation présente, dont elle n'est pas responsable. Bref, il est difficile de partir plus perdant que la droite après une victoire électorale qui lui a donné quatre cent et quelques sièges à l'Assemblée.

Il est dommage qu'il ne soit pas dans le caractère de M. Balladur de faire des éclats à la télévision. S'il trouvait un bon prétexte pour donner sa démission de Premier ministre avant la redoutable échéance de 1995, il est probable que, du coup, sa cote dans les sondages remonterait, ce qui, plaisir supplémentaire, chagrinerait beaucoup un certain nombre de ses amis politiques. Il est probable aussi que la droite serait soudain dans une position favorable pour gagner l'élection présidentielle. M. Balladur n'est pas du genre coléreux mais après tout, à sa manière calme, de son ton irrévocable, avec son visage serein, il pourrait faire une forte impression.

(19 mars)

L'éternel 5 à 7

J'ai remarqué – mais peut-être n'est-ce qu'une coïncidence – que les propositions d'abaisser le septennat du président de la République à un quinquennat viennent volontiers de personnages qui ont exercé eux-mêmes la suprême magistrature. Je dis bien qui « l'ont » exercée. Cette préoccupation ne semble pas aussi essentielle à ceux qui l'exercent dans le présent. Ils s'accommodent très bien du septennat ; je crois même que si on les interrogeait confidentiellement, ils répondraient que sept ans de pouvoir, c'est tout juste ce qu'il faut pour prendre la mesure de ses responsabilités et que le seul regret que l'on pourrait avoir, c'est que cette tranche constitutionnelle est un peu exiguë.

Par exemple, voilà treize ans que M. Mitterrand est président de la République. Il est probable que le temps ne lui a pas paru long du tout. Au contraire, je suis sûr que ces treize ans, pour lui, ont passé en un clin d'œil et qu'il se dira dans son for intérieur, à l'élection de 1995 : « Quoi, c'est déjà fini ? » Il n'est pas sûr qu'il ne se représente pas une troisième fois. Auquel cas, il serait élu, naturellement, car les Français ont pris l'habitude de sa voix, de ses battements de cils, de ses roueries. Et les Français, plus qu'aucun autre peuple, sont attachés à leurs habitudes, bonnes ou mauvaises.

Je le dis toujours (et j'ai raison) : il n'est rien de tel que de durer. On finit par faire partie du paysage, des meubles, du patrimoine. M. Mitterrand, à la fin de son troisième septennat, en 2002, aura dans les quatre-vingt-six ans, à savoir l'âge qu'avait le maréchal Pétain en 1942. Celui-ci n'avait pas du tout le sentiment d'être trop vieux pour être « le chef de l'État ». Il se trouva si bien dans ce rôle qu'il ne songea pas à l'abandonner lorsque les Allemands envahirent la zone dite « libre ».

M. Chirac et M. Balladur n'ont évidemment rien de commun avec la Wehrmacht. Il nous est toutefois permis d'observer que lorsque les élections législatives de 1986 et 1993 les portèrent au pouvoir, mettant en minorité le parti du Président, celui-ci aurait très bien pu dire aux Français qu'il avait accompli un quinquennat de fait, que cela était bien suffisant, qu'il s'inclinait devant le suffrage universel ou, plus exactement, qu'il « en tirait la leçon », à savoir qu'il démissionnait de ses hautes fonctions. Peut-être suis-je un esprit exagérément simpliste, mais il me semble que c'eût été le moment ou jamais de démontrer la supériorité du quinquennat sur le septennat.

Que ce soit M. Giscard d'Estaing qui, cette fois-ci, remet sur le tapis cette fastidieuse question des cinq ans ou des sept ans prouve une chose, c'est que lui, au moins, n'a pas l'espoir de redevenir président de la République. Je crois me souvenir en effet qu'il resta sept ans à l'Élysée et que sept autres années dans cet aimable local ne lui auraient pas fait peur, puisqu'il fut candidat à l'élection de 1981.

(23 avril)

La machine infernale

On comprend que les politiques soient plus ou moins hostiles aux référendums. Cela revient en effet à demander au peuple ce qu'il pense, curiosité invariablement dangereuse car, à peu près en tout, le peuple pense au rebours des gens qui font les lois. Par exemple, si on organisait un référendum sur la peine de mort, il est probable que 70 ou 80 % des Français seraient partisans qu'on la rétablît. Le peuple se dit, avec son bon sens traditionnel, tant méprisé par les élites, que la mort fait peur à tout le monde, y compris aux assassins, et que c'est une bêtise que de s'être privé de ce puissant instrument de dissuasion qu'était la guillotine.

Il y a une grosse polémique en ce moment à propos d'un référendum sur l'emploi, qui plairait assez à MM. Chirac, Séguin, de Villiers, jusqu'à M. Pasqua, mais qui met en colère M. Millon et l'U.D.F., lesquels voient là « de la pure démagogie ». Si on demande au peuple : « Voulez-vous du travail pour tout le monde ? », il est évident qu'il répondra oui et qu'on n'aura pas avancé d'un pas. Mais la question ou les questions à poser pourraient être un peu plus subtiles.

Ainsi on pourrait interroger le peuple sur ce qu'il pense de la législation actuelle du travail, des barrières que trouvent les gens de bonne volonté à tous les échelons de la société, du caractère politique des syndicats qui les conduit à tant de positions suicidaires, de l'allocation-chômage, du travail au noir, de l'apprentissage à quatorze ans, etc. Il y a au moins vingt sujets relatifs à l'emploi sur lesquels le peuple a des idées qui étonneraient beaucoup les hommes politiques et les intellectuels qui font l'opinion.

Au fond, la grande affaire de notre temps est : « Comment protéger l'homme de la machine ? » Depuis bientôt vingt ans, les machines ont envahi les usines, les bureaux, les campagnes et en chassent peu à peu les hommes. Il y a là quelque chose de fatal, une sorte de loi de la jungle, comme une lutte des espèces. L'espèce des machines est en train de manger l'espèce humaine, pour une raison péremptoire : parce qu'une machine coûte moins cher qu'un homme. Elle n'a pas de revendications sociales, elle ne demande pas d'augmentation de salaire, elle n'est jamais fatiguée, et quand elle est usée, on l'envoie à la casse sans avoir à lui payer de retraite.

Il me semble que tant que l'on n'aura pas admis que le malheur de l'homme vient aujourd'hui de cette multitude de robots qui font le travail à sa place et à de moindres frais, le chômage ne fera qu'augmenter. Le peuple le sait, car il est la première victime, et il est prêt, je pense, à se débarrasser de tout ce qui l'empêche d'entrer sérieusement en compétition avec le terrifiant Progrès qui lui enlève sa raison de vivre. Le repos, la détente, le loisir, les voyages, les vacances vont bientôt, par la force des choses, devenir des notions préhistoriques.

(7 mai)

Les matières nobles

Quand j'allais au lycée, il n'y avait que trois catégories de classes, qui étaient désignées par A, A prime et B. En A, on faisait du latin et du grec ; A prime signifiait latin-langues, et B sciences-langues. Les élèves d'A avaient un mépris de fer pour ceux d'A prime qui leur paraissaient des esprits faibles, incapables d'affronter les déclinaisons grecques, les mystères de l'aoriste et de comprendre sur quelles lettres il fallait mettre les esprits rudes. De même, les élèves d'A prime considéraient « les B » comme des primaires ou des manuels ; leur teinture de latin faisaient d'eux comme des gentilshommes de l'enseignement secondaire. Sciences-langues, était-ce vulgaire, était-ce bourgeois !

Rien de tout cela n'existe plus, et je trouve tout à fait louable de la part de M. Bayrou, ministre de l'Éducation nationale, de vouloir le ressusciter. Il est bon qu'il y ait des castes dans les établissements scolaires. Le latin et le grec, qui ne servent à rien dans les métiers d'aujourd'hui et qui n'apportent aucun atout aux petits requins dont la vocation n'est que de gagner de l'argent par n'importe quel moyen, donnent à ceux qui les pratiquent une mystérieuse supériorité. Très exactement la supériorité des gens qui tiennent pour essentielles des choses apparemment superflues, comme la délicatesse de cœur, la politesse, les nobles manières, le goût de la littérature, le désintéressement, bref des gens qui pensent que la vie n'est pas qu'une affaire matérielle.

Le latin était une espèce de dragon que nous autres, chevaliers du cycle secondaire, nous commencions à combattre dès la classe de sixième, c'est-à-dire à l'âge de onze ans. Curieusement, il arrivait sous la forme d'une fleur. En effet, la chose qu'on apprenait d'abord était la première déclinaison : *Rosa* la rose. Cette rose était munie de redoutables épines qui étaient les six cas par lesquelles elle passait, les plus pointues étant le datif et l'ablatif.

Deux ans plus tard, un second dragon apparaissait, qui était le grec. Mais d'une certaine façon, il était moins redoutable que l'autre. D'abord parce que nous avions deux ans de campagne ; ensuite parce que la littérature grecque était pleine de personnages amusants ou touchants, tels qu'Achille aux pieds légers, le prudent Ulysse, le malheureux Œdipe, Andromaque « souriant à travers ses larmes » comme dit Homère, Socrate buvant la ciguë sans trembler.

Le snobisme est un puissant moteur de la vie sociale. Nous étions de jeunes snobs. Notre familiarité avec les héros helléniques nous faisait sûrement autant plaisir qu'à nos parents leurs relations huppées et ne nous donnait pas moins de vanité qu'ils n'en ressentaient lorsqu'ils allaient dîner dans le monde.

M. Bayrou aura réussi sa réforme s'il parvient à restaurer le snobisme à l'école. Autrement dit l'émulation. Le snobisme, c'est quelque chose comme le nivellement par le haut. Tout le contraire de ce qui se passe dans les lycées et collèges depuis un bon quart de siècle.

(14 mai)

La carte forcée

Certes, on n'est plus à une faute de français près aujourd'hui ; quand même, il est contrariant que ce soit l'État lui-même qui les propage. Lorsque les citoyens iront voter aux élections européennes, ils auront une belle faute de français dans leur poche. Elle s'étale sur leur nouvelle carte d'électeur qui s'intitule désormais « carte électorale ». C'est à peu près la même chose que si les cartes d'identité devenaient des cartes identifiées et les permis de conduire des permis conduisants.

Je me suis demandé quel était le motif de cette monstruosité grammaticale. On m'a fait savoir qu'on y avait été acculé par les revendications des organisations féministes. Les femmes françaises, en effet – ou tout au moins celles qui parlent en leur nom –, se sont déclarées choquées qu'il n'y eût pas deux sortes de cartes : des cartes d'électeur et des cartes d'électrice. Elles tenaient absolument, paraît-il, à cette espèce d'*apartheid*. Or deux modèles de cartes eussent coûté plus cher qu'un seul. C'est pourquoi l'administration a trouvé le compromis « carte électorale », qui, au prix d'une incorrection, fait économiser quelques milliers de francs. Maltraiter la langue est une moins mauvaise affaire que de s'exposer au courroux du beau sexe.

Il y a cinquante ans, un épisode comme celui-ci eût été inconcevable, non parce que les femmes n'avaient pas encore pris conscience de la dignité de leur État, mais parce qu'on avait des rudiments de grammaire. Entre autres, on savait que le mot « homme » englobait le genre humain dans son entier et que cela s'appelait un nom épicène masculin. De même la souris était un nom épicène féminin ; cela n'empêche pas qu'il y ait des souris mâles, lesquelles jusqu'à présent n'ont pas élevé de protestations. Le mot « femme » appartient à ce que la grammaire désigne comme « genre marqué », pour le distinguer de l'épicène « homme ».

Il est aussi ridicule de dire « les Françaises et les Français », « les électrices et les électeurs », que de dire « les chiens et les chiennes », ou « les chats et les chattes ». On sait bien que le genre chien et le genre chat englobe les mâles et les femelles de l'espèce. Même chose pour les Français : les Françaises sont implicitement comprises dans le lot. Il n'est pas jusqu'aux curés qui ne pratiquent cette démagogie : autrefois, ils s'adressaient aux fidèles en leur disant « Mes frères ». À présent, pour faire moderne, ils disent : « Frères et sœurs ». Cela ne rend pas leurs homélies plus originales, mais fait une belle jambe aux paroissiennes.

J'ai longtemps admiré la célèbre formule de Vialatte : « La femme remonte à la plus haute Antiquité », mais je commence à douter de son exactitude. La femme remonte au M.L.F. Peut-être aux suffragettes du début du siècle. Avant on ne trouve que très peu de traces dans l'Histoire de cet être querelleur, hostile, sourcilleux, revendicatif, animé d'un si curieux patriotisme sexuel. J'ai, bien sûr, tout le respect, toute l'admiration, j'oserai dire tout l'amour possible pour les femmes, mais cela s'arrête, malgré tout, à la grammaire.

(28 mai)

Le couple France-Allemagne

Je suis enchanté que l'on invite des soldats allemands à défiler chez nous le 14 juillet prochain. D'abord c'est la suite normale de la grande œuvre de réconciliation qui avait été entreprise par le général de Gaulle et le chancelier Adenauer. Puisque à présent les Allemands sont nos alliés, il n'y a pas de raison pour que nous ne les conviions pas à participer à notre parade nationale. Ils nous feront honneur, du reste : ce sont d'excellents soldats, très bien disciplinés. Je crains seulement qu'on ne les empêche de marcher au pas de l'oie : il y aura sûrement de grands esprits qui penseront que cela évoquerait trop le militarisme prussien. C'est dommage. Le pas de l'oie fait des revues impressionnantes, majestueuses et folkloriques. L'Armée rouge, que nos communistes ont tant aimée, ne défile pas autrement.

En second lieu, j'ose espérer que cette réunion franco-allemande fera l'objet d'un film qui remplacera heureusement celui dont on nous abreuve depuis cinquante ans et qui représente la Wehrmacht défilant toute seule sous l'Arc de Triomphe en 1940. Ne plus voir ce témoignage en noir et blanc de notre humiliation sera un vrai soulagement. Contempler les ennemis d'hier devenus les amis d'aujourd'hui nous donnera l'idée agréable que du mal parfois sort le bien, et que les haines nationales ne sont pas des choses contre lesquelles on ne peut rien.

Le génie français et le génie allemand ne se ressemblent pas mais ils ont néanmoins d'étroites affinités. D'une certaine façon nous sommes plus près de l'esprit germanique que de tout autre. Depuis trois siècles, nos échanges philosophiques, intellectuels, littéraires, artistiques, linguistiques, même sentimentaux, avec les Allemands ont été plus nombreux et plus déterminants qu'avec le monde anglo-saxon, voire le monde latin. Il n'y a que le Rhin qui nous sépare. Bien petite rivière à présent qu'on traverse la Manche à pied sec.

Frédéric II, roi de Prusse, qui nous en fit voir de toutes les couleurs pendant la guerre de Sept Ans, ne parlait que français. Son principal correspondant s'appelait Voltaire. Hitler voulait une Europe allemande, mais il y avait eu, avant lui, une Allemagne française. En 1783, l'Académie de Berlin décerna son prix à Rivarol pour son fameux *Discours sur l'universalité de la langue française*. Le grand homme de Goethe était Napoléon, qu'il appelait « mon empereur ». En fait, le véritable antagonisme franco-allemand n'aura duré que de 1870 à 1944, c'est-à-dire soixante-quatorze ans. Pendant ce court espace de temps, nous nous sommes fait assez de mal. Il est temps enfin de reprendre conscience que tout nous rapproche, au lieu de nous éloigner.

J'ai cru comprendre que les Allemands avaient ressenti quelque dépit qu'on ne les invitât pas aux festivités prévues pour le cinquantenaire du Débarquement en Normandie. Il me semble que le geste que fait la France devrait leur mettre du baume au cœur. Il y aura pour eux quelque chose de plus symbolique dans le fait de marcher côte à côte avec des soldats français que d'assister à une espèce de *Te Deum* américain en l'honneur de leur désastre.

(4 juin)

Beauté de la démocratie

Je suis très étonné que, à propos des espiègleries de M. Tapie dont on parle tant depuis quelques mois, personne n'ait eu l'idée d'évoquer la grande figure de Daniel Wilson. C'était un autre lapin que M. Tapie. Il avait épousé la fille de Jules Grévy, et lorsque celui-ci fut élu président de la République en 1879, le jeune couple vint s'installer à l'Élysée. M. Wilson eut vite fait de repérer les ressources de l'endroit, la principale étant de vendre des décorations à ceux qui étaient désireux d'en avoir.

Il avait, paraît-il, établi un barême. La Légion d'honneur coûtait cinquante mille francs (or). Cela allait ensuite en décroissant. J'ai un peu oublié les tarifs, toutefois je crois que le Mérite agricole coûtait trois ou quatre mille francs, le Nichan Iftikhar dans les quinze cents francs, la médaille de Sauvetage, sept ou huit cents francs. On pouvait avoir le Dahlia d'Araucanie pour dix-neuf francs. Ce commerce fructifia pendant quelques années, et M. Wilson se fit une jolie pelote. Cela ne l'empêchait pas de poursuivre sa carrière politique. Il était député de Loches. Pour envoyer ses prospectus électoraux, il se servait en toute simplicité de la machine à timbrer de l'Élysée.

Comment les choses finissent-elles par se savoir ? Il n'y avait aucune raison pour que M. Wilson ne poursuivît pas indéfiniment ses activités. Il ne causait de tort à personne et s'enrichissait en faisant des heureux. Le président Grévy dormait sur ses deux oreilles. Il se trouve toujours, hélas, des hommes moraux, des consciences pures (à moins que ce ne soit des envieux) qui, un jour ou l'autre, découvrent le scandale et le portent sur la place publique. En 1886, après la réélection de Grévy à la première magistrature de l'État, tout se révéla. En ce temps-là on était beaucoup plus féroce que maintenant, et les journaux, petits et grands (surtout les petits), n'y allèrent pas de mainmorte. Le trafic de Daniel Wilson indigna et fit rire tout le pays. Le pauvre président Grévy fut acculé à la démission en 1887. On en fit une chanson dont le refrain était : « Ah ! quel malheur d'avoir un gendre ! »

En fait, il fut la seule victime de l'affaire. Car M. Wilson, traduit en correctionnelle et condamné, fut acquitté en appel. Mieux encore, il se présenta dans sa bonne circonscription de Loches aux législatives suivantes et fut réélu député. Ses mandants se moquaient bien qu'il fût honnête ou malhonnête : sa tête leur plaisait, ils l'écoutaient pérorer avec délectation, sans compter qu'il avait probablement rendu une foule de services. Et puis Paris était loin.

La démocratie est un régime agréable. On peut faire n'importe quoi, les électeurs s'en moquent ; si on a une figure qui leur revient, ils voteront toujours pour vous. On a imprimé tant et plus que M. Tapie déménage à la cloche de bois pour ne pas payer ses dettes, ce n'est pas cela qui l'a gêné pour devenir député européen. M. Wilson est mort à près de quatre-vingts ans en 1919, aimé et honoré de tous. Respectable, en un mot.

(2 juillet)

Pasqua ou le monde comme il est

Les ministres ont tant l'habitude de débiter des contes de fées que l'on est tout étonné lorsqu'on entend l'un d'eux décrire le monde comme il est. C'est ce qui m'est arrivé avec M. Pasqua et les raisons qu'il a données pour justifier sa réforme de la police. J'avais encore présents à l'esprit les sermons des gouvernements socialistes comme quoi les voyous n'étaient pas aussi méchants qu'on voulait bien le dire et que nous avions grand tort de trembler pour nos biens ou notre vie. J'entends encore M. Badinter, garde des Sceaux, flétrir ce qu'il appelait, je crois, « l'obsession sécuritaire », c'est-à-dire la crainte qu'avaient les honnêtes gens des cambrioleurs, des assassins et des terroristes.

Au fond, il se passe avec les ministres ce qui se passe avec tout le monde : ils sont en retard de cinquante ans sur la réalité. M. Badinter ne vivait pas dans le monde de 1983, mais dans celui de 1933, c'est-à-dire à une époque relativement simple, où les vieux mécanismes sociaux, en particulier la police et la justice, avaient la même efficacité qu'au siècle précédent. Quand les socialistes sont arrivés au pouvoir en 1981, on avait l'impression qu'ils sortaient d'un roman de Zola, qu'ils s'apprêtaient à transformer la société bourgeoise du président Mac-Mahon. Il n'est pas étonnant qu'ils n'aient rien compris à l'univers contemporain et que, pendant dix ans, les questions de police leur aient été plus ou moins indifférentes.

Ce qu'a déclaré M. Pasqua au Sénat dit, en quelques mots, exactement ce qu'il en est de la situation, à savoir que l'ordre public et la criminalité ont un aspect tout nouveau : « Les progrès de la violence, du vandalisme, l'apparition des rivalités ethniques sur le sol national, la pression croissante du trafic de drogue, l'ouverture des frontières, voilà ce à quoi il nous faut adapter les structures et le fonctionnement de la police. » Certes, le bon peuple, qui souffre de la violence, du vandalisme et des rivalités ethniques, sait tout cela depuis longtemps mais c'est la première fois qu'un ministre le dit avec netteté, avec conviction, et qu'il annonce qu'il va s'efforcer d'y remédier.

Ce qui me plaît dans M. Pasqua, c'est qu'il n'a aucun snobisme. On l'a nommé ministre de l'Intérieur et il agit comme un ministre de l'Intérieur, non pas comme un tertiaire de l'ordre franciscain ou un oblat de Saint-Benoît ainsi que font volontiers les belles âmes de notre temps. Quelqu'un qui exerce sérieusement son métier et qui ne craint pas, à l'occasion, de montrer de la fermeté, en dépit des critiques, est toujours estimable. Clemenceau, qui fut un grand ministre de l'Intérieur, s'il le voit de là où il est, ne doit pas être mécontent de M. Pasqua.

(9 juillet)

La France gâteuse

J'ai lu dans les gazettes qu'en l'année 2020 la France compterait 871 000 gâteux. On ne les appelle pas ainsi, bien sûr. On dit que ces bonnes gens seront atteints de la « maladie d'Alzheimer » ou bien encore en proie à la « démence sénile ». Cette information m'a plongé dans la rêverie. Tout d'abord, j'ai beaucoup admiré M. Alzheimer qui a réussi l'exploit de donner son nom à quelque chose qui est vieux comme le monde.

Pourquoi n'appellerait-on pas « maladie de Dutourd » l'acné des adolescents et les diverses manifestations de l'âge ingrat ? On pourrait également parler de « démence juvénile » vu qu'il y a une quantité de petits démons qui font toutes sortes de bêtises pour embêter leurs parents. Il arrive d'ailleurs que la démence juvénile ne guérisse pas, qu'elle se prolonge jusqu'à la maturité et au-delà. J'en ai vu des exemples. J'ai même vu des gens passer sans transition de la démence juvénile à la démence sénile.

C'est une curieuse chose que l'euphémisme. On en fait, de nos jours, une consommation étonnante, comme si le premier besoin de l'humanité contemporaine était de n'appeler à aucun prix les choses par leur nom. Je ne pense pas que ce soit pour faire plaisir aux gâteux que l'on dise qu'ils sont victimes de la maladie d'Alzheimer. Le gâteux a pour principale caractéristique de suivre son délire intérieur, de ne pas s'intéresser à ce qui l'entoure. Il se fiche bien qu'on le baptise dément sénile ou alzheimérien. En fait, le mot gâteux choque les âmes sensibles ; elles ne veulent pas le prononcer. Gâteux n'est pas gentil. De même qu'on s'est avisé, naguère, qu'infirme, pédéraste, inculpé, n'étaient pas gentils, et qu'on y a substitué les mots d'handicapé, homosexuel, mis en examen. Cela ne change pas le monde, cela ne change pas les hommes, mais cela embellit l'existence.

Dieu sait si notre époque est fière d'avoir allongé la vie humaine, grâce à l'hygiène, à la médecine et à la sécurité sociale. On regarde avec pitié les « espérances de vie » au temps de Louis XIV, qui étaient, dit-on, d'une quarantaine d'années (ce qui n'est probablement pas vrai car les *Mémoires* de Saint-Simon regorgent d'octogénaires), et on les compare à la longévité de l'homme du XXe siècle. D'où les hymnes habituels au Progrès. Je me doutais bien que le Progrès menait au gâtisme.

Malraux déclarait que le XXIe siècle serait métaphysique ou spiritualiste (je ne me rappelle pas bien sa formule) ; M. Alzheimer, moins lyrique, nous dit que le XXIe siècle sera ramolli. Pour les personnes qui parlent tout le temps de l'Avenir (avec un grand A), voilà un beau sujet de méditation. L'avenir de l'homme tel que le Progrès l'a conçu, c'est la maison de retraite et l'incontinence d'urine.

(13 août)

Le bourgeois de la terreur

Quelle déception que Carlos ! D'abord parce qu'il s'est laissé attraper. J'étais convaincu qu'un homme comme cela était insaisissable. Du reste était-il réel ? Il y avait en lui quelque chose de mythique, comme s'il n'existait pas ou n'avait existé que dans un passé légendaire.

Ce qui est décevant, avec les hommes, c'est que derrière les forfaits les plus épouvantables il n'y a en fin de compte qu'un visage ordinaire, des rides, des grosses joues, une expression ennuyée. Et cela ne s'arrange pas avec les années : les cheveux tombent, le nez s'allonge, le ventre s'arrondit, on a des poches sous les yeux, les monstres paraissent vieillir plus mal que les honnêtes gens, peut-être parce qu'on croit que le temps n'a pas de prise sur eux.

La photo de Carlos à vingt-cinq ou trente ans est bien propre à inspirer l'effroi : visage carré, front étroit mangé par une tignasse sombre, lunettes noires, bouche implacable. En outre, c'est une photo posée ; il a voulu que ses traits fussent connus de l'univers. À quarante-cinq ans, il a l'air d'un retraité du petit commerce : le front s'est agrandi, il a une moustache, un gros nez, une allure lourde et fatiguée. L'ange de la mort est devenu un type quelconque. Le pire est que la photo qui le représente ainsi a été prise à son insu, par un agent secret qui le surveillait. Qui eût imaginé que Carlos, le terrible et énigmatique Carlos, se laisserait tirer le portrait sans en avoir même le soupçon ?

Autre chose qui m'a bien défrisé : l'existence dorée de ce héros des ténèbres à Damas, dans le quartier chic du Mazzé où il avait sans doute des domestiques qui l'appelaient « Monsieur ». Lorsque les autorités syriennes le chassèrent, il emporta un million de dollars dans une valise. Non seulement il avait élu domicile dans un coin charmant, mais encore il s'y était retiré après fortune faite. S'enrichir quand on a parlé au nom des peuples opprimés, quand on a travaillé à la révolution universelle, quand on a quatre-vingt-trois cadavres à son actif, ce n'est vraiment pas de bon goût. Le destin d'un homme comme Carlos, c'est la mort ou la misère, pas le compte en banque et les pantoufles.

« Qu'il est difficile d'être content de quelqu'un », dit Benjamin Constant (à moins que ce ne soit Vauvenargues). Je ne dis pas que j'étais content de Carlos quand il tuait les gens. Mais je n'imaginais pas ce qu'il deviendrait par la suite, qu'il tournerait au bourgeois du terrorisme, ni que tout ce sang n'aboutirait qu'à une réussite matérielle. Comme quoi l'université Lumumba de Moscou où, dit-on, il a fait des études, était un excellent établissement, tout à fait comparable, pour les carrières des jeunes gens, aux grandes universités américaines. Mais elle a peut-être été fermée. On n'entend plus parler d'elle.

(20 août)

Le bon usage

Vers 1855, Napoléon III créa une commission chargée de publier la correspondance complète de Napoléon Ier. La première séance se passa à discuter si l'on inclurait dans le recueil les lettres à Joséphine. Mérimée qui était membre de la commission dit à l'empereur qui la présidait : « Sire, si nous mettons ces lettres dans notre édition, le public apprendra que votre oncle déposait des baisers sur des mots qui ne sont pas au dictionnaire. »

Tous les lexicographes devraient avoir cette anecdote présente à l'esprit. Il y a en effet des mots qui, comme dit Littré, « appartiennent au plus bas langage » et qu'il est inutile d'enseigner aux enfants. Ceux-ci les apprennent bien assez tôt tout seuls dans la cour de récréation des écoles. De même je ne vois pas la nécessité de recueillir les diverses scories du langage que chaque époque charrie avec elle. Certains vocables inédits sont à la mode six mois ou un an, après quoi tout le monde les oublie.

Enfin il me semble qu'il faudrait montrer la plus grande circonspection avec les mots étrangers. Le fait de figurer au dictionnaire leur confère une importance sociale, voire politique, qu'ils n'ont pas. La mission de la lexicographie n'est pas de donner des instantanés successifs de la langue comme si elle était un kaléidoscope dont les combinaisons changeraient constamment, mais d'offrir aux hommes l'inventaire traditionnel de la vie. Les dictionnaires doivent se modifier lentement, évoluer avec précaution comme tout organisme vivant, et non rechercher à tout prix l'actualité qui est par essence éphémère. Bref, ils doivent enseigner à bien parler et non à mal parler.

Chaque année, quand arrive le « Nouveau Petit Larousse », les gazettes s'amusent à en recenser les « entrées ». Cette année-ci, à ce qu'il paraît, nous pouvons y voir « zapper », « biper », « zoomer », « ecstasy », « hard », « hooliganisme », « soft », « resto » pour restaurant, « quadra » pour quadragénaire, etc. À mon avis, ces mots dévoilent l'humilité des rédacteurs, qui bornent leur rôle à être des sortes de journalistes du langage, mettant leur point d'honneur à attraper les nuances les plus fugaces du bavardage contemporain.

Je suis un peu lexicographe moi-même, étant appelé à participer tous les jeudis au dictionnaire de l'Académie française, dont la principale préoccupation est de codifier « le bon usage ». On peut définir par bon usage ce qui n'est pas contraire au génie de la langue, ce qui n'en fait pas grincer les ressorts, c'est-à-dire ce qui vient du peuple : non pas ce qui vient de la publicité, de la télévision, du jargon prétendu scientifique, des pédanteries universitaires. Pour donner à un mot l'accès au dictionnaire, il faudrait attendre vingt ou trente ans après son apparition. S'il a tenu le coup, c'est qu'il était nécessaire.

(10 septembre)

Très bien, et vous ?

Pendant l'entretien de M. Mitterrand avec M. Elkabbach, une pensée de Rivarol me trottait par la tête : « Il en est de la personne des rois comme des statues des dieux ; les premiers coups pleuvent sur le dieu même, les derniers ne tombent plus que sur un marbre défiguré. » En écrivant cela, Rivarol pensait à Louis XVI, à l'accumulation de malheurs et d'avanies dont ce pauvre roi fut l'objet. Aucune majesté ne résiste lorsqu'on la dépouille de ses ornements royaux, de son intangibilité, lorsqu'on la montre au peuple comme un individu ordinaire, en butte aux mêmes drames que le commun des mortels, devenu incapable de commander, soumis à des volontés plus fortes que lui.

Tout le monde a été touché par les confidences du Président sur la maladie dont il est atteint. Les gazettes l'ont félicité d'avoir été si franc et d'avoir fourni tant de détails. Quant à moi, je pense qu'il aurait mieux fait de se taire là-dessus, malgré le préjugé actuel selon quoi il faut que le public sache s'il est gouverné par un président bien portant ou un président qui souffre dans sa chair.

D'abord un monarque n'a pas de chair. Cela se sait depuis le fond des temps et il faut être bête comme on l'est aujourd'hui pour l'avoir oublié. Un monarque est un esprit, une volonté, un symbole, une photographie dans les commissariats ; ce n'est pas un squelette, un paquet de viscères douloureux, un festival de rhumatismes. Ensuite qu'est-ce que cela change que le Président soit en bonne santé ou non ? D'après ce qu'on nous dit de M. Mitterrand et d'après ce qu'il dit lui-même, il semble bien qu'il en soit au point où il devrait quitter ses fonctions. Or il n'en fait rien, et nul ne peut l'obliger à partir. Dans ces conditions, à quoi bon révéler au monde des incommodités ou des affections dont un citoyen privé, s'il en était victime, ne ferait part à personne ? Cela n'a pour résultat que d'inquiéter stérilement l'opinion – ou de l'apitoyer.

Never complain, never explain, disent les Anglais, ce qui signifie : « Ne vous plaignez jamais, n'expliquez jamais ». Voilà une belle maxime ; et que devraient observer les chefs d'État avant tous les autres hommes. Jules Renard dans son *Journal* raconte l'anecdote suivante : rencontrant une de ses connaissances, il lui demande comment cela va. « Mal, répond l'autre, mon fils fait des bêtises, ma fille s'apprête à épouser un incapable, ma femme m'a quitté la semaine dernière, j'ai pris une culotte à la Bourse...

— Mon cher Monsieur, réplique Jules Renard impatienté, quand je vous demande comment ça va, c'est pour que vous me répondiez : très bien, et vous ? Tout le reste, je m'en fiche. »

J'ai dû lire cela quand j'avais dix-huit ans ; je n'ai jamais oublié la leçon. Fussé-je à l'article de la mort, je répondrais à qui désirerait avoir de mes nouvelles qu'elles sont excellentes. À plus forte raison si j'étais roi de France.

(17 septembre)

Ici, on parle français

Les G.I. de M. Clinton ont dû être fort désorientés lorsqu'ils ont débarqué en Haïti. En effet, les Haïtiens ne parlent que français. Impossible de se faire comprendre de ces insolentes populations qui ignorent tout de l'idiome d'Hollywood. Dans une gazette de cette semaine, j'ai contemplé une photo représentant quatre soldats américains, casqués, en tenue de combat, munis de ces fusils de maintenant qui tirent sept ou huit cents coups à la minute, patrouillant, l'arme à la main, devant un bâtiment sur lequel était inscrit « Aéroport de Port-au-Prince » et non pas, comme il eût été séant : « Prince-Harbor Airport ».

Tout est à l'avenant à Haïti. Je sais de quoi je parle, étant allé là-bas il y a quelques années. Les épiceries ne s'appellent pas *groceries*, ni les bazars *drug-stores*, ni les bistrots *snacks*. Les poètes haïtiens sont nourris de Lamartine, de Hugo et de Victor de Laprade. Les galeries de peinture exposent des tableaux où l'on décèle l'influence du Douanier Rousseau, d'Utrillo et de Gromaire. Dans les mairies, on offre des vins d'honneur à ceux que l'on veut fêter. J'ai participé personnellement à l'une de ces petites cérémonies familières : n'était la couleur de la peau du maire et des édiles, je me serais cru à Tulle ou à Brioude. J'étais charmé par l'éloquence fleurie des allocutions, par la politesse et la bonne grâce de l'assistance. Bref, il me semblait que j'étais tout à fait chez moi, et même un peu plus chez moi que dans bien des endroits de France.

D'après ce que j'ai glané de-ci, de-là, cette situation irrite beaucoup les États-Unis. Un îlot de langue française au milieu de leur zone d'influence, une dissonance dans « l'américanophonie » de la région du monde qu'ils dominent politiquement et culturellement est pour eux quelque chose de scandaleux. Comme disent les ménagères, « cela fait désordre », et je crois bien que, depuis des années, ils caressent le désir de « normaliser » la chose, c'est-à-dire de substituer l'américain au français comme langue officielle d'Haïti. Je ne pense pas que le créole, qui est la deuxième langue des Haïtiens et qu'ils parlent comme le français, les indispose autant. Le créole n'est pas plus dangereux pour la culture de Walt Disney que le patois cajun de La Nouvelle-Orléans.

Du seul fait que le français soit la langue d'Haïti, je trouve que nous avons autant de raison que les Américains de nous intéresser à ce qui advient de ce petit pays, et il me semble très fâcheux, puisque intervention militaire il y a, que la France n'ait pas exigé d'y participer, ne serait-ce que pour être là, ne fût-ce que pour mettre des bâtons dans les roues, ce qui est après tout le jeu de la politique internationale.

(24 septembre)

Adam et moi

Je suis toujours étonné par la satisfaction que tant de gens éprouvent à descendre du singe. Il n'y a pas là de quoi se réjouir, pourtant. L'idée que mes ancêtres étaient des gorilles arboricoles, qui se grattaient sous les bras et aboyaient quand ils étaient en colère, ne me transporte pas d'enthousiasme. Au fond, j'aurais plutôt honte de n'être qu'une forme évoluée de l'australopithèque et, depuis vendredi 23 septembre, d'une espèce d'individu poilu et prognate, vieux, dit-on, de quatre millions et demi d'années, dont on a découvert les ossements en Éthiopie.

Il y a dans l'humanité un snobisme de l'évolution des espèces comme il y a chez les particuliers un snobisme des origines modestes. Qui ne connaît quelque gros patron, quelque industriel milliardaire mettant sa fierté à être fils de manœuvre ou de paysan, à avoir exercé dix métiers pour sortir de la mouise, à s'être élevé sans l'aide de personne. J'en ai même rencontré qui se vantaient d'avoir eu une enfance misérable alors qu'ils étaient d'excellente famille et étaient sortis de Polytechnique. De même l'humanité, ou du moins une portion de l'humanité, veut absolument s'être « faite toute seule », être arrivée du cœlacanthe à l'*Homo sapiens* par un rude et long chemin. Cela flatte en elle je ne sais quelle idée de sa valeur, de son énergie, de sa persévérance. Il lui est intolérable de penser que Dieu a créé l'homme, et qu'il l'a créé à son image. Entre Dieu et le singe, elle choisit le singe.

Elle ne le choisit pas partout, cependant. Ainsi il y a eu aux États-Unis naguère une fameuse affaire à ce propos. Un petit garçon rentra un soir chez lui tout en larmes. Le professeur avait fait un cours sur Darwin et avait expliqué que l'homme descendait du poisson, ce qui désespérait le gamin. Ses parents intentèrent un procès à l'école et le gagnèrent car le darwinisme va à l'encontre des enseignements de la Bible, et celle-ci fait partie de la Constitution américaine. C'est la main sur elle, en particulier, que les Présidents prêtent serment.

L'écrivain anglais Chesterton a donné, selon moi, un argument irréfutable dans un ouvrage intitulé *L'Homme éternel* (*The Everlasting Man*), qui est une espèce de réfutation de Darwin. Il dit qu'on ne sait rien de l'homme préhistorique, sauf une chose : que c'était un artiste. Or, ajoute-t-il, on peut fournir toute la peinture et tous les pinceaux qu'on voudra à un singe, il ne parviendra pas à reproduire un bison ou un mammouth sur la paroi d'une caverne ; en d'autres termes, ce ne sera jamais un artiste.

Le sens artistique n'existe pas dans les amibes, les poissons, les diplodocus et les pithécanthropes. Il est, je le crains, d'essence divine, et il nous faut bien en revenir à Adam et Ève, créés par le Seigneur dans un grand acte d'amour, ce qui n'est pas plus mystérieux, après tout, que la métamorphose du chimpanzé en Alain Delon. Autre avantage : il n'y a pas de « chaînon manquant » entre Adam et moi.

(1er octobre)

Prix Nobel de dynamite

Le journalisme anglais a un dicton célèbre : « *Good news is no news* », c'est-à-dire : « Une bonne nouvelle n'est pas une information ». Ce dicton, ou, pour mieux dire, ce précepte a été adopté par toutes les gazettes du monde, qui sont, comme on sait, exclusivement remplies de catastrophes, de calamités, de viols, de meurtres, de machinations sinistres, de prophéties apocalyptiques, et l'on chercherait en vain un coin de ciel bleu dans la presse des deux hémisphères.

La seule publication à ma connaissance, qui osa déroger au sacro-saint principe, fut l'hebdomadaire *Jours de France*, lequel ne racontait que des événements heureux. Il faut dire qu'il était dirigé par un homme de génie, à savoir M. Marcel Dassault, dont un des exploits les plus retentissants fut de passer complètement sous silence l'assassinat du président Kennedy à Dallas en 1963, afin de ne pas attrister ses lecteurs. M. Dassault était récompensé de son originalité car *Jours de France* avait beaucoup de succès et des centaines de milliers d'amateurs. Puis le magazine et son fondateur moururent, hélas ! et depuis cette disparition, on ne trouve plus de bonnes nouvelles dans le journal.

Pourtant il y en a. La plus enthousiasmante remonte à trois jours à peine : on a fait sauter à la dynamite dix tours de quinze étages à Vénissieux, dans la banlieue de Lyon. Il n'a fallu pour cela que huit cents kilos d'explosifs. Ce n'est vraiment pas cher pour anéantir une horreur. Je croyais naïvement, dans mon pessimisme d'homme du XXe siècle, que le béton était éternel, que la laideur s'installait sur le sol de France pour des siècles. Eh bien ! non. Le béton s'envole en poussière. La laideur est aussi fragile et vulnérable que la beauté. On dira ce qu'on voudra, cela a quelque chose de réconfortant. Paris, par exemple, n'est pas définitivement défiguré. Quelques pincées de dynamite et boum ! plus de tours ni d'Arche de la Défense, plus de Front de Seine, plus de tour Montparnasse. Quel rêve ! On pourrait même, à condition de se dépêcher, et avant qu'on y ait entreposé des livres, faire sauter les quatre tours de la Très Grande Bibliothèque de Tolbiac.

Ce n'est pas la première fois, à ce qu'il paraît, que l'on détruit des gratte-ciel. Depuis 1983, on a rasé dix tours, ce qui n'égale quand même pas Richelieu, qui en a abattu des centaines, construites en bonnes pierres de taille et dans lesquelles logeaient des seigneurs autrement puissants que les prolétaires de Trappes ou de Mantes, baptisée « la Jolie » depuis qu'elle est devenue moche.

La dynamite a été inventée par le célèbre Alfred Nobel. Jusqu'à présent, en dépit du prix qu'il a fondé et qui est décerné par l'Académie suédoise, on ne le considérait pas vraiment comme un bienfaiteur de l'humanité. C'est une notion à réviser : le cher Alfred mériterait qu'on lui décernât son propre prix pour l'éminente contribution qu'il apporte à l'éradication des monstruosités des temps modernes.

(15 octobre)

Le pouvoir et l'argent

Il y a une philosophie que personne, à ma connaissance, n'a tirée dans les inculpations (je n'arrive pas à utiliser l'expression ridicule de « mises en examen ») de certains ministres et hauts personnages qui se sont livrés à des « détournements de biens sociaux », c'est-à-dire, en français traditionnel, à des malversations ou des prévarications.

Cette philosophie, pourtant, est élémentaire : c'est qu'on ne saurait tout avoir dans la vie, en l'occurrence l'argent et le pouvoir. Il faut choisir l'un ou l'autre. Les vouloir tous les deux est de la démesure. Cela revient à réclamer double ration de puissance, ou encore à avoir deux épouses. Le ministre prévaricateur est une sorte de bigame ou de mari adultère. La politique est sa femme, la finance est sa maîtresse. Le peuple n'aime pas qu'un homme public mène ainsi une existence dissolue. Il veut de la vertu, ou, au moins, de la respectabilité.

C'est la faute de la république. Au temps de la monarchie, on n'était pas aussi regardant. Quand un bourgeois avait l'aubaine de devenir ministre, il profitait sans vergogne de sa charge pour se mettre de l'argent plein les poches, et nul n'eût songé à l'en blâmer. L'enrichissement personnel faisait partie de ses prérogatives. D'ailleurs, en ces temps heureux, le peuple n'avait pas la parole, autrement dit, il n'était pas nécessaire, pour lui plaire, d'avoir l'air désintéressé. Le cardinal Mazarin amassa dans l'exercice du pouvoir une fortune montant à trente-cinq millions de livres, ce qui ferait aujourd'hui un nombre quasiment incalculable de milliards.

Le genre incorruptible remonte à Robespierre, ce qui n'empêcha pas Talleyrand et quelques autres après lui de puiser largement dans les caisses publiques pour leur usage particulier. Quand on voit l'hôtel de Talleyrand au coin de la rue Saint-Florentin, on éprouve quelque pitié ou quelque dédain pour les ministres actuels qui bornent leurs ambitions à une bicoque dans le Midi. Tout prévaricateurs qu'ils soient, ils restent de petites gens aux besoins modestes.

Il ne faut pas se tromper de régime. La république a toutes sortes de beautés, mais elle est, comme dit Montesquieu, fondée sur la vertu, c'est-à-dire sur la morale. Il s'ensuit, quand on est politicien, qu'il faut donner au peuple l'impression qu'on tire le diable par la queue et qu'on ne prendrait pas deux francs dans les fonds secrets pour acheter une demi-baguette. Il est vrai que parfois, en contemplant le spectacle de la Ve République, on pourrait se croire dans une monarchie. De là, peut-être, les belles carrières politiques qui se terminent à Fleury-Mérogis.

(22 octobre)

Les mouchards

Il y a toujours eu des mouchards, qui espionnaient les gens et allaient rendre compte de leurs observations au fonctionnaire qui les avait mandatés. Les mouchards d'autrefois étaient quand même moins malfaisants que ceux d'aujourd'hui parce qu'ils ne prenaient pas de photos. Tout se passait dans le secret des ministères ou de la police, quasiment de bouche à oreille. Tandis que le mouchard du xxe siècle, muni de son polaroïd ou de son téléobjectif, rapporte à son employeur le témoignage irréfutable qu'il a rempli sa mission (ou son contrat).

Dès qu'un document traîne quelque part, on peut être sûr que quelqu'un le verra et en parlera partout. C'est ce qui s'est passé avec les photos de la princesse de Galles faites par un mouchard, sur lesquelles on la voit en compagnie d'un gentleman qui n'est pas le prince son époux. Elles ont paru dans la presse anglaise alors que, je suppose, elles auraient dû être classées dans une chemise confidentielle au fond d'un placard de Buckingham Palace ou du Home Office.

Voici encore une notation intéressante sur les mœurs contemporaines. Le mouchard d'autrefois n'était pas exagérément fier de son métier ; il n'en parlait à personne de son entourage ; il allait furtivement chaque semaine ou chaque mois toucher ses émoluments chez le chef de bureau qui avait recours à ses services et le payait sur sa caisse noire. Le mouchard de maintenant n'a point de ces pudeurs. Il donne des interviews aux journaux ; il raconte complaisamment comment on l'a chargé de sa besogne et comment il l'a menée à bien. La seule chose que, curieusement, il ne précise pas, c'est ce que cela lui a rapporté. Car cela lui a rapporté quelque chose. Toute peine mérite salaire. Surtout ce genre de peines-là.

Chaque fois qu'un scandale éclôt dans la famille royale anglaise, (généralement il s'agit des frasques de telle ou telle altesse, ce qui n'est guère de conséquence) on se demande gravement si la monarchie y survivra et si la Grande-Bretagne ne risque pas de se retrouver soudain en république. Spéculations futiles ! Il n'est rien de plus solide que la couronne d'Angleterre parce que c'est une institution commode, un facteur éprouvé de stabilité politique et surtout que, en dépit des criailleries périodiques des travaillistes sur le montant de la liste civile de la reine ou de la dotation des personnes royales, cela ne coûte pas cher. Les Anglais sont des gens pratiques. En outre, ils ont le spectacle de ce que donne la république dans les pays qui vivent sous ce régime. Ce n'est pas parce qu'un mouchard a pris des photos d'une princesse et que les lecteurs des journaux s'en amusent que le trône sera ébranlé. Pour les Anglais, ce n'est que du folklore et je soupçonne que le mouchard lui-même ne leur apparaît pas autrement que comme un personnage folklorique.

(29 octobre)

L'inconnu du Paris-Bruxelles

J'avais l'intention de consacrer cette chronique à M. Delors, dont on nous dit partout qu'il pourrait bien devenir président de la République si la droite continue à se chamailler comme elle fait. Mais je me suis aperçu tout de suite d'une chose : c'est que je ne sais rien de M. Delors. Ou du moins le peu de chose que je sais ne parle guère à mon imagination. Il a été membre du cabinet de M. Chaban. Donc c'est un homme de l'ombre. Oserai-je dire de l'ombre de droite, puisque M. Chaban était Premier ministre de Pompidou ?

Après quoi, il me semble bien que M. Delors a été ministre de quelque chose (l'Économie peut-être) dans le ministère Mauroy, au début du premier septennat de M. Mitterrand. L'ombre de droite était devenue une ombre de gauche. Là-dessus, la trace de M. Delors se perd dans mon esprit. Il est allé à l'étranger. Pas très loin, sans doute, puisqu'il s'agissait, je crois, de Bruxelles. On m'a dit que là, il s'est beaucoup occupé de l'Europe et même que, d'une certaine façon, il incarnait l'Europe. Or l'Europe pour moi est une chose aussi abstraite que M. Delors et je concevais mal une abstraction incarnant une autre abstraction.

Il me semble que la plupart des Français sont comme moi. On a beau parler énormément de M. Delors, voir sa photo à peu près quotidiennement dans les journaux, personne ne le connaît. On ne m'ôtera pas de l'esprit que c'est un peu fâcheux pour quelqu'un qui va peut-être se présenter au suffrage de plusieurs dizaines de millions d'électeurs.

On savait très bien qui étaient MM. Pompidou, Giscard et Mitterrand. Quant au général de Gaulle, leur prédécesseur à l'Élysée, c'était le plus illustre des Français. De même on connaît parfaitement M. Chirac, M. Balladur et une demi-douzaine de personnalités appartenant à la droite, qui pourraient briguer la présidence sans être ridicules. Quelle étrange idée a la gauche de mettre ses espoirs dans un homme qui a passé tant d'années hors de chez nous, qui était comme exilé chez les technocrates européens dont on n'est pas loin de penser qu'ils sont des extra-terrestres, et dont nul ne songe à nous instruire de ce qu'il a fait pour la France, notre vieille patrie, pendant qu'il était absent.

Les potentats socialistes s'appellent complaisamment « les éléphants ». Encore que ces grosses bêtes aient perdu du poids depuis qu'elles s'exhibent dans le cirque politique, il y a bien encore trois ou quatre d'entre elles qui pourraient avoir des idées de présidence. M. Mauroy, par exemple, ou M. Jospin ; M. Rocard malgré ses déboires doit continuer à nourrir quelques ambitions. Mais aucun d'entre eux ne bouge la trompe d'un millimètre. Ils effacent leur masse pachydermique derrière le nuage Delors.

Un des aspects les plus comiques de la prochaine élection présidentielle c'est que la droite a trop de candidats tandis que la gauche en a si peu qu'elle va chercher un inconnu pour la représenter. Normalement il me semble que la droite devrait avoir une bonne surprise et que, cette fois-ci, ses bisbilles internes ne risquent pas de lui faire de tort.

(5 novembre)

Saint Mazarin

Il est singulier qu'aucun journaliste, aucun commentateur, voire aucun philosophe n'ait songé à gloser sur le prénom de Mazarine qui est, d'après ce que nous ont appris les gazettes ces dernières semaines, celui de la fille naturelle du président de la République. C'est un curieux prénom pourtant et que cette jeune personne doit être la seule au monde à porter. En effet il viendrait à l'esprit de peu de gens de placer leur enfant sous l'invocation du cardinal Mazarin, qui fut certes un remarquable homme d'État mais aussi, selon tous les témoignages, un maître fourbe qui profita de sa fonction de Premier ministre pour s'enrichir fabuleusement. On pense qu'il fit un mariage morganatique avec la reine Anne d'Autriche ; toutefois cette union un peu tardive ne fut point bénie par le Seigneur. On ne sache pas que Louis XIV ait eu un petit demi-frère. Heureusement du reste, car tel qu'on le connaît, il n'aurait pas trouvé cela de son goût.

Moi qui fais partie du public ingénu, qui ne connais la vie des grands de ce monde que par ce que j'en lis dans les magazines en couleurs, j'aimerais savoir par exemple si c'est le père de Mlle Mazarine qui a eu l'idée de la baptiser de la sorte. Auquel cas cela fournirait une précieuse indication sur les préférences et admirations politico-historiques de M. Mitterrand. A-t-il une tendresse particulière pour Mazarin, contemple-t-il avec ravissement la souplesse de ce personnage, sa subtilité italienne, son goût prononcé pour les *combinazione*, son talent pour plier l'échine et caresser ses plus farouches ennemis quand cela lui est nécessaire pour se maintenir en place ? Est-ce que le destin de ce petit faquin né dans un faubourg misérable de Rome et qui, par une extraordinaire ascension, s'est retrouvé quarante ans plus tard détenteur du pouvoir absolu sur le royaume de France, lui paraît une réussite humaine exceptionnelle ? Voilà des choses passionnantes et que je n'ai lues nulle part.

Après la guerre de 1914 on donna à beaucoup de petites filles le prénom de Joffrette en l'honneur du maréchal Joffre, vainqueur de la Marne. M. Mitterrand, dans un même esprit, aurait pu appeler sa fille Dantona, Robespierrette, Napoléone ou, mieux encore, vu les idées qu'on lui connaît et qui ont fait de lui pour quatorze ans le chef de l'État français : Blumette, Jaurésette, Marxine. Mais non. C'est Mazarin qui lui a plu, Mazarin avec sa *cappa magna* pourpre, son sourire de lézard, sa barbichette et le beau palais qu'il a fait construire sur les bords de la Seine, où s'abrite, à présent, l'Académie française.

Mais j'y songe : peut-être que le prénom de Mazarine, qui pour nous jusqu'ici ne désignait qu'une bibliothèque et qui maintenant s'incarne dans une demoiselle brune, est une secrète politesse que le Président, il y a vingt ans, nous faisait. Cela signifie peut-être qu'il prévoyait, après avoir mené à terme son grand parcours politique, de venir se reposer parmi nous et que, de loin, il commençait sa campagne académique.

(3 décembre)

Le candidat de la droite

D'après les commentateurs politiques, ce qui nuit à la droite, pour l'élection présidentielle, c'est d'avoir trop de candidats potentiels, et trop brillants. En revanche, la grande chance de la gauche est de n'en avoir aucun, d'être composée de telles nullités qu'elle a été forcée d'aller chercher M. Delors à Bruxelles pour porter ses couleurs. Tout le monde est sûr que M. Delors sera propulsé à l'Élysée avec la force d'un obus. La droite, qui est prompte à s'alarmer, comme on sait, a déjà commencé à se tamponner les yeux avec son mouchoir.

Il y a pourtant un excellent moyen de contrecarrer la manœuvre géniale de la gauche, et je m'étonne que personne, à part moi, n'y ait pensé. Cela consiste à exhiber, tout comme elle, un inconnu, à lui faire de la réclame, à le faire sonder tous les deux jours par la Sofres. Les inconnus ne manquent pas. Ils ont l'avantage que l'on peut les parer de toutes les vertus sans que quiconque puisse y opposer un démenti. Certes M. Delors est déjà pris. Mais il n'y a pas que lui au monde. Je pense en particulier à M. Eugène Langlumé qui a été pendant quinze ans attaché commercial dans plusieurs de nos ambassades en Afrique. Je citerai également M. Albéric Grattoir qui est le chauffeur de notre délégation à l'O.N.U. et qui a, de ce fait, une intime connaissance des questions internationales, sans parler des précieuses relations qu'il entretient avec ses collègues. M. Grattoir va bientôt être touché par la limite d'âge, et prendre sa retraite. Il aura ainsi toute sa liberté pour faire une campagne sérieuse face à M. Delors. Il serait temps, à mon avis, de diffuser sa photo dans la presse et de le faire passer à la télévision. Le public pourrait constater qu'il n'est pas moins sympathique que M. Delors, avec quelque chose de plus spontané, de plus chaleureux peut-être, qui serait tout à fait séant pour un chef d'État.

M. Albéric Grattoir, candidat de la droite unie, a les cheveux gris, séparés par une raie, des lunettes, une expression grave non exempte d'humour dans certaines circonstances. Il a l'accent de la Lozère, ce qui n'est pas un mince atout dans la vie politique française. J'ajoute qu'à force de côtoyer des personnalités importantes, il a fini par prendre un genre flegmatique et blasé du meilleur effet.

Un de mes crève-cœur hebdomadaires est que je ne cesse d'avoir de bonnes idées et que personne ne semble y prêter attention. Je suis prêt à parier qu'il en sera ainsi encore une fois, et que je pourrai bien aligner dix noms de candidats ayant les meilleures chances de battre M. Delors, je ne parviendrai à rien d'autre qu'à passer pour un fantaisiste.

(10 décembre)

Le non-événement

C'est une curieuse expérience de croire dur comme fer à quelque chose pendant plusieurs semaines, d'en entendre parler partout, d'en voir les journaux pleins, d'observer l'espoir des uns et la crainte des autres, d'être persuadé que le destin est en marche, que rien ne pourra l'arrêter, puis tout à coup d'apprendre qu'il s'agissait seulement d'une fantasmagorie, d'un conte, et que tout s'est dissipé en fumée.

La pauvre gauche française, qui est si mal en point, s'est donné pendant quelques semaines l'illusion d'avoir créé un événement en choisissant M. Delors comme candidat à la présidence de la République, sûre qu'elle était qu'un beau cadeau comme cela ne se refuse pas et que l'heureux bénéficiaire ne pouvait que pousser des cris de joie. Or ce n'était pas un événement. C'était ce qu'on pourrait appeler un non-événement, c'est-à-dire un rêve, mais un rêve si puissant, si plausible, qu'on parvient à le faire partager à plusieurs millions de personnes.

Si quelqu'un, un jour, se donne la peine de recenser ce qui a été imprimé ou télévisé à propos de M. Delors, il sera étonné de constater le nombre de kilos de papier et d'heures d'antenne que cela totalise. Les sondages, surtout, paraîtront insensés. M. Delors, qui ne disait rien, qui laissait les autres parler à sa place, n'en finissait pas de crever le plafond de la Sofres. La gauche, grâce à lui, perdait sa mine de papier mâché, elle retrouvait ses belles couleurs roses de 1981. Avec M. Delors elle avait déniché un second Mitterrand, qui allait lui redonner miraculeusement le pouvoir.

Il semble qu'on ait oublié une chose qui, quoique minuscule, était la plus importante : à savoir de demander son avis à l'intéressé. C'est étonnant que personne n'y ait pensé, ni M. Mauroy, ni M. Emmanuelli, ni M. Jospin, ni M. Lang. Il y a trop d'honnêteté dans le caractère de M. Delors pour qu'il les eût menés en bateau. Si on lui avait carrément posé la question : « Voulez-vous être Président ? », il aurait répondu non, et la gauche ne se serait pas lancée dans une opération qui ne peut paraître, si on la considère avec objectivité, que fabuleusement ridicule. Il ne lui manquait, après tous les déboires qu'elle a subis depuis un an et demi, que de voir son cheval, sur qui elle avait parié toutes ses économies, refuser de participer à la course et rentrer dans son écurie.

Le chiendent, c'est que l'élection approche et qu'il faut tout reprendre à zéro. Qui va être le candidat de la gauche à la prochaine présidentielle ? On n'en voit qu'un qui ait quelques chances d'être élu. Je ne suis certainement pas le seul à y avoir songé. Sa grande ombre doit hanter les couloirs et les bureaux de la rue de Solferino. L'inconvénient est qu'il est un peu fatigué à ce qu'il semble, après deux septennats. Mais peut-être se sacrifiera-t-il encore.

(17 décembre)

1995

Maisons et tabacs

Les campagnes contre le tabac menées par nos divers gouvernements depuis plus de quinze ans me sont toujours apparues comme un des exemples les plus étranges d'incohérence politique. D'abord pourquoi s'en prend-on au tabac ? Il y a bien d'autres choses plus nocives que l'herbe à Nicot dans la vie moderne, et de tout ce qui tue les hommes, ce n'est certes pas elle qui vient en tête. Il est quand même un peu moins immoral de fabriquer des cigarettes que de fabriquer des mitrailleuses. Et il faut un peu plus de temps pour se flanquer une *overdose* de Gitanes que pour s'en inoculer une d'héroïne.

En entendant les vertueuses déclamations contre le tabac – et j'en ai entendues, en quinze années ou davantage ! – je ne peux m'empêcher de penser à ce qu'on disait autrefois pour légitimer la fermeture des maisons de tolérance. Celles-ci étaient une vénérable institution, fondée par le roi Saint Louis, qui était au moins aussi chrétien que les parlementaires et conseillers municipaux du M.R.P. de 1946. Mais peut-être faut-il dire aux jeunes générations que ces initiales signifient « Mouvement républicain populaire ». C'est ainsi en effet que s'appelait le parti-prêtre de l'époque, qui était très puissant, ou qui le fut assez, en tout cas, pour abolir une tradition vieille de sept cents ans et substituer à la morale d'un saint la morale des chaisières. La fermeture des maisons a eu toutes sortes de conséquences fâcheuses qui ont été suffisamment décrites pour qu'on n'y revienne pas ici.

Je subodore une soif de morale ou de moralisme du même genre dans l'ostracisme dont le tabac et ses usagers sont victimes. Il est mal de fumer comme il était mal aux yeux du M.R.P. d'aller rue de Provence ou rue Chabanais quand on se sentait un peu de vague à l'âme.

Il faut toucher très légèrement aux choses établies depuis longtemps, sinon on ne tarde pas à en être puni. Dans le domaine du tabac, tout au long de ces années, une contradiction me sautait aux yeux que les ministres ne semblaient pas voir : c'est qu'il était absurde que l'État, d'un côté, eût le monopole de la vente des tabacs et d'un autre côté proclamât qu'en fumant on attrapait des cancers du poumon. C'était exactement comme si un charcutier disait à sa pratique que ses boudins sont pleins d'asticots et que son pâté en croûte contient de l'arsenic.

À mon avis le gouvernement de M. Balladur a fait preuve de logique en décidant la privatisation de la Seita. On ne peut à la fois vendre un produit et décourager les acheteurs. Quand le tabac n'appartiendra plus à l'État, celui-ci pourra en toute liberté l'accuser de tous les maux. Mais peut-être sera-t-il un peu moins ardent à débiner la marchandise car il y aura, alors, ce qu'on appelle des groupes de pression, qui n'accepteront pas qu'on leur fasse du tort par des bavardages démagogiques.

(6 janvier)

La vedette

Mgr Gaillot est-il satisfait ou mécontent de constater à quel point sa révocation de l'évêché d'Évreux par le Vatican fait du bruit dans l'opinion ? Si c'est un saint, comme nous l'affirment les athées et les anticléricaux, il devrait plutôt en être chagriné. D'après ce que je me suis laissé dire, les saints sont pleins d'humilité et de patience ; ils souffrent en silence des injustices dont ils sont victimes ; ils prennent les épreuves les plus rudes comme autant de bénédictions que leur envoie le Seigneur. Les vrais martyrs ne se posent jamais en martyrs. Au contraire, ils proclament qu'ils sont les plus indignes des hommes et que le pire traitement qu'on leur inflige est encore trop bon pour leur misérable personne.

Je sais bien que Mgr Gaillot a des excuses. La presse, la radio, la télévision lui sont tombées sur le paletot, on l'a photographié, filmé, interrogé, sollicité de toutes les manières, après quoi sa photo a paru dans les gazettes et le « Vingt heures » lui a consacré dix minutes d'antenne sinon davantage. Il faut dire qu'un évêque qui se fait mettre à pied pour ses espiègleries, cela ne se voit pas souvent, que c'est d'une croustillante actualité. D'autant plus que la pente naturelle des journalistes est de prendre parti pour celui qui a l'air persécuté contre l'autorité qui le sanctionne, celle-ci eût-elle les meilleures raisons de le faire. Bref, ce qu'on appelle les « médias » ont fait à Mgr Gaillot une réclame effrénée dont, à ce qu'il m'a semblé, il ne s'est pas trop offusqué. Il se peut que je me trompe mais j'ai eu l'impression qu'il n'était pas fâché de montrer au pape qu'il n'était pas n'importe qui, lui Gaillot, et que si l'on touchait à sa mitre, on risquait l'émeute.

Rien n'empêchait Mgr Gaillot, après la sanction qui le frappait, de se cacher dans quelque retraite, d'aller passer quinze jours ou un mois dans un monastère, par exemple, où le frère-portier eût veillé avec vigilance sur sa solitude et où les bruits du monde ne l'auraient pas atteint. La presse a vite fait d'oublier ce qui cesse d'être d'actualité. En une semaine elle aurait passé Mgr Gaillot par profits et pertes, et personne n'aurait été l'attendre, le mois suivant, à la grille du couvent.

Voilà, je crois, ce qu'aurait fait, sinon un saint homme, du moins un prêtre discret, désireux de ne point causer du tort à l'Église, conscient de sa petitesse ou de son peu d'importance devant l'enjeu formidable de la foi dans le monde. La question n'était pas qu'il eût raison et que le pape eût tort : lorsqu'on fait partie d'une armée, et Mgr Gaillot fait partie de l'armée du Christ, il faut se plier sans un mot à la discipline.

Richelieu disait du cardinal de Retz : « C'est un dangereux esprit. » Je ne sais si les prélats de la curie pensaient la même chose de Mgr Gaillot. En fait, il n'était pas bien dangereux : il prenait parti pour les choses à la mode, il se produisait un peu trop à la télévision et à la radio dans des émissions où l'on ne s'attend pas ordinairement à voir un ecclésiastique. Au fond, on se demande pourquoi, en son temps, on a fait de lui un évêque. Il eût été parfait en prêtre-ouvrier.

(21 janvier)

L'idée d'Emilio

La récupération de Mgr Gaillot par la gauche est un spectacle magnifique. Du rose pâle au rouge vermillon, il n'est personne qui n'ait pour lui un mot d'amour. Le plus drôle est la tristesse que cette pauvre gauche ressent en contemplant l'état lamentable de l'Église qui a commis l'impardonnable péché de relever de ses fonctions le saint évêque d'Évreux. Périodiquement, du reste, la gauche anticléricale athée s'inquiète des destinées de la chrétienté qui, selon elle, n'est pas en de bonnes mains, et elle ne mâche pas ses quatre vérités au pape, lequel, probablement, ne fait qu'en rire. Aux yeux de Sa Sainteté qui, à elle seule, aidée de Soljenitsyne et de Walesa (ce qui ne fait que trois hommes au total) a renversé le communisme, la gauche française doit apparaître à peu près de la grosseur d'un moustique.

Quant à Mgr Gaillot, il n'est pas impossible qu'il passe un de ces jours du sacerdoce à la politique, il y est déjà un peu passé, à en juger par l'allure de meeting qu'a prise sa dernière messe. Je me suis laissé dire que le parti communiste avait envoyé des cars entiers de militants pour y assister – mais peut-être n'est-ce là qu'une médisance. Si cependant c'est exact, on imagine la tête des braves militants écoutant dévotement les orémus et les cantiques stupides qu'on chante à l'office depuis le dernier concile. Enfin ! ils en entendent de plus fortes sans sourciller à la Fête de l'Humanité.

Un de mes amis prénommé Emilio, natif de Venise, qui s'est fait français mais qui n'a rien perdu de sa finesse italienne, m'a fait part d'une idée remarquable qui lui est venue, à savoir que Mgr Gaillot fournirait un excellent candidat à la gauche pour l'élection présidentielle. Comme toutes les vues profondes, celle-ci m'a paru saugrenue au premier abord, mais en y réfléchissant, je l'ai trouvée des plus judicieuse. En effet, qui mieux que le camarade Gaillot peut remplacer M. Delors défaillant ? Comme il ne fait pas partie de l'état-major socialiste, MM. Jospin, Emmanuelli, Kouchner et autres ne seront pas jaloux de lui. Enfin nous savons à quel point il est doué pour « communiquer », comme on dit aujourd'hui, c'est-à-dire, en français ancien ou traditionnel, pour babiller. Ses interventions à la télévision et à la radio dans des émissions hautement philosophiques telles que « Frou-Frou » ou «Rien à cirer », ses déclarations à l'austère revue *Gai-pied*, lui ont conquis un public divers et enthousiaste. Voilà un capital de voix qui n'est pas négligeable et qui grossira considérablement si Mgr Gaillot a l'investiture socialiste sur un programme de rassemblement de la gauche unie.

Depuis Richelieu, Mazarin, Dubois, le cardinal Fleury et le cardinal de Bernis, il y a bien longtemps que la France n'a pas été gouvernée par un ecclésiastique. Si Mgr Gaillot était élu, qui serait bien embarrassé ? Le pape, pardi. Il ne pourrait pas faire moins que de lui conférer la pourpre. Quelle revanche !

(28 janvier)

Le gibet et la seringue

La séance d'euthanasie qui a passé à la télévision la semaine dernière a diverses significations morales et sociales, parmi lesquelles celle-ci : c'est que l'humanité ne peut se passer de la peine de mort. Elle a été abolie pour les criminels mais on l'applique à présent aux honnêtes gens qui sont atteints d'une maladie prétendue incurable. La peine de mort était immorale et inhumaine quand elle châtiait un scélérat couvert de crimes ; elle est morale quand elle supprime un honnête homme qui n'a commis d'autre forfait que d'être trop malade ou peut-être trop vieux.

Autrefois la peine de mort était prononcée par des juges après un long procès d'assises et l'audition d'un nombre plus ou moins grand de témoins ; l'accusé était défendu par un ou plusieurs avocats. Il pouvait faire appel du verdict, puis aller en cassation. Autrement dit, entre la mort et lui, il y avait beaucoup d'obstacles et il fallait que sa culpabilité fût prouvée irréfutablement pour qu'enfin il se trouvât face à la potence ou à la guillotine.

Avec l'euthanasie, il n'y a ni tribunal, ni jury, ni appel. Le juge n'est pas un magistrat mais un médecin qui décide que tel homme n'a plus de raison de vivre, et qui le pique comme un vétérinaire pique un vieux chien, considérant que la mort est préférable à la pitoyable existence qu'il mène, accablé de maux comme il est. Encore heureux qu'il ne le destine pas à la vivisection. La différence avec le vieux chien est que l'on demande son avis à la victime et qu'on ne la tue que si elle est consentante. Évidemment les assassins n'étaient pas d'accord pour qu'on leur coupe le cou.

Je ne sais si la séance d'euthanasie a eu un grand nombre de téléspectateurs mais je ne serais pas surpris que « l'audimat » ait été satisfaisant. Les gens adorent les spectacles macabres. Toutefois, en l'occurrence, ils ont dû être déçus. Cela ne valait pas les belles exécutions publiques d'autrefois où le bon peuple s'amusait ferme et où l'on admirait Lacenaire ou Landru monter fièrement les quelques marches de la guillotine. Cela ne valait pas l'écartèlement de Damiens qui fut une des grandes attractions du XVIIIe siècle. Casanova raconte qu'il loua six écus pour y assister, en compagnie de deux dames, une fenêtre donnant sur la place de Grève. Hélas ! la télévision n'existait pas alors, et la plupart des Français ne pouvaient assister à ces spectacles de choix.

On savait, ou tout au moins on avait le pressentiment, jadis, que la mort d'un homme, fût-il la dernière des canailles, était une chose importante à laquelle on devait conférer de la solennité. Mais tout est démonétisé aujourd'hui, la mort comme le reste. Elle est devenue furtive et honteuse. Un Romain qui voulait mourir demandait à un ami le service de tenir son glaive sur lequel il se jetait. À présent la mort a la forme d'une seringue et l'on transmet cette sinistre affaire au monde entier par satellite.

(4 février)

Prosopopée de Lionel

La prosopopée est une figure de rhétorique consistant à faire parler une personne absente. J'ai imaginé une prosopopée de M. Jospin après qu'il aura été élu président de la République française. S'il n'a pas trouvé mieux que ce que je dis, je lui permets de reprendre mon discours purement et simplement à son compte, comme si c'était lui et non moi qui l'avait composé.

Donc M. Jospin est élu ; le voilà installé à l'Élysée, proclamé chef de l'État, garant de la Constitution, le collier de la Légion d'honneur autour du cou ; il a une pose à la fois sévère et élégante ainsi qu'il sied à un Président, la main appuyée sur une table, l'œil perdu dans des lointains intérieurs. Il s'adresse à nous. Tout d'abord, naturellement, comme c'est un garçon bien élevé, il nous remercie d'avoir bien voté. Il nous félicite aussi car c'est une chose louable, et qui fait honneur aux Français, que d'avoir donné la magistrature suprême à un socialiste.

« Françaises, Français, dit-il, vous êtes un peuple merveilleux. On aurait pu penser – et je confesse que, parfois, j'ai été moi-même effleuré par cette idée sacrilège – que vous en aviez soupé, et même archisoupé du socialisme. Mais point du tout, vous en redemandez. À croire que vous ne pouvez pas vivre sans nous, que vous trouvez délicieux d'avoir trois ou quatre millions de chômeurs, que l'affaire du *Rainbow Warrior* vous a remplis de fierté patriotique, que la pyramide du Louvre, l'Arche de la Défense et la Très Grande Bibliothèque vous paraissent des merveilles comparables au château de Versailles et à Saint-Pierre de Rome !

Pour tout vous dire, j'étais très optimiste pendant ma campagne. Je n'avais pas oublié que vous aviez réélu M. Mitterrand en 1988, quoique tout le monde le donnât perdant après les diverses bourdes que nous avions faites depuis 1981. Or il a bel et bien triomphé de M. Chirac et renvoyé dans ses foyers la droite si arrogante, si sûre de sa victoire. Pourquoi ? Parce qu'il était socialiste, pardi, ou du moins parce qu'il se disait tel. Le mot est magique, mes bons amis, et j'ai eu bien de la chance, je l'avoue volontiers, d'avoir été un candidat socialiste moi aussi. C'est à cela que je dois mon succès. Car regardez-moi : ai-je une allure vraiment présidentielle, avec mon expression aimable, mes cheveux frisés, mon petit nez, mes lunettes ? Jusqu'à mon prénom de Lionel me desservait. Un Président doit s'appeler Charles, Georges ou François. Pas Lionel. Lionel ne fait pas sérieux. Et pourtant, vous m'avez élu, Françaises et Français. Vous avez choisi le petit Lionel contre le grand Jacques et le gros Édouard. Grâce à vous j'ai le plaisir de voir la tête d'enterrement de M. Emmanuelli qui comptait bien que je me casserais la figure.

Vous vous demandez naturellement ce que je ferai à l'Élysée. Ma foi, pourquoi se creuser stérilement la cervelle ? Je ferai la même chose que mon prédécesseur M. Mitterrand. Puisque cela lui a réussi au point que, seul dans son genre, il est resté quatorze ans au pouvoir, je ne vois pas pourquoi je me lancerais dans de dangereuses innovations. Moi aussi je veux rester quatorze ans Président. Je compte sur vous pour me réélire en 2002. Je quitterai le pouvoir en 2009. À moins, bien sûr, que vous n'ayez envie de me garder jusqu'en 2016. Je serai alors un très beau vieillard ou, comme on dit aujourd'hui, une très belle personne du troisième âge, un peu dans le style de Jules Grévy. J'allais vous dire : Et maintenant au travail, mais cela ne ferait pas socialiste. Je vous dis plutôt : Et maintenant, bon repos, bonnes vacances, bons Assedic, bonne préretraite ! Vive la République ! »

(18 février)

Les séculaires

La presse et la télévision parlent à qui mieux mieux, en ce moment, d'une bonne dame de chez nous qui a vécu cent vingt ans. Tout le monde s'extasie sur cette longévité. C'est tout juste si nous ne tirons pas une espèce de fierté patriotique de ce que la « doyenne de l'humanité », comme on l'appelle, soit une Française. Il est probable qu'un de ces jours, on lui donnera une décoration pour la récompenser d'avoir duré depuis Mac-Mahon.

Au risque de me faire du tort une fois de plus, je dirai que les centenaires m'ont bien déçu. À part M. Pinay, qui lui, au moins, a été maire de Saint-Chamond, aucun n'a fait au cours de son interminable passage sur terre de choses bien intéressantes. Pis encore : les centenaires semblent n'avoir rien compris de ce qui se passait autour d'eux. On a l'impression que Dieu les a déposés dans un petit coin de l'univers d'où l'on ne voyait rien et qu'il les y a oubliés.

Quelquefois, comme tout un chacun, je me suis demandé si j'aimerais vivre si vieux, et toujours, au bout de ma méditation, je suis arrivé à la conclusion que l'excès en tout est un défaut, que quatre-vingts ans est un âge souhaitable pour faire ses bagages pour l'éternité. Ce n'est pas que je craigne de devenir gâteux mais il me semble qu'en quatre-vingts ans on a à peu près tout vu, fait le tour de tout, et que la vie doit se mettre sérieusement à rabâcher.

Nous avons eu à l'Académie française un certain nombre de vieillards remarquables depuis 1635. Nous avons eu aussi notre centenaire, qui n'est pas le plus illustre d'entre eux, à savoir Fontenelle, né en 1650 et mort en 1750. Du moins était-ce un homme d'esprit : quand on lui demandait, à quatre-vingt-dix-huit ans, comment il allait, il répondait : « J'éprouve une certaine difficulté d'être » ou, selon son humeur : « Cela ne va pas, cela s'en va. » Il faut dire que l'époque était beaucoup plus intelligente et civilisée que celle dans laquelle nous vivons : un centenaire avait autant d'à-propos qu'un quinquagénaire. Un roi charmant occupait le trône de France, entouré d'une cour charmante et d'un peuple très gai.

Sieyès, lorsque quelqu'un l'interrogeait sur ce qu'il avait fait pendant la Révolution, disait avec un sourire fin (mais un peu mélancolique quand même) : « J'ai vécu » (sous-entendu : « J'ai su me faire oublier »). Il me semble que cette petite phrase, en fin de compte, pourrait être la devise de la plupart des centenaires que l'on propose périodiquement à notre admiration. Ils ont vécu, les chers vieux, ils sont l'illustration la plus glorieuse de la philosophie occidentale qui s'exprime par la maxime exaltante : « Tant qu'on a la santé » !... Mozart n'avait pas la santé, lui. Aussi est-il mort à trente-cinq ans. Le bouillant Achille, qui préférait une vie courte et pleine d'actions à une longue existence vide, n'est décidément pas un héros pour le XXe siècle.

(25 février)

On m'écoute, enfin !

Les bienveillants et malicieux lecteurs de cette chronique m'ont souvent fait remarquer que je me plains volontiers que personne ne m'écoute jamais (en particulier le gouvernement), que je m'échine à prêcher dans le désert, que j'ai beau annoncer six mois ou un an à l'avance ce qui va arriver (et qui arrive d'ailleurs, car il n'est pas difficile d'être prophète), c'est comme si je chantais.

Quel n'a pas été mon éblouissement en lisant cette semaine dans les gazettes que j'étais écouté assidûment, au contraire, et « au plus haut niveau », comme on dit, puisque c'est l'Élysée qui, trouvant très précieuses, très dignes d'être connues et méditées les futilités qui me passent par la cervelle, avait mis mon téléphone sur écoute. Ainsi, depuis treize ans et demi, je suis le conseiller occulte, le maître à penser en quelque sorte, du président de la République, et je ne l'apprends que maintenant, au moment où il arrive en fin de mandat ! J'en pleurerais.

J'imagine M. Mitterrand, chaque matin au saut du lit, encore en pyjama, convoquant le colonel Prouteau et lui demandant anxieusement : « Qu'est-ce que Dutourd a bien pu raconter au téléphone depuis hier ? » Le colonel fait son rapport. Le Président écoute avec recueillement. Sur le moment, tout ce que j'ai dit et qui a été fidèlement enregistré lui paraît pertinent, lumineux, irréfutable. « Ce diable d'homme a raison sur tous les points ! dit M. Mitterrand en soupirant. Il faut complètement changer de politique. » Et puis, hélas ! la matinée passe. Le Président voit ses mauvais génies, ses Joxe, ses Jospin, ses Mauroy, ses Fabius, ses Emmanuelli, qui lui débitent leurs sornettes habituelles ; il oublie les bonnes résolutions qu'il avait prises en se pénétrant de ma pensée et retombe dans son ornière socialiste.

En dépit des milliers de fiches relatant mes conversations téléphoniques avec mon plombier, ma cousine d'Aurillac, le service après-vente de la Samaritaine, le concessionnaire Peugeot, M. Clavreuil, libraire rue Saint-André-des-Arts, Mlle Claire, la secrétaire des « Grosses Têtes », mon confrère M. d'Ormesson (également sur écoute), etc., dans lesquelles je dévoile les replis les plus mystérieux de mon cœur et mes pensées les plus secrètes, je n'ai pas le sentiment d'avoir vraiment agi sur l'esprit de M. Mitterrand. Pis encore : j'ai l'impression que, dans tous les domaines, depuis 1981, il s'est ingénié à faire le contraire de ce que je préconisais. Dans ces conditions, je le lui demande, pourquoi a-t-il ce désir visiblement frénétique de savoir ce que j'ai dans la tête ?

D'autant plus que, s'il veut être informé, il n'a qu'à acheter *France-Soir* tous les samedis : il y trouvera, au bas de la première page, ma chronique en encadré. Chaque fois que j'ai une idée, je la garde pour cet exercice hebdomadaire. Du reste, pourquoi mettre les écrivains et les journalistes sur écoute ? Dès qu'ils savent quelque chose, ils n'ont rien de plus pressé que de le clamer partout.

(11 mars)

Le déjeuner avec l'ogre

Je comprends assez que M. Mitterrand ait invité Fidel Castro à déjeuner. Pour une fois qu'il avait à se mettre sous la dent (si j'ose dire) un personnage officiel un peu pittoresque, il aurait eu tort de s'en priver. M. Castro, du reste, d'après ce que m'a raconté M. Jean-Edern Hallier qui est de ses amis, est d'un commerce très agréable. Cela est fréquent chez les ogres : ceux-ci ont une bonne humeur, une rondeur, qui, lorsqu'ils ne vous mangent pas, les rendent extrêmement sympathiques. M. Castro a tout à fait la morphologie des ogres, tels qu'on les voit dans les contes de Grimm et de Perrault : il est grand, gros, il a une barbe célèbre, un costume d'ogre (c'est-à-dire vaguement militaire), un képi d'ogre, un gros cigare d'ogre entre les dents, et enfin un bon sourire d'ogre qui vous met tout de suite en confiance.

Bref M. Mitterrand n'a pas souvent eu d'ogres à sa table. Plutôt des politiciens dyspeptiques qui grignotent du bout des dents, qui boivent de l'eau minérale et qui ne parlent qu'anglais (ou américain, ce qui n'est pas exactement la même chose). M. Castro, lui, doit se faire un devoir de ne pas prononcer un mot d'anglais, de gazouiller en espagnol exclusivement ; peut-être connaît-il quelques locutions françaises du genre : « On n'emporte pas la patrie à la semelle de ses souliers » ou « Cherchez la femme » ou « Le bonheur est une idée neuve en Europe » qu'il place judicieusement dans la conversation.

J'entends bien que ce n'est pas un ogre de la taille d'Hitler, de Staline, voire de Brejnev. Il a mangé beaucoup moins de gens que ces grands ancêtres mais il a sur eux l'immense privilège d'être encore de ce monde et, par suite, on peut l'inviter à déjeuner, causer longuement et nostalgiquement avec lui, écouter avec émerveillement le récit de ses bombances. Les gazettes ne disent pas si le président de la République avait convié à son mémorable festin l'ambassadeur des États-Unis. Voilà qui aurait eu de l'allure.

Il faut bien le dire quand même : M. Castro est un ogre sur le déclin. Il n'est plus tout jeune et son appétit, certes, n'a pas subi de fléchissement avec les années, mais enfin le temps est implacable. Un jour ou l'autre M. Castro sera un vieux monsieur qui vivra sur ses souvenirs. Tel qu'il est aujourd'hui, on ne voit guère ce que la France peut attendre de lui. Il est tout seul dans son château fort, il n'a rien à vendre si ce n'est du tabac. Peut-être M. Mitterrand a-t-il négocié avec lui des importations massives de cigares de La Havane à des prix d'ami. Ce serait amusant, de la part d'un Président sous le règne de qui on a mis le tabac hors la loi. Il faudrait demander à M. Évin ce qu'il en pense, à supposer qu'on puisse trouver aujourd'hui M. Évin quelque part.

(18 mars)

Perdu par l'ambition

M. Prudhomme disait de Napoléon : « L'ambition l'a perdu ; s'il était resté simple lieutenant d'artillerie, il serait encore sur le trône. » Je ne puis m'empêcher de songer à cette sage parole en observant le destin de M. Tapie. Lui aussi l'ambition l'a perdu. On se demande pourquoi cet habile homme, qui réussissait si bien dans les affaires, qui possédait un hôtel du XVIIe siècle bourré de meubles estampillés et un grand bateau pour voguer sur les flots bleus de la Méditerranée, s'est tout à coup mis en tête de faire de la politique. Quelle lubie l'a traversé ? Ne lui suffisait-il pas d'être riche et d'augmenter sa fortune tous les mois ? Non : il voulait être ministre, comme n'importe qui.

Le premier imbécile venu fait de la politique et peut même, s'il n'est pas trop maladroit, s'y tailler une bonne petite place. Malheureusement pour lui, M. Tapie n'était pas le premier imbécile venu. Il était très délié au contraire, très dégourdi, très malin. Il a dû penser qu'il n'était pas plus difficile de faire de la politique que de faire des affaires. Et en effet ce n'est pas plus difficile, ce l'est peut-être moins, mais c'est autre chose.

D'abord on exige des politiques qu'ils soient honnêtes ou, au moins, qu'ils le paraissent. Les hommes d'affaires, eux, ont une marge d'action beaucoup plus grande ; leurs irrégularités, leurs acrobaties industrielles ou financières restent dans la pénombre, suffisamment loin de l'opinion publique pour que celle-ci ne les aperçoive pas ; seuls les initiés les devinent et il est bien connu que les loups ne se mangent pas entre eux. M. Tapie était un loup. Son drame est qu'il a voulu devenir renard ou singe savant. Autrement dit, changer de personnalité. Autrement dit encore, changer de destin. Contrairement aux loups, les renards et les singes se mangent très facilement entre eux.

L'autre erreur de M. Tapie a été de choisir la politique à la mode, c'est-à-dire le côté du manche. Il allait au Château, le roi l'aimait. Le portefeuille qu'il convoitait lui a été offert et il l'a mis sous son bras en songeant sans doute que « c'était arrivé ». Or jamais rien n'est arrivé, spécialement en démocratie où il faut séduire le peuple tous les jours afin de conserver son mandat. Quand on pense que les ennuis de M. Tapie viennent de ce qu'il a voulu truquer un match de foot pour plaire à ses électeurs de Marseille, et qu'il risque d'aller en prison pour cette niaiserie, on est quasiment incrédule. Je crois vraiment que le premier imbécile venu de la politique ne serait pas tombé dans une pareille trappe. Il y fallait un homme intelligent et décidé, mais qui ne connaissait pas le métier, qui s'imaginait qu'on est aussi libre de ses mouvements quand le pays vous voit que quand il ne vous voit pas.

Comme quoi on peut être, à l'instar de M. Tapie, « politiquement correct » et néanmoins flanqué par terre. S'il avait été de droite au lieu d'être de gauche, il aurait eu moins de moyens. Ou il aurait été plus prudent.

(25 mars)

Les travaux et les jours

Voilà bien dix ans que je me demande à qui fait plaisir ce que les gazettes appellent « les Grands Travaux du Président », c'est-à-dire la pyramide du Louvre, l'Arche de la Défense, la « Très Grande Bibliothèque » ou T.G.B. et diverses broutilles moins voyantes. Ce n'est pas à la population en général qui se fiche bien qu'un paysage soit joli ou une ville harmonieuse du moment qu'elle y a ses aises. Ce n'est pas non plus aux artistes et aux gens de goût qui trouvent la pyramide du Louvre saugrenue là où elle est, l'Arche de la Défense ridiculement *kolossale* et vomissent la T.G.B. parce que c'est un quadruple gratte-ciel et que les gratte-ciel sont incompatibles avec la physionomie de Paris.

À force de chercher des amateurs des Grands Travaux, j'en ai finalement trouvé deux : le Président lui-même et M. Jack Lang. C'est à l'ingéniosité (la créativité, peut-être ?) de celui-ci que nous devons les exquises colonnes de Buren sans lesquelles pendant deux cent cinquante ans le Palais-Royal a été un monument cruellement incomplet. De même le cher homme a transformé le jardin des Tuileries en champ de foire, avec stands de tir, grande roue, manèges, boutiques de gaufres et, naturellement, papiers gras. Ces audaces, qu'on pourrait qualifier de néroniennes, consternaient les habitants de la rue de Rivoli qui pleuraient des larmes de sang en voyant ainsi le beau et calme jardin qu'ils avaient eu sous les yeux toute leur vie métamorphosé en Luna-Park, et pétitionnaient à mort pour qu'on en expulsât les marchands de frites.

Bref, si les Grands Travaux n'ont pas vraiment recueilli la faveur du public, on peut dire qu'ils ont été fort goûtés par M. Mitterrand et M. Lang. Une chose pourtant rend ces deux grands hommes différents de Louis XIV et de Colbert, c'est que Colbert ne cessait de faire des économies, de reprocher au roi de trop dépenser pour Versailles, lui rognait tant qu'il pouvait son budget, tandis que M. Lang aurait plutôt eu l'attitude contraire. Il y a chez les socialistes une prodigalité, une magnificence, un dédain superbe des contingences bassement économiques, qui suffiraient à montrer leur supériorité morale sur la monarchie capétienne.

Le Président n'a pas attendu que sa chère T.G.B. soit terminée pour l'inaugurer. Il s'en faut, paraît-il, de deux ans. Il s'est promené dans des salles vides et peut-être des gravats, sans rencontrer la moindre feuille de papier imprimé, ni par suite le moindre lecteur. C'est un peu comme si M. Giscard avait inauguré le T.G.V. deux ans avant qu'on l'eût mis sur les rails.

À la suite de cette cérémonie un peu prématurée, il m'est venu une excellente idée qui, j'en suis convaincu, plaira beaucoup aux habitants du quartier de Tolbiac. C'est que, maintenant que le Président a admiré et en quelque sorte pris possession de son Palais de la Lecture, il n'y a plus de raison de le conserver. On pourrait commencer sa démolition la semaine prochaine. Quatre tours de moins dans Paris, c'est toujours bon à prendre. Surtout des tours en verre.

(1er avril)

Le bourreau de Béthune

Il ne doit pas être commode d'exercer le métier d'instituteur à Béthune, ces temps-ci. Spécialement si l'on enseigne la morale et le civisme. Les écoliers de Béthune, en effet, ont assisté à un spectacle qui égale tout à fait ce que les feuilletons américains de la télévision peuvent montrer en fait de crapulerie : ils ont vu la populace injurier et menacer Mme Krajewski parce qu'elle avait dit la vérité à la barre du tribunal et acclamer M. Mellick qui avait menti.

Il est heureux que quelques agents de police se soient trouvés devant le palais de justice de Béthune car Mme Krajewski aurait très bien pu être lynchée. J'ai vu dans les journaux des photos déchirantes de cette pauvre femme terrifiée, en larmes, s'attendant à toutes les violences possibles de la part des énergumènes qui lui crachaient au visage. Le moins qu'on puisse dire est qu'elle n'avait pas l'expression heureuse et sereine que donne, à en croire les instituteurs, la satisfaction du devoir accompli. Cela était d'autant plus frappant qu'elle semble être une fort aimable personne. Cette jolie figure honnête que l'effroi ne parvenait pas à enlaidir donne au moins un air avenant à la vertu persécutée.

Aujourd'hui, à ce qu'il paraît, les écoliers demandent volontiers à leur instituteur de commenter l'actualité. Comment les instituteurs de Béthune vont-ils expliquer à leurs bambins que le peuple a toujours raison en démocratie ? Les mauvais esprits de la classe sont capables de lui rétorquer que M. Mellick est député-maire, et socialiste par-dessus le marché, qu'il tient le peuple de Béthune par toutes sortes de petites obligations et de petites connivences et qu'un homme comme cela a non seulement le droit de faire des faux témoignages au tribunal, mais encore de forcer ceux qui le démasquent à s'enfuir.

Car Mme Krajewski, son mari et son bébé se sont enfuis de Béthune. Ils se cachent, craignant, s'ils étaient restés chez eux, d'être lapidés ou que l'on mît le feu à leur maison. Telle est la monnaie dont on paie la vérité dans le département du Pas-de-Calais.

Si les écoliers de Béthune s'intéressent au sport, le cas du footballeur Glassmann doit bien les édifier aussi. Ayant eu la témérité de révéler les malhonnêtetés de l'affaire Valenciennes-Marseille, il a été pendant deux ans hué et molesté par tous les publics des stades. Il n'a trouvé pour se recaser que l'île de la Réunion dont la petite équipe de foot, bravement, l'a accueilli.

M. Mellick, ai-je cru comprendre, risque de faire un peu de prison et de payer des amendes, ce qui signifie qu'il serait déchu de ses fonctions d'élu. Toutefois, selon les gazettes, il aurait demandé à son fils de lui succéder. Il a raison : Mellick est un nom qui plaît aux gens du coin. M. Tapie, malheureusement, n'a pas de fils pour lui succéder à Marseille.

(8 avril)

Le calvaire de la gauche

Évidemment, si M. Jospin est élu président de la République, la droite poussera des cris déchirants et se couvrira le crâne de cendres.

Mais la gauche n'en sera pas plus heureuse, à ce qu'il semble. Je voudrais bien être petite souris rue de Solferino et voir la tête de M. Fabius, de M. Emmanuelli, de M. Jack Lang et consorts. S'il y a quelque chose au monde qui peut les crucifier, c'est bien le succès de M. Jospin.

Ils lui ont donné l'investiture du bout des lèvres, presque dédaigneusement. Que dis-je : ils ne la lui ont pas donnée, il s'est investi tout seul. Après la défaillance de M. Delors, personne n'osait porter les couleurs de la gauche. M. Jospin, le petit Jospin, le modeste Jospin, a dit : « C'est moi qui m'y colle ! » Déjà cela n'avait pas beaucoup plu. On a vu là bien de la présomption, mais on s'est consolé en pensant que le cher Lionel allait prendre une culotte mémorable. Or, voilà que, contre tout pronostic, il est arrivé en tête du premier tour du scrutin.

Ma foi, je comprends assez les pauvres « éléphants » du parti socialiste. Rien au monde n'est plus mortifiant que de voir quelqu'un que l'on considérait comme son égal, dont on avait un peu pitié, qui inspirait une souriante indulgence, devenir tout à coup le supérieur de tout le monde. Appeler Lionel « Monsieur le président de la République », en pensant que, si on avait eu son audace ou si on l'avait pris de vitesse, on pourrait être à sa place, c'est un supplice chinois.

Cela dit, la situation, il faut en convenir, est assez cocasse. Le général de Gaulle avait institué l'élection du Président au suffrage universel, afin que le suprême magistrat, étant porté au pouvoir par le peuple, fût indépendant des partis politiques. Or c'est l'inverse qui se produit. Le Président est fourni par les partis et décroche la timbale par les combinaisons des partis. Nous en aurons la preuve irréfutable si M. Jospin est élu. La France est à droite à 60 ou 70 % et elle aura un Président de gauche. Le grand cocu des démocraties, décidément, c'est le peuple à qui on fait faire le contraire de ce qu'il veut et dire le contraire de ce qu'il pense.

Qui est M. Jospin ? Un honnête homme et un brave homme, je n'en doute pas. Mais quoiqu'il ait été ministre par-ci, par-là, c'est un inconnu. À la limite, c'est n'importe qui. La France, dans neuf jours, remettra peut-être son destin entre les mains de quelqu'un dont elle ne sait rien, sinon ce qu'il a raconté dans ses discours. Entre autres, elle lui confiera la clé de la bombe atomique.

(29 avril)

Le sacre à Reims

J'ai appris (sans grand plaisir, je l'avoue) que c'est le citoyen, le contribuable, c'est-à-dire, en fin de compte, moi, qui paie les dépenses de campagnes présidentielles. Il paraît que c'est plus moral que de laisser les candidats se procurer les fonds dont ils ont besoin par leurs propres moyens. Tous, ainsi, sont logés à la même enseigne, il n'en est pas un qui soit avantagé et nul n'a le droit de dépenser un sou de plus que les autres, sauf s'il le tire de son porte-monnaie personnel, cas fort rare, à ce que j'ai cru comprendre.

J'ai lu, par-ci, par-là, que cela revenait à cinquante francs par Français. Mais tous les Français ne paient pas. Seuls ceux qui sont soumis à l'impôt sur le revenu. J'en suis, hélas ! Depuis 1974, je paie pour un spectacle dont le dénouement tourne régulièrement au rebours de mon goût. Impossible de quitter la salle !

Et puis il y a du gaspillage. À quoi sert d'envoyer aux électeurs des bulletins de vote par la poste, alors qu'il y en a autant qu'il est nécessaire sinon plus dans les bureaux de vote ? Voilà déjà trois cents millions au moins de morceaux de papier imprimé dont on pourrait faire l'économie. Je ne parle pas des professions de foi des prétendants que personne ne lit, soit parce qu'on sait déjà ce qu'elles racontent ou tout simplement parce qu'elles sont assommantes.

Songeant mélancoliquement à tout cela, qui revient tous les sept ans, et à quoi il faut ajouter le coût des élections législatives et municipales, je me disais que la démocratie, décidément, est un régime pour les riches, une espèce de luxe politique. La monarchie était moins onéreuse. Le sacre du roi à Reims ne coûtait pas autant que l'élection du président de la République, et c'était plus joli. On faisait couler la sainte ampoule sur le dauphin, on lui mettait une couronne sur la tête, il y avait une belle messe, et on en avait fini pour un bon moment. Le roi restait sur son trône toute sa vie durant. On ne s'interrogeait pas stérilement sur le septennat ou le quinquennat.

Les rois d'aujourd'hui sont parfaits. Comme on dit, ils règnent et ne gouvernent pas. Et on n'a pas la corvée de les renouveler périodiquement. Notre président de la République règne et gouverne tout ensemble, ce qui est beaucoup pour un seul homme, surtout s'il n'a pas été, dès son enfance, dressé pour cela. Et nous autres les Français, dans cette occurrence, nous méritons bien notre surnom de grenouilles ou *froggies* que nous donnent les Anglais. Tous les sept ans, l'Hexagone aux grenouilles dépense une fortune pour trouver un roi. Sous la IIIe et la IVe Républiques, le roi des Grenouilles était un soliveau. Quand on n'a pas un homme de génie comme le général de Gaulle pour occuper le poste, le soliveau n'est pas sans attrait. Lui, du moins, ne construit pas de pyramide dans la cour du Louvre ni d'arche en béton à la Défense.

(6 mai)

Le changement

Dimanche soir, après l'élection présidentielle, j'ai écouté pendant une heure ou deux les débats et commentaires politiques à la télévision. Comme toujours dans ce genre d'exercices rhétoriques, le mot qui revenait le plus souvent était « changement ».

Que les gens de droite demandent du changement, rien de plus naturel ; je dirai même que c'est la moindre des choses. Mais il faut croire que ce vocable a quelque chose de magique, de fascinant, d'incantatoire, à quoi personne ne résiste. En effet, quelle n'a pas été ma stupeur d'entendre les gens de gauche, mus par une espèce d'aimantation passionnelle, se mettre eux aussi à réclamer le changement, et avec encore plus d'âpreté que les autres.

On me dira que je suis bien naïf de m'étonner, à l'âge que j'ai, de l'incohérence des hommes. Pourtant c'est ainsi : je suis désorienté lorsque quelqu'un dit blanc aussitôt après avoir dit noir. Ce qui est illogique me paraît à la fois désespérant et cocasse. Car enfin de quel changement les gens de gauche veulent-ils parler ? Pendant quatorze ans, on a fait leur politique. Ils viennent de se battre comme des lions pour qu'on la continue sept ans de plus. Si quelqu'un au monde ne doit pas avoir envie de changement, c'est bien la gauche, ou alors il fallait voter en masse pour M. Chirac, qui, lui, va nous changer sensiblement de M. Mitterrand, il fallait l'élire président de la République avec 80 % des voix, plébisciter l'homme du changement réel, dans les personnes et dans les actes, faire l'union sacrée des amateurs de contraste autour de lui.

Un qui, en tout cas, va constater du changement, c'est M. Kohl, chancelier d'Allemagne. Désormais sur les photos le représentant au côté du président de la République française, il ne sera plus ce personnage immense et massif, prenant toute la place sur le cliché, qu'il était jusqu'à présent. Nous allons lui donner un partenaire à sa taille, et peut-être le surplombant de quelques centimètres, puisque M. Chirac mesure un mètre quatre-vingt-dix. Une des joies que nous donnait le général de Gaulle était qu'il dépassait en hauteur tous les présidents et tous les rois de son temps ; ainsi avait-il l'air d'être leur professeur ou leur berger – ce qu'il était, du reste.

Vers une heure du matin, Mme Chirac est apparue sur l'écran quelques instants et elle a déclaré qu'elle était bien contente qu'un gaulliste s'installât à l'Élysée, car cela ne s'était pas vu depuis vingt et un ans. C'est elle qui, par cette simple phrase, a montré le vrai changement.

(13 mai)

Les goûts du peuple

Je me garderai bien de donner des conseils politiques à notre nouveau président de la République, vu qu'il connaît le métier mieux que moi et qu'il ne m'a pas attendu pour savoir ce qu'il faut faire quand on est le chef de l'État. En revanche, il a peut-être négligé d'observer certaines petites erreurs de ses prédécesseurs qui ont beaucoup déplu au peuple. Je parle de petites erreurs et non de grandes. C'est par les gaffes qu'un souverain perd sa popularité et non par les catastrophes.

Par exemple j'ai fort mal auguré du règne de M. Giscard d'Estaing lorsqu'il a décidé, dès son couronnement, qu'il allait sensiblement alléger l'étiquette de l'Elysée, qu'il ne mettrait pas de jaquette ni de chapeau haut de forme et que, sous son principat, il n'y aurait pas de belles cavalcades de la garde républicaine dans un magnifique étincellement de sabres derrière sa voiture. En un mot, qu'il voulait « démocratiser » la fonction.

En fait rien n'était moins démocratique que de pareilles mesures. Car qui en a pâti ? Non pas le Président, bien sûr, qui a conservé toutes ses aises, mais le bon peuple, qui a été privé de la griserie de contempler les puissants de ce monde environnés de leur gloire. Que l'Angleterre serait donc triste si la reine ne faisait pas de temps à autre une promenade dans son carosse doré ! Moi qui suis un badaud, je ne veux pas que le président de la République sorte dans la rue comme un simple mortel. Je le veux fier, rayonnant, inaccessible, entouré d'un apparat asiatique. C'est cela qui me plaît. Des gens en complet-veston sans escorte, j'en vois tant et plus dans le métro.

Bref M. Chirac me ravirait (et ravirait le peuple dont je suis le porte-parole) s'il ressuscitait les fastes de Félix Faure, qu'on appelait avec admiration le « Président-Soleil ». De même, je serais fort heureux que M. Seguin présidât l'Assemblée en frac, tel autrefois M. Herriot. Le frac est un témoignage de respect pour la République.

Voici un autre principe qui me tient autant à cœur : il n'est pas dans les attributions du président de la République d'avoir du goût. Je veux dire qu'en matière d'art, d'architecture, d'embellissement des villes, d'urbanisme, il doit encore s'en remettre au peuple, et non vouloir plaire à trois douzaines de binoclards qui ont la superstition de l'avant-garde. Qu'aime le peuple dans ces domaines, et singulièrement le peuple français ? Ce que Baudelaire appelait « les plis sinueux des vieilles capitales ». Le peuple veut des villes compliquées et mystérieuses, aux recoins bizarres, pleines de souvenirs et de traditions. Or c'est ce que pendant les quatorze dernières années on a tâché de détruire, notamment en construisant des gratte-ciel en verre. Si M. Chirac mettait les gratte-ciel hors la loi sur tout le territoire français, il serait réélu à 60 ou 70 % des voix. Mais me lit-il ? Généralement, les Présidents ne me lisent pas, non plus que les ministres d'ailleurs, ni même les conseillers municipaux.

(20 mai)

Éloge des bouts de chandelle

Je trouve que M. Chirac a bien raison de supprimer les avions du Glam et les pin-pon des gyrophares officiels, d'obliger les voitures du gouvernement à s'arrêter aux feux rouges, de dire que l'État dépense trop pour ses aises et d'ordonner aux ministres de se serrer la ceinture. Pendant quatorze ans de socialisme, nous avons vu le contraire. On ne cesse de demander du « changement » au nouveau pouvoir. Au moins, en voilà un. Ce sera charmant et dépaysant d'apercevoir M. Juppé, M. Toubon, M. Pons, Mme de Panafieu dans leur auto, attendant patiemment que le feu de circulation passe au vert. Penser que je pourrais, à la faveur d'un de ces arrêts, échanger de vitre à vitre un tendre sourire avec Mlle Margie Sudre, secrétaire d'État à la Francophonie, ou avec Mlle Idrac qui, ai-je lu, commande aux Transports, me remplit d'une douce émotion.

Les fiers ministres socialistes allaient à toute allure dans leurs R 25, ne laissant sur la rétine des badauds qu'une impression fugitive. Entre 1981 et maintenant, je n'ai pas vu une seule fois M. Jack Lang, ministre de la Culture, mon propre ministre, et j'en garderai toujours, je le crains, une plaie secrète. Peut-être l'aurais-je enfin aperçu s'il s'était arrêté aux feux rouges.

Un des crève-cœur de la politique est qu'il n'est jamais possible de plaire à tout le monde, même quand on prend des mesures parfaitement louables, qui devraient entraîner une approbation unanime. J'ai été très surpris par les ricanements et les sarcasmes qui ont accueilli les directives du président de la République. M. Emmanuelli a déclaré que c'était « de la poudre de perlinpimpin ». Les gazettes, à qui mieux mieux, ont expliqué que ces petites économies, certes, ce n'était pas mal, mais que les « vraies » économies sont à venir.

À quoi je rétorquerai que quand on a pris la décision de se restreindre, il faut bien commencer par quelque chose. Depuis mon enfance, les personnes de bon sens me répètent qu'il n'y a pas de petites économies, et ma foi, à la longue, j'ai fini par les croire. Économiser est un état d'esprit ; j'ai remarqué qu'en rognant ici ou là, en supprimant quelque chose qui n'est pas indispensable, en se privant d'une bagatelle, on finit par avoir un peu d'argent à son compte en banque au lieu d'être endetté. Bref, il n'y a d'économies que de bouts de chandelle et j'augure très favorablement du septennat d'un homme qui fait plus ou moins profession de rapiaterie. D'autant plus qu'il s'agit de l'argent du contribuable, c'est-à-dire du mien.

(27 mai)

La faute et le scandale

Le pauvre évêque de Bâle qui a démissionné parce qu'il avait fait un enfant à une dame me paraît victime du funeste préjugé de la franchise qui a infecté le monde. Depuis une quarantaine d'années, les gens ont la manie de tout dire, de raconter leurs plus secrètes bassesses, de se montrer tels qu'ils sont. Ils s'imaginent que c'est là une attitude noble, « adulte », « responsable ». Ils flétrissent le mensonge et le faux-semblant. Rien ne leur paraît plus beau que l'homme dans toute son horreur.

Qu'un ecclésiastique ait péché contre la chasteté n'est pas une chose bien rare. Cela s'est vu des milliers de fois depuis que l'église a institué le célibat des prêtres. Ceux-ci n'en faisaient pas une affaire publique. Ils allaient se confesser à un confrère, qui leur donnait l'absolution, sachant qu'on a beau exercer le sacerdoce, on n'en est pas moins un homme, sujet à la tentation, et y succombant parfois. Il y a des péchés plus graves que le péché de la chair.

Le scandale est toujours pire que la faute, car ce n'est pas l'individu qui est discrédité après que le scandale a éclaté, mais tout ce qu'il représente ou qu'il incarne. Nous en avons eu beaucoup d'exemples ces dernières années avec les malversations de certains députés et ministres. Leur fonction en a été déshonorée autant qu'eux.

Avant d'avoir des devoirs envers lui-même ou ses frères humains, il me semble qu'un ecclésiastique en a envers Dieu dont il est le représentant parmi nous. Il est d'une certaine façon le garant de l'honneur de Dieu. Et il est contraire à l'honneur de Dieu que les fidèles apprennent que leur évêque a une vie qui n'est pas compatible avec son état. L'évêque doit être pour eux un modèle, un objet de vénération, même s'il en est indigne, et s'il souffre d'en être indigne. Il est acculé à l'hypocrisie. En l'occurrence, c'est la franchise qui est un péché, et je dirai presque un péché d'orgueil.

Mais les évêques savent-ils encore qu'ils sont les représentants de Dieu ? Ils refusent qu'on les appelle « monseigneur » et qu'on leur baise la main, comme si c'était leur main que l'on baisait, et non celle de Jésus par ce truchement, et comme si ce nom de Seigneur, à travers eux, ne s'adressait pas au Seigneur des Seigneurs qui règne dans les cieux.

Que va devenir l'évêque de Bâle après sa démission ? Ce que deviennent les prêtres défroqués, c'est-à-dire des gens comme tout le monde, et plutôt moins bien lotis, puisqu'ils ont, au milieu de leur vie, changé de destin, qu'ils ont sacrifié une grande exigence à un petit scrupule.

(10 juin)

Chez le Président

L'Académie française est présidée par un bureau composé d'un directeur, d'un chancelier et du Secrétaire perpétuel. Ce dernier, comme son titre l'indique, ne change jamais ; en revanche, le directeur et le chancelier sont renouvelés tous les trois mois, de sorte qu'il m'arrive parfois d'occuper cet office dont une des charges consiste à présenter le dernier élu au président de la République, protecteur de notre compagnie.

J'ai rempli ce rôle honorable cette semaine en conduisant à l'Élysée M. Marc Fumaroli que nous avions choisi pour remplacer Eugène Ionesco. La présentation s'est faite avec, de la part du protecteur, toute la bonne grâce possible. Mais là n'est pas mon propos.

Il y avait plusieurs années que je n'avais pas mis les pieds au « Château », et j'ai été atterré par les ravages que le dernier occupant, qui se piquait de bon goût et d'art moderne, avait fait dans la décoration du lieu, l'ameublement, les tableaux, les statues.

Jadis l'Élysée, magnifiquement garni par le Mobilier national, orné de pendules et de vases précieux, de peintures du XVIIIe siècle, de commodes et d'armoires sublimes, était un endroit magique. Ce n'était pas Versailles ou les Tuileries mais cela y ressemblait ; je veux dire par là qu'on avait l'impression de pénétrer dans un des lieux secrets de l'histoire de France et l'on avait une fugitive reconnaissance pour les divers présidents de la République qui, depuis Mac-Mahon, s'étaient succédé là et avaient pieusement conservé ce décor.

À présent, le salon des visiteurs, appelé, je crois, salon des Aides de camp, a l'air d'une salle d'attente de dentiste. Tout ce qui en faisait la somptuosité a disparu. Cela a été remplacé par une espèce de canapé circulaire recouvert d'une grossière étoffe bleue et de fauteuils semblables. Dans un coin, une table ronde et des chaises qui font songer au style des Galeries Barbès et de Lévitan. Aux murs pendent des choses dites non figuratives dont les ménages les plus modestes ne voudraient pas pour papier peint. Ce qui m'a le plus déprimé dans cette pièce lugubre est que l'on avait changé jusqu'aux poignées des portes qui sont devenues des morceaux de métal ressemblant vaguement à des pattes de canard. Tout cela, je suppose, a dû coûter les yeux de la tête.

Une bonne surprise nous attendait, M. Fumaroli et moi, dans le bureau du Président : M. Chirac l'a fait remeubler exactement tel qu'il était au temps du général de Gaulle. Cette oasis de splendeur et de vrai bon goût, après notre cheminement à travers les sculptures informes, les fenêtres sans rideaux, les salles désertiques, nous a remonté le moral. Voilà enfin du changement ! Et dans le bon sens, j'ose le dire.

(17 juin)

Les heureux maires du F.N.

Lorsque M. Jack Lang adjure les « artistes » et les « créateurs » de boycotter le Front national, à qui pense-t-il ? Si c'est à ceux que, pendant quatorze ans, le parti socialiste a couverts de subventions et de commandes, il est peu probable que les municipalités d'Orange, de Toulon, de Nice et de quelques autres villes en soient très affligées.

Il est fâcheux, ma foi, que M. Lang n'ait pas jeté un anathème de ce genre sur Paris en 1981, pour la raison que le maire de la capitale n'était pas de son bord. Ainsi serions-nous privés des colonnes de Buren, de la pyramide du Louvre, de la Très Grande Bibliothèque (ou T.G.B.), de la Fête de la musique, ainsi que de diverses autres joyeusetés culturelles et architecturales, ce qui nous causerait peut-être moins de chagrin que M. Lang n'a l'air de le penser.

De même, je crains que M. Fabius, en exhortant les chefs d'entreprise à déserter les agglomérations où règne le Front national et à s'installer dans des « sites voisins » afin de montrer aux électeurs dudit Front que leur vote finalement « se retourne contre eux », ne soit quelque peu naïf. Les chefs d'entreprise se moquent complètement des tendances politiques des gens grâce auxquels vit leur industrie ou leur commerce. Ce qui les intéresse avant tout, c'est leur chiffre d'affaires. En quoi ils font preuve de sérieux. S'il est plus avantageux pour eux de s'établir à Orange que de s'établir à Vaison-la-Romaine ou à L'Isle-sur-la-Sorgue, c'est à Orange qu'ils porteront leurs pénates, au risque de crucifier M. Fabius. Ils s'arrangeront même pour faire bon ménage avec M. le maire.

Une des singularités de la politique française actuelle est l'horreur que provoque le Front national chez les socialistes. C'est grâce à ceux-là pourtant qu'il existe, et plus particulièrement grâce à M. Mitterrand qui a pour ainsi dire accouché de M. Le Pen afin de le jeter dans les jambes du R.P.R. et de l'U.D.F. Ces deux partis ont été victimes de leur snobisme de gauche. Le Front national, lui, n'avait pas peur de se proclamer comme étant de droite, remplissant ainsi un vide politique qui ennuyait une notable portion des citoyens. Le calcul était très judicieux et montre bien la profondeur de la pensée (ou de la tactique) mitterrandienne. MM. Fabius et Lang qui étaient de ses proches, voire de ses familiers, ne l'ont, dirait-on, pas encore compris. M. Goux, en revanche, qui conduisait la liste socialiste à Toulon, l'a très bien compris : il s'est maintenu au second tour des élections et a fait ainsi élire le Front national.

(24 juin)

Faiseurs d'anges

Quand on est porté à élever quelque chose aux nues ou à s'en indigner, on devrait se rappeler la célèbre pensée de Pascal : « Plaisante justice qu'une rivière borne : vérité en deçà des Pyrénées, erreur au-delà ». En effet, la morale ne cesse de bouger, de changer de couleur ; ce qui était louable dix ans plus tôt devient condamnable dix ans plus tard. Pour tout dire, j'ai pensé fortement à Pascal en lisant dans les gazettes que les « commandos I.V.G. », c'est-à-dire les personnes qui s'opposent à la pratique de l'avortement légal, ont été condamnées à diverses peines de prison et n'en seront point amnistiées.

Il n'y a pas trente ans, c'était l'avortement qui était hors la loi. Dans ma jeunesse, quand un praticien besogneux acceptait, pour quelques centaines de francs, de soulager une malheureuse d'un fardeau qu'elle n'avait pas désiré, et qu'il était pincé, on en faisait toute une histoire : le misérable était radié de l'Ordre, sans parler des poursuites judiciaires. On l'appelait « médecin avorteur » ou « médecin marron » ; sa vie entière en était flétrie ; il ne pouvait plus qu'exercer clandestinement dans des banlieues sordides. Quant aux matrones aux services desquelles les plus démunies des filles-mères avaient recours, on leur donnait par dérision le surnom de « faiseuses d'anges ».

À présent, c'est tout le contraire. Je ne sais pas si les médecins qui refusent de pratiquer l'avortement sont passibles des tribunaux, mais cela serait assez dans la logique des choses. Du reste, il n'y a plus d'avortement. L'euphémisme, qui régit notre société, est passé par là : on dit « interruption volontaire de grossesse », ou I.V.G. Notons au passage que lorsqu'on désigne quelque chose par des initiales, cela prend tout de suite un aspect officiel, respectable, c'est-à-dire anodin, grâce auquel la vie continue sans cas de conscience. Quel hôpital accepterait dans ses couloirs une pancarte libellée « Service des avortements » ou « Laboratoire des faiseurs d'anges » ? Cela révulserait les âmes sensibles, c'est-à-dire la quasi-totalité de la population. Tandis que I.V.G. n'est pas plus choquant que S.V.P., R.P.R., S.P.A. ou O.N.U. Ah, vraiment, comme dirait Pascal : plaisante morale que celle que vingt ans mettent cul par-dessus tête !

(1er juillet)

L'étiquette

Pour une fois dans ma vie, je ne suis pas d'accord avec mon camarade Philippe Bouvard. Mercredi dernier, dans notre journal, il a écrit : « Un pape en complet-veston, voilà qui aurait de l'allure... » Quelle allure ? Il ressemblerait à tout le monde, ce qui n'est pas ce qu'on demande à un pape. Pourquoi pas un pape naturiste pendant qu'on y est ? Le pape est le vicaire de Dieu, tout comme les églises sont les maisons de Dieu. Si l'on enlève au pape sa tiare, ses mules, sa robe blanche, et tout ce qui fait que, justement, il apparaît aux fidèles comme une espèce d'idole vivante, c'est comme si l'on remplaçait Notre-Dame de Paris par une cahute en rondins : je ne pense pas que les Parisiens seraient enchantés de cette humilité ou de cette simplicité qui priverait la capitale de son plus beau monument.

Semblablement je ne suis pas d'accord avec M. Chirac lorsqu'il fait savoir qu'il a l'intention de « démonarchiser » l'Élysée. J'oserai même dire que je ne comprends pas très bien ce que cela signifie. L'Élysée est le palais où loge et travaille le président de la République française qui est l'incarnation même de l'État et qui, de ce fait, doit apparaître aux Français non pas comme un homme ordinaire occupant une position élevée, mais comme le symbole de la nation.

Le premier qui ait « démonarchisé » l'Élysée a été M. Giscard d'Estaing. Il en a terriblement simplifié l'étiquette. En fait, la première personne à profiter de la « démonarchisation a été le Président lui-même. L'apparat, les habits de cérémonie, les ornements officiels, les rites, c'est assommant. S'en dispenser, s'offrir le confort et l'agrément d'un petit-bourgeois qui n'a pas d'obligations, est bien tentant. Qui est frustré, quand il n'y a plus d'étiquette ? Non pas le monarque, mais le peuple qui veut contempler le beau spectacle du pouvoir.

À mon petit niveau, j'en ai fait l'expérience : revêtir le costume d'académicien est un long et ennuyeux travail. Et une fois qu'on a tant fait que d'y entrer, on est boudiné, car on a grossi, on meurt de chaleur, car les broderies nécessitent un tissu épais. Enfin il faut trois quarts d'heure pour boutonner le plastron amidonné de la chemise. Bref, à tout coup, le complet-veston me paraît préférable, ainsi qu'à mes confrères. Mais si l'on ne mettait jamais l'habit vert, peut-être n'y aurait-il plus d'Académie, ce qui serait bien dommage. De même que, s'il n'y avait plus d'uniformes, il n'y aurait plus d'armée.

Bref, mon cher Philippe, l'homme n'est pas fait pour vivre en complet-veston. D'ailleurs le complet-veston ne tarde pas à dégénérer en chienlit généralisée. Il suffit, pour le constater, de sortir de chez soi et de faire trois pas dans la rue.

(8 juillet)

Le français, la bombe et le mimétisme

Il est curieux que personne (au moins chez nous) n'ait compris que les tirs nucléaires français dans le Pacifique signifient tout autre chose que quelques éclairs au-dessus d'un atoll inhabité. S'il ne s'agissait que de cela, et les retombées atomiques empoisonnassent-elles dix mille kilomètres carrés, il n'y aurait pas la moindre protestation. Tout le monde dans l'hémisphère austral se fiche complètement de la végétation, des paysages, de la nature, de la pureté de l'air, de l'avenir des poissons.

Ce dont on ne se fiche pas, en revanche, c'est qu'il y ait une Polynésie française, que l'on parle encore français dans quelques coins du Pacifique. C'est une épine dans le pied de l'Australie et de la Nouvelle-Zélande qui ont hérité de toute la malveillance dont l'Angleterre était animée contre nous aux XVIIIe et XIXe siècles. Les États-Unis également sont fort contrariés que l'on parle français à Haïti et s'emploient de leur mieux à faire taire notre musique.

L'influence d'un pays dans le monde, sa puissance, son rayonnement, voire l'amour qu'on lui porte sont fonction de sa langue. Mais qui exporte une langue ? Les génies littéraires n'y suffisent pas, fussent-ils étincelants. Il faut des armées, des soldats, des prouesses, des victoires. Les hommes, à quelque continent qu'ils appartiennent, n'admirent qu'une chose : la force. Cette admiration se manifeste par le désir de ressembler à celui qui l'incarne, et en premier lieu de parler comme lui.

Actuellement, le seul pays qui soit fort, et par suite provoque le mimétisme, c'est l'Amérique, laquelle a, outre ses moyens, la chance de parler (à peu près) le même idiome que les vastes débris de l'Empire britannique, tout en continuant à exploiter sa victoire de 1945. Cela fait, comme on dit dans le patois moderne, un « bloc anglophone » énorme dont le but plus ou moins avoué est d'imposer à l'univers non la langue de Shakespeare, mais les mille ou douze cents mots du sabir anglo-saxon de maintenant.

La France, étant en ce moment dépourvue de la force qu'elle avait en 1930 ou en 1910, n'inspire pas la moindre amitié à l'Australie et à la Nouvelle-Zélande qui multiplient contre elle les tartufferies politiques. Ces deux pays voient très bien, sans le dire, que les expériences nucléaires françaises sont exactement l'équivalent d'une présence militaire, c'est-à-dire d'un garant matériel du maintien de la langue française dans des lieux dont on veut à tout prix la chasser. C'est pourquoi il est essentiel que nous fassions éclater notre petite bombe. Même si les intellectuels parisiens dont le gouvernement a si peur poussent, comme dit l'immortel San-Antonio, « des cris d'orfèvre ».

(5 août)

Beautés du commerce

Les États-Unis sont très vexés, très dépités, pleins d'amertume et de jalousie parce que, paraît-il, la France, en 1994, a vendu plus d'armes qu'eux au tiers-monde. Un rapport au Congrès américain a dévoilé cette horrible nouvelle, qui doit être vraie, à en croire les dénégations de notre ministère de la Défense, lequel précise que deux de nos bons clients sont l'Arabie Séoudite et l'émirat du Qatar, États qu'on ne saurait en aucun cas inclure dans le tiers-monde. Ce genre de distinguo ou d'argutie équivaut à un acquiescement. Je pense même, à y regarder de près, qu'il y a quelque insolence à se justifier de la sorte.

Le seul marché un peu substantiel que les Américains aient conclu l'année dernière est la vente de vingt-cinq avions de chasse F-15 à Israël. Concomitamment, nous, nous livrions des sous-marins au Pakistan, des Mirage 2000 au Qatar et des frégates aux Séoudiens. Notre bon ministère de la Défense a poussé la dérision à son comble en déclarant que sous le rapport des ventes de matériel militaire, l'année 94 avait été « tout à fait banale ». Sous-entendu : nous sommes habitués à mieux : nos chars, nos missiles, nos bateaux de guerre, et, d'une façon générale, tous nos petits produits homicides sont d'une meilleure qualité que les vôtres, et cela a fini par se savoir. Comme quoi la probité commerciale, et son corollaire la réussite, ne sont pas l'apanage du Nouveau Monde.

Dans ma jeunesse, les fabricants d'armes avaient une réputation détestable. Ils étaient plus discrédités que les tenanciers de maisons closes. On les appelait « marchands de mort subite ». Du moins avaient-ils une sorte d'excuse : c'est qu'ils travaillaient à peu près exclusivement pour armer leur pays en prévision de guerres éventuelles. Les usines Krupp équipaient l'armée allemande, tout comme sir Basil Zaharoff équipait l'armée britannique. La morale n'était pas sauve, mais elle était au moins protégée par un brouillard d'hypocrisie patriotique.

À présent, on est franc comme l'or. On fait des bénéfices qui enrichissent les actionnaires en expédiant dans divers coins de l'univers des instruments destinés à exterminer les gens le plus efficacement possible. Et ce sont les États eux-mêmes qui s'en chargent. Dans une société industrielle, tout est bon pour faire marcher le commerce. « Il faut bien que tout le monde meure », telle est la devise des démocraties occidentales à la fin du XXe siècle.

(19 août)

Madelin ou : Du suicide

Il est étonnant que M. Madelin, qui est un homme politique professionnel et qui, de ce fait, doit savoir qu'il ne faut pas dire la vérité sur les intentions qu'on a, ait annoncé le genre de réformes fiscales qu'il désirait accomplir. Sa première imprudence a été de parler du « gaspillage de l'argent public » et de montrer du doigt les endroits où l'on gaspille. Sa seconde imprudence a été d'évoquer les citoyens « actifs » de la nation, qui gémissent sous les impôts afin d'entretenir des gens moins actifs qu'eux.

Ma foi, il me semble, moi qui suis un rêveur, un poète, un obscur chroniqueur de gazette, que j'aurais été moins maladroit (c'est-à-dire moins franc) que M. Madelin. Avant de déclarer quoi que ce soit, j'aurais tourné sept fois ma langue dans ma bouche. D'abord il ne faut surtout pas avoir l'air de croire qu'on gaspille l'argent public. Ce ne sont pas des choses à dire. Elles le sont d'autant moins que tout le monde le sait, et que tout le monde en a pris son parti depuis plusieurs siècles.

Autrefois, sous la monarchie, sous l'Empire, on donnait beaucoup d'argent à un nombre restreint de gens qui, ainsi, étaient très riches ou très prodigues. À présent on donne un peu d'argent à une foule de petites gens, qui ont non seulement le plaisir de voir tomber dans leur escarcelle quelques piécettes qu'elles n'ont pas gagnées à la sueur de leur front, mais encore la douceur de penser qu'elles bénéficient d'un privilège.

Il est plus facile de dépouiller quelques centaines de grands seigneurs de leurs « avantages acquis » que quelques millions de fonctionnaires ou de syndiqués. Les Nuits-du-4-août sont faites par des marquis ou des ducs idéalistes, et c'est là une espèce disparue depuis longtemps. Convier les syndiqués de tout poil à une grande Nuit-du-4-août démocratique est une forme de suicide. M. Madelin s'est suicidé.

Au fond, il lui est arrivé la même mésaventure qu'à M. Maurice Druon quand il était ministre de la Culture et qu'il a annoncé qu'il allait supprimer leurs subventions aux divers intellectuels budgétivores. Il fit un discours retentissant accusant les individus qui tendent une sébile dans la main droite en brandissant une mitraillette dans la main gauche. Il avait évidemment raison, mais les budgétivores descendirent dans la rue avec des banderoles et des pancartes. Le gouvernement d'alors, froussard comme tous les gouvernements, s'empressa de sacrifier M. Druon qui était un homme sérieux aux manifestants qui étaient des sangsues. On ne doit pas s'attaquer de front aux sangsues. Elles sortent toujours victorieuses de ces batailles.

Il est probable que M. Madelin voyait aussi juste et aussi clair que M. Druon. Mais M. Druon en tant qu'homme de lettres avait besoin de dire la vérité. M. Madelin, qui n'est pas homme de lettres, n'avait pas la moindre raison de céder à cette funeste manie.

(2 septembre)

Le bonheur de déplaire

J'avoue que je me demandais sérieusement si la France mettrait à exécution son petit programme d'essais nucléaires à Mururoa, ou si au contraire elle se laisserait intimider par le concert de protestations plus ou moins hypocrites qui a accueilli ce projet. Dame, c'est que depuis une quinzaine d'années nos gouvernements n'ont pas brillé par l'audace. Ils nous ont habitués à la situation la plus déprimante pour un pays (comme pour un individu d'ailleurs) : n'avoir pas d'ennemis. Dans ce but, nos maîtres ont longuement et persévéramment capitulé sur tous les fronts, ou à peu près, de la politique extérieure. Moyennant quoi on pouvait espérer que personne dans les deux hémisphères ne se souvenait que nous existions. À part les Serbes, bien entendu, qui sont nos amis traditionnels et à qui nous n'aurions jamais dû témoigner d'hostilité.

Il n'est pas sans agrément d'apprendre que la Nouvelle-Zélande dont la capitale porte le nom de Wellington, vainqueur de Waterloo, a rappelé son ambassadeur à Paris parce que nous avons fait éclater notre bombe. Rappeler un ambassadeur, même « pour consultation » n'est pas un acte innocent. En général, cela prélude aux déclarations de guerre. J'entends bien que la Nouvelle-Zélande ne mobilisera pas contre nous, ni nous contre elle, mais le geste est quand même un peu vif.

Quelle diable de consultation pourra bien avoir le gouvernement néo-zélandais avec son ambassadeur chez nous ? Cet honorable diplomate n'aura rien à raconter, si ce n'est que la France a passé outre (quelle expression charmante que « passer outre », et tellement oubliée !) aux menaces et qu'elle a mis les gens devant le fait accompli (autre expression également heureuse et oubliée). Je suppose qu'après les enrichissantes conversations avec l'ambassadeur, d'ici à une quinzaine de jours (peut-être trois semaines pour avoir l'air digne et offensé), la Nouvelle-Zélande le renverra à Paris, porteur d'une note « très ferme » au Quai d'Orsay, lequel ne fera qu'en rire. En effet, quand on met l'opinion devant le fait accompli, on a tendance à être de bonne humeur.

L'Australie est aussi fort mécontente de nous et elle nous « condamne ». Encore un verbe bien doux à entendre et dont nos oreilles étaient déshabituées. Les États-Unis sont plus modérés dans l'expression, ils se bornent à « regretter ». Mais enfin ils regrettent, ce qui est déjà quelque chose. L'ennemi le plus exquis à entendre est l'organisation Greenpeace qui nous accuse d'avoir commis « un acte scandaleux » et déclare que nous devrons « faire face à cent cinquante gouvernements et à des millions de personnes dans le monde entier ». Il y a là, malheureusement, quelque exagération, je ne crois pas que nous ayons tant de monde sur le paletot. Ce serait trop beau, trop grisant. Restons modestes.

Le dernier sujet de satisfaction que nous a apporté la bombe de Mururoa, c'est que, M. Chirac ayant proposé de la partager avec l'Europe tout entière, celle-ci a pris un air dégoûté et a tordu le nez. Décidément on ne nous aime plus nulle part. Voilà un beau départ pour le nouveau septennat. Saura-t-il en être digne ?

(9 septembre)

On demande le patriote Palloy

Lorsque M. Mitterrand, président de la République, et M. Lang, ministre de la Culture, firent savoir qu'on allait édifier un opéra à la Bastille, je trouvai cette idée tout à fait saugrenue. Il aurait mieux valu construire une prison, pensai-je, attendu qu'il y a bien plus de délinquants que de mélomanes en France, aujourd'hui. Et à tant faire que de bâtir une prison, pourquoi ne pas reconstituer tout simplement la Bastille démolie en 1789, qui était un monument magnifique, un exemple rare de l'architecture militaire du Moyen Âge. On eût ainsi ressuscité un coin du vieux Paris, qui disparaît si inexorablement sous les horreurs prétendues modernes.

L'Opéra de Paris, qu'on se mit alors à appeler dédaigneusement l'Opéra Garnier, comme on disait jadis le Concert Pacra ou le Concert Mayol, suffisait largement à la soif d'harmonie des Parisiens et des étrangers en visite. Mais le gouvernement socialiste était curieusement dépensier. Il avait cette frénésie des prodigues qui perdent la tête dès qu'ils ont quelque argent en poche, et qui se précipitent dans les boutiques pour acheter n'importe quoi. L'idée d'élever un opéra à la Bastille était d'autant plus enivrante que personne n'y aurait jamais songé et que cela allait coûter les yeux de la tête.

Cela les coûta en effet. Ce qu'on appelle « les investissements » montèrent à la somme de deux milliards sept cents millions de francs, ce qui faisait un joli budget. Mais ce n'était pas fini, car l'Opéra-Bastille fait partie des théâtres subventionnés. En 1993, l'État lui donna cinq cent trente-cinq millions pour fonctionner, et je ne sais combien depuis. Cela n'empêche pas le personnel de l'établissement de faire grève à chaque instant. Je ne parle pas de la laideur étrange du bâtiment ; on est si habitué aux abominations architecturales à présent, que je me demande qui, à part quelques âmes sensibles, s'en offusque.

En 1789, la Bastille fut découpée en petits morceaux par un entrepreneur de démolition nommé Palloy qui se fit appeler, pour montrer son désintéressement, « le patriote Palloy ». La revente au détail des pierres et de ce qu'il trouva dans la prison enrichit fabuleusement cet idéaliste, lequel jouit longtemps de ses revenus puisqu'il mourut en 1835 sous Louis-Philippe. Voilà au moins un homme qui n'a pas eu à pâtir de la Révolution.

Si la démolition de la Bastille fut une bonne affaire, la démolition de l'Opéra-Bastille en serait une aussi, je pense. Il ne manque pas de gens assoiffés de profits et le gouvernement n'aurait que l'embarras du choix pour trouver un démolisseur avec qui traiter. Certes l'État ne retrouverait pas tous les milliards des contribuables qui ont été engloutis dans l'opération, mais il rentrerait quand même un peu dans ses frais, et surtout il n'aurait plus de subvention à verser.

J'écris, bien entendu, cette chronique sans la moindre illusion. D'abord parce qu'on n'écoute jamais les suggestions du bon sens. Ensuite parce que la laideur a la vie dure. Si l'Opéra-Bastille était un peu moins affreux qu'il ne l'est et un peu moins coûteux, il serait sans doute plus vulnérable. Mais l'esprit humain est ainsi fait que plus quelque chose est cher et moche, plus on le respecte.

(23 septembre)

Le bicentenaire de l'Institut

L'Académie française renâcle beaucoup à participer aux festivités organisées par l'Institut pour son bicentenaire. D'abord elle a trois cent cinquante-neuf ans d'âge, ayant été fondée par lettres patentes de Louis XIII, et deux petits siècles d'existence lui paraissent bien peu de chose. Ensuite la fondation de l'Institut fut pour elle une espèce d'assassinat. Elle qui avait été la doyenne et la plus glorieuse des Académies, devint la « classe de littérature », passant derrière toutes les autres classes.

La Révolution l'avait particulièrement persécutée. À la tribune de la Convention, l'abbé Grégoire l'accusa d'être « gangrenée d'une incurable aristocratie » et réclama sa destruction. À ce propos, il prononça une des grandes stupidités de ce temps qui en fut si fertile : « Le véritable génie est sans-culotte ! » C'est presque aussi beau que l'argument du citoyen Coffinhal au procès de Lavoisier : « La République n'a pas besoin de savants. » Les locaux où siégeait l'Académie, au Louvre, furent dignement démocratisés, c'est-à-dire qu'on effaça les fleurs de lys, on mutila les boiseries, on arracha les tentures, on barbouilla les tableaux de Rigaud et de Le Brun.

David qui, avant d'être le peintre officiel du premier Empire, avait été un féroce Montagnard, demanda à la suite de l'abbé Grégoire que l'on fût sans pitié pour « l'animal qu'on appelle académicien ». Le pauvre animal fut traqué et abattu de manière satisfaisante puisque sept académiciens moururent, tantôt sous la guillotine, tantôt à la suite des mauvais traitements qu'ils avaient subis. Condorcet et Chamfort préférèrent se suicider plutôt que d'être raccourcis par le grand rasoir national, comme l'avaient été Bailly et Malesherbes. Quant à Vicq d'Azyr, qui était cardiaque, il mourut de peur.

À la vérité, le bicentenaire que fêtera volontiers l'Académie française aura lieu au siècle prochain, en souvenir du bon roi Louis XVIII qui, en 1816, la rétablit dans tout son lustre et toutes ses prérogatives. Je me demande si l'Institut s'y joindra. Quant à moi, si je suis encore là, je serai nonagénaire et je ne crois pas que je serai bien vaillant pour écouter les discours de mes jeunes confrères de soixante-dix ans.

Le plus singulier, et qui nous a laissés quelque peu pantois, dans la liste des réjouissances commémoratives marquant les deux cents ans de l'Institut, est une messe qui aura lieu à Saint-Germain-des-Prés. Une messe pour une création de la Convention qui massacrait les prêtres, convertissait les églises en granges à foin et ne croyait pas en Dieu, voilà une idée dont le moins qu'on puisse dire est qu'elle est originale. Je suppose que les bons ecclésiastiques de la paroisse ne feront pas de difficulté pour demander à une de leurs paroissiennes de figurer, dans le chœur, la déesse Raison.

(30 septembre)

Au deuxième, sans ascenseur

En suivant, dans les gazettes, les tribulations de M. Juppé à propos de son appartement, je ne pouvais m'empêcher de penser que le métier de Premier ministre n'est guère protégé. Que n'y a-t-il un syndicat des Premiers ministres défendant leurs « avantages acquis » aussi bien que ceux des fonctionnaires ! Le pauvre M. Juppé, s'il était instituteur, postier, sous-directeur à la R.A.T.P., voire seulement conseiller municipal ou sénateur, ne serait pas obligé de déménager, ce qui est toujours une terrible et coûteuse corvée. Dans mon enfance on disait : « Trois déménagements valent un incendie. » Imaginons qu'il aille désormais s'installer impasse des Acacias ou boulevard Barbès et que l'opinion publique trouve à y redire ? Le voilà forcé d'habiter ailleurs. Il n'aura bientôt plus de meubles.

À la vérité, je ne comprends pas très bien pourquoi on se déchaîne de la sorte contre lui. Enfin si, je le comprends : il s'agit d'embêter le président de la République, de le discréditer, de le ridiculiser, de le rendre odieux à travers le chef de son gouvernement. En fait, c'est une jolie tartufferie car, quand on gratte un peu l'affaire, on s'aperçoit qu'il n'y a pas de quoi fouetter un chat. M. Juppé occupe un appartement de 189 mètres carrés rue Jacob pour lequel il paie un loyer de 14 500 F par mois. Ces 14 500 F me paraissent une jolie somme et si j'étais le propriétaire de M. Juppé, j'aimerais bien qu'elle tombât régulièrement dans mon escarcelle. Cela me ferait une rente de 174 000 F par an, sur laquelle, je le garantis, je ne cracherais pas. À noter que l'immeuble de M. Juppé est vieux, qu'il n'y a pas d'ascenseur et qu'il est au second étage. Depuis 1990, époque où il porta là ses pénates, il a monté et descendu plus de trois mille fois une quarantaine de marches avec ses propres mollets, comme n'importe quel prolétaire.

Ce qui me paraît le plus étrange, c'est que l'on accuse M. Juppé « d'ingérence », c'est-à-dire d'avoir profité de ses fonctions à la mairie de Paris pour s'être fait attribuer un logement de la Ville. Mais le délit d'ingérence n'existe dans le Code que depuis 1994. Or les lois n'ont pas d'effet rétroactif. Et quand cela serait ? Quand il se serait « ingéré » ? La Ville possède des milliers d'immeubles et loge les préfets en retraite dans des palais pour une bouchée de pain. Elle a dû être enchantée de trouver un locataire à 14 500 F par mois. Je note au passage que M. Juppé aurait pu être hébergé gratis pendant deux ans lorsqu'il était ministre des Affaires étrangères. Il y a au Quai d'Orsay un appartement de fonction de 300 mètres carrés réservé au ministre, meublé avec une somptuosité satrapique et auquel on accède par un ascenseur. M. Juppé, d'après mes informations, n'y a pas passé une seule nuit. Il préférait son escalier de la rue Jacob.

Je regrette que M. Juppé, excédé par les criailleries et la mauvaise foi, avant même la décision du parquet de Paris, ait résilié son bail. Il aurait dû attendre un peu à mon avis. À sa place, je me serais barricadé rue Jacob avec un fusil de chasse en serrant ma femme et mes enfants contre moi. La télévision serait venue me filmer, ce qui est toujours souhaitable pour un homme politique.

(14 octobre)

L'arrogante puissance

Le prix Nobel de la paix est une étrange institution. La plupart du temps on le donne à des gens qui se sont signalés en faisant la guerre, tel M. Arafat, l'année dernière. On m'objectera que M. Arafat a fini par conclure une espèce de paix avec Israël, mais enfin cela se passe ainsi depuis le fond des temps. Les belligérants, après s'être bien tapé dessus, en arrivent toujours à une suspension d'armes et à la signature d'un traité.

Il est triste que le prix Nobel de la paix n'ait pas existé au Ier siècle avant Jésus-Christ : il aurait certainement été attribué à Vercingétorix pour avoir mis fin, par la capitulation d'Alésia, à la guerre des Gaules. Peut-être l'eût-on partagé entre César et lui, ce qui eût été tout à fait dans la manière du parlement d'Oslo.

En couronnant cette année M. Rotblat, militant antinucléaire, les jurés norvégiens n'ont pas failli à leur tradition. En effet le facteur de paix essentiel de ces cinquante dernières années a été justement la bombe atomique. Aucune des nations qui la possédaient n'a osé s'en servir, comme si elles étaient persuadées d'avoir enfermé le diable dans une bouteille et étaient épouvantées à l'idée de le laisser sortir.

Les diverses guerres qui ont eu lieu sur les cinq continents depuis 1945 ont été de bonnes vieilles guerres traditionnelles, faites avec des fusils, des mitrailleuses, des chars, du canon. Grâce à quoi des pays entiers ont été détruits, des dizaines de milliers de gens ont été tués, estropiés ou jetés dans la plus affreuse misère.

On n'a jamais autant parlé de M. Rotblat et de son mouvement « Pugwash » qui, jusqu'à la semaine dernière, étaient parfaitement inconnus de l'opinion mondiale. Mais M. Rotblat a une vertu très précieuse : il permet de condamner les essais atomiques de la France dans le Pacifique. Car le prix Nobel – qu'on lui a décerné – est, paraît-il, un blâme que le parlement norvégien nous inflige. Cela me paraissait si flatteur que je n'osais pas y croire, mais j'ai dû finalement me rendre à l'évidence. D'après les gazettes, les Norvégiens sont enchantés de leur Nobel. Ils se félicitent d'avoir ainsi fait la leçon à une « puissance arrogante ». Que ces mots sont doux à entendre, qu'ils sont grisants ! On ne nous avait pas taxé d'arrogance depuis Louis XIV, je crois bien. Cher M. Rotblat, grâce à qui nous avons entendu cette divine musique ! Moi qui me désolait que la France n'eût plus d'ennemis : elle a les Norvégiens. C'est moins chic que les Anglais sous Napoléon ou le Kaiser en 1914, mais enfin, c'est toujours bon à prendre.

(20 octobre)

La liberté des Lys

Les Anglais d'aujourd'hui sont nos amis ; nous les aimons depuis Édouard VII et l'Entente cordiale. Il y a entre nos deux nations l'illusion habituelle des gens qui s'aiment, c'est-à-dire que nous ne voyons que le présent et que nous avons oublié le passé. La France a vieilli depuis les deux guerres, mais elle n'a pas été la seule : l'Angleterre aussi a vieilli. Elle et nous, nous sommes devenus pacifiques, tranquilles, tolérants, compréhensifs, ennemis de la violence, toutes vertus fort honorables, certes, mais qui ne sont point caractéristiques de la jeunesse.

Quand l'Angleterre était jeune, au XVIIIe siècle et au XIXe, elle n'avait pas ce doux visage de bonne maman des Dominions qu'elle a à présent. La reine Victoria, quoique octogénaire, et grand-mère de l'Europe, gouvernait son empire avec inflexibilité et rudesse. Elle n'a pas fait couler autant de sang que Napoléon, mais elle en a fait couler plus longtemps. Et sous elle, il y avait une quantité de militaires, de fonctionnaires, d'administrateurs qui faisaient peser une lourde patte sur des peuples anciennement colonisés ou récemment conquis.

Pendant deux siècles, les Québécois, qui avaient l'insolence de parler français et de conserver des mœurs françaises, n'ont guère été choyés par le gouvernement britannique ; celui-ci les considérait à peu près comme des Hindous ou des nègres et leur appliquait sans ménagement le statut des populations soumises. Ils n'ont rien oublié de ce passé, eux ; leurs anciennes douleurs, leurs humiliations d'autrefois sont toujours présentes dans leur esprit. C'est pourquoi, lorsque le général de Gaulle, il y a vingt-huit ans, s'écria : « Vive le Québec libre ! » au balcon de l'hôtel de ville de Montréal, il déchaîna tant d'enthousiasme. Il apportait enfin la décolonisation.

Un mot, quelquefois, suffit pour matérialiser une grande idée ou un grand désir. Le Québec, depuis le cri du Général, n'est plus le même. On dirait qu'il a retrouvé son âme. Et cette âme, comme toujours, se manifeste par une révolte. Ce n'est pas le Canada d'aujourd'hui que le Québec rejette, mais le vieil Empire britannique qu'il voit toujours comme son oppresseur héréditaire.

Quand on a été longtemps aliéné, on ne redevient pas soi-même en un clin d'œil. Il y faut du travail, des années, une lente prise ou reprise de conscience de ce qu'on est. Depuis vingt-huit ans, le Québec s'achemine vers la liberté, c'est-à-dire vers son identité, et j'oserai presque dire : son identité française. J'ai vu une photographie très émouvante dans le journal : celle d'une jeune fille triste qui avait une fleur de lys peinte sur la joue. J'entends bien que le lys n'est pas l'emblème de la France d'aujourd'hui, mais il reste celui d'une certaine idée de la France. Les lys nous ont porté bonheur pendant mille ans.

(11 novembre)

L'Europe infantile

J'ai deux grands sujets de tristesse politique. Le premier est que la France n'a plus d'ennemis, ce qui est bien déprimant ; le second est qu'elle est à plat ventre devant les États-Unis, qu'elle adopte avec enthousiasme la moindre bêtise venant d'Amérique et qu'elle jargonne tant qu'elle peut le sabir atlantique.

Le défaut des Français (et je suis bien un Français pour cela) est de croire que nous sommes les premiers en tout, y compris dans l'abjection. Or ce n'est pas vrai. La semaine dernière, dix de nos partenaires européens nous ont bien surpassés, et, par la même occasion, réconfortés. En effet, ils ont voté un texte de l'O.N.U. condamnant nos essais nucléaires à Mururoa.

Cela signifie que ces amis, ces alliés, ces associés commerciaux, ces frères, ont à notre égard la même défiance, la même aversion qu'en 1695 ou 1895, époques où l'on ne savait jamais quelle lubie nous passerait par la tête pour troubler la tranquillité du monde. Il est agréable, ma foi, de penser qu'on a toujours peur de la France et qu'on tâche par tous les moyens de limiter ses forces – en l'occurrence la force atomique. Le plus amusant de l'affaire est que le seul pays qui se soit rangé à nos côtés est l'Angleterre. Je ne pense pas que ce soit par amour, mais plutôt parce qu'elle aussi est une puissance nucléaire, et que ce qui nous est dommageable dans ce domaine pourrait un autre jour l'être pour elle.

L'Europe, je veux dire cet agglomérat disparate de nations molles, devrait se féliciter de ce qu'un de ses membres possède l'arme absolue de dissuasion et la met implicitement à la disposition de la Communauté. La bombe française est le plus sûr garant de la sécurité européenne. Elle prouve, par sa seule existence, que l'Europe peut devenir dans cinq ou dix ans une des grandes puissances de la planète. Mais cette Europe, curieusement, réagit comme si elle avait peur d'une telle éventualité. Elle est comme un enfant qui ne veut pas quitter les jupes de sa nourrice américaine. Son vote contre nous à l'O.N.U. signifie exactement ceci : « Nous ne voulons pas d'autre parapluie que le parapluie américain. Nous voulons rester vassaux de Washington. Une possible supériorité de Paris nous est intolérable. » Comme quoi, il y a dix nations dont certaines ont un beau passé, qui sont bien plus colonisées que la France, laquelle, avec sa bombe (cadeau du Général, soit dit en passant), garde quand même une allure un peu élégante.

Autre satisfaction : la réaction coléreuse de M. Chirac, qui a annulé les rendez-vous qu'il avait avec la Belgique et l'Italie. On dira ce qu'on voudra, il est agréable d'avoir un président de la République n'hésitant pas à envoyer des gifles à deux pays prétendus amis qui nous ont fait un croc-en-jambe. Cette mauvaise humeur n'est pas le fait d'un pays tout à fait nul.

(25 novembre)

Les risques du métier

La semaine dernière, pendant une demi-heure environ, j'ai écouté et regardé la princesse de Galles faisant mélancoliquement ses confidences à un monsieur au faciès négroïde. J'étais étonné d'en éprouver une certaine gêne, car après tout, il s'agissait d'une personne des plus sympathique, d'une épouse meurtrie, d'une mère aimante, d'une jeune femme que ses déboires avaient poussée à rechercher quelques consolations.

J'étais gêné, dis-je. En effet, ce genre de déballage n'est déjà pas de très bon ton en petit comité. À plus forte raison devant des dizaines ou des centaines de millions de gens. Pendant que la princesse s'apitoyait sur elle-même, je songeais à la fière maxime britannique : *Never complain, never explain.* Lady Diana ne la connaît pas, à moins qu'elle ne l'ait oubliée.

Il paraît que les téléspectateurs anglais, dans leur grande majorité, ont pris son parti, ce qui était prévisible : elle leur a parlé comme une bourgeoise ou une fille du peuple égarée dans la Haute et brisée par l'Étiquette. Son récit pathétique était quelque chose comme l'intrusion des magazines du cœur dans les palais royaux, c'est-à-dire ce qui peut le plus enchanter les badauds qui se nourrissent de télé. Cela avait aussi un côté politique sournois, un genre « le peuple avec moi contre les aristos » que j'ai trouvé un peu déplaisant.

La jeune Diana Spencer, en épousant le prince héritier du Royaume-Uni, devait bien se douter qu'une future reine a quelques obligations qui n'ont aucun rapport avec les devoirs de la femme d'un agent de change ou d'un dentiste. Le tsar Alexandre III, après un attentat, déclara philosophiquement que c'était « les risques du métier ». Pour une jeune altesse royale par alliance, les risques du métier ne sont pas aussi tragiques, mais ils existent, et ma foi, quand on a accepté le titre, il faut les assumer. Être harcelée par la presse en est un. Être trompée en est un autre, et ainsi de suite. La seule attitude convenable pour les têtes couronnées est, en toutes circonstances, de faire « mine de rien ». Et puis il y a des compensations, quand même ! On est bien logé, on est fort riche, on vit dans des palais, on a des cuisiniers qui vous préparent d'excellents petits plats. Dame, si par hasard on s'éprend d'un séduisant militaire pour se distraire un peu, il faut se cacher soigneusement.

La princesse de Galles a encore une raison de se considérer comme une personne privilégiée. Elle a eu beaucoup de chance d'épouser un Windsor plutôt qu'un Tudor. Anne Boleyn, femme de

Henry VIII, qui avait mécontenté son auguste mari, s'est bel et bien retrouvée dans une cellule humide de la Tour de Londres, après quoi on lui a fait son procès et on lui a coupé le cou. Elle avait, à ce qu'il semble, plus de ragoût que notre dolente lady Diana : en montant sur l'échafaud, elle cria à ses juges et au peuple : « Je mourrai votre reine, dussiez-vous en crever de dépit ! »

(2 décembre)

La grève des nantis

Au cours des siècles, la monarchie française avait une idée qu'elle a appliquée avec persévérance : abaisser les grands féodaux, rogner les privilèges de la noblesse, afin de renforcer le pouvoir du roi, c'est-à-dire le pouvoir de l'État. Ainsi, avec Louis XIV et ses successeurs jusqu'à la Révolution, connut-elle un siècle de paix civile. Il y avait un gouvernement qui travaillait plus ou moins bien mais qui n'avait pas d'ennemi intérieur capable de le paralyser ou de lui dicter sa loi.

Bref, la royauté avait pour devise la vieille et sage maxime : diviser pour régner. Même chose en politique étrangère : elle veillait à ce que l'Allemagne restât morcelée en trois cents et quelques principautés, et ne devînt pas ce grand peuple uni et menaçant qui nous envahit trois fois au XIXe et au XXe siècle.

Curieusement, on observe dans la République et surtout la République socialiste une doctrine absolument inverse. Nous en avons une fois de plus la démonstration avec la grève de la S.N.C.F. et de la R.A.T.P. La République, en nationalisant ces deux organismes, a créé deux monstres féodaux qu'elle n'arrive pas à tenir en respect. La S.N.C.F. n'existe que depuis 1936, c'est-à-dire soixante ans. Avant il y avait des compagnies privées de chemins de fer. De même les transports urbains étaient jadis exploités par des particuliers. Mais l'État socialiste a acheté tout cela et mis la main sur diverses autres choses, afin, expliquait-il, que le peuple fût le possesseur légal de son industrie et de son économie.

Il l'est. Mais, de temps à autre, comme c'est le cas depuis quinze jours, il est aussi son esclave, son otage, sa victime. Et M. Blondel, par exemple, qui commande aux syndicats de la R.A.T.P. et de la S.N.C.F. – quoique, en droit, il soit quelque chose comme mon employé, mon majordome – est en réalité un personnage aussi formidable en face de M. Chirac que le duc de Guise en face d'Henri III.

Un des paradoxes de la République, ou si l'on préfère une de ses drôleries, est qu'elle est responsable de ses malheurs, ayant fabriqué d'énormes machines sociales qui l'écrasent périodiquement. Qu'adviendra-t-il de la grève actuelle ? Telle qu'elle est partie, on ne voit pas de raison pour qu'elle s'arrête. D'autant qu'elle est faite par des gens qui ne demandent pas un minimum vital, mais veulent conserver des privilèges. C'est en quelque sorte une grève de nantis. Ce sont les plus irréductibles car il s'y mêle un point d'honneur.

(9 décembre)

Le Noël des pompistes

Tout ne peut pas aller mal pour tout le monde. En ce moment par exemple il y a quelques citoyens à qui la grande grève de la R.A.T.P. apporte des joies profondes : c'est la corporation des pompistes et tenanciers de postes d'essence. Ces braves garçons font des affaires d'or. Jamais le super avec ou sans plomb ni l'essence ordinaire n'ont autant coulé que depuis trois semaines.

Une voiture immobilisée pendant deux ou trois heures dans un embouteillage consomme à peu près autant de carburant qu'il en faudrait pour aller de Paris à Auxerre. Davantage peut-être, car son conducteur, qui supporte mal son impatience et son exaspération, ne peut s'empêcher de faire ronfler le moteur de temps à autre, ne fût-ce que pour prouver qu'il n'est pas mort, inerte, impuissant pour l'éternité. Ce bruit, hélas ! inutile, c'est la vie, c'est le mouvement, c'est l'évasion ! Pas question de couper le contact : imaginez que dans la seconde qui suit on ait l'aubaine d'avancer de cinquante centimètres et qu'on ne puisse pas en profiter ! Bref les plus petites cylindrées avalent leurs dix litres aux cent mètres.

De son volant, l'automobiliste cataleptique contemple avec envie les piétons sur les trottoirs qui vont où ils veulent, que rien n'entrave, qui sont libres comme des oiseaux dans l'air. C'est un crève-cœur de plus. Mais les piétons ne sont pas si bien lotis. Il leur faut cheminer plusieurs heures par jour. J'en connais qui viennent pedibus de la porte de Saint-Cloud à l'Odéon et retour, ce qui fait une fameuse trotte. J'entends bien qu'avec ce régime on perd des kilos mais tout le monde n'a pas besoin de maigrir, et depuis trois semaines que la grève sévit, les pauvres Parisiens sont éreintés, courbaturés, fourbus.

Pour en revenir aux pompistes, c'est un vrai cadeau de Noël que leur font la C.G.T. et F.O. Ils en sont bien conscients. Sans compter qu'avec la grève, les attaques de postes d'essence par les voyous qui veulent voler la recette doivent avoir considérablement diminué. Comment s'enfuir en voiture aujourd'hui ? Comme quoi les fonctionnaires qui veulent conserver leurs avantages acquis sont un facteur d'épuration des mœurs.

Il y a un autre bénéficiaire de la grève auquel on ne pense pas parce qu'il a l'air plus tracassé que n'importe qui : c'est l'État. En effet, avec les taxes exorbitantes sur les carburants qu'il perçoit, il ne doit pas être bien loin à présent d'avoir encaissé les sommes qu'il pensait économiser grâce au plan Juppé.

(16 décembre)

Chère Bastille !

Le 14 juillet n'est décidément pas mon jour. En effet, il n'est pas de semaine que je ne regrette la Bastille. D'abord au point de vue de l'esthétique. L'entrée du faubourg Saint-Antoine, en 1788, devait être un des plus beaux endroits de Paris, dominé par cette vieille forteresse du XIVe siècle qui était un précieux vestige de l'architecture militaire médiévale. Quand on voit ce que c'est devenu aujourd'hui, avec la gringalette colonne de Juillet au milieu de la place et le tas de béton informe qu'on décore du nom d'opéra, on en pleurerait.

Une autre raison que j'ai de chérir le souvenir de la Bastille, est que lorsqu'on y était emprisonné, on n'en sortait pas déshonoré. Au contraire, cela avait assez de chic d'être enfermé derrière ses huit tours « par ordre du Roy ». Toute personne un peu distinguée avait connu cette expérience, qui, du reste, à condition qu'elle ne durât pas trop longtemps, n'était pas sans agrément. On avait une belle cellule, bien meublée, avec lustre et tapis, on pouvait garder auprès de soi un ou deux domestiques, car aux charmantes époques de la monarchie les employés de maison étaient dévoués au point de suivre leur patron en prison. Ne parlons pas du gouverneur de la Bastille, homme de bonne compagnie qui permettait tout sauf de sortir, et invitait volontiers à sa table les prisonniers de luxe, afin qu'ils se souvinssent de lui après que la roue aurait tourné et qu'ils auraient retrouvé leur crédit.

C'est M. Michel Roussin, ancien ministre du cabinet Balladur, qui m'a fait songer avec nostalgie à la chère vieille Bastille. Il eût mieux valu pour lui qu'il y fût incarcéré pendant un an que d'avoir été inculpé ou, comme on dit aujourd'hui, « mis en examen » par M. Halphen, juge d'instruction à Créteil, lequel l'a retourné sur le gril judiciaire pendant treize mois. À la Bastille, au lieu d'être traité comme un prévaricateur ou un concussionnaire et de voir son nom dans les gazettes, agrémenté d'épithètes injurieuses, il aurait été bien tranquille. Le gouverneur, plus gentil que M. Halphen, aurait passé quotidiennement quelques heures avec lui à jouer au tric-trac ou au whist, en buvant du muscat.

Car M. Roussin, soupçonné d'avoir trempé dans une misérable affaire de fausses factures, était bel et bien innocent. Il a fallu plus d'un an pour s'en apercevoir, ce qui est long et n'a pas été pour lui sans dommage. D'abord il a été forcé de démissionner de son poste de ministre. Et le voilà maintenant, non pas déshonoré, mais discrédité, vu que ce n'est pas la faute aujourd'hui qui est un opprobre, mais l'accusation de la faute. Autrement dit, dans certains cas, la calomnie. Quoique M. Roussin soit transparent comme le cristal, il se trouvera toujours quelqu'un, au cours de sa carrière politique, pour lui dire qu'il y a des « zones d'ombre » dans sa vie. Le juge de Créteil, la loi, la nation lui ont donné un non-lieu, mais cela suffira-t-il à le blanchir tout à fait aux yeux de l'opinion ? Quand on sortait de la Bastille, au moins, personne ne vous considérait comme un malhonnête homme.

(23 décembre)

La quinzaine des soldes

Il y a vingt ans, les réjouissances de Noël en France m'inspiraient beaucoup d'aversion. J'y voyais le triomphe du matérialisme et de la goinfrerie. De la Nativité, du petit Jésus, de l'espérance de la vie éternelle qu'il avait apportée aux hommes, il n'était à peu près pas question. On ne s'occupait que de dinde aux marrons, de truffes, de foie gras, de boudin blanc, de champagne. La fête de l'âme était devenue la fête de l'intestin. La fête des objets aussi : on « consommait » à tour de bras, c'est-à-dire qu'on envahissait les boutiques pour acheter n'importe quoi. Tout cet argent qui cascadait, c'était l'indécence même. Je me rappelle avoir intitulé, alors, une chronique de *France-Soir* : « La quinzaine commerciale ».

Je n'étais plus si jeune, en 1975, que je n'eusse pu être un peu philosophe. Or je ne l'étais pas, je ne regardais pas au-delà du présent ; l'idée ne m'effleurait pas qu'après le beau temps vient généralement la pluie, ou, comme dit Racine, que « tel qui rit vendredi, dimanche pleurera ». Je voyais la prospérité installée en France pour longtemps, peut-être pour toujours, et je pensais que les Français deviendraient de plus en plus semblables à des porcs à l'engrais. Cela me paraissait un triste destin pour un peuple qui avait donné au monde Montaigne, Balzac, Pasteur, Delacroix, Berlioz et la cathédrale d'Amiens.

On ne saurait vraiment dire que la Noël de 1995 est une quinzaine commerciale. C'est même tout le contraire. Les magasins, grands et petits, tentent de vendre en solde ce qu'ils ont, sans attendre le mois de janvier, comme ils le font d'habitude. Quant aux chalands, le cœur n'est plus du tout à la consommation, et il est possible que la moitié ou le quart des soldes, fussent-ils des plus avantageux, restent sur les bras des pauvres commerçants. Non seulement les Français n'ont plus autant d'économies à jeter par les fenêtres que sous Pompidou ou sous Giscard, mais encore les grèves de décembre les ont bien fatigués, surtout les Parisiens et les banlieusards.

Il faut bien l'avouer : les noëls de pénurie ne sont pas plus agréables que les noëls d'abondance. Ils sont même pires. Au temps de Pompidou, et plus encore au temps du général de Gaulle, on ne rencontrait pas, le 24 décembre, à tous les coins de rues, des malheureux tendant la main et quémandant « une petite pièce ». Ceux qui mendient aujourd'hui travaillaient alors, et même s'ils n'étaient pas bien riches, ils étaient au chaud sous un toit et faisaient un bon souper. Comment en sommes-nous arrivés là ? Et de qui est-ce la faute ? Nous avons eu pendant quatorze ans un certain président de la République, lequel, en principe, est responsable de tout.

(30 décembre)

1996

Bas-Rhin, chef-lieu Babel

Personne ne sait au juste à quoi sert le Parlement européen de Strasbourg. Je parle du public, naturellement, des particuliers, des électeurs, de vous, de moi. Je suppose que les députés qui siègent là-bas doivent avoir une vague idée de ce qu'ils y font, encore que je n'en sois pas trop sûr.

Le plus cocasse dans cette institution, c'est qu'il y a onze langues officielles. Cela signifie une foule de traducteurs. La moindre réunion de travail exige une quarantaine d'interprètes. Dans chaque salle, environ la moitié de l'espace est occupé par leurs cabines. Pour le moment, ces interprètes ont l'air de traduire honnêtement ce qu'ils entendent, sauf qu'ils l'édulcorent au besoin, vu que ce sont des gens bien élevés, qui ne disent pas de gros mots, alors que les députés européens viennent on ne sait de quels bas-fonds et parlent quelquefois comme des charretiers.

Tout ce qui évoque la tour de Babel est passionnant. Babel aujourd'hui s'appelle Strasbourg. Il est évident que le personnage essentiel de Babel, c'est le traducteur. Grâce à lui, la confusion des langues s'ordonne ; à travers lui, le Danois peut échanger des lieux communs avec l'Espagnol et le Grec avec le Hollandais (ou Bénéluxien).

Les traducteurs prendront-ils un jour conscience de leur importance ? S'ils se mettaient en grève comme le fit la R.A.T.P. le mois dernier, l'Europe s'arrêterait soudain de vivre. On aimerait savoir s'ils ont des « avantages acquis » que l'on risque de menacer. Quel spectacle terrifiant, biblique pour ainsi dire, qu'un député finlandais et un député italien, chacun muré dans son idiome maternel, tâchant de faire comprendre à l'autre qu'il est un crétin doublé d'un malfaiteur ! Seuls les visages et les gestes pourraient exprimer quelque chose. Sans interprètes, le Parlement européen devient du cinéma muet.

Y a-t-il un syndicat des traducteurs ? Ils doivent être payés en euros et jouir d'une exemption d'impôts, ce qui, socialement, les rend inoffensifs. On se prend toutefois à rêver d'un secrétaire de leur syndicat, ayant une âme de chef, affamé de pouvoir, secrètement désireux de gouverner l'Europe entière : il lui suffirait de leur donner la consigne de tout traduire de travers, de brouiller tel pays avec tel autre en inventant des propos offensants, de réunir par fourberie l'assentiment de sept ou huit nations sur un projet dont aucune ne connaîtrait rien, et ainsi de suite.

À noter que les députés européens se mettent à prendre des leçons particulières de langues afin de se débrouiller entre eux sans intermédiaires. Naturellement, c'est l'américain qu'ils apprennent principalement, et non le français ou l'allemand, montrant de la sorte que le Vieux Continent, qu'ils sont censés représenter, leur importe moins que les États-Unis.

(6 janvier)

Mitterrand, ou l'habitude

Le concert de lamentations, de jérémiades et de pleurnicheries qui a accueilli la mort de M. Mitterrand a commencé par m'étonner, bien sûr. Pendant quatorze ans, j'avais entendu les pires choses sur cet homme, et voilà tout à coup que c'était un archange, un surhomme doté de toutes les vertus, une figure légendaire de l'histoire de France. J'ai cherché une fausse note, et je ne l'ai trouvée que dans le privé, dans la confidence, à croire que les gens redoutent de donner tout haut leur avis sur ce point-là, comme sur la guerre en Bosnie, le problème de l'immigration dans les banlieues, la grève des services publics, la Sécurité sociale et divers autres sujets requérant une attitude « politiquement correcte ».

Car enfin M. Mitterrand n'était l'élu que de la moitié des Français. L'autre moitié a pesté contre lui pendant deux septennats et gémissait de le voir si bien accroché au trône élyséen. Cette autre moitié a pavoisé lorsque M. Chirac l'a remplacé à la tête de l'État, et M. Chirac lui-même, qui y est allé de sa petite larme, comme nous avons pu constater, n'eût pas été fâché de le déboulonner en 1988.

Il n'est pas d'énigme qu'un peu de réflexion ne parvienne à expliquer. La raison pour laquelle M. Mitterrand, si honni de son vivant, fait couler tant de flots larmoyants depuis sa mort, est qu'il a duré. Pendant quatorze ans, il a fait partie de notre vie, il était devenu plus qu'une institution : une habitude. C'était un élément du paysage français, comme les collines du Perche, le barrage de la Durance, l'estuaire de la Garonne. À la vérité, le grand secret de l'humanité est de durer. Quand on a été là assez longtemps, on finit par être incontestable. M. Mitterrand était incontestable à l'ancienneté. D'où ces regrets étranges, exprimés par des gens qui l'avaient toujours combattu, haï, voire méprisé. Décidément, l'habitude est le plus fort de tous les sentiments.

Quant à moi, qui n'étais pas un des partisans de M. Mitterrand et qui n'ai pas cessé de le proclamer depuis 1981, je lui adresserai un compliment sincère et qui, je pense, lui fera honneur : c'est que je suis sûr qu'il doit être écœuré, là où il est, de toutes ces adorations posthumes. Il avait une quantité de défauts, certes, mais pas d'hypocrisie ; ce n'est pas lui qui, publiquement, aurait poussé des gémissements de douleur à la disparition de ses ennemis politiques. Je ne me souviens pas, en particulier, qu'il ait manifesté le moindre chagrin télévisé lorsque le général de Gaulle est mort en 1970. Et pourtant il y avait là une bonne raison d'être affligé, même si l'on n'était pas gaulliste.

(14 janvier)

Deux septennats de silence

Dans l'affaire du Dr Gubler, médecin de M. Mitterrand, qui vient de publier un livre dans lequel il révèle que le ci-devant Président était déjà atteint d'un cancer lorsqu'il entra à l'Élysée en 1981, il y a une question qu'on n'a pas posée et qui pourtant n'est pas sans intérêt : ce médecin était-il membre du parti socialiste ?

Si ce n'est pas le cas, il est singulier que le Président ait confié le soin de s'occuper de lui à un mou, un tiède, un indifférent, un apolitique, voire un homme de droite. Lorsqu'on est un chef d'État comme était M. Mitterrand, entouré de passions fanatiques, adoré des uns, honni des autres, on ne met pas sa santé entre les mains de n'importe qui. On ne choisit pas seulement un bon praticien, mais aussi un individu qui pense bien. C'est-à-dire un disciple qui vous aime, qui vous vénère, qui vous considère comme essentiel au salut de la patrie. Ces sentiments augmentent sensiblement le zèle, je crois, et peut-être l'efficacité.

Si le Dr Gubler est socialiste, comme il serait normal, que va faire le P.S. ? Le conserver dans son sein ou lui ôter sa carte ? Voilà encore une question intéressante que je n'ai vue évoquée nulle part.

Je me souviens qu'en 1981, M. Mitterrand, à qui personne ne demandait rien de tel, s'engagea solennellement à fournir tous les six mois son bulletin de santé à l'opinion publique. Ce bulletin était signé, je suppose, par le Dr Gubler qui ne craignait pas de proclamer au pays que son illustre patient se portait comme le Pont-Neuf. C'était pousser un peu loin le secret professionnel et, oserai-je dire, le confondre avec le secret d'État auquel les médecins, à ce qu'il me semble, ne sont pas tenus, fussent-ils socialistes. Peut-être ces quatorze ans de silence pesaient-ils au Dr Gubler. D'où le bouquin qu'il publie en ce moment. Enfin dire la vérité, quel bonheur, quel soulagement !

Dernière remarque, que peut-être le cher docteur a faite dans son for intérieur : c'est qu'il faut être un médecin diablement habile et sérieux pour maintenir en vie un cancéreux pendant quatorze ans. Je ne serais pas étonné que, grâce à son livre, sa clientèle augmentât notablement. Il est vrai que le métier de M. Mitterrand l'a bien aidé. Rien n'est meilleur pour la santé que de travailler beaucoup, d'avoir l'esprit occupé de grands desseins et de subtiles combinaisons politiques. Cela stimule l'adrénaline et tient la maladie en lisière. Tous les cancéreux ne sont pas présidents de la République. Aussi n'écrit-on guère sur eux.

(21 janvier)

Gloire au Consul !

L'ennui avec la politique, c'est qu'elle ressemble à la vie. Je veux dire par là qu'elle se répète sans arrêt. L'actualité rabâche. Et maintenant que nous vivons avec la radio et la télévision, on entend les mêmes informations cent ou deux cents fois par semaine. Tous les samedis, je m'évertue dans cette chronique, non pas à trouver du nouveau, parce qu'il n'y en a pas, mais à tâcher d'examiner les événements sous un angle auquel personne n'a songé. Il me semble que j'y arrive de temps à autre, mais quel casse-tête !

Cette semaine-ci, j'ai au moins une anecdote agréable à raconter et tout à fait inconnue. J'ai reçu la visite, il y a un mois environ, d'un ami argentin, Roberto Aizcorbe, qui parle français plutôt mieux que les indigènes hexagonaux. Nous ne nous étions pas vus depuis de nombreuses années. Il revenait de la Patagonie où il s'était longtemps ennuyé. Pour le distraire, je lui parlai de Levet. Il ne connaissait pas ce poète, ce qui n'est pas étonnant, car il est obscur, encore qu'il ait écrit des choses aussi jolies que Toulet ou Apollinaire. Aizcorbe étant argentin, je lui récitai la pièce intitulée *La Plata* qui commence ainsi :

Ni les attraits des plus aimables Argentines
Ni les courses à cheval dans la Pampa
N'ont le pouvoir de distraire de son spleen
Le Consul général de France à La Plata...

Il fut si charmé, j'oserai dire si émerveillé, qu'il me demanda où étaient publiées les œuvres de cet homme de génie. Malheureusement elles sont introuvables. Un volume, précédé d'une grande conversation entre Fargue et Valery Larbaud, fut édité jadis chez Gallimard et je ne crois pas qu'il ait été réimprimé.

Levet est mort à trente-deux ans en 1906. Il était vice-consul de troisième classe, et fut envoyé en poste dans des coins très exotiques. Il en tira un recueil de poésies intitulé modestement « Cartes postales », où il y a des chefs-d'œuvre. Je crois que Gide en a reproduit deux dans son *Anthologie de la poésie française*, mais cela n'a pas suffi à tirer ce pauvre Levet hors de l'ombre. Toutefois il lui arrive ce qui arrive aux génies méconnus : quelques admirateurs se récitent leurs œuvres dans le particulier, puis ce petit cercle s'élargit et un jour on s'aperçoit qu'ils sont entrés subrepticement dans le patrimoine de l'humanité. Ainsi en ira-t-il sans doute de Vialatte et de Gripari.

J'ai eu, hier matin, la surprise charmante de recevoir un exemplaire d'*El Dia*, journal de La Plata orné d'un grand article de Roberto Aizcorbe dans lequel il raconte Levet et donne en encadré une jolie traduction qu'il a faite du « Consul général de France... ». Levet, qui a tant voyagé, n'avait plus traversé l'océan depuis 1906. Il lui est peut-être doux, là où il est, de penser que, quatre-vingt-dix ans plus tard, il a encore une fois représenté la France.

(27 janvier)

Le phénix

Chaque fois qu'un malheur frappe l'Italie, je le ressens comme si j'en étais personnellement victime. L'Italie est ma mère ; elle est la mère de l'Occident. Elle a inventé notre art, et l'a poussé à une perfection quelquefois égalée ailleurs, mais jamais surpassée. Elle est le trésor de l'Europe, son musée, sa mémoire, son âme. Quand une des grandes et belles choses qui parsèment son sol est détruite, à cause de la guerre ou par accident ou par vandalisme, j'en suis affligé comme si on m'avait un peu pris de ma raison de vivre.

Il y a quelques années, des terroristes déposèrent une bombe au palais des Offices à Florence, j'eus une curieuse réaction : cet acte me parut plus grave, d'une signification plus sinistre que de tuer de pauvres gens inoffensifs. S'attaquer aux Offices, c'était s'attaquer à la civilisation même, déclarer presque clairement qu'on voulait l'anéantir et la remplacer par la plus obtuse barbarie. Ce n'était pas n'importe qui que l'on tentait d'assassiner : c'était Raphaël, Botticelli, Léonard, Le Tintoret, Guardi.

L'incendie de la Fenice à Venise, qui était un des plus jolis théâtres du monde, un bijou, et un bijou tout chargé d'histoire et de souvenirs, est, à mon avis, un grand deuil qui frappe l'humanité. Enfin, je veux dire, une certaine humanité, qui n'est pas celle des humanitaristes professionnels qui larmoient à tout bout de champ sur des horreurs qui se passent à cinq mille kilomètres et contre lesquelles ils ne peuvent rien, mais celles des personnes qui croient que la beauté est indispensable à l'homme et que l'esprit est plus important que la matière. La Fenice, c'est un peu de notre être qui a brûlé.

Heureusement qu'il y a les Italiens, qui sont moins insouciants que les autres peuples et qui s'emploieront à refaire à la place de la Fenice quelque chose qui y sera quasiment semblable. J'ai lu dans les gazettes qu'une souscription internationale était ouverte dans ce but. Voilà enfin une bonne raison de donner son argent. Et l'on est sûr que cela n'est pas organisé par des margoulins incontrôlables qui, sous prétexte d'apporter des médicaments ou de la nourriture à des populations démunies, se remplissent les poches. Nous verrons notre bonne action se matérialiser au milieu de Venise, nous pourrons nous dire que nous avons été un peu les gardiens de ce trésor.

« Fenice » en italien veut dire phénix. Le propre de l'oiseau Phénix, comme on sait, est de renaître de ses cendres, avec des plumes aussi belles qu'avant sa combustion. Je crois qu'on peut faire confiance au peuple italien pour le couver et le ressusciter.

(3 février)

Demi-confidences

M. Giscard d'Estaing a fait la semaine dernière quelques confidences à Mlle Christine Clerc. Je songeais, en lisant les articles dans lesquels celle-ci les a reproduites, que la confidence est un genre bien difficile, spécialement quand on a été président de la République et qu'on ne l'est plus. On a toujours l'air de penser : « Moi, si j'étais à la place de mon successeur, je ferais ceci, ceci et cela, et les choses iraient un peu mieux qu'elles ne vont. » À quoi le lecteur ne peut s'empêcher de regretter que le ci-devant chef de l'État n'ait pas été aussi avisé et perspicace du temps qu'il était en fonction.

Dans les propos de M. Giscard, il y a une pensée à la Sacha Guitry, qui disait plaisamment : « Ne collaborez jamais ! », entendant par là qu'il est préférable d'écrire des comédies tout seul qu'à deux ou à trois. M. Giscard, lui, dit à M. Chirac : « Ne cohabitez jamais ! » car la cohabitation, selon lui, explique beaucoup de nos difficultés. « Toute politique très typée devient alors impossible », déclare-t-il. Il me semble pourtant que MM. Chirac et Balladur, pendant les périodes où ils cohabitèrent avec M. Mitterrand, firent une politique assez bien « typée » et qui tranchait nettement sur ce que les socialistes avaient réalisé de 1981 à 1986.

Elle était même si typée que les socialistes, quand ils revinrent au pouvoir en 1988, la continuèrent cahin-caha sans le dire, et ne furent plus socialistes que de nom. Quant à M. Balladur, qui fut chef du gouvernement de 1993 à 1995, on a bien l'impression que, pendant tout le temps qu'il était à Matignon, il a accompli tout ce qu'il voulait. M. Mitterrand restait gentiment dans son coin, à l'Élysée, presque aussi discret que M. Coty ou M. Vincent Auriol. Au point que l'on pensait que la cohabitation était le seul moyen de rendre un peu de souplesse à la Constitution de fer de la Ve République.

M. Giscard, quand il régnait sur nous, n'était pas un mauvais président et il y avait toutes les raisons pour qu'il fût réélu au terme de son septennat. Malheureusement il a commis quelques petites sottises plus onéreuses que s'il eût provoqué des désastres. Entre autres, il a persécuté les gaullistes qui l'avaient aidé à conquérir sa présidence. Ils ne le lui ont jamais pardonné et c'est à eux qu'il doit sa chute en 1981.

Là où M. Giscard est tout à fait inattaquable, et il est fâcheux qu'il n'en ait pas parlé à Mlle Christine Clerc, c'est sur le chapitre du bon goût. Ce n'est pas lui qui aurait, comme l'a fait M. Mitterrand, flanqué de M. Lang, parsemé Paris d'horreurs architecturales ou prétendument artistiques. S'il était resté au pouvoir, le cher homme, nous n'aurions pas de pyramide du Louvre, d'Arche de la Défense, de Bibliothèque de Tolbiac, d'Opéra-Bastille, etc. Pourquoi, au lieu de donner à M. Chirac des conseils de politique dont celui-ci n'a que faire, ne lui dit-il pas, par le truchement de Mlle Christine Clerc : « Flanquez par terre tout ce qu'on a construit depuis quinze ans » ? Après tout, peut-être que M. Chirac a bon goût lui aussi, et qu'il n'a besoin que d'un petit encouragement.

(17 février)

Le fantôme de Carmen

Le *Don Juan* de Mozart est un des plus beaux opéras du monde, peut-être le plus beau. Sir George Solti est un grand chef d'orchestre. Cependant je ne puis m'empêcher de regretter que l'on ait choisi cette œuvre et ce conducteur pour la réouverture solennelle de l'Opéra de Paris. En effet, celle-ci était un événement national. Pour qu'elle eût toute sa signification, il aurait fallu, à mon avis, jouer un opéra français, *Carmen* ou *Faust*, et qu'il fût dirigé par un chef français, M. Plasson, par exemple, qui triomphe au Capitole de Toulouse depuis des années.

Plus qu'une question de patriotisme, c'était une question de convenance ou de tact. L'Opéra de Paris, construit par Garnier, n'est pas celui de Vienne, ni la Scala, ni Covent Garden, ni le Metropolitan. C'est d'abord le temple de la musique française. Qu'on y joue Wagner, Verdi, Puccini, Rossini, cela est tout à fait normal. Mais pour le premier spectacle, je persiste à penser qu'il fallait que tout fût français. Les nigauds ne manqueront pas de m'objecter que « l'art n'a pas de patrie ». Or dans ce cas, il ne s'agit pas d'art, mais peut-être d'une certaine idée de la France.

Don Juan dirigé par sir George Solti n'a pas besoin de l'Opéra de Paris. Cela est à sa place dans tous les théâtres du monde. Ce serait tout aussi bien à New York, à Milan, à Glyndebourne. Tandis que *Carmen* est devenu avec le temps, avec la gloire, avec l'éclat de la musique, quasiment consubstantiel à notre vieille capitale. Et *Faust*, ma foi, qui n'est pas un chef-d'œuvre comparable à celui de Bizet, est plein de beautés et de trouvailles. Bref, nous nous devions d'honorer en priorité et symboliquement un des grands musiciens français.

Don Juan sera évidemment chanté en italien, et sir George donnera à l'orchestre ses instructions en anglais. Tout cela serait excellent en cours de saison, et je ne verrais rien à y redire. Pour la soirée de gala qui présidera à la résurrection de l'Opéra de Paris, je ressens comme une espèce de petite trahison à l'égard de notre âme nationale.

Du reste, c'en est une. Les Français, après avoir si longtemps cru qu'ils étaient supérieurs à tous les autres peuples du monde, se sont mis dans la tête, depuis une quarantaine d'années, que ce qui vient de l'étranger est toujours préférable à ce que nous pourrions faire nous-mêmes. Ce dénigrement national est assommant. *Don Juan* dirigé par Solti en est une expression supplémentaire.

Puisqu'on est à l'Opéra, restons-y encore un paragraphe pour dire ce que tout le monde pense, à savoir que le plafond, commandé par Malraux à Chagall, est aussi déplacé, au-dessus des pourpres et des ors du bon Garnier, que les colonnes de Buren dans les jardins du Palais-Royal. C'est un des méfaits du goût bourgeois que nos gouvernements nous imposent avec une cruauté inexorable sous tous les régimes.

(3 mars)

La ruée contre l'or

Un ami belge, ou plus exactement wallon, membre du Club des Ronchons (ce qui montre qu'il n'est pas n'importe qui, car ce club est plus fermé que l'Académie française), un ami belge, dis-je, m'a fait part d'une vérité qui me crevait les yeux depuis longtemps et que je ne voyais pas ou que je ne voyais plus : à savoir que la monnaie unique de l'Europe existe, et que cela ne date pas d'hier. Cette monnaie unique était utilisée en 1900 d'une extrémité de l'Europe à l'autre, de Saint-Pétersbourg à Palerme ; nul n'aurait songé à la remettre en cause. Elle avait cours de même sur les autres continents. On l'acceptait à Pékin les yeux fermés, à New York, à Bombay, à Johannesbourg. Cette monnaie unique, c'était l'or.

La grande vertu de l'or est qu'il rend toute tricherie impossible. Grâce à lui, l'économie du monde vit dans la vérité, si l'on peut dire, et non pas dans le faux-semblant. L'or est la pierre de touche de la valeur de toute chose. Je suis d'autant plus fâché de l'avoir oublié que j'ai eu l'honneur, il y a dix-huit ans, d'être élu à l'Académie en remplacement du plus remarquable économiste de notre temps, M. Jacques Rueff, et que pour mon discours de réception dans lequel je devais faire son éloge, j'ai lu tous ses ouvrages. Ceux-ci n'étaient certes pas d'un abord facile pour quelqu'un comme moi qui ne comprend rien à la finance, mais ils me captivèrent par leur logique et leur bon sens. Il y était dit, entre autres choses frappantes, qu'il est absurde d'égaler arbitrairement à l'or certaines devises privilégiées.

Je crois que toute l'affaire de la monnaie unique européenne n'existe que parce que le pays le plus puissant du monde, qui est les États-Unis, a imposé le dollar comme étalon international à la place de l'or, et que personne n'a osé s'y opposer.

Personne sauf le général de Gaulle qui avait M. Rueff parmi ses conseillers. Cela fit d'ailleurs, je m'en souviens, un beau tapage. Réclamer le retour de l'étalon-or, c'était pire que Pearl Harbor. La France tâchait de couler le dollar comme le Japon avait coulé le cuirassé *Arizona*. Les citoyens américains en furent si indignés que, pour exprimer leur haine contre nous et nous tuer en effigie, ils répandirent dans les ruisseaux des bouteilles de saint-émilion.

Seul dans toute l'Europe, le Général avait la stature de résister à la troisième guerre mondiale qui est, comme on sait, une guerre économique, et que les Américains veulent gagner par tous les moyens. Mais arriva mai 68, et le Général, un an plus tard, se démit du pouvoir. Moyennant quoi, aujourd'hui, le dollar règne sur toute la terre, et l'on tâche de bricoler une monnaie européenne dont on espère qu'elle pourra rivaliser avec lui, ce qui est bien naïf. Les États-Unis ont une supériorité sur l'Europe : c'est l'adjectif « unis » qui, chez eux, veut dire quelque chose. Cet adjectif vaut de l'or.

(16 mars)

Vermeer et Mickey

Il y a deux ou trois semaines, lorsque l'exposition Vermeer s'ouvrit à La Haye, je lus dans les gazettes que l'on attendait trois cent cinquante mille visiteurs. Je n'ai pas pu savoir, en revanche, combien on en espérait à l'exposition Corot qui se tient au Grand Palais. Sensiblement moins sans doute, car Corot n'est pas une super-vedette de la culture comme Vermeer. De toute façon ni Vermeer ni Corot ne seront jamais de taille à lutter contre Disneyland.

Sur trois cent cinquante mille visiteurs, il y en a peut-être cinq cents qui s'intéressent sérieusement à la peinture, qui l'aiment, qui regardent Vermeer avec les yeux de Proust. D'ailleurs ils le connaissaient déjà très bien, étant allés contempler ses tableaux dans les musées où on peut les admirer toute l'année. Bref, je ne suis pas sûr que parmi les trois cent cinquante mille bovins culturisés qui se rendront à La Haye, il y ait seulement dix vrais amateurs. Les gens vont là en touristes. Il faut avoir « fait » Vermeer comme on a fait le Colisée, le Parthénon, la grande muraille de Chine, ou encore (pour les aventuriers) les rues chaudes de Manille.

Vermeer a une supériorité sur Disneyland : il coûte moins cher aux organisateurs, lesquels, après avoir payé le transport des tableaux et les assurances, devraient empocher quelques millions. Trois cent cinquante mille visiteurs pour vingt-deux tableaux, à raison de cinquante francs par client (demi-tarif pour les enfants de moins de douze ans), cela monte à un total de dix-sept millions et demi. En divisant par le nombre des œuvres exposées, nous arrivons à près de huit cent mille francs par pièce. Toutes déductions faites, je calcule que le bénéfice net par tableau sera grosso modo de trois cent mille francs. Multipliés par vingt-deux, cela fait six millions et demi, ce qui n'est pas une mauvaise affaire, on en conviendra.

Je ne puis m'empêcher de songer à ce que le cher Vermeer, qui tirait plus ou moins le diable par la queue, aurait fait si on lui avait offert, en florins du XVIIe siècle, l'équivalent de trois cent mille francs pour sa *Dentellière*. Peut-être quelques tableaux de plus, en sus des vingt-deux que nous possédons de lui. Mais il n'est pas dans la destinée des grands artistes qu'on leur facilite l'existence. C'est eux qui facilitent l'existence des bourgeois, plus tard, après leur mort, quand ils sont devenus des objets de spéculation ou, si l'on préfère, de culture.

(23 mars)

Le denier du culte

Nous arrivons à l'époque de l'année où l'Église demande humblement aux fidèles de donner un peu d'argent pour le denier du culte, qui est à peu près la seule ressource des prêtres pour vivre. À en juger par le nombre de pièces de vingt sous et de boutons de culotte que l'on recueille à la quête le dimanche, le denier du culte ne doit pas être bien fameux. Les curés et les vicaires des paroisses exercent leur sacerdoce dans une pauvreté héroïque.

Il y a, chez le catholique de base, un curieux préjugé, à peine conscient d'ailleurs, c'est qu'il fait déjà beaucoup pour Dieu et pour la religion en venant à la messe, et qu'il y a de l'outrecuidance à lui demander, en sus, de payer. Aussi ne paie-t-il guère. Il ne lui viendrait jamais à l'esprit de dépenser pour le salut de son âme le prix d'une place de cinéma ou d'une bouteille de bordeaux.

Et pourtant le prêtre est, si j'ose dire, un objet de première nécessité. Il est le dernier visage ou presque que voit le croyant avant de mourir, le dernier ami sur Terre qui lui souhaite bon voyage et lui donne le petit bagage nécessaire pour ne pas se perdre en route. Cela vaut bien de faire un effort pour le denier du culte. Parmi tous les pauvres qui nous entourent, les prêtres catholiques ne sont pas les moins démunis, mais comme ils ne parlent jamais d'eux, nul ne s'avise qu'il faut, eux aussi, les secourir.

La loi de 1905 sur la séparation de l'Église et de l'État a frappé l'Église française de mort lente. Jusque-là, il y avait entre l'État et elle un concordat qui assimilait le clergé à la fonction publique et lui assurait des salaires. Il s'ensuit que l'Église, alors, était une carrière : elle attirait des gens qui, sans être des saints, faisaient d'excellents pasteurs. Un grand corps nécessite beaucoup de serviteurs moyens, ayant besoin pour remplir leur office d'un minimum de sécurité matérielle.

Depuis la Séparation, il faut être un saint pour vouloir être prêtre. On se lamente sur la diminution des vocations ; mais elle était inévitable. Beaucoup de braves garçons entraient au séminaire jadis parce que c'était une sorte de « grande école » et qu'on en sortait avec une situation.

À sa manière, la loi de Séparation a défiguré la France, car après la ruine du clergé, est arrivée la ruine des églises de campagne dont la plupart ne sont plus desservies. Ce sont les bourgeois qui logent à présent dans les presbytères, dont ils ont fait leurs « résidences secondaires ».

(30 mars)

Désespérer la rue Saint-Benoît

La visite à Paris de M. Li Peng, Premier ministre de la Chine, les honneurs qu'on lui a rendus, la tendresse qu'on lui a témoignée et enfin les contrats commerciaux que nous avons signés avec lui, m'ont fait souvenir d'une des phrases les plus cocasses de Sartre : « Il ne faut pas désespérer Billancourt », ce qui signifiait, si je ne me trompe, qu'il eût été criminel de révéler au prolétariat français les erreurs soviétiques. Cela, en effet, eût fait vaciller sa foi communiste et il se serait, ô horreur, « posé des questions ».

Je me demande si le président de la République, M. Juppé et tout le gouvernement se sont dit, quand M. Li Peng a posé le pied sur notre territoire, qu'il ne fallait pas désespérer Billancourt. En tout cas, ils ont fait de leur mieux, autant que l'on puisse en juger, pour que Billancourt gardât un visage serein. Car ce qui désespère Billancourt, contrairement à ce que pensait Sartre, ce n'est pas ce qui se passe à Pékin, ou ce qui se passait il y a trente ans à Moscou, c'est le chômage en France.

Sartre habitait Saint-Germain-des-Prés. Certes il aimait Billancourt, mais il l'aimait de loin, un peu abstraitement, oserai-je dire. Il connaissait beaucoup mieux les intellectuels du Café de Flore, du Café des Deux-Magots, de la rue de l'Abbaye, de la rue Jacob et de la rue Saint-Benoît. Étant philosophe et par conséquent attaché à son système, il avait la certitude que l'homme était le même partout, c'est-à-dire que les soudeurs à l'arc et les manœuvres spécialisés n'étaient pas faits autrement que les bons petits marxistes du C.N.R.S.

Or ils sont faits autrement. D'abord ils ne boivent pas de whisky, mais plutôt du vin rouge. Différence encore plus grande : ils comptent sur leur salaire mensuel pour vivre et faire vivre leur petite famille. Car ils ont une petite famille, pour la plupart, et leur épouse empoche la paie qu'ils rapportent à la maison, afin d'acheter du pot-au-feu et des pommes de terre. Cela est triste à dire mais quand on redoute de devenir chômeur, on n'a guère l'envie de regarder au-delà des frontières et de juger sous l'angle de la morale la façon dont l'étranger se comporte chez lui.

Ce n'est pas Billancourt qui a été désespéré par l'affaire de Tienanmen, où M. Li Peng se distingua, mais Saint-Germain-des-Prés. Il est indiscutable que c'est Saint-Germain-des-Prés qui a raison, et Billancourt qui a tort. Mais les choses sont ce qu'elles sont et on ne fait pas ce qu'on veut quand on gouverne. C'est même quand on gouverne qu'on est le plus ligoté.

(20 avril)

L'euro to-to

Appeler « écu » la future monnaie de l'Europe était une jolie trouvaille. Écu était à la fois historique et poétique. Cela rappelait l'argent d'autrefois. Cela suggérait que la vieille Europe était heureuse de son passé, qu'elle lui était fidèle, qu'elle se recommandait de lui. Cet « écu » faisait songer à l'écu des chevaliers, et la chevalerie, encore qu'on n'imagine plus guère ce que cela pouvait être, est un des grands moments de l'occident chrétien.

Une chose m'étonnait malgré tout : c'est que l'on eût choisi ce mot qui désigne une monnaie française. Je n'osais pas y voir une gracieuseté à notre égard. Du reste, j'appris par la suite que E.C.U. étaient les initiales d'un machin anglo-saxon du genre « European Currency Unit ». Mais enfin, pensai-je, tout le monde comptera en écus, et c'est un mot français qui circulera sur notre continent. Cela nous changera un peu.

L'écu n'aura pas vécu longtemps. C'est l'Allemagne qui l'a tué avec un argument remarquable : à savoir que la prononciation du mot ressemblait trop au vocable germanique *kuh* qui veut dire « vache ». Pour faire plaisir aux Allemands (car ce sont des gens à qui on aime faire plaisir) on a remplacé l'écu par « l'euro ». Il me semble que nous avons un argument aussi bon que les Allemands pour récuser cet euro qui est bien moche : il évoque pour les oreilles françaises le bruit malséant d'un renvoi d'estomac quand on a trop mangé.

Le dernier exploit de la commission européenne a été d'adopter le mot « cent » pour désigner la centième partie de l'euro. Il est évident qu'il s'agit d'une servile copie du *cent* américain, qui est la centième partie du dollar. Il faudra bien copier aussi la prononciation américaine et dire *sennt*, sinon on ne s'y reconnaîtra plus, du moins en France. Que signifierait pour un acheteur une phrase telle que : « cet article coûte cent euros et trois cents » ?

La commission européenne est quelque chose comme les rois nègres de jadis, qui étaient tout nus mais portaient un chapeau haut de forme pour ressembler aux Blancs. Elle veut que l'Europe soit le miroir de l'Amérique, comme les colonies étaient les miroirs de la métropole. Elle devrait aller jusqu'au bout. Pourquoi euro ? Pourquoi pas dollar, carrément ? Les Allemands ne s'y opposeraient pas, attendu que dollar n'est que la déformation de leur vieux thaler.

(27 avril)

Un roi d'aujourd'hui

La dictature des professeurs de morale, sous laquelle nous gémissons depuis plus de quarante ans, a pris un coup assez rude avec la visite du roi Hassan II en France, l'amitié avec laquelle on l'a reçu, les égards dont on l'a entouré. Cela était d'autant plus remarquable que, pendant les quatorze années de règne de M. Mitterrand, le Maroc a été pour ainsi dire soustrait à la vue des Français. Ce pays n'existait plus. Il y avait, à sa place, une grande tache blanche sur la carte du Maghreb.

La gauche, qui s'est montrée si indulgente, pour ne pas dire attendrie par des ogres comme Staline (au moins de son vivant), Brejnev, Castro et une demi-douzaine de mangeurs d'hommes du même calibre, était horrifiée par le roi Hassan. Il eût été malséant de prononcer son nom, sauf pour le couvrir d'anathèmes.

Les professeurs de morale ont un don particulier pour prendre le parti de ce qui est hostile à la France et pour condamner ce qui pourrait lui apporter du rayonnement. Si la langue française est encore largement parlée en Afrique du Nord, c'est bien à S.M. Hassan qu'on le doit. Lui-même s'exprime dans un français parfait. Il a créé une Académie marocaine au sein de laquelle siègent Léopold Senghor, le professeur Jean Bernard, le commandant Cousteau et Maurice Druon. Il a créé un prix littéraire qui est le plus souvent décerné à un écrivain français. Je le sais mieux que personne, ayant eu l'honneur de recevoir ce prix-là il y a trois ans.

J'ai fait plusieurs séjours au Maroc : n'eût été ses paysages et ses beautés spécifiques, je me serais senti chez moi. Tout est en français là-bas : les noms des administrations et des ministères, les bureaux de poste et jusqu'aux enseignes des boutiques (cela change agréablement de l'Hexagone, où elles sont en sabir américain). Le peuple marocain est aimable, obligeant et fait des sourires aux étrangers plutôt que des grimaces. Mais les Français sont à peine des étrangers, attendu que tous les passants dans les rues, ou presque, parlent français.

Le roi Hassan appartient à une espèce qui semble assez rare dans le monde actuel : c'est un véritable homme d'État, qui ne craint pas, quand il le faut, de prendre des mesures sévères. En tant qu'homme d'État, il est « politiquement incorrect », c'est-à-dire qu'il ne fait rien de la désastreuse politique à la mode. Et sa tâche n'est pas facile : résister à l'intégrisme islamiste, tout en maintenant chez lui une vraie foi musulmane. Cela équivaut à défendre la civilisation et la tolérance contre le fanatisme. Tâche ardue qui n'est pas à la portée d'une mauviette, fût-elle bourrée de morale.

M. Chirac, en invitant le roi à Paris, en le fêtant, en resserrant autant qu'il était possible nos liens politiques, intellectuels, affectifs, commerciaux, avec lui, a agi, lui aussi, en homme d'État. Du reste, il a été approuvé par le seul homme d'État que possède la gauche : M. Chevènement, qui sait, lui, contrairement à ses camarades, où est l'intérêt profond de la France.

(11 mai)

Le roi s'amuse

Je n'arrive pas à comprendre pourquoi les dizaines ou les centaines de millions que gagnent MM. Arthur, Delarue et Nagui soulèvent tant de scandale, au point que le président de la télévision d'État, M. Elkabbach, a été forcé de donner sa démission en punition des fabuleux contrats qu'il leur a signés. Il est normal que les gens qui font profession d'amuser le peuple soient couverts d'or. Cela s'est toujours fait. Le peuple est roi, comme on sait. Or le propre des rois est de s'ennuyer. Donc, ceux qui le tirent de son royal ennui, ne fût-ce que quelques heures par semaine, lui rendent un service qui n'a pas de prix.

Il est bien difficile d'amuser le peuple-roi. Les spectacles qui requièrent son attention doivent être un peu gros, un peu légers, un peu bêtes, un peu vulgaires, un peu graveleux, un peu sentimentaux. Tout cela exige, de la part de ceux qui les conçoivent, beaucoup de doigté et d'instinct, qualités inestimables. MM. Arthur, Nagui et Delarue, dans leur genre, sont des génies. Par exemple, M. Arthur, ai-je lu dans les gazettes, attire six millions et demi de téléspectateurs avec son émission « La fureur du samedi soir » et M. Nagui en mobilise cinq millions avec « La brosse à dents ». À côté d'eux, Montaigne, Molière, Shakespeare, Balzac, Proust, sont des nains.

Au fond, il en est de la deuxième et de la troisième chaînes comme de toutes les entreprises d'État : elles veulent rivaliser avec les entreprises privées et n'y parviennent pas, ou, si elles y parviennent, c'est au prix du scandale. M. Arthur et consorts pourraient gagner des milliards sur TF1, nul n'y trouverait à redire. Sur France 2 et France 3, même si ces stations font des bénéfices, le public considère que c'est l'argent des contribuables et le produit de la douloureuse redevance qu'ils empochent.

Il convient, évidemment, que l'État possède une chaîne de télévision qui serait, comme disait de Gaulle, « la voix de la France ». Mais à mon sens, ce devrait être une chaîne austère, frugale, peu coûteuse, ayant par exemple l'exclusivité des conférences de presse du président de la République, des déclarations ministérielles, des retransmissions de débats parlementaires, et généralement de tout ce qui a trait à la politique du gouvernement. Il serait assez normal que le journal d'information de cette chaîne reflétât sans fantaisie le point de vue du pouvoir. Aux autres chaînes, privées, de raconter les faits divers, de faire des polémiques ou des débats, de gagner de l'argent et d'en dépenser, de racoler par tous les moyens.

Une chaîne de télévision nationale devrait être quelque chose comme le journal officiel. Or, à ma connaissance, il n'a jamais été question jusqu'à maintenant d'égayer le *Journal officiel* avec des photos de femmes nues ou des dessins humoristiques, afin d'en augmenter le tirage.

(8 juin)

L'extrême injure

Je trouve que M. Le Pen n'a pas tort de s'estimer vexé lorsqu'on traite le Front national d'« extrême droite », et qu'il intente des procès aux journaux qui le font. La preuve, c'est qu'à chaque fois ou presque, le tribunal lui donne raison et condamne les pétulantes gazettes

Nul ne songerait à s'offusquer qu'on l'accusât d'être natif d'Extrême-Orient, de manifester une extrême obligeance ou même d'appartenir à l'extrême gauche. En ce qui concerne « l'extrême droite », c'est une autre affaire. On ne sait pas trop pourquoi ni comment cette combinaison de mots est devenue péjorative mais le fait est qu'elle l'est. Elle évoque Hitler, Mussolini, le régime de Vichy, ce qui est plutôt arbitraire, car Hitler était de gauche et se proclamait socialiste, quoique national. Quant au régime de Vichy, il a été instauré par la Chambre du Front populaire, laquelle contenait un homme d'extrême droite, M. Louis Marin, qui vota contre Pétain.

M. Le Pen a raison de faire des procès, dis-je. En effet, rien n'est dangereux comme les mots. Tant que les choses ne sont pas nommées, elles n'existent pas ou elles existent à peine. En revanche, sitôt qu'on leur a collé dessus une étiquette, les voilà cataloguées, dotées d'un air aimable ou menaçant, jugées enfin. Depuis une quarantaine d'années, le mot « droite » a subi le pire destin qui puisse affecter un mot : il a cessé d'être à la mode. Or ce qui n'est pas à la mode est ridicule, méprisable et facilement odieux. Du reste la droite français l'a compris de longue date. Elle s'évertue à ressembler à la gauche comme une sœur, au point que parfois, on ne sait plus très bien qui fait quoi.

M. Le Pen, d'après ce que j'ai compris, veut bien que l'on dise que le Front national représente la droite « traditionnelle », à la rigueur la « droite extrême ». C'est « extrême droite » qu'il n'admet pas. En quoi il se montre fin connaisseur des subtilités du langage actuel, où la place d'un adjectif suffit à rendre une expression injurieuse ou anodine.

Toutefois on a tant répété, depuis que M. Mitterrand a favorisé l'éclosion du Front national, que celui-ci était l'extrême droite, qu'il va falloir beaucoup de procès, je pense, pour venir à bout de cette appellation et se refaire, en quelque sorte, une virginité sémantique. M. Le Pen aurait dû commencer ses procès il y a dix ans. Aujourd'hui, depuis belle lurette, on aurait trouvé un euphémisme. C'est une spécialité de notre époque.

(15 juin)

La Légion étrangère

M. Le Pen qui est assez habile, en général, et sait, dans ses propos, jusqu'où il peut aller sans choquer la grande masse de l'opinion, me semble bien avoir fait une boulette cette fois-ci en déclarant qu'il y avait trop d'étrangers dans l'équipe de France de football, et que celle-ci n'est pas « représentative de la qualité sportive de notre pays ».

Le foot est un sujet tabou. On ne peut en parler qu'avec révérence, comme d'une religion d'État. Critiquer les prêtres qui la célèbrent sous le vain prétexte qu'ils ne sont pas natifs de l'Aveyron ou du Pas-de-Calais ressemble à un sacrilège ; leur reprocher de s'appeler Zidane, Madar, Angloma, Lemouchi plutôt que Bourbousson ou Dugrumeau, c'est comme de reprocher à la Légion étrangère d'être composée d'étrangers.

L'équipe de France de foot est une petite Légion étrangère. Elle se bat sous les couleurs de la France. On l'envoie aux points sensibles de la planète, aux endroits à haut risque tels que Barcelone, Wembley, Milan, Rio, le Parc des Princes, de la même façon qu'on expédie la Légion au Tchad ou qu'on la fait sauter sur Kolwezi.

Tout le monde, en France, chérit la Légion. Quoique les soldats qu'elle groupe viennent de divers pays, nul n'aurait l'idée de ne pas les considérer comme des soldats français. Lorsqu'ils défilent le 14 juillet, c'est eux qui ont le plus de succès. Et on voit bien que, Chinois, Zanzibariens ou Espagnols, ils sont tous fort attachés à leur drapeau qui est celui de la République.

La Légion verse son sang pour la France. L'équipe de foot, dans un registre différent, ne ménage pas sa sueur ni ses mollets. Les légionnaires sont attachés à la France dans la mesure où ils se battent et meurent pour elle. Les footballeurs l'aiment de la même manière, en tout cas ils font de leur mieux pour battre l'ennemi. Et quand ils reviennent des champs de bataille en traînant la patte, éreintés, meurtris dans leur chair, il n'est pas douteux que leur patriotisme français en soit augmenté. Rien de tel pour s'attacher à une chose ou à un être que de souffrir pour eux. Ainsi fonctionne la nature humaine.

Il y aurait peut-être un moyen de faire plaisir à M. Le Pen : ce serait de décréter que les jeunes Français feront désormais leur service militaire dans le football. On trouverait bien, par classe d'appelés, une ou deux douzaines de joueurs autochtones dignes de se mesurer aux grandes équipes internationales. À noter l'avantage de ce système : les champions ne toucheraient que leur solde de deuxième classe, sauf le capitaine de l'équipe, bien sûr, qui aurait une solde de capitaine.

(20 juin)

Bons baisers de Draguignan

Parmi les divers papiers que M. Halphen, juge d'instruction, a saisis au domicile de M. Tibéri, maire de Paris, il y a un document dont, curieusement, il n'a pas fait mention, en sorte qu'aucune chaîne de télévision et de radio, aucun journal n'en a eu vent. Le document en question, pourtant, est des plus mystérieux, j'oserai dire des plus inquiétant. Il s'agit d'une carte postale représentant un bâtiment sur la façade duquel est inscrit « Caisse d'Épargne ». Au dos de la carte postale, cette formule laconique : « Bons baisers de Draguignan ». Signé : « L.J. » et « L.F. ».

Pourquoi M. Halphen, qui est un modèle de sincérité et de transparence, garde-t-il le silence sur cette pièce ? D'après mes informateurs (j'en possède jusque dans les recoins les plus secrets du palais de justice), c'est à cause des initiales des signataires. Qui sont ces étranges L.J. et L.F. qui apparaissent soudain dans l'affaire Tibéri qui, pourtant, marchait toute seule et dont on pouvait espérer les meilleurs résultats, c'est-à-dire la démission ignominieuse du maire, voire son suicide, l'internement de Mme Tibéri dans un asile psychiatrique pour cause de dépression nerveuse, et l'engagement dans la Légion étrangère de M. Tibéri fils, coupable d'avoir occupé un appartement de trois pièces dans une H.L.M., il y a un ou deux ans ?

M. Halphen, à ce que je crois savoir, soupçonne que les initiales L.J. et L.F. pourraient signifier Lionel Jospin et Laurent Fabius. Auquel cas, évidemment, les choses prendraient une tout autre tournure et risqueraient d'embarrasser de nobles consciences, des hommes d'honneur, de grands patriotes français, dont on ne saurait trop ménager la réputation.

Pour quelle raison M. Fabius et M. Jospin auraient-ils envoyé des baisers de Draguignan au ménage Tibéri ? La reproduction de la Caisse d'Épargne de cette ville aurait, elle aussi, une signification qu'on ose à peine imaginer. À mon avis, il serait bon que MM. Jospin et Fabius s'expliquent là-dessus. Mais vous verrez que M. Halphen, qui pense à tout, ne pensera pas à le leur demander.

Il n'est pas exclu néanmoins que L.J. et L.F. signifient Léontine-Josette et Louis-Ferdinand. Cela ouvrirait de nouvelles perspectives, qui sait ? Bref, M. Halphen a du pain sur la planche. Quant à moi, auteur de ces lignes, je n'en serai pas fâché car j'avoue humblement que je ne comprends rien à ce qu'on reproche à ce pauvre maire de Paris, si ce n'est de ne pas être de gauche. Mais comme on sait, nul n'est parfait.

(29 juin)

Les Olympiades de l'éternité

Depuis le fond des temps les morts se livrent à un certain sport qu'on pourrait appeler les Olympiades de l'éternité. Cela consiste à se retourner dans sa tombe. Il n'y a pas un personnage de quelque renom qui n'ait par-ci, par-là exécuté une de ces cabrioles posthumes. Combien de fois César s'est-il retourné dans sa tombe, et Richelieu, et même Voltaire, tout sceptique et ricaneur qu'il était ?

Il me semble que le grand champion toutes catégories du retournement tombal est le baron de Coubertin. Lui qui aimait tant le sport, il est vraiment choyé depuis une quarantaine d'années, et il est difficile de compter le nombre d'occasions qu'il a eues de s'agiter dans son cercueil. Ce n'est pas en 1996 avec les Jeux olympiques d'Atlanta qu'il pourra enfin se reposer. D'après ce que j'ai lu dans les gazettes, le gouvernement des États-Unis a mobilisé en l'occurrence sept mille gardes nationaux, dix mille soldats et cinq mille policiers. On a arrêté préventivement sept cents sympathisants de sectes et de milices paramilitaires, les islamistes menacent de fomenter des attentats au stade, le F.B.I. craint une attaque des Afghans, etc. Bref, on a dépensé soixante-dix millions de dollars rien que pour la sécurité. Avec quelques milliers de francs et de drachmes, le baron de Coubertin avait organisé il y a cent ans les premiers Jeux olympiques à Athènes.

Pour ce qui est des athlètes, il y a longtemps que le baron se tourne et se retourne. Sa philosophie était que l'éducation physique est essentielle dans la formation de l'individu, et l'on cite volontiers une de ses formules : « L'important n'est pas de gagner mais de participer. » Or aujourd'hui, le sport n'a plus rien de commun avec cet idéal. Les Jeux olympiques sont devenus des sortes de concours agricoles, où l'on prime le bœuf le plus gras, le poireau le plus géant, la citrouille la plus énorme, la poule qui pond le plus d'œufs à la minute. Les chauvinismes s'affrontent implacablement. Les gouvernements veulent gagner le lancer du disque et le saut en hauteur comme s'il s'agissait d'une guerre de conquête. Les deux mamelles des Jeux olympiques contemporains sont le dopage et l'argent. Pauvre baron et sa morale !

Dernier détail qui doit bien faire plaisir au défunt M. de Coubertin : il faut se battre à mort, aujourd'hui, pour que le français reste la langue officielle des Jeux. Combien de temps va-t-il falloir au sabir américanoïde, qui est hégémonique et qui s'installe partout, pour annexer cette province à son empire ?

(20 juillet)

Morne tombeau

Il y a une différence profonde entre l'Académie française et le Panthéon, c'est que, sitôt qu'on est élu à la première, on devient immortel, tandis que quand on est transféré dans l'autre on doit avoir l'impression désagréable de mourir une seconde fois. D'ailleurs, il suffit de visiter les deux endroits. Autant le Quai Conti est charmant, pimpant, animé, rempli d'aimables secrétaires, d'accortes femmes de ménage, d'huissiers sanglés dans de seyants uniformes, autant la Montagne-Sainte-Geneviève est lugubre.

Dans les locaux mortuaires du Panthéon, il règne un froid glacial et une pénombre de crypte. Au Palais Mazarin, c'est le contraire : on y est aéré à souhait en été et chauffé quasiment à l'excès en hiver. Nous le devons à notre précédent chancelier, M. Bonnefous, qui était frileux, le cher homme.

Il n'est pas jusqu'aux deux coupoles qui ne proclament leur rivalité. Celle du Panthéon tire sur l'ovale, elle a quelque chose du suppositoire ; en revanche, celle de l'Institut est ronde, épanouie, ruisselante de dorures, ornée d'une belle pendule. On voit bien la différence d'époque des deux monuments : le Palais Mazarin, œuvre de Le Vau, est encore de style Louis XIII, à la fois classique, baroque, majestueux, délicat. Le Panthéon, construit par Soufflot, est de style Louis XVI, fade, plein de colonnes, déjà ennuyeux comme l'architecture de l'Empire.

Toute assemblée, fût-elle posthume, est composée forcément d'une majorité de personnes médiocres. Cela ne manque pas au Panthéon, où il y a une quantité d'inconnus qui n'ont même pas tous été de braves gens. On les a mis là pour des raisons politiques, tout comme on donne à des rues des noms de conseillers municipaux. Et si Zola, par exemple, y est, ce n'est pas pour ses « Rougon-Macquart », mais pour son fameux article « J'accuse ».

Je me demande si Malraux est bien content que l'on transfère son corps au Panthéon. Il va se trouver au milieu de toute une compagnie qui ne lui plaira pas tellement. Peut-être regrette-t-il d'avoir dédaigné de se présenter à l'Académie, où il aurait été fort choyé, et où il aurait retrouvé quelques bons auteurs tels que Mauriac, Montherlant, Gaxotte, Caillois, Pagnol, Paulhan, Jean Rostand, Paul Morand, Jules Romains, Thierry Maulnier, lesquels lui eussent plus volontiers fait la conversation que Voltaire et Rousseau.

Je me demande enfin si le comité qui a pris l'initiative de poser sa candidature lui aurait bien convenu. J'y distingue des personnalités pour lesquelles il n'avait pas de sympathie excessive et qui ont l'air, en l'occurrence, de l'annexer. Mais il n'est plus là pour dire non. Avec les morts on a des facilités qu'on n'a pas avec les vivants.

Malraux, qui savait tout, connaissait sûrement ces deux vers de « La Négresse blonde » :

Ce gâteau de Savoie ayant Hugo pour fève
Le Panthéon classique est un morne tombeau...

Je les lui offre dans cette chronique, au moins aura-t-il eu un petit plaisir en 1996.

(17 août)

État de droit

J'ai entendu mainte fois et j'ai souvent lu dans les gazettes que la France est un « État de droit ». Cela doit signifier, je pense, que chez nous la vie de la cité est régie par la loi et qu'il suffit d'appliquer celle-ci pour que les difficultés soient résolues. La loi est une chose bien commode : elle dit ce qui est permis et ce qui est défendu. Même si elle est contraignante, même si elle paraît arbitraire ou inhumaine, il faut lui obéir car elle a en vue le bien de la nation et la sécurité du plus grand nombre.

Les États de droit peuvent parfois paraître insensibles, incapables de surmonter leur arithmétique juridique, mais c'est chez eux que les hommes sont le moins malheureux. Dans les pays sans droit, il n'y a qu'anarchie, sauvagerie, règlements de comptes, vendettas, raison du plus fort. La télévision nous en administre la preuve quotidiennement : à peu près chaque soir on y voit un western qui raconte les aventures d'un shérif intrépide tuant force bandits afin que la loi ait le dernier mot à Dodge-City ou à Tombstone, endroits fort dangereux, semble-t-il, vers 1880, et devenus bien paisibles aujourd'hui.

La France étant un pays de droit, il est évident que l'affaire des pauvres immigrés clandestins réfugiés dans l'église Saint-Bernard ne devrait pas mobiliser la presse depuis bientôt deux mois. Ou ils tombent sous le coup de la loi ou ils y échappent. Mais ce n'est plus une affaire relevant du Code ; c'est devenu une machine de guerre politique soigneusement montée pour empoisonner le gouvernement. Il y a quelque chose d'un peu gênant dans le spectacle des gens qui prennent avec fougue le parti des sans-papiers de Saint-Bernard. On aimerait penser qu'ils sont animés par la charité, l'amour du prochain, la compassion pour les pauvres et les déshérités. Bref, comme disait le philosophe Kant, qu'ils considèrent leurs protégés comme une « fin » et non comme un « moyen », c'est-à-dire qu'ils les servent et non qu'ils se servent d'eux.

En outre ils ne s'en servent pas très adroitement. On serait charmé d'entendre dans la bouche des « squatters » de Saint-Bernard des hymnes d'amour pour notre pays, des paroles vraiment touchantes telles que : « Je veux être français parce que la France est le plus beau pays du monde, le plus gentil, le plus intelligent, le plus hospitalier, parce qu'il possède trois cent cinquante variétés de fromages, parce que La Fontaine est le plus grand poète que l'humanité ait connu après Homère, parce que, depuis que je suis tout petit, je rêve d'avoir des ancêtres gaulois. Je veux faire des enfants français à qui on enseignera qu'ils ont le bonheur de vivre dans un climat tempéré, qu'ils sont propriétaires du château de Versailles, du musée du Louvre, du palais du Facteur Cheval, et je les ferai baptiser non pas à Saint-Bernard mais à Notre-Dame. »

Voilà ce qu'il faudrait faire apprendre par cœur aux infortunés réfugiés. Mais les gens qui les tiennent en main n'y ont pas pensé. En cent ans ils n'y penseraient pas. D'ailleurs, pareille profession de foi leur hérisserait le poil.

(24 août)

L'enfer pour tous

Depuis trente ou quarante ans, on ne cesse de chanter les louanges de la « libération sexuelle ». Il paraît que, grâce à elle, l'homme a fait un grand pas vers les sommets de la civilisation. Plus de refoulements, plus d'inhibitions, l'individu est sûr de s'épanouir s'il fornique à quatorze ans et demi. Et encore, il s'agit là de sujets tardifs.

Vers 1960, il s'est produit un curieux changement dans les mœurs. Ce que, jusque-là, on cachait, s'est soudain affiché partout. Les revues et les films pornographiques que l'on dit « classés X » sont apparus. Très vite, cela s'est révélé, pour employer un mot cher à notre société industrielle et scientifique, très « rentable ». Concomitamment, les lycées et collèges sont devenus mixtes, à croire que l'Éducation nationale était de mèche et s'ingéniait, par cette innovation, à faciliter les rapports, si l'on peut dire, entre les petits garçons et les petites filles.

Aujourd'hui, avec l'horrible affaire des enlèvements d'enfants en Belgique dans l'intention de les prostituer à des « pédophiles », on prend une fois de plus conscience que la libération sexuelle est à peu près du même genre que la libération de bêtes féroces. Le sexe est une bête féroce et on ne peut le rendre relativement inoffensif qu'en le mettant en cage. C'est ce qu'on a fait, non sans sagesse, jusque vers la moitié de notre siècle. Nos parents ne renversaient pas les tabous, ils s'en servaient pour empêcher le monde de sombrer dans la sauvagerie. Ils étaient hypocrites, certes, mais en connaissant la maxime de La Rochefoucauld : « L'hypocrisie est un hommage que le vice rend à la vertu. » À présent, il n'y a plus de tabous, plus d'hypocrisie, et le vice a triomphé. Il se réclame même des droits de l'homme. C'était bien la peine de fermer les maisons de tolérance en 1946.

Il ne se passe pas de jour, depuis la grande libération sexuelle, qu'on ne lise dans les journaux des récits de violence dont les femmes, étant moins robustes que les hommes, sont évidemment les victimes. Dans mon enfance, on violait très peu. En 1996, cela m'a l'air d'être une pratique quotidienne.

Les choses ont parfois des noms prophétiques. Il y a un département de la Bibliothèque nationale qu'on appelle « l'Enfer ». C'est là que sont conservés les ouvrages érotiques et pornographiques, ainsi que force estampes graveleuses. N'accédait pas à l'Enfer qui voulait : il fallait une autorisation particulière si l'on désirait se repaître de *Justine*, de *Luisa Sigea*, de *Gamiani* ou des *Onze mille verges* et cette autorisation n'était pas facile à obtenir. Maintenant l'Enfer est ouvert à tout le monde : il suffit d'entrer dans une « sex-shop ».

(31 août)

Le secret professionnel

Je suis extrêmement choqué, je l'avoue, par le scandale qui a contraint M. Dick Morris, principal conseiller du président Clinton, à donner sa démission. Que l'on m'entende bien : ce n'est pas que cet infortuné fonctionnaire se soit passé quelques fantaisies avec une coquine qui me chagrine, mais que cette personne l'ait raconté à un journal, lequel, évidemment, s'est empressé de publier ses indiscrétions.

Je vois là une espèce de délit du même genre que la violation du secret professionnel. Un médecin qui confierait à une gazette qu'il soigne le secrétaire général de l'Élysée pour des hémorroïdes ou le vice-président du Conseil d'État pour une allergie au saumon sauce verte, serait instantanément réprimandé par le Conseil de l'ordre et peut-être radié. Je ne parle pas, bien entendu, des prêtres qui préféreraient mourir plutôt que de trahir le moindre péché véniel que tel ou tel de leurs paroissiens aurait avoué au confessionnal.

Certes la profession de prostituée est fluctuante, difficile à cerner. Une demoiselle peut devenir grue du jour au lendemain sans passer le moindre concours, sans recevoir de parchemin, sans avoir été inscrite sur les registres d'une faculté. Néanmoins au bout d'une certain temps, elle acquiert quelque notoriété dans sa partie, elle a une clientèle. S'il existait un « ordre des gourgandines », celles-ci ne seraient en aucune façon bridées dans l'exercice de leur métier mais seraient soumises, comme les avocats, à un code moral ou, ainsi qu'on dit de nos jours, à une « déontologie » qui les empêcherait de se déshonorer et de mériter l'appellation infamante de « pute marron ».

La seule chose un peu réconfortante dans l'affaire Dick Morris est qu'elle ne se passe pas chez nous, mais aux États-Unis, pays puritain qui se repaît de saletés au nom de la morale et des bonnes mœurs et n'hésite pas à utiliser les informations les plus misérables pour gagner de l'argent ou couler un adversaire politique. Il me semble que dans les pays latins, malgré la contagion américaine, on a encore quelques scrupules de ce côté-là.

Peut-être est-ce dû à l'institution des maisons de tolérance qui imposèrent, chez nous, jusqu'en 1946, une certaine tenue à la prostitution. Ce qui se passait à l'intérieur de leurs murs ne filtrait dehors que sous forme de ragots piquants sans dommage pour l'intéressé. Tout le monde se souvient d'un grand homme de la IIIe République qui s'amusait à faire le chien rue Chabanais ou rue de Provence et qu'on appelait « Toutou ». Cela ne l'empêcha pas d'être de toutes les combinaisons ministérielles, d'entrer à l'Académie, et de se faire assassiner comme un tsar.

(7 septembre)

L'intolérance

À quatre-vingt-cinq ans, Claudel était encore traîné dans la boue par les petits journaux et divers échotiers ou critiques. Si je n'avais su que c'était l'un des plus grands poètes et écrivains français de notre siècle, ces déchaînements me l'auraient prouvé. Il n'y a que contre les hommes supérieurs qu'on ne désarme jamais. Le grand argument contre l'auteur sublime du *Soulier de satin*, de *L'Otage*, du *Partage de midi*, de *Tête d'or*, est qu'il avait été pendant quelque temps administrateur de la Société Gnôme et Rhône. Il est évident qu'après une telle révélation, on n'a plus qu'à aller se cacher, fût-on Balzac, Proust et Shakespeare en une seule personne.

Je pense que le pape Jean-Paul II doit être assez content de l'effervescence que suscite son prochain voyage en France. On lui promet toutes sortes de tribulations, y compris de lui jeter des tartes à la crème en pleine figure. On pousse des cris d'horreur à la perspective que ce représentant suprême de la Calotte va venir souiller nos rues de sa présence. Bref, on injurie ce vénérable vieillard comme s'il était un jeune homme. Si le pape n'était pas d'une complète humilité, il aurait sans doute quelques tressaillements de plaisir. Les imbéciles et les incapables sont accueillis partout avec des applaudissements et des mines attendries. Les tomates, les œufs pourris, quand ce n'est pas les rafales de mitraillettes sont pour les héros, les génies, les grands hommes. Cela se passe ainsi depuis l'Antiquité.

Le plus réjouissant (et, là encore, Sa Sainteté devrait en sourire dans sa barbe) est les deux griefs majeurs des antipapistes français : Jean-Paul II désapprouve l'avortement légal ou I.V.G., et ne conseille point l'usage du préservatif. Nous sommes là, comme on peut constater, dans des altitudes théologiques vertigineuses. Les guerres de religion sous Henri III, la querelle du jansénisme au XVIIe siècle, l'expulsion des jésuites au XVIIIe, sont bien dépassées.

Plus tard, quand on écrira l'histoire du XXe siècle avec un minimum de froideur, on apprendra que l'énorme Goliath du communisme dont on pensait qu'il dominerait le monde entier, a été abattu par le pape Jean-Paul II, frêle David du Vatican, qui n'avait pas la moindre division à lui opposer, mais qui le terrassa par sa seule force d'âme. Qu'il est difficile de contenter les antipapistes français ! Mais peut-être, au fond, regrettent-ils l'U.R.S.S., le bon Staline, l'excellent Brejnev ?

En 1978, André Frossard, qui avait suivi les travaux du conclave au terme duquel Karol Wojtyla devint pape, revint de Rome. Je ne manquai pas de l'interroger sur l'étrange élévation d'un Polonais au pontificat suprême. Il me répondit : « Le Saint Esprit, apparemment, s'est emparé des cardinaux ; ils voulaient la IVe République, et ils ont élu de Gaulle. » Cette opinion explique un peu l'hystérie des groupuscules français. Revoir de Gaulle, ne fût-ce que pour deux jours, ou quelqu'un qui lui ressemble, les met en transe.

(14 septembre)

Prénom : Xavière

Une personne qui doit être bien étonnée, c'est Mme Tibéri : elle ne figure pas dans le rapport de la Cour des comptes. Cet organisme, comme on sait, publie chaque année un douloureux document sur la façon dont les puissants de l'État font valser l'argent des contribuables. Cette année-ci, la Cour s'en prend au système informatisé de la S.N.C.F., à la nouvelle ligne du T.G.V., aux contrats « Emploi-Solidarité », au surgénérateur Phénix qui avait déjà coûté trente-quatre milliards à la fin de 1994 et qui en coûtera soixante dans quatre ans, ainsi qu'à diverses broutilles, telles que deux milliards de factures téléphoniques non payées par l'administration, à qui les Télécom ne coupent jamais la ligne.

De Mme Tibéri, pas un mot. Et pourtant il y avait à dire. N'avait-elle pas travaillé pendant dix mois à un rapport que lui avait commandé le Conseil général de l'Essonne ? Plus grave encore, elle a touché, pour cette occupation badine, un salaire. Selon la presse spécialisée, il n'y a pas de plus grand coupable en France, de plus vorace budgétivore que cette personne. Ces honorables canards se seraient-ils trompés ? On n'ose y croire. Quant à son époux, présentement maire de Paris, il a commis un crime particulièrement inexpiable : celui de loger son fils (prénommé Dominique) dans un « immeuble à loyer normal » (I.L.N.). Lui non plus n'est pas mentionné dans le rapport de la Cour des comptes. Apparemment les sévères magistrats qui composent cette redoutable instance ne lisent pas les gazettes. Ou s'ils les lisent, ils ne le font pas sans quelque esprit critique.

Le plus curieux, j'oserai presque dire le plus comique dans l'affaire Tibéri, est que, pour une fois, la gauche a été manipulée par la droite. Dans le grand montage organisé dans le but d'avoir la peau de M. le Maire, la gauche n'a vu qu'une occasion de faire du tort à un haut personnage du régime. Elle s'est jetée passionnément dans cette œuvre louable et a fait donner toute son artillerie. Or que se passerait-il si M. Tibéri était contraint de démissionner ? Ce n'est pas un homme de gauche qui le remplacerait à l'Hôtel de Ville, mais quelque gros monsieur de la majorité. J'en vois deux ou trois au moins qui seraient assez satisfaits d'aller s'asseoir dans son fauteuil municipal après l'en avoir éjecté.

Le seul ennui avec M. Tibéri, c'est qu'on n'a pas de fausses factures à lui reprocher. S'il n'y en avait qu'une, ne portant même que sur cent vingt francs, il y a longtemps que M. le juge Halphen, qui doit être émerveillé de « rouler » pour le gouvernement, l'aurait fait écrouer.

Au fond, le principal résultat de l'affaire Tibéri, c'est qu'à force de publicité, on est arrivé à faire un prénom à sa femme, qui a la chance inouïe de s'appeler Xavière et non Simone ou Janine. Quand on parle d'une Xavière aujourd'hui, en France et peut-être à l'étranger, tout le monde sait de qui il s'agit, comme naguère de Sacha (Guitry), d'Edgar (Faure) ou de Gaston (Gallimard). Voilà la vraie gloire. Elle restera à la chère Xavière après qu'on n'aura rien trouvé contre elle ni contre son mari, et que le soufflé politique sera retombé piteusement.

(12 octobre)

La Wallonie française

Il y a longtemps que les Wallons désirent devenir français. Ils sont malheureux dans une Belgique où les Flamands sont de plus en plus puissants, arrogants et francophobes. Les Wallons parlent français ; cette langue leur plaît, ils en connaissent la grammaire et la musique. Ils pensent aussi, peut-être, que le français est le seul rempart contre l'invasion mondiale de l'américain. Le flamand n'y suffirait pas. Ne serait-ce que parce qu'il n'a pas quatre cents ans de littérature derrière lui.

Je connais plusieurs hommes de lettres wallons. Ce sont des auteurs français à part entière. Ils vivent à Liège, Namur, Bruxelles et publient leurs livres à Paris. Pol Vandromme, qui est un de nos trois ou quatre grands critiques, habite dans le Hainaut. Un jour, je disais à Jean Giono que Simenon était un grand écrivain français. Il me répondit : « Ma foi, je pense que c'est plutôt un grand écrivain belge ! » Pour une fois, c'est lui qui se trompait, et non moi. Avec le recul du temps, il me semble que son sentiment n'était que celui d'un homme du sud à l'égard d'un homme du nord ; car, où classer Simenon sinon dans la littérature française, à la suite de Balzac, de Zola, de Proust, de Marcel Aymé ? Je ne lui vois pas une pareille filiation dans le pays où le destin a voulu qu'il naquît, c'est-à-dire à une cinquantaine de kilomètres de la frontière française.

Le français, jusqu'à une époque récente, était la langue qu'il fallait parler en Belgique, sous peine de paraître plouc. Les Flamands eux-mêmes, dès qu'ils arrivaient à la moindre position sociale, s'y jugeaient tenus. Maeterlinck et Ghelderode, Flamands de souche, écrivirent toute leur œuvre en français. Autrement, nul n'aurait entendu parler de leur génie dans le monde. Je rappelle qu'un des plus brillants romanciers et auteurs dramatiques contemporains, qui a le joli prénom de Félicien, n'a pas attendu que la Wallonie devînt française pour le devenir lui-même et être élu à l'Académie qui est particulièrement fière de le compter parmi les quarante. Il n'est d'ailleurs pas le premier Wallon à siéger sous la Coupole. Le général Weygand y était avant lui. Et depuis, nous avons eu Mme Yourcenar.

Une vieille plaisanterie « d'outre-Quiévrain » dit que le seul et unique Belge est le roi, qui est allemand. En effet, l'État ne tient ensemble que par la monarchie. S'il s'agissait d'une république, la Belgique aurait éclaté depuis un bon demi-siècle. Les Flamands auraient rejoint la Hollande et les Wallons la France. Le langage est décidément la chose la plus importante du monde en matière de nationalité.

(16 novembre)

Le green et le vert

J'ai été très surpris par l'espèce d'indignation que M. Julien Green a produite dans le public en démissionnant de l'Académie française. Ce n'est pas tant la démission elle-même qui a déplu que les paroles qui l'accompagnaient, à savoir que M. Green n'est pas français mais américain, et tellement fier de l'être qu'il ne pouvait pas supporter une minute de plus d'avoir sur le dos un costume folklorique de chez nous. L'opinion a vu là une injure, un mépris, un camouflet, qu'elle a ressentis plus fortement, à ce qu'il semble, que nous autres, propres confrères du fugitif, qui sommes habitués aux espiègleries des enfants terribles.

Bref, il y a eu une réaction bien curieuse, du genre : « Touche pas à mon Académie ! » Les Français sont fort attachés à cette institution, dont ils ne cessent de se moquer depuis trois cent cinquante ans. Comme quoi les moqueries sont presque toujours des mots d'amour. Si M. Green avait été français, nul n'aurait trouvé à redire à son geste. On l'eût peut-être blâmé, ou trouvé ridicule, mais on n'en eût pas été blessé. Le fait qu'il soit américain et nous ait jeté sa naissance à la tête a été interprété comme une marque d'ingratitude. Les bonnes gens ont pensé : « Voilà un homme que nous avons honoré, dont nous étions fiers, que nous avons traité comme un de nos enfants les plus chers, et il nous repousse, il a honte de nous, nous ne sommes plus assez reluisants pour lui. Quelle déception ! »

En dépit de l'américanomanie qui sévit partout en France il y a au fond du cœur de nos compatriotes un vieux reliquat d'antiatlantisme, un vieux refrain « G.I. go home » qui ne demande qu'à ressortir. Je pense que si M. Julien Green, avant de répudier l'Académie, était allé consulter l'ambassadeur des États-Unis à Paris, celui-ci lui aurait déconseillé cet éclat, devinant bien que cela risquait de tourner à l'incident diplomatique.

Ce qui serait amusant, ce serait de demander à un Malien ou un Congolais, dont toute l'ambition est de devenir citoyen français, ce qu'il pense de M. Green, travailleur immigré lui aussi à sa façon, et qui, ayant le bonheur d'avoir trouvé un statut satisfaisant, en fait si peu de cas.

Un détail auquel n'a pas songé M. Green, est qu'on ne peut pas démissionner de l'Académie, attendu qu'appartenir à ce corps n'est pas une fonction mais une dignité. Tout démissionnaire qu'il est, ou se prétend, il n'en continuera pas moins à recevoir chaque mois son indemnité de membre de l'Institut, laquelle se monte à sept cent cinquante francs. Qu'en fera-t-il ? L'administration la lui versera jusqu'à son dernier soupir en faisant la sourde oreille.

Il est vraiment désolant qu'un écrivain dont le nom de *green* se traduit par « vert » et qui, de ce fait, et quoique étranger, était en quelque sorte prédestiné à siéger quai Conti, veuille nous quitter. Ce n'est pas de sitôt que nous retrouverons quelqu'un de cette teinte.

(23 novembre)

L'entremets franco-russe

Sans interruption depuis mon enfance, j'ai entendu parler de l'emprunt russe, à croire que toutes les familles françaises y avaient souscrit. Cet emprunt russe était une de nos grandes douleurs nationales. Lorsque le gouvernement bolchevique décréta en 1918 qu'il ne rembourserait pas les dettes du tsar, les Français en furent atterrés. Nous avions donné treize ou quatorze milliards de francs (or) à notre chère Russie pour qu'elle se modernisât, qu'elle construisît des chemins de fer, qu'elle devînt un grand pays industriel, et voilà que c'était comme si nous avions jeté nos économies par la fenêtre.

Après la guerre de 1870, la Russie n'était pas notre meilleure amie en Europe, voire dans le monde : elle était notre unique amie. Non seulement elle ne nous tourna pas le dos comme les autres nations, ni ne ricana de notre défaite, mais encore elle nous plaignit, elle nous garda son alliance. Lorsque la flotte russe arriva à Toulon en 1893, ce fut avec un vrai délire d'amour que nous l'accueillîmes. Nous dédiâmes au tsar Alexandre un pont magnifique à Paris construit selon les plus hardies techniques et orné de becs de gaz de style Louis XV ainsi que de quatre colonnes surmontées de groupes allégoriques en bronze doré.

La Russie a été une seconde patrie des Français jusqu'à la révolution d'octobre 1917, et vice versa : c'est en France, principalement, que les Russes dits « blancs » vinrent se réfugier. Cette émigration, si dure qu'elle ait été pour certains d'entre eux, leur pesait sûrement moins à Paris qu'à Londres ou à New York, voire qu'à Rome. D'abord parce que le français était quelque chose comme leur autre langue maternelle, ensuite parce que chez nous, quelle que fût leur détresse, ils se sentaient un peu chez eux.

Que sont devenus les titres de l'emprunt russe ? Il y a bientôt cent ans qu'ils ont été émis. De temps à autre, le bruit courait que les Soviétiques allaient peut-être donner quelques dividendes, alors ils reprenaient une trace de vie, on en rassemblait des matelas entiers et de petits margoulins les vendaient à bas prix à des gogos qui croyaient à ce conte de fées. Ce n'était pas le genre de Staline, ni de Brejnev, ni de la philosophie marxiste d'assumer la vieille Russie capitaliste et féodale. Ils n'avaient pas de ces scrupules.

À mon avis, c'est un événement politique considérable que M. Tchernomyrdine, Premier ministre de Russie, ait pris l'engagement cette semaine de procéder à un paiement relatif du vieil emprunt russe. Plus important peut-être que la chute du régime soviétique et du mur de Berlin. Cela signifie un retour à la morale d'autrefois, ou plus exactement à la morale tout court. Cela signifie que le communisme est tout à fait mort et que ce que l'on appelle encore l'Est va enfin nous ressembler.

(30 novembre)

Un avenir pour l'orphelin

Il y a un bel avenir pour le parti communiste français, mais je ne suis pas sûr qu'il le sache. Il n'a pas fini de se sentir orphelin. L'U.R.S.S. n'était pas, comme on le disait, son « grand frère », mais bel et bien sa mère. Elle avait réussi sa vie ; il avait l'œil fixé sur ce magnifique accomplissement, et il songeait qu'un jour, sous sa grande aile protectrice, il parviendrait à une position aussi enviable.

L'U.R.S.S. est morte et probablement enterrée. Le parti communiste français, qui avait vécu pendant soixante-dix ans en lui tenant la main, qui avait pour elle les yeux et l'amour d'un enfant, s'est retrouvé soudain seul au monde. Il lui reste des frères, sans doute, mais ce sont des cadets, des puînés, des tardillons. Lui, il était l'aîné, le plus chéri de tous. La mère U.R.S.S. le chouchoutait spécialement jusqu'à donner le nom de « Thorez » à l'une de ses cités.

Je sais de quoi je parle, étant allé faire un séjour à Moscou, en 1957, en compagnie d'Aragon et d'Elsa Triolet. L'accueil que je reçus m'abasourdit. Nulle part ailleurs on ne m'avait autant fêté et honoré. Parce que j'accompagnais deux des hautes figures du P.C.F., on me croyait membre du parti moi aussi et l'on me traitait comme tel. Quant à Aragon, les bons Russes avaient l'échine courbée devant lui comme devant un prince, et c'est en prince qu'il se conduisait, altier, difficile d'accès, exigeant toutes les soumissions et tous les respects.

Être orphelin de mère est douloureux, mais cela doit bronzer le cœur et non pas le briser. Le P.C.F., tant aimé de sa maman, n'a jamais très bien réussi en France. Dans ses plus beaux moments, il n'a pas conquis le quart, voire le cinquième, des électeurs. Cela suffit sans doute pour influer sur la politique, mais non pour prendre le pouvoir. Les quatre cinquièmes ou les trois quarts du corps électoral n'auraient jamais donné leur confiance au fils d'une étrangère.

À présent, je ne vois plus d'obstacle à ce que l'orphelin grandisse. D'autant plus qu'il y a une belle place à prendre dans la politique française : celle de la gauche nationaliste, et qu'elle est à lui si tant est qu'il veuille bien s'en apercevoir. Car il n'existe plus de gauche en France, tout comme il n'existe plus de droite. La majorité et l'opposition se ressemblent présentement au point que l'on ne distingue plus très bien le programme de l'une de celui de l'autre.

La France, singulièrement la classe populaire, a besoin d'un parti susceptible de lui redonner le sentiment de son identité face à l'Europe protoplasmique qui l'enserre comme une pieuvre molle, face aussi à l'Amérique qui impose partout ses produits et jusqu'à son langage. Puisque le P.C.F. ne peut plus nous forcer à devenir des Russes, il a une autre mission, qui est de retrouver nos racines françaises. Je sais bien que c'est difficile à comprendre.

(21 décembre)

Les jeunes ruines

Il y a quand même des événements heureux en France, et l'année 1996 en a vu un : la dégradation des machins édifiés par le gouvernement entre 1981 et 1995. L'Opéra-Bastille « part en brioche » selon l'expression populaire ; la Grande Arche de la Défense se fendille comme un palais indien après la mousson ; la Cité de la musique à La Villette est envahie par les eaux. Les ravages n'épargnent même pas une vieille horreur qui, par extraordinaire, n'est pas imputable au goût artistique de MM. Lang et Mitterrand, à savoir le Centre Pompidou.

Nous n'avons pas encore d'informations sur l'état des colonnes de Buren non plus que sur celui de la pyramide du Louvre, non plus que de la ridicule Bibliothèque de Tolbiac, mais on peut espérer que ces merveilles ne résisteront plus très longtemps. Un ministre de la Culture un peu vif pourrait hâter leur trépas. Hélas ! La République est comme un virage dangereux sur les routes de montagne. Il faut attendre quinze morts et vingt accidents pour qu'on se décide à planter un panneau recommandant aux automobilistes de faire attention. De même, quand Paris sera vraiment saturé d'immondices architecturales (lesquelles, bien entendu, auront coûté les yeux de la tête), on commencera à dire qu'il serait temps de se méfier des lubies gouvernementales.

J'ignore le nombre de millions ou de milliards qu'ont coûté les monuments légués par le régime socialiste quoique j'en aie fourni une partie avec mes impôts. Je suis si malheureux que mon pauvre argent gagné à la sueur de ma plume ait servi à bâtir des choses qui ne sont guère plus belles que des huttes en torchis, que je pousserais des cris de joie si l'on m'en prenait autant, voire davantage, pour les démolir.

L'affaire d'un gouvernement n'est pas de faire plaisir. Les socialistes ont voulu faire plaisir au peuple français. Ils lui ont offert l'Opéra-Bastille, la Grande Arche et le reste comme on offre des surprises. Or rien n'est pire qu'une surprise : c'est toujours un objet idiot, dont on ne sait que faire et qui, par-dessus le marché, est affreux. On le met généralement dans un placard, à moins qu'on ne le refile à quelqu'un pour s'en débarrasser en ayant l'air de faire un cadeau.

Il est malheureusement impossible de refiler la Cité de la musique et les colonnes de Buren au Burkina-Faso. Cela est enraciné dans le sol parisien, et il faudra quelques travaux pour l'en extirper. L'ennui est que les travaux n'auront lieu que dans dix ou vingt ans, lorsque les monuments seront devenus carrément des ruines et qu'il sera tout à fait impossible de les rafistoler. L'embêtant, dans la vie, c'est qu'il faut toujours attendre ce qui pourrait nous faire plaisir, alors qu'on reçoit sans délai ce qui nous désole.

(28 décembre)

1997

Nos ancêtres les Gauloises

Il sera fort intéressant de voir quel verdict sera rendu dans les procès intentés à la Seita par les familles de deux personnes mortes d'un cancer du poumon parce qu'elles avaient trop fumé des cigarettes. D'après ce que j'ai lu dans les journaux, les plaignants reprochent à la Seita de ne pas mettre suffisamment en garde ses clients sur la nocivité du tabac. Pourtant, obéissant à la loi, elle imprime sur les paquets de Gauloises les mentions : « Abus dangereux » et « Nuit gravement à la santé ».

Ou les gens qui fument ne savent pas lire, ou ils se moquent d'attraper des maladies. Il me semble que c'est eux qui sont la cause principale de ce qui leur arrive. Tout est dangereux dans ce monde : il faut faire attention à chaque instant si on veut rester en vie. Mettez une excellente automobile, fabriquée par les meilleurs constructeurs, entre les mains d'un chauffard qui s'empresse de faire du deux cents à l'heure et trouve la mort contre un platane : traînera-t-on Renault, Fiat, Mercedes ou la General Motors en justice parce que ces illustres firmes auront omis de spécifier que l'abus de la vitesse « nuit gravement à la santé » ?

Demande-t-on aux boutiquiers qui vendent des couteaux de cuisine de préciser que ces instruments peuvent couper des doigts aussi bien que des oignons ou des escalopes et que si on se les plante dans le ventre, on risque d'en trépasser ? Ces choses-là vont de soi. Du moins elles allaient de soi jusqu'à un passé récent. Je veux dire tant que les hommes croyaient au libre arbitre et qu'ils savaient que quand ils pâtissaient de quelque chose, c'était généralement par leur faute.

À présent, nous vivons sur une philosophie inverse, qui pourrait s'exprimer par la vieille formule des écoliers cafards : « C'est pas moi, m'sieu, c'est lui. » Cela est le résultat de cinquante ou soixante-dix ans de démagogie. L'État a tant et si bien persuadé les citoyens qu'ils ne sont jamais responsables de rien, qu'ils ont pris l'habitude d'accuser le monde entier de leurs infortunes, et par suite, de se poser toujours en victimes.

Pour en revenir au tabac, il est furieusement à la mode de « tonner contre », comme disait Flaubert. Cet antitabagisme nous vient naturellement d'Amérique, comme la plupart des lubies actuelles. Si j'étais le président de la Seita, je ne serais pas trop rassuré. Il n'y a rien de tel que la mode pour vous faire perdre des procès normalement imperdables.

(4 janvier)

Jean-Edern

Lorsque André Breton mourut en 1966, il y eut un concert de lamentations. C'était à qui pleurerait le plus fort. J'en étais abasourdi. Je me disais : « C'était bien la peine d'avoir été le pape du surréalisme, d'avoir mécontenté ou brisé tant de gens, d'avoir jeté tant d'anathèmes, d'avoir foudroyé et maudit toute sa vie durant, pour être enseveli sous les louanges comme le dernier des imbéciles ! » J'écrivis sur l'événement un petit article dans lequel il y avait cette phrase : « Malheur aux cadavres sur lesquels personne ne vient cracher ! » Les quelques survivants du surréalisme, les derniers fidèles de Breton, ne me le pardonnèrent jamais. Pourtant, sous ma plume, ce n'était pas une injure. Plutôt un regret.

Jean-Edern Hallier qui, en dépit de ses tribulations, avait, en somme, réussi sa vie, aura réussi également sa mort. Ce n'est pas un concert de lamentations qui l'a accompagné au tombeau, mais un charivari d'insultes. Lui, vraiment, ne pourra pas se plaindre qu'on n'ait pas craché sur sa tombe. Tous les ânes de l'intelligentsia parisienne (et il y en a) y sont allés de leur coup de pied. Un lion mort, c'est une aubaine « à profiter de suite », cela ne se rencontre pas tous les jours. La gazette la plus nécrophage lui consacra sa première page sous le titre « Le roman d'un tricheur », ce qui était, ma foi, bien choisi, attendu que l'existence de Jean-Edern, du commencement à la fin, a été le contraire d'une tricherie.

Il a été vrai, et j'oserai même dire pur en tout, qu'il s'agît de littérature ou d'action. En tant qu'écrivain, il possédait ce don si rare, auquel on reconnaît les grands : la musique. Grâce à quoi tout ce qu'il publiait, article ou livre, allait jusqu'au fond des choses, et les éclairait d'une lumière incontestable. On le décore du nom de polémiste, mais c'est faux ; il était avant tout un artiste. Je veux dire par là que sa main le menait où il devait aller autant que son intelligence. Il aura été le poète lyrique de notre temps. Ce lyrisme s'épanouissait quelquefois dans l'imprécation, comme chez le père Hugo, que bien des pieds-plats du XIXe siècle tenaient pour un énergumène ou un hurluberlu, mais qui était, à sa façon, l'honneur de la France.

Quant à la politique, Jean-Edern n'a jamais volé au secours des vainqueurs, comme l'ont fait (ou auraient bien voulu le faire) ceux qui le piétinent aujourd'hui. Au contraire, on le trouvait chaque fois qu'il le fallait du côté des vaincus. Il a été avec infaillibilité le champion des causes perdues, et grâce à lui, grâce à son esprit, à son génie, elles n'ont pas été tout à fait perdues. Il a défié sans peur les puissants. Et finalement il est parvenu sinon à les terrasser, tout au moins à les démasquer. Et à cause de lui, c'est sans leur masque que les authentiques imposteurs, les authentiques « tricheurs » seront jugés par l'Histoire, si tant est que l'Histoire daigne ne pas les oublier tout à fait.

Il faut dire les choses comme elles sont : avec la mort de Jean-Edern Hallier, ce n'est pas seulement la littérature française qui est en deuil, c'est aussi la morale et l'esprit français.

(18 janvier)

Un programme pour le P.S.

M. Jospin, à ce qu'on peut lire dans les journaux, « prépare la gauche à cohabiter en 1998 ». Cela veut dire qu'il voudrait bien que le parti socialiste gagnât les élections législatives de l'année prochaine. Moyennant quoi, comme il en est le chef, il serait Premier ministre de M. Chirac, comme celui-ci le fût pendant deux ans de M. Mitterrand.

J'ai étudié fort attentivement les projets et les idées de M. Jospin, et je dois lui dire, non sans regret, que ce n'est pas ce qu'il envisage qui a quelque chance de ramener à lui le corps électoral. En fait, comme la quasi-totalité des hommes d'action, M. Jospin parle politique. Or c'est les mœurs, la morale, les sentiments, les passions qui mènent le monde, non les idées. Pour comprendre les gens, il faut commencer par faire un peu de philosophie, c'est-à-dire, en l'espèce, méditer sur les causes des succès ou des échecs de l'adversaire.

Si M. Jospin était philosophe, voire romancier (mais c'est à peu près la même chose), au lieu d'être homme d'action, il se serait tenu à peu près le raisonnement suivant : « Pourquoi la droite, qui nous a si radicalement écrasés au dernier scrutin, est-elle devenue si impopulaire en deux ans ? La réponse est évidente : c'est parce qu'elle a voulu faire les mêmes bêtises que nous. Les électeurs, qui ne pouvaient plus nous supporter, ont mis à notre place des individus dont ils espéraient qu'ils feraient une politique complètement différente, sinon inverse de la nôtre.

« Qui aurait cru, il y a cinquante ou cent ans, que la droite un jour mettrait son point d'honneur à nous ressembler comme une sœur ? Telle est la divine surprise qu'elle nous a faite. La maladie incurable de la droite actuelle est le snobisme. Elle est persuadée que le comble du chic est d'être de gauche. Nous autres, qui sommes réellement de gauche et qui savons à quoi nous en tenir sur la question, ne tombons pas dans un travers analogue. La route nous est toute tracée : cessons bien vite d'avoir l'air d'être ce que nous sommes. La politique que la droite n'a pas faite et que lui demandaient si instamment les électeurs, faisons-la.

« Ce n'est pas bien compliqué. Quelques mesures heureusement choisies y suffiront, telles que de se montrer fort méfiant à l'égard de ce qu'on appelle “la construction européenne”, de refuser l'*euro* comme monnaie unique, de dire systématiquement non à tout ce que nos alliés et partenaires veulent nous faire faire, etc. Sans parler des colonnes de Buren, de la pyramide, de l'Opéra-Bastille, de la Grande Arche, de la Bibliothèque de Tolbiac dont on décrétera la démolition immédiate, ce qui donnera lieu à des réjouissances populaires comme on n'en a pas vu depuis la libération de Paris. »

Si M. Jospin est intéressé par mes suggestions, il n'a qu'à m'écrire à *France-Soir*. J'ai environ cent dix propositions à lui faire, qui sont infaillibles pour récolter quatre cents sièges à la future Assemblée. Être le père Joseph du P.S., le mener à la victoire, voilà un but qui me plairait. Hélas ! On ne m'écoute jamais.

(25 janvier)

Les intestins sont dehors

Être vieux à vingt ans, et même croulant (pour une fois, le mot est adéquat) ne dénote pas une bonne santé ou une forte constitution. C'est ce qui arrive au Centre Beaubourg. Il s'en va par tous les bouts. Comme toujours, on prendra l'argent nécessaire pour le rafistoler dans mon porte-monnaie et dans celui des innocents lecteurs de cette chronique. Notez que cela ne sera pas trop cher. Cela ne coûtera, à ce qu'on dit, que sept cents millions. Qu'est-ce que sept cents millions aujourd'hui ? On en dépense bien davantage pour des bêtises aussi éphémères et chimériques que cette monstruosité saugrenue.

Le grand argument en faveur de Beaubourg tient en un seul mot, mais magique : la culture. En ce qui me concerne, je n'ai jamais bien su ce que ce mot signifiait. Son apparition dans notre langage a curieusement coïncidé avec le retour de l'ignorance et de l'analphabétisme qui, jusque vers 1950, avaient à peu près disparu de chez nous. Naguère les élèves de l'école primaire passaient un petit examen appelé « certificat d'études » que nul n'aurait eu l'idée d'assimiler à de la « culture ». Pourtant, c'en était, et de la vraie, de la bonne. Qui, de nos jours, parmi les consommateurs de culture, serait capable d'y être reçu ? Cinq pour cent à peu près, en comptant large.

Autre argument massue en faveur de Beaubourg : vingt-cinq mille personnes y défilent chaque jour. On prétend que depuis sa fondation, il a compté cent quarante-quatre millions de visiteurs. Que de gens affamés de culture, Seigneur ! C'est bien l'occasion de s'écrier que notre époque est formidable. Cent quarante-quatre millions de lettrés, d'amateurs d'art, de connaisseurs, d'esthètes, d'érudits : qui oserait prétendre que le XXe siècle est un siècle barbare ? Deux cent quatre-vingt-huit millions de pieds culturels ont usé les moquettes de Beaubourg. Il serait intéressant de savoir si le zoo de Vincennes est autant fréquenté.

À la vérité, ce qui m'a toujours ennuyé dans le palais Beaubourg, c'est qu'il se présente comme l'inverse de l'architecture, et même de l'être humain. Dans celui-ci, les tuyaux, c'est-à-dire les intestins, les viscères, les organes sont à l'intérieur. À l'extérieur, on ne voit que le visage, les yeux, la peau, les membres, la chevelure, toutes choses plaisantes et génératrices de désir quand il s'agit de jolies femmes. De même, en architecture, on ne voit que les façades ; la plomberie est derrière les murs. Or Beaubourg, c'est le contraire : les intestins sont dehors et les charmes (s'il y en a) sont cachés. Je ne sais quels architectes ont fait les plans de cette pièce anatomique, mais ce ne sont ni des philosophes ni des artistes. Tout compte fait, sept cents millions pour la retaper, cela me paraît cher. J'aimerais mieux les donner aux chômeurs.

(1er février)

Désapprendre l'anglais

S'il était un homme duquel je pensais que j'aurais toutes les raisons d'être content, c'est bien M. Chirac. J'avais formé des vœux pour qu'il devînt président de la République, et je m'y étais employé, ayant voté pour lui. Et voilà qu'il fait ce qui pouvait le plus m'être désagréable : parler en anglais à la télévision française. Je l'ai vu, je l'ai entendu, je n'en croyais ni mes yeux ni mes oreilles. J'ai même été jusqu'à penser : « Mitterrand ne l'aurait pas fait. » Ne fût-ce que parce qu'il était incapable de prononcer deux mots dans cette langue.

J'entends bien qu'il y avait en l'occurrence de la délicatesse à s'exprimer en anglo-américain, puisqu'il s'agissait de la mort de l'ambassadeur des États-Unis à Paris, Mme Harriman. Mais l'affaire d'un chef d'État n'est pas d'être délicat. Je pense que si l'ambassadeur de France à Washington avait subitement trépassé, le président des États-Unis n'aurait pas eu l'amabilité de nous adresser ses condoléances en français par l'intermédiaire de la télévision américaine. Parler publiquement la langue du pays le plus puissant du monde est un acte implicite de vassalité. Si, au lieu de Mme Harriman, c'était l'ambassadeur de Turquie ou de Suède qui avait eu une syncope dans sa piscine, M. Chirac aurait-il fait part de son affliction en turc ou en suédois ? J'en serais fort surpris.

Il n'y a pas si longtemps, le français était la langue diplomatique officielle, et ce que l'on disait en français était censé être compris du monde entier. Je sais bien qu'il n'en est plus ainsi, mais s'il y a un pays qui doit croire et, s'il le faut, feindre que rien n'a changé, que le français est toujours une langue universelle, c'est la France. Surtout quand elle s'exprime par la bouche de son magistrat suprême. De Gaulle, qui parlait et comprenait parfaitement l'anglais, n'usait que du français dans les rencontres internationales. Un interprète traduisait ses propos. Plus on est haut placé, plus on doit descendre dans les petits détails.

Parler anglais ou américain de nos jours, sans y être obligé par son travail ou ses affaires, c'est faire du zèle, et la pire espèce de zèle : le zèle du colonisé qui s'évertue à ressembler au colonisateur. Cela ne vaut pas seulement pour le président de la République, mais pour tous les Français qui se vautrent furieusement dans l'américanomanie, et jusqu'aux boutiquiers qui proclament leur asservissement en lettres de cinquante centimètres sur leurs enseignes.

Le français est la langue de la République, a-t-on inclus dans la Constitution. Mon Président, désapprenez l'anglais, s'il vous plaît.

Au poste où vous êtes, il ne vous sert à rien, sinon à vous attirer des reproches d'un de vos vieux fidèles. Parlez le patois corrézien. C'est cela qui me fera plaisir.

(15 février)

Les commodités du colonialisme

En 1880, en 1900, en 1930, nous regorgions de colonies. Cela avait un grand avantage dont nul d'ailleurs, en ces temps, ne se doutait : c'est que les problèmes d'immigration n'existaient pas. Ils se sont mis à exister terriblement après la décolonisation, il faut bien le dire, au risque de passer pour un monstre aux yeux de la morale d'aujourd'hui. En 1930, les seules difficultés que nous avions consistaient à trouver un nombre suffisant de fonctionnaires à envoyer dans les différents coins du monde qui nous appartenaient. Les Français préféraient Vaugirard à Madagascar ou Toulouse à Ouagadougou.

Il n'y avait guère que les Corses qui fussent heureux d'aller exercer leur autorité naturelle et leurs capacités administratives dans nos possessions. Ils avaient aussi beaucoup de goût pour la douane. Ayant ces agréables débouchés, la Corse était fort tranquille. Il n'y avait pas de nuits bleues à Bastia, pas d'assassinats, pas de F.N.L.C. La Corse formait un département très pittoresque et très agréable. Tino Rossi y était vénéré autant que Napoléon. L'île de Beauté était aussi l'île de la placidité.

L'unique forme d'immigration que l'on puisse noter se situe en 1931, lorsqu'on organisa l'Exposition coloniale, qui fut un succès fabuleux. Il y avait entre autres merveilles une reconstitution en carton-pâte, grandeur nature ou presque, du célèbre temple d'Angkor. Une autre attraction était le « village nègre ». On disait encore « nègre » à cette époque, sans intention péjorative. « Village noir » eût prêté à confusion : le public aurait pensé qu'il s'agissait d'une agglomération de corons du Nord. Le village nègre était charmant. On y admirait de pimpantes paillotes, des négresses à plateaux, des joueurs de tam-tam et de vieux marabouts à barbe crépue.

Entre les deux guerres, les seuls gens qui avaient envie de s'installer en France étaient les Polonais. Généralement, ils étaient catholiques, ce qui simplifiait les choses. Quant aux Israélites étrangers, ils aimaient infiniment notre hospitalité, au point qu'il existait alors un dicton qui circulait dans les quartiers du Marais : « Heureux comme Juif en France ». Ah ! Comme il eût été souhaitable que nous ne fussions pas battus militairement en 1940, et par les nazis, c'est-à-dire des barbares fous !

La conclusion de tout cela, c'est que quand on se constitue un bel empire colonial, on devrait penser au moment où on le perdra. Ce qui était métropole se transforme alors en refuge, avec tous les inconvénients et le désordre que cela implique. Désordre qui n'est pas seulement social, mais aussi moral. La mauvaise conscience remplace l'esprit de conquête. C'est notre cas aujourd'hui, c'est également celui de l'Angleterre. La Suisse, qui n'a jamais eu de colonies, est bien tranquille. Elle a, en plus, la vraie puissance moderne : une monnaie forte.

(1er mars)

Gloire au petit commerce

Lorsque j'écrivais le *Bon beurre*, histoire d'un crémier qui s'enrichit sous l'Occupation en spéculant sur la famine, je n'imaginais guère qu'un jour je défendrais le petit commerce, que celui-ci me paraîtrait extrêmement précieux et même vital. J'ignorais que la société industrielle, financière et touristique allait le manger. Hélas ! c'est ce qui s'est produit dans le quartier de Saint-Germain-des-Prés où j'habite. Les boutiques utiles, c'est-à-dire les épiceries, les boucheries, les charcuteries, les crémeries, les merceries, les électriciens, les marchands de couleurs, les serruriers, disparaissent les unes après les autres, inexorablement. Elles sont pour ainsi dire « phagocytées » par trois catégories de microbes gloutons et prédateurs : les marchands d'habits, les marchands de croûtes et les gargotiers.

Les rues qui avoisinent ma vieille maison n'offrent plus à mes regards désolés que des vestons en confection, des cravates, des jupes, des chaussures, des chemises. Ou alors ce sont des barbouillages pompeusement baptisés « huiles sur toile » ou « peintures non figuratives ». Il y a aussi des peintures « figuratives » mais elles sont souvent bien maladroites les pauvrettes. Quant aux gargotes, elles pullulent. Certaines rues puent une friture exotique particulièrement suffocante. Les parfums de l'Extrême-Orient dominent. Non point l'essence de rose ou de jasmin, mais plutôt les crevettes congelées frites dans une huile indéfinissable.

Comment tout cela vit-il ou plutôt survit-il ? Qui achète les « œuvres » exposées dans des galeries dites d'art, qui va risquer sa santé dans les restaurants, qui a tant besoin de se couvrir de nippes ? Il me semble que c'est les galeries qui tiennent le coup le moins bien. Elles durent quelques mois puis mettent la clé sous la porte faute d'amateurs. Mais quelle idée étrange d'exposer inlassablement des horreurs qui ne sont même plus à la mode ? Qu'espèrent les galéristes (c'est ainsi qu'ils se désignent ; galériens serait plus juste) ? Certes, il y a les Américains mais ils commencent à s'y connaître un peu les bougres et ne répandent plus aussi aveuglément leurs charmants dollars que naguère.

Ce qui est gentil avec le petit commerce traditionnel, c'est son côté populaire et bon enfant. Il y a encore dix ans j'avais quarante ou cinquante amis qui vendaient des haricots à la criée, qui me connaissaient, qui m'appelaient avec familiarité « Monsieur Jean », comme un fils de famille. J'avais le sentiment d'exister, de faire partie d'une tribu et mes expéditions dans le quartier étaient une suite de causettes. Je ne trouve rien de tel avec les messieurs et les dames qui vendent des oripeaux et qui sont dans l'ensemble assez hautains.

Qu'il y ait des touristes à Saint-Germain-des-Prés, cela est bien légitime. Mais que Saint-Germain-des-Prés soit en train de devenir exclusivement une réserve pour touristes, c'est sinistre. On a le sentiment que l'âme d'un vénérable quartier s'efface, gommée par l'esprit mercantile. Les B.O.F. du *Bon beurre* ne sont plus les crémiers. Pauvres chers crémiers !

(8 mars)

Le quota

Il serait intéressant de savoir combien de Noirs sont capitaines de police, c'est-à-dire commissaires principaux à New York et à Los Angeles. Si l'on en croit les films et téléfilms produits par Hollywood, il n'est pas un commissariat qui n'en soit pourvu. Ce sont des fonctionnaires de premier ordre, ils mènent leur petit monde d'une main de fer et piquent de grosses colères pour cacher leur bon cœur. Ce qui est particulièrement émouvant, c'est le respect, pour ne pas dire la crainte, qu'ils inspirent aux flics blancs placés sous leurs ordres.

Les gens de couleur font de très belles carrières dans le cinéma américain : ils sont juges et on les appelle « votre honneur », sous-directeurs de la C.I.A., amiraux, conseillers particuliers du président des États-Unis, ce qui ne les empêche pas, le cas échéant, d'être des sergents instructeurs dans le glorieux corps des « marines » et de mener la vie dure aux conscrits (blancs).

Purs contes de fées que tout cela bien entendu. Il n'y a plus de ségrégation officielle en Amérique ; cependant, il en existe une toujours dans les esprits. Je n'ai pas été y regarder de près, mais je suis bien sûr qu'un Noir, s'il veut s'élever dans la société, et même s'il est couvert de diplômes, n'y arrivera pas aussi vite qu'un Blanc, ou qu'il n'y arrivera pas du tout. Bref, Hollywood, comme à son accoutumée, s'évertue à donner une image idéale des États-Unis, où règnent l'égalité de races, l'estime réciproque, l'affection fraternelle soudée par la guerre du Vietnam. Je suppose que personne, là-bas, n'est dupe.

Je ne me permettrai certes pas de comparer les femmes françaises aux Noirs américains. Toutefois, je vois une amusante analogie entre notre gouvernement et Hollywood. Dans quelle cervelle énarchique a bien pu germer l'idée que nos dames n'étaient pas assez nombreuses dans les parlements ou nos conseils municipaux, et qu'il fallait établir un quota de personnes du sexe, comme il existe sans doute dans la grande fabrique de films de Californie un cahier des charges spécifiant que les scénarios doivent compter deux personnages noirs au minimum et de préférence dotés d'une belle âme.

Si j'étais femme, je ne serais pas trop contente que mon sexe fût ramené à quelque chose comme une espèce en voie de disparition protégée par la loi. C'est que je respecte les femmes. Pour moi elles sont tout à fait les égales des hommes, si ce n'est légèrement supérieures. Si elles ne sont pas nombreuses dans les parlements ou les conseils municipaux, c'est peut-être parce qu'elles n'ont pas envie d'y être ou qu'elles n'aiment pas la politique démocratique, qui demande beaucoup de singeries et beaucoup de fripouillerie. Les femmes sont, aussi, plus délicates que les hommes. Je suggère au gouvernement de creuser son idée dans ce sens-là. Mais je serais bien étonné qu'il le fît.

(15 mars)

L'index

De tous côtés, il me revient une information qui m'emplit de ravissement et d'orgueil. On me précise même qu'elle a paru dans *Le Monde* il y a une quinzaine de jours. Qui m'eût dit que je rencontrerais la gloire littéraire suprême dans la petite ville de Saint-Ouen-l'Aumône, dans le Val-d'Oise ? Il y a là-bas un lycée Edmond-Rostand, lequel est pourvu d'une bibliothèque. Les élèves de cet établissement ont découvert avec horreur qu'elle contenait des ouvrages de Jacques Bainville, un des plus grands esprits de la première moitié du XXe siècle, ainsi que de M. Jean Tulard, membre de l'Institut, une *Histoire de France* de Jean-François Chiappe, divers volumes sur la guerre de Vendée, et enfin un opuscule que j'ai publié à la fin de l'année dernière, intitulé *Le Feld-Maréchal von Bonaparte*, dans lequel je m'amuse à raconter ce qui se serait passé dans le monde si la Révolution de 1789 n'avait pas eu lieu.

Il est réconfortant d'apprendre que des lycéens ont la curiosité, aujourd'hui, d'entrer dans une bibliothèque. Cela tendrait à prouver qu'ils savent lire, ce dont on n'était pas absolument certain. Quoi qu'il en soit, ces écoliers-là sont de vigilants petits militants. Ils ont été indignés de voir se prélasser sur leurs rayons Bainville, Tulard, Chiappe, Deniau, Peyrefitte, moi-même et quelques autres malfaiteurs du même acabit. Ils s'en sont plaints aux professeurs qui ont été « stupéfaits » et qui ont aussitôt créé un « collectif » pour faire face à la situation. Cinquante bouquins ont été retirés de la bibliothèque et mis sous clé. Le recteur de l'académie de Versailles a chargé deux inspecteurs pédagogiques régionaux et un inspecteur général de procéder à une enquête.

Être mis à l'index est évidemment le comble du chic pour un écrivain ou un artiste. C'est presque mieux qu'un procès comme en ont eu Flaubert et Baudelaire. Le plus exaltant est d'être brûlé en place publique, non pas personnellement, mais par livres interposés. On faisait cela il y a deux ou trois siècles pour les auteurs « dérangeants ». On a fait cela naguère dans le IIIe Reich. Les nazis trouvaient que certains ouvrages soutenaient des thèses immorales et jugeaient qu'il valait mieux les transformer en fumée. En U.R.S.S., c'était encore plus radical : on n'imprimait pas les mauvais livres ; ils circulaient clandestinement, dactylographiés par les affiliés du samizdat. Va-t-il y avoir un samizdat à Saint-Ouen-l'Aumône ? On n'ose pas l'espérer.

Il faudrait faire un sondage parmi les petits Robespierre du lycée Edmond-Rostand : ont-ils pris connaissance des œuvres de celui qui a donné son nom à leur école ? Rostand était assez réac et patriotard, le cher homme. Cela ne doit pas être bien vu dans le Val-d'Oise. Je crois me rappeler qu'il publia un recueil de poèmes bellicistes intitulé : *Le Vol de La Marseillaise*. Un titre pareil est une provocation posthume.

(22 mars)

Le triomphe de la médecine

Ayant l'esprit tourné à la plaisanterie, j'ai commencé par penser à Molière. La grève des internes et des médecins français l'amuserait sûrement, ne serait-ce que pour la raison qu'il n'a pas traité ce sujet-là dans ses farces et ses comédies. Le docteur Diafoirus déclarant qu'il ne prescrirait plus de clystères, le docteur Purgon qu'il ne ferait plus de saignée, le jeune Thomas Diafoirus et ses confrères manifestant (en latin) place Royale, tout cela serait aujourd'hui au répertoire de la Comédie-Française et ferait rire depuis trois cents ans.

Toutefois, j'oubliais une chose dans l'histoire de la médecine française et de ses rapports avec l'art dramatique : c'est l'apparition du docteur Knock en 1924. Le docteur Knock, dont le rêve était de mettre toute la France au lit, et qui, au bout de la pièce, y parvenait, est un personnage essentiel du monde moderne. Je me suis toujours demandé si Jules Romains en le créant se doutait qu'il faisait œuvre de prophète. Aujourd'hui, en effet, toute la France est au lit ; le « triomphe de la médecine » est encore plus complet que ne le rêvait l'illustre Knock : il ne reste plus à celui-ci qu'à se mettre en grève pour mesurer le degré de sa puissance. Quand il se croise les bras, la France est affolée, tremblante comme un enfant égaré tout seul dans une forêt ; papa Knock n'est soudain plus là pour le prendre par la main et le conduire dans son petit lit douillet. C'est la terreur, c'est l'indignation, c'est le désespoir.

Je ne crois pas que Jules Romains ait songé que sa comédie était prophétique. Pour qu'elle le devînt, il fallait que l'on créât quelque chose dont il ne pouvait avoir l'idée : la Sécurité sociale. Grâce à cet organisme, la France enfin s'est sentie vraiment malade. Cela n'est pas venu tout de suite mais peu à peu, à mesure que la Sécu s'est fournie en personnel, en bureaux, en administrations de toutes sortes, c'est-à-dire qu'elle a coûté de plus en plus cher aux contribuables. Ceux-ci, qui étaient des malades potentiels, se sont fait ce raisonnement très humain (auquel les belles âmes qui nous gouvernent n'avaient évidemment pas pensé car tout ce qui est humain leur est étranger) : « Puisque nous payons, autant profiter, autant amortir. Voyons les médecins et faisons-nous prescrire des médicaments ruineux ! » D'où il suit qu'il y a à présent à peu près deux tiers de malades plus ou moins imaginaires dans notre beau pays hexagonal.

Je suppose que les médecins et internes ne se sont pas avisés que cette grande masse de valétudinaires qui les font vivre n'existerait pas sans la Sécurité sociale, qui est une espèce d'église dont ils sont les prêtres. Il serait assez satisfaisant qu'ils parvinssent à la détruire. Ce serait un grand coup porté à l'industrie pharmaceutique qui est puissante et opulente. On aimerait connaître son avis sur la grève des toubibs. Mais elle est muette comme le Vatican.

(29 mars)

Le dernier mot

M. Charasse connaît certainement beaucoup de choses, ayant été ministre, mais il ne sait rien de la façon dont marche l'esprit (ou le cœur) des hommes de lettres. Accuser Jean-Edern Hallier d'avoir voulu faire chanter l'Élysée, c'est-à-dire de renoncer à publier un livre en échange de quelque grosse somme d'argent, n'est pas seulement une absurdité, c'est une invraisemblance.

Quand on a tant fait que de pondre trois ou quatre cents pages, que l'on y a travaillé une demi-année ou davantage, que l'on a mis dans l'ouvrage toutes sortes d'idées, que l'on est parvenu à trouver une certaine musique de style, et enfin que l'on est un personnage connu à qui les éditeurs ne refusent pas ses manuscrits, rien au monde, sauf la mort, ne saurait empêcher le bouquin de paraître. Ce serait comme de vouloir empêcher d'accoucher une femme grosse de neuf mois. Il y a là une sorte de phénomène naturel contre lequel même un gouvernement socialiste ne peut rien.

Jean-Edern n'était pas fait autrement que les autres. Je donnerais ma tête à couper que, si on lui avait proposé cent millions ou cent milliards pour que *L'Honneur perdu de François Mitterrand* ne fût pas imprimé, il aurait refusé. Il n'y a que les petits journaux qui pratiquent le chantage et retirent de leurs colonnes un article tout écrit afin d'empocher un chèque. Pour un écrivain authentique, pour un artiste, le bonheur suprême est de voir son œuvre à la vitrine des librairies, de faire le joli cœur à la télé, de lire des articles sur lui dans les journaux. Même les éreintements lui apportent de la satisfaction.

L'Honneur perdu... était déjà écrit il y a douze ans. À cette époque Jean-Edern et moi, nous faisions ensemble un livre d'entretiens dialogués. Il venait tous les après-midi chez moi et nous travaillions plusieurs heures, ce dont il sortait exténué, le pauvre. Un jour, il apporta son manuscrit et demanda à ma femme de le lire, ce qu'elle fit, en mettant diverses observations dans les marges, car elle connaît bien le métier. « Tu ne peux pas publier cela maintenant », lui dit-elle. Quoique ce fût un bon conseil, Jean-Edern le suivit et garda, comme on dit, son manuscrit sous le coude. Le gouvernement et l'Élysée, qui étaient si bien renseignés, en connaissaient l'existence. Stupides comme tout ce qui a le pouvoir, ils tâchèrent de l'intimider, ils mirent son téléphone sur écoutes, ils l'ennuyèrent de toutes les façons possibles. J'en suis témoin. Ainsi qu'il arrive toujours, ces persécutions allèrent à l'encontre de leur but, et Jean-Edern, qui n'avait que sa plume et ses livres pour se défendre contre les forces écrasantes de l'État, finit par se trouver bien bon, ou bien dupe, de ne pas s'en servir.

Tout cela est peut-être difficile à comprendre pour un ministre et même pour un ancien ministre. Pour les chefs d'État aussi d'ailleurs. Bref, ces gens-là ne devraient pas se mettre les écrivains à dos, surtout quand ils ont du talent. Exemple Napoléon III et Victor Hugo. C'est toujours les écrivains qui ont le dernier mot.

(12 avril)

Où est Raspoutine ?

Les journaux donnent des précisions effrayantes sur le déclin et la chute du parti communiste français. En deux ans, le nombre des adhésions parisiennes a diminué de 11 %. Les cheminots s'en vont. La « section métro » a perdu 30 % de ses adhérents. En 1979, à la fin du règne de Giscard, la capitale comptait cent vingt-neuf sections ; il n'y en a plus que trente-quatre aujourd'hui.

En province, même situation désastreuse. Le P.C. s'éteint doucement, il se vide de son sang comme le pauvre tsarévitch, qui était hémophile. Il lui faudrait un Raspoutine pour arrêter les hémorragies. Mais où le trouver ?

M. Robert Hue ne semble pas taillé pour ce rôle. Ne serait-ce qu'à cause de son système pileux. Raspoutine était chevelu comme Absalon et orné d'une grande barbe. C'était un mélange de rebouteux, de saint homme et de paillard. M. Hue est plutôt de tendance chauve ; il n'a qu'une barbichette. Quant à ses mœurs, elles sont certainement très pures, d'ailleurs le monde est beaucoup plus moral à présent qu'il ne l'était au temps de la Russie tsariste. Enfin le cher Raspoutine avait le pouvoir inestimable de tarir les écoulements de sang en imposant seulement ses mains. Cela l'avait rendu si célèbre dans son village, où il avait sauvé plusieurs vaches, que sa renommée était arrivée jusqu'à Saint-Pétersbourg.

Je crains bien que M. Hue, en imposant ses mains sur le P.C. exsangue, ne soit pas aussi efficace. Peut-être avec une longue barbe, un caftan et une toque de zibeline aurait-il de meilleurs résultats ? Mais oserait-il se présenter ainsi place du Colonel-Fabien ? J'en doute. Et d'ailleurs cela ne serait pas très bien « perçu », comme on dit dans le langage actuel, par le comité central et le bureau politique.

Ce qui me surprend, c'est qu'aucun philosophe, sociologue ou politologue n'ait eu l'idée d'étudier les raisons cachées qui font que le P.C. s'éteint. La principale, selon moi, est que, depuis la disparition de l'U.R.S.S., il est non seulement devenu orphelin, mais encore il a perdu l'aspect exotique qu'il avait quand tout le monde le tenait pour l'émanation directe, et pour ainsi dire le porte-parole, de Moscou.

Les Français regrettent énormément de n'avoir pas eu de mangeurs d'hommes dans leur histoire depuis cent cinquante ou deux cents ans. Le P.C. leur offrait Lénine et Staline ; il les naturalisait français, il en faisait des objets d'adoration nationale. Un des crimes de Gorbatchev est de nous les avoir volés. Le P.C. n'est plus maintenant qu'un parti comme les autres. Le Front national, ma foi, est plus amusant, et je ne serais pas étonné d'apprendre qu'un certain nombre des zélateurs de Marchais, après avoir rendu leur carte, sont allés chez M. Le Pen.

Les militants communistes, jadis et naguère, étaient envoûtés par le charme slave auquel, comme on sait, les Français sont particulièrement sensibles. Il n'y a plus de charme slave. Pauvre cher vieux P.C. qui en est au passage de la Bérésina ! Que restera-t-il de sa grande armée en l'an 2000 ?

(19 avril)

Les envahisseurs

Je trouve que ce n'est pas une mauvaise idée d'interdire à la moitié des voitures parisiennes de rouler un jour sur deux. De même, je pense depuis longtemps qu'il faudrait rétablir l'octroi à Paris, afin d'empêcher les bagnoles de banlieue de nous envahir comme elles le font. J'ai le malheur d'habiter un quartier où il y a des boîtes de nuit, des restaurants, du pittoresque et où l'on est censé s'amuser. Résultat : dès le vendredi soir, le raz-de-marée des banlieusards submerge les pauvres rues étroites et tortueuses qui avoisinent ma chaumière.

Curieusement, j'ai remarqué que les plus nombreux sont les naturels des Yvelines et les indigènes des Hauts-de-Seine. Leurs véhicules dévorent le moindre centimètre, ils stationnent tranquillement sous des panneaux qui l'interdisent, ils obstruent les passages pour piétons, couvrent les trottoirs, bloquent les portes cochères. Le n° 92 et le n° 78 sont comme les bannières d'une armée d'occupation.

La lutte est inégale. Paris est, pour la banlieue, ce que la Gaule était pour les Francs et les Germains : un objet de convoitise à cause de la fertilité des terres, de la beauté des paysages, du climat, etc. Jamais les Gaulois du IVe siècle n'auraient eu l'idée d'envahir la Germanie. Paris possède évidemment ce qui fait défaut à la banlieue, c'est-à-dire toutes sortes de richesses, de magasins, d'endroits à la mode, de beaux monuments, de musées. On imagine mal un habitant du Quartier latin ou du Trocadéro allant faire la fête à Courbevoie ou s'offrant le cinéma à Gif-sur-Yvette.

Nous qui nous acharnons tant à copier les Américains, jusque dans leurs pires sottises, que ne prenons-nous exemple sur les banlieusards de New York ? Ils viennent de leur patelin par le train et s'offrent le métro, l'autobus et le taxi pour circuler en ville. Moyennant quoi New York est bien moins asphyxié que Paris. Toutefois il y a un peu plus de taxis là-bas que chez nous. À en croire les films américains, dès qu'un piéton lève le bras, une grosse voiture jaune s'arrête devant lui. Tandis qu'ici, on ne trouve jamais de bahut quand on en a besoin.

Dieu sait si l'on nous rebat les oreilles avec les cigarettes qui non seulement tuent les gens assez téméraires pour les fumer, mais encore ceux qui ne fument pas et respirent les émanations de tabac. Jamais personne ne s'aviserait de dire que le boulevard Saint-Germain ou le quai du Louvre, aux heures de grande circulation, sont encore plus suffocants qu'une salle de restaurant dans laquelle il y aurait cinquante fumeurs de cigares.

(26 avril)

Les horreurs de la retraite

Le professeur Montagnier qui a découvert le virus du sida est un homme très éminent, qui fait honneur à la science française. Malheureusement, il a un défaut, pour ne pas dire une tare : il a soixante-cinq ans. Lorsqu'on travaille dans un laboratoire d'État, en l'occurrence l'Institut Pasteur, et que l'on a atteint cet âge, on reçoit une circulaire vous informant qu'on vous met à la porte, c'est-à-dire à la retraite.

Je ne connais pas le professeur Montagnier ; je n'ai vu que sa photographie dans le journal : il a l'air d'avoir vingt ans de moins que son âge. Cela s'explique de deux façons. D'abord parce que le talent, le succès et le travail conservent plus efficacement que le sport. Une tête active vaut mieux, pour rester frais, que la culture physique, la course à pied, le tennis et même le sacro-saint golf. Quand on fait marcher sa cervelle, on bénéficie tous les jours d'une poussée d'adrénaline magnifique.

Quant à la seconde raison pour laquelle le professeur paraît si fringant, elle tient, je pense, aux conditions de vie de notre temps. Avoir soixante ans aujourd'hui, c'est comme d'en avoir quarante-cinq en 1830. On peut bien dire qu'un homme de soixante ans en 1997 est dans la force de l'âge. Il est aussi vigoureux, aussi endurant que ses cadets, et peut-être un peu plus avisé, un peu plus expert dans son métier. Il y a quelque chose de socialement suicidaire dans le fait de se priver de ses services, sous prétexte qu'il a le droit de se reposer d'une vie de labeur, ou qu'il faut faire de la place aux « jeunes ».

J'entends bien que beaucoup de gens voient arriver la retraite avec plaisir, qu'ils l'appellent de leurs vœux, qu'ils se disent qu'ils vont enfin se la couler douce et qu'ils touchent à l'agréable époque des vacances de la vie. Mais il est vrai aussi que le tiers ou la moitié d'entre eux déchantent assez vite. Un métier, un but, des contraintes (même si on peste périodiquement contre elles), tout cela finit par faire partie de la personnalité. Et puis on a le sentiment d'agir sur le monde, si peu important que l'on soit. Soudain, avec la retraite, on est retranché de la « population active ». On devient passif, spectateur, alors qu'on a été acteur. On se réfugie dans la lecture ou le bricolage. En six mois, on meurt d'ennui ou de tristesse. Le loisir, ai-je remarqué, est plus fatigant que le travail.

Un des paradoxes les plus absurdes de la société scientifique et industrielle dans laquelle nous avons le malheur d'être pris est que, plus « l'espérance de vie », comme on dit, augmente, plus on empêche les hommes de se servir de leurs forces. Il serait si simple de rendre la retraite facultative. On serait surpris du nombre de ceux qui refuseraient d'en profiter. Mais l'administration n'a pas de ces souplesses. Le règlement, c'est le règlement.

Pour en revenir au professeur Montagnier, les Américains, comme il se doit, se sont jetés sur lui, lui ont offert un laboratoire à New York et une chaire à « Queens College ». Quel dommage ! Il eût été si bien à sa place jusqu'à quatre-vingt-dix ans, voire cent ans, à l'Institut Pasteur.

(10 mai)

Le grand chapiteau national

Il y a quelque chose d'insolite dans la campagne électorale qui se déroule actuellement. Elle me fait songer à un cirque qui aurait planté son chapiteau dans une ville où personne n'a envie de voir des acrobates, des écuyères et des dompteurs. Chaque soir, la troupe joue devant des gradins aux trois quarts vides.

Le grand Juju Pépé, le motard de la mort, ne récolte que de maigres applaudissements, l'illustre Jospinio exécute son triple saut périlleux sans filet devant une assistance dont le moins qu'on puisse dire est qu'elle est distraite, l'illusionniste Séguini tombe à plat et personne ne rit quand le clown Huhu apparaît. Son numéro ne vaut pas, de loin, celui que faisait Jojo Marcheff, l'étoile du cirque de Moscou. Les lions dorment dans la cage, la cavalerie trébuche, les chiens savants se mordent entre eux. Quant à M. Loyal, complètement dégoûté, il s'est embarqué pour la Chine.

Qu'est-ce qui fait que parfois on aime le cirque et que d'autres fois, on le boude ? C'est qu'il y a des périodes où l'on a envie de se détendre, d'être dépaysé, de voir de nouvelles têtes. On a bien travaillé pendant des mois, on n'a pas eu beaucoup de distractions, on est enchanté quand arrive dans la grisaille de la vie la joyeuse animation des « gens du voyage ». En revanche, quand on a mal travaillé, peu travaillé ou pas du tout à cause de la difficulté des temps, on n'a pas le cœur à s'amuser : les parades les plus colorées, au lieu de vous tirer de votre mélancolie, vous y enfoncent.

Dans le cas du cirque électoral, il y a un sujet de mécontentement supplémentaire : c'est que les spectateurs savent que l'argent avec lequel vit l'établissement sort de leurs poches, puisque c'est l'État qui subventionne la campagne des partis, sous prétexte de moralité. Ils trouvent un peu vif qu'on leur fasse payer une représentation qui les embête. Une fois tous les cinq ans, passe encore, le cirque est une institution nationale, mais si l'on se met sur le pied d'exhiber les chiens savants et les contorsionnistes en dehors des dates prévues, halte-là !

« Il faut aller au cirque, disent les entrepreneurs de spectacles, c'est un devoir civique absolu. » À quoi les électeurs répondent in petto : « C'est bien gentil les devoirs civiques, mais si je vais pêcher à la ligne au lieu de me raser à des numéros que j'ai déjà vus cent fois, je peux espérer rapporter une friture de goujons, voire une ou deux truites, et nous aurons enfin un dîner convenable à la maison. »

Car un des inconvénients du cirque, c'est de ressasser éternellement les mêmes culbutes, les mêmes clowneries, les mêmes exercices d'agilité, les mêmes prouesses de funambules sur un fil de fer, les mêmes pyramides humaines. Il n'y a que les enfants qui ne les connaissent pas qui sont émerveillés. La démocratie serait-elle un régime pour enfants ?

(17 mai)

Faire plaisir

Une des choses qui m'avaient le plus étonné, j'oserai presque dire le plus choqué, en 1981, lorsque les socialistes vinrent au pouvoir, c'est qu'ils missent leur point d'honneur à tenir les promesses que contenait leur programme électoral. Ces choses-là ne se font jamais, et pour cause : tant qu'on est candidat, rien ne coûte ; on est comme un camelot qui bonimente afin que le bon public achète sa bimbeloterie. Après qu'on est élu, et qu'on doit gouverner, c'est une autre affaire. Tout à coup on sort du rêve, les chimères se dissipent, on se trouve en face de la réalité qui ne se plie pas aux paroles, qui résiste, qui rogne les ailes, qui ne laisse qu'une toute petite marge au possible.

Quelle étrange manie ont les socialistes de vouloir à tout prix faire plaisir ! J'espérais un peu que M. Jospin n'en était pas atteint. Mais il est contaminé lui aussi. Il est descendu à l'hôtel Matignon comme le père Noël dans une cheminée, avec des cadeaux dans sa hotte. Le premier de ces cadeaux est la régularisation de quarante mille immigrés sans papiers. J'entends bien que c'est une largesse qui ne coûte pas cher, car le papier est ce qu'il y a de meilleur marché aujourd'hui, mais il faut bien convenir que ce n'est pas un cadeau très utile. Les sans-papiers trouveront-ils du travail grâce à leur carte ? Cela serait bien surprenant dans un pays où il y a trois millions de chômeurs. Avoir des papiers adoucit-il la misère, avoir des papiers procure-t-il du pain ?

L'inconvénient de faire des cadeaux, même peu utiles, à quelqu'un, c'est que cela indispose ceux à qui on n'en fait pas. Offrir des papiers à quarante mille immigrés qui n'en avaient pas a probablement exaspéré une vingtaine de millions de Français, à qui on envoie aussi du papier trois fois par an, mais pour leur réclamer l'argent des impôts.

Je suis d'autant plus fâché que M. Jospin ait commencé son règne de la sorte qu'il m'avait donné quelque joie par ses réticences sur l'Europe et sur la monnaie européenne. J'avais espéré que peut-être il était l'homme qui allait nous débarrasser de Maëstricht dont la moitié du pays, voire davantage, ne veut pas. Pendant deux ou trois jours, j'avais fait le rêve exquis d'une gauche patriote, remplaçant une droite, sinon apatride, du moins mondialiste. La présence de M. Chevènement dans le ministère me confirmait dans cette idée. Hélas ! M. Jospin montre en priorité qu'il a du cœur. Un homme qui a le démon de faire plaisir fera plaisir à tout le monde, y compris à la droite. Nous ne sommes pas près de renier Maëstricht.

(14 juin)

Les boutiquiers en costumes

On a quand même, de temps à autre, une petite satisfaction avec l'Europe. Par exemple, quelqu'un qui, dans une situation ridicule et vaguement déshonorante, garde sa dignité. Il s'agit en l'espèce de M. Chirac et de M. Kohl, qui ont refusé de se costumer en cow-boys lors de la soirée « Western » organisée par le président des États-Unis à Denver pour clore le sommet dit « des pays les plus industrialisés » du monde. Ils ont toutefois consenti à ôter leur cravate, ce qui me gâte un peu leur attitude. À leur place, je serais venu à la soirée en frac, cravate blanche et décorations, de telle sorte que chacun comprît bien ce que je voulais dire.

M. Tony Blair, ai-je lu dans la presse, avait endossé une panoplie complète de cow-boy. M. Hachimoto, Premier ministre du Japon, a fait admirer ses bottes aux photographes. Je ne sais plus très bien comment se sont distingués les autres invités de M. Clinton. En tout cas, celui-ci, à en croire les images, était enchanté de son bal costumé. Il faisait de grands sourires lumineux ; il avait l'air de l'heureux possesseur du plus vaste ranch du Colorado offrant un formidable pique-nique à ses valets de ferme et aux petits éleveurs de bétail de la région. Après tout, c'était une allégorie assez juste de la réalité politique d'aujourd'hui.

L'inconvénient de la société industrielle et scientifique qui s'est emparée de la planète depuis une trentaine ou une quarantaine d'années est que le monde est gouverné par des marchands qui mesurent tout à l'aune du profit. À plusieurs reprises, M. Clinton a donné en exemple à ses hôtes la « bonne santé » de l'Amérique, où il n'y a pas de chômage ou à peine, et où le produit national brut est délicieux à contempler comme un « bel enfant blond nourri de crème et de brioche ».

Les autres boutiquiers, selon leur degré de docilité, écoutaient ces vantardises avec des sourires allant de l'attendrissement à la grimace. En fait, je suis assez content que les grimaces soient le fait de MM. Kohl et Chirac. Quant à M. Clinton, je le trouve bien imprudent. Sa soirée « Western » est le genre de choses qui indisposent les dieux. Il y a du Néron là-dedans. Tourner ses hôtes en ridicule pour la plus grande gloire de sa maison de commerce est une provocation métaphysique. En clair cela signifie que M. Clinton s'est arrêté dans sa marche pour admirer un instant ses succès en éclaboussant le reste du monde. Or il ne faut jamais s'arrêter. Jamais regarder en arrière, jamais jouir de sa réussite. Le salut est à ce prix.

(28 juin)

Les ennemis héréditaires

Aujourd'hui que la France est en paix, grosso modo, avec tout le monde, il faut bien lui chercher un ennemi. Sans ennemi, un peuple s'ennuie, s'anémie, se défait dans la langueur. Les ennemis héréditaires, à ce point de vue, sont très précieux. Nous en avons eu de remarquables pendant quatre ou cinq siècles : la maison d'Autriche, l'Espagne, l'Angleterre et enfin l'Allemagne. Ils étaient là, les chers ennemis héréditaires, massés à nos frontières, nous regardant d'un œil haineux, prêts à nous sauter sur le poil à la première seconde d'inattention.

Le vrai drame de 1945 est que, tout à coup, il n'y a plus eu d'ennemi en face de nous. Rien que des amis, qui avaient battu les Allemands à notre place. Non seulement ils nous avaient, comme on disait alors, « libérés », mais encore ils nous avaient privés de revanche et même de tout espoir de revanche. Moyennant quoi, au fil des années qui ont suivi, l'Allemagne est devenue notre partenaire le plus étroit et le plus fidèle. C'est réconfortant mais ce n'est pas stimulant.

Il faut bien en prendre conscience : le ministre de la Défense n'est plus le ministre de la Guerre. D'ailleurs est-il encore ministre de la Défense ? Pour se défendre, il faut au moins être attaqué. Or qui nous attaque ou fait seulement mine de nous attaquer, de violer notre territoire ? On plaçait quelque espoir il y a vingt-cinq ans dans le pacte de Varsovie ; de temps à autre, on évoquait en frissonnant les quarante mille chars russes stationnés à Berlin et qui pouvaient être à Paris en deux jours. Chacun savait que les quarante mille chars ne bougeraient pas d'un millimètre, mais leur présence maléfique nous donnait de délicieux émois.

M. Kouchner, en décidant de redonner un peu de jeunesse à la loi Évin sur le tabac et l'alcool et en déclarant qu'il allait la renforcer, montre que le vrai ministère de la Guerre, ou de la Défense, ou des Armées, est aujourd'hui le ministère de la Santé. La première à avoir désigné les deux nouveaux ennemis héréditaires de la France fut, jadis, Mme Simone Veil. M. Évin a poursuivi son œuvre. M. Kouchner a encore mieux conscience que ses prédécesseurs du besoin profond des Français, qui est de haïr quelque chose ou quelqu'un prétendument hostile. Il faut avoir l'œil fixé sur la ligne jaune du pernod et se méfier de la fumée des cigarettes comme des feux des Indiens sur le sentier de la guerre.

On aura beau dire et beau faire, le tabac et l'alcool sont des ennemis moins amusants que Charles Quint, William Pitt et Bismarck. Leur seule vertu, si l'on peut dire, est qu'ils sont immoraux, pas corrects, générateurs de maladies et qu'il grèvent la Sécurité sociale. Pour le reste, on ne peut s'empêcher de songer avec nostalgie aux glorieuses époques où notre cher vieux pays fumait comme un pompier et avait le plus fort contingent d'ivrognes de l'univers. En ce temps-là, la France était une grande puissance, qui possédait un empire colonial presque aussi vaste que l'empire britannique, elle était présente partout dans le monde, on parlait français dans toutes les capitales, etc. Et Verlaine écrivait les plus exquis chefs-d'œuvre de notre poésie en buvant absinthe sur absinthe.

(5 juillet)

Les géologues jubilent

Il est curieux que la Lune n'ait pas dégoûté les hommes à tout jamais d'aller explorer les planètes qui nous entourent. Cette pauvre Lune avait pourtant tout fait pour nous décourager. Même les cailloux qu'on y avait recueillis et sur lesquels on comptait pour nous apporter des révélations étonnantes offraient si peu d'intérêt qu'on n'a rien trouvé de mieux que de les reléguer dans un placard de la Nasa ou du Pentagone, où on les a retrouvés par mégarde, quinze ans plus tard, couverts de poussière.

Il n'est pas nécessaire d'être grand prophète pour savoir qu'il en sera de même avec la planète Mars. Pour le moment on suit avec passion les évolutions de l'appareil américain qui a été envoyé là-bas et qui photographie ou filme en couleurs tout ce qu'il voit. Non seulement je ne m'attendais pas à un paysage de la Toscane ou à une carte postale de la ville de Bruges, mais encore j'aurais pu décrire d'avance les photographies parues dans le journal ; à savoir des pierres, un sol noirâtre ou rougeâtre, une étendue sinistre et désolée. Pour trouver un désert de ce genre, il n'est pas nécessaire de parcourir deux cents millions de kilomètres. Le Sahara ou le désert de Gobi eussent fait l'affaire à de moindres frais.

Il paraît que les géologues jubilent. Mais cela ne signifie rien. Les géologues jubilent toujours quand on leur dit qu'on va leur apporter des « échantillons ». Les hommes de science ou, comme on les appelle aujourd'hui, les « scientifiques », sont d'une ingénuité infinie : quoique le monde ait des milliers et des milliers d'années, ils croient encore qu'on va leur donner du nouveau, de l'inédit, du surprenant et que l'homme du troisième millénaire sera bien supérieur aux contemporains de Platon parce qu'il connaîtra quelques petites choses inutiles que ceux-ci ignoraient.

Dans l'affaire de Mars, les deux grandes nouvelles sont qu'il y a eu de l'eau dans cet endroit, et que sur les photos transmises par l'appareil de la Nasa, on voit une colline. De l'eau et une colline sont des merveilles difficilement soutenables. L'appareil photographique martien a, paraît-il, coûté vingt-cinq millions de dollars. Pour avoir le plaisir de contempler une colline, ce n'est pas cher payé.

Quand va-t-on nous raconter que la vie est « possible » sur la planète Mars, et qu'il se pourrait bien, malgré les températures rigoureuses du coin, qu'elle se fût harmonieusement développée jadis ? Cela ne saurait tarder, je suppose. Penser qu'il n'y a des hommes que sur la Terre et que le silence des espaces infinis a quelque chose d'effrayant déplaît beaucoup aux gens d'aujourd'hui. Ils aimeraient avoir des frères sur Saturne. On se demande pourquoi. Peut-être parce que cela leur prouverait que la Terre n'est pas le centre et le cerveau de l'Univers, et qu'ils seraient ainsi débarrassés de toute responsabilité métaphysique.

(12 juillet)

Entre chien et loup

Ayant généralement des réactions ingénues et simplistes, j'ai commencé par penser qu'un petit garçon de douze ans qui, pour une raison ou pour une autre, se trouve tout seul dans la rue à minuit, doit être bien content de rencontrer un brave gardien de la paix qui lui demande où il habite et le raccompagne jusque chez lui. D'ailleurs cela s'est toujours fait avec les enfants égarés.

Il s'ensuit que j'ai quelque difficulté à comprendre les indignations soulevées par les arrêtés municipaux de Dreux, Gien, Sorgues et Aulnay-sous-Bois. Qu'y a-t-il de si contraire à la liberté des personnes et aux droits de l'homme à ce qu'on reconduise les moutards dans leur foyer quand ils errent dehors au milieu de la nuit ? Ou c'est qu'ils sont en bande, avec des intentions malfaisantes, et il y a alors d'excellentes raisons pour que la police les empêche de faire des bêtises. J'appellerai cela prévention plutôt que répression.

Dans les cinémas, on projette parfois des films « interdits aux moins de douze ans ». Jamais les ministres socialistes et la Ligue des droits de l'homme n'ont élevé de protestations contre cette intolérable entrave à la liberté de penser enfantine. Les exploitants de salles eux-mêmes, qui auraient le droit de se plaindre, admettent fort bien qu'il y a certaines obscénités ou certaines violences qu'il est préférable de ne point révéler aux gamins, lesquels les trouveraient un peu trop à leur goût et risqueraient de compléter cet enseignement par des travaux pratiques.

Dans mon enfance, il était inconcevable qu'un garçonnet ou une fillette pût être dans la rue après dix ou onze heures du soir. En ces temps lointains, les parents aimaient leurs enfants et ne craignaient pas de les harceler pour qu'ils fussent bien élevés, qu'ils travaillassent à l'école, qu'ils eussent une vie réglée et morale, que leur langage ne fût pas une suite de grossièretés et de fautes de français. La seule façon de manifester son amour, quel que soit cet amour, paternel ou conjugal, c'est d'être exigeant, encombrant, tatillon, d'empêcher les gens qu'on aime de se perdre. À présent, les parents n'aiment plus, aussi laissent-ils leurs enfants faire ce qu'ils veulent, et ceux-ci deviennent des voyous. Je trouve que MM. les maires de Dreux, Gien, Sorgues et Aulnay, avec leurs arrêtés municipaux qui font tant crier les démocrates, suppléent dans la mesure de leurs attributions aux parents indignes.

« Les enfants ne sont pas des chiens », a déclaré une dame ministre, pour exprimer son indignation. La question n'est peut-être pas là. La question est qu'il ne faut pas, le monde étant ce qu'il est, que les enfants deviennent des loups. Car ils grandiront, ces petits noctambules. Et comme leurs parents ne leur auront appris ni la morale, ni la religion, ni ce qui retient en général l'homme de céder à ses pires penchants, ils seront des bêtes sauvages et il faudra faire autre chose que de les reconduire benoîtement à la niche.

(26 juillet)

Terre d'asile

Il y a des phrases malheureuses. J'en ai entendu une particulièrement bien venue, l'autre jour, en allumant la télévision. C'était lors de l'arrivée à Paris du Tour de France dont le vainqueur, comme on sait, a été le coureur Ullrich. Le commentateur, au comble de l'enthousiasme et dans un état proche de la pâmoison, s'écriait : « C'est la première fois qu'on voit un Allemand victorieux sur les Champs-Élysées ! » J'enviai fugitivement cet heureux garçon qui n'était, à ce qu'il semble, pas né en 1940.

Il ne va guère au cinéma non plus, car tout film racontant une histoire censée se dérouler à cette époque ne manque pas de nous montrer la Wehrmacht défilant en musique de l'Étoile au Rond-Point. Les cinéastes affectionnent cette jolie séquence qui nous rend si fiers d'être français.

Rien de tel qu'une bêtise pour donner de bonnes idées. Le commentateur du Tour de France m'ayant remis Hitler en tête, je m'avisai que celui-ci, qui pourtant prévoyait beaucoup de choses, avait omis de faire une déclaration essentielle en mai 1940 : que les troupes allemandes, en pénétrant sur le territoire français, demanderaient le droit d'asile. Les choses eussent été beaucoup moins pénibles pour tout le monde. Dire que la France est traditionnellement « une terre d'asile » est une formule magique. Quand il l'entend, le gouvernement français se met à pleurer des larmes de tendresse, et les intellectuels publient dans les journaux des articles vibrants.

Si, en 1940, les soldats allemands, avec leurs chars et leurs avions, nous avaient dit qu'ils se réfugiaient chez nous, par goût, par plaisir, par amour de la démocratie, par francophilie, parce qu'ils en avaient assez de n'avoir à se mettre sous la dent que des canons Krupp et qu'ils aspiraient à un peu de beurre d'Isigny, on les aurait accueillis avec des transports. Le comble de l'habileté de leur part eût été de demander des papiers, délivrés par les autorités compétentes, c'est-à-dire le ministère de l'Intérieur, le ministère du Travail, les préfectures, sous-préfectures, mairies et gendarmeries. Munis de papiers, il eût été beaucoup plus difficile de les chasser quatre ans plus tard. Qui sait ? Ils seraient peut-être encore là, un peu chenus, mais toujours très attachés à nos institutions républicaines, à notre Sécurité sociale et à notre régime des retraites.

Quant aux défilés quotidiens ou dominicaux de l'Étoile au Rond-Point, ils auraient eu l'allure d'une paisible manif contre le racisme et la xénophobie : il est probable qu'ils auraient attiré plus de badauds que dans la réalité.

(2 août)

Le curieux désir d'être français

Depuis la mort du général de Gaulle, nous avons un tel complexe d'infériorité que nous n'en revenons pas que l'île d'Anjouan et l'île de Moili appartenant à l'archipel des Comores aient exprimé le désir de redevenir françaises. Peu s'en faut que nous ne nous exclamions à la manière de Montesquieu : « Comment peut-on vouloir être français ? » Ma foi, on le peut, visiblement, quand on est natif des Comores, et que l'on compare la vie qu'on avait avant l'indépendance avec celle que l'on a eue depuis.

Que les gouvernements sont donc étranges. Il me semble, à moi, que si j'étais président de la République française ou Premier ministre, je serais inondé de joie et de fierté. J'enverrais aussitôt un porte-avions et deux ou trois croiseurs dans l'archipel, je dirais aux bons Comoriens : « Venez, mes enfants. La France vous aime, elle vous tend les bras, elle vous est reconnaissante d'avoir foi dans son destin au point de vouloir le partager de nouveau. Et ce drapeau tricolore que vous aviez gardé, que vous avez ressorti de son placard, que vous faites flotter dans votre ciel bleu, quelle merveilleuse surprise ! Nous nous croyons revenus en 1792, lorsque notre révolution attirait les peuples comme un aimant. »

Or il ne se passe rien de tel. Paris, à ce qu'il paraît, est « embarrassé ». Il ne sait que faire de ces territoires qui se jettent à sa tête. Il est moins embarrassé avec les immigrés clandestins. Ne serait-ce pas, pourtant, le moment de parler de ce fameux droit des peuples à disposer d'eux-mêmes, dont on nous rebat tant les oreilles depuis une cinquantaine d'années ? C'est un droit variable, apparemment, qui ne fonctionne pas quand les peuples veulent disposer d'eux-mêmes d'une façon contraire au conformisme actuel. Je serais bien étonné si les grandes consciences parisiennes se mobilisaient pour les Comoriens comme elles le firent naguère pour les sans-papiers.

Pourquoi Paris est-il si embarrassé ? Les États-Unis, la commission de Bruxelles, l'O.N.U., le tribunal de La Haye ne vont pas nous faire la guerre si nous déclarons noblement que, sur le désir exprès du peuple d'Anjouan et du peuple de Moili, nous rattachons leur pays à la France selon des modalités fixées par eux-mêmes. Le monde actuel, encore qu'il soit fort immoral, hypocrite et pragmatique, est également très poltron. On peut aller loin sans qu'il remue le petit doigt par crainte de déclencher des catastrophes en chaîne.

Autre avantage d'un retour de deux petites Comores dans notre giron : cela ferait un effet bœuf en Corse et pourrait jeter le trouble chez les séparatistes. À quoi bon l'indépendance si c'est pour hisser le drapeau tricolore sur Bastia et Ajaccio dans dix ans, afin de bénéficier de nouveau d'un rabais sur les paquets de Gauloises ?

(9 août)

Comment peut-on être pape !

Les deux grands forfaits dont on accuse le pape me semblent étrangement futiles. En premier lieu, il y a l'affaire des préservatifs. Depuis des années, on injurie le Saint Père, on se moque de lui parce qu'il s'entête à n'en pas préconiser l'usage, comme étant contraire à la foi et à la morale chrétienne dont il est le gardien.

Ce déchaînement me rappelle l'histoire du petit garçon revenant de la messe, à qui l'on demande de quoi le curé a parlé dans son prêche. « Du péché », répond le gamin. « Et qu'est-ce qu'il a dit ? – Il était contre. » Cette anecdote faisait rire parce qu'il était peu probable, en effet, qu'un prêtre en chaire, s'adressant aux fidèles, les exhortât à pratiquer le mensonge, le vol, l'adultère, l'assassinat avec ou sans préméditation. Bref, en étant « contre » le péché, le curé était dans son rôle.

De même le pape est dans son rôle quand il réprouve les préservatifs. Qu'attend-on de lui ? Qu'il bénisse la luxure sans danger et la fornication antiseptique ? Cela n'est pas plus compatible avec sa fonction de souverain pontife que l'apologie du péché avec celle du prédicateur du dimanche. On ne demande pas à un général d'être objecteur de conscience, ni à un avocat de réclamer la prison à perpétuité pour son client.

Outre cela, qui se soucie de ce que préconise ou défend le pape ? Les catholiques fervents. Cela ne fait pas grand monde. S'ils l'écoutent et n'utilisent pas de préservatifs, cela ne regarde qu'eux. Ce n'est pas les fulminations pontificales qui empêcheront les athées, les anticléricaux, les membres du Réseau Voltaire, les contempteurs de « l'ordre moral » et divers autres libres-penseurs d'acheter des préservatifs par boîtes de cent. À la limite, qu'est-ce que cela peut leur faire que les catholiques écoutent Sa Sainteté et lui obéissent ?

Le second crime de Jean-Paul II consiste à dire la messe le 24 août à Notre-Dame. Or qu'est-ce que le 24 août ? Le jour de la Saint-Barthélemy. L'occasion était trop belle de lui faire honte, voire de l'assimiler à la reine Catherine de Médicis. Pourtant, dans le genre tueries idéologiques et génocides, les gouvernements athées du XXe siècle, Hitler, Staline, ont fait mieux que ce massacre quasiment artisanal, vieux de quatre cents ans, et qui fut plutôt un acte de guerre civile que d'intolérance religieuse.

Du préservatif à l'amiral de Coligny, la hauteur du débat théologique actuel donne le vertige. Je regrette que le pape soit un saint homme et que, par charité, il ne s'autorise pas à rire des bêtises de l'athéisme contemporain. Cela ferait une homélie amusante à Notre-Dame, dans huit jours.

(16 août)

L'école des moutons

J'ai été étonné en apprenant qu'un jeune Français sur dix ne savait pas lire. Je pensais qu'il y en avait davantage. Bref, il s'agit là, en somme, d'une bonne nouvelle. À vue de nez, si on m'avait interrogé à ce sujet, j'aurais répondu que ce n'était pas un bambin, mais trois ou quatre qui étaient incapables de déchiffrer la moindre phrase imprimée. L'analphabétisme, en effet, est une conséquence inévitable du progrès des sciences au détriment de la culture des lettres et des arts, telle que celle-ci avait été pratiquée par l'humanité jusque vers la moitié de notre siècle. La plupart des gens apprennent à lire pour connaître ce qu'il y a dans le journal, et à écrire pour envoyer des cartes postales. À quoi sert aujourd'hui de savoir lire puisqu'on dispose de la radio et de la télévision ? À quoi sert de savoir écrire puisqu'il suffit de décrocher le téléphone ? Certes le système universitaire, en France, s'est beaucoup dégradé, l'Éducation nationale est devenue une sorte de bastion politique, et l'on a instauré des méthodes pédagogiques aberrantes. Mais cela ne suffit pas à expliquer ce formidable essor de l'ignorance.

L'école, au temps de Jules Ferry, était l'endroit où l'on enseignait aux enfants la manière de se servir de leur esprit. L'aménagement du monde, alors, était l'affaire de l'homme. Il fallait qu'il connût le plus de choses possible, car son existence, ses succès éventuels, voire sa survie dépendaient de son intelligence et de son savoir. Le progrès a renversé les valeurs. Son but est de tout rendre facile à l'homme, de le dispenser de tout effort intellectuel et physique, c'est-à-dire d'en faire un petit prince, donc un incapable, complètement désarmé lorsque ses serviteurs tombent en panne.

Autre régression vers l'infantilisme : le progrès a rempli le monde de jouets, le plus distrayant étant l'informatique. Il est caractéristique que les virtuoses du maniement de l'ordinateur soient les enfants : l'ordinateur est la poupée ou le meccano de maintenant. Quant aux appareils électroménagers, qui sont presque aussi difficiles à manipuler que les logiciels, rien ne vaut les primitifs, les originaires du fin fond de l'Afrique ou de la Papouasie pour en triompher.

M. Lang, du temps qu'il était ministre de la prétendue Culture, encourageait les jeunes gens à griffonner sur les murs, considérant que les « tags » étaient une forme d'art. En fait, les « tags » sont plutôt des cris de détresse. Ceux qui les font se donnent l'illusion, en traçant n'importe quoi, qu'il savent écrire comme leurs pères ou leurs grands-pères qui inscrivaient à la craie sur les palissades : « Jojo aime Lucienne ».

Notons pour finir que les illettrés et les analphabètes forment une population idéale, très facile à gouverner et à qui on peut faire penser ce qu'on veut, attendu qu'elle n'a aucun esprit critique. Comme quoi l'achèvement du progrès scientifique, technique et industriel est de faire de l'humanité un troupeau de moutons.

(12 septembre)

La langue bis de la République

Il y a deux semaines, M. Allègre, ministre de l'Éducation dite nationale, parlant à quelques centaines de militants socialistes, a déclaré que « l'anglais n'est plus une langue étrangère ». Les braves militants, malgré l'habitude qu'ils ont d'avaler n'importe quelle bourde, en ont été quand même interloqués. Quelques-uns ont pensé peut-être à la Constitution de la Ve République, où il est stipulé que le français est la langue de la France, et non l'anglais ou l'anglo-français.

M. Allègre a parlé de *hardware* et de *software*, mots dont les trois quarts de l'assistance ne connaissaient pas la signification (moi non plus, d'ailleurs, quoique j'aie vécu trois ans à Londres), ce qui a achevé de les plonger dans l'abattement. « L'anglais plus le minitel plus l'ordinateur, a dit M. le Ministre, c'est pour le futur, comme lire, écrire et compter. » À noter le mot « futur » employé dans le sens d'avenir. J'en ai été particulièrement chagriné. En français, le futur est un temps de verbe ou le fiancé d'une demoiselle.

En fait, comme tout le monde, M. Allègre ne sait pas s'exprimer. C'est, malgré tout, un peu fâcheux pour le ministre de l'Éducation nationale ou, comme on disait autrefois, le Grand Maître de l'Université. Considérant qu'une de mes missions sur cette terre est de traduire le charabia dans la langue de nos pères, je vais tâcher d'expliquer sa pensée, si toutefois ce mot convient à la circonstance.

L'erreur de M. Allègre, ou plutôt son insuffisance de vocabulaire, est d'appeler « anglais » les deux ou trois cents mots de sabir américanoïde nécessaires pour connaître le mode d'emploi des jouets inventés par la technique moderne. Il ne s'agit nullement d'apprendre l'anglais afin de lire Shakespeare ou Dickens dans le texte. La poésie anglaise est riche et magnifique. La littérature anglaise est constitutive de la culture européenne. Mais ce n'est point de cela que se soucie le Grand Maître.

Un de ses propos est fort intéressant, venant d'un membre du gouvernement, c'est-à-dire de quelqu'un qui est chargé, en principe, de protéger l'identité et la liberté de la nation : « Il faut cesser de parler de cette lutte contre l'anglais, c'est quelque chose de complètement obsolète. » Précisons au passage qu'obsolète est un anglicisme qui se traduit par périmé ou démodé.

Pour que les arguments de M. Allègre fussent encore plus convaincants, il aurait été souhaitable qu'il s'adressât à son auditoire carrément en anglais, et non en français (ou presque). Mais je soupçonne que, comme la quasi-totalité de nos compatriotes, il ignore cette seconde langue de la République.

(12 septembre)

L'anti-Guizot

Je pense souvent à Guizot ces temps-ci. Il était protestant comme M. Jospin. Il a laissé des ouvrages d'histoire qui séjournent sur les quais et que personne n'achète. Louis-Philippe avait fait de lui son Premier ministre. Où il diffère de M. Jospin, c'est que le roi et lui ne « cohabitaient » pas, c'est-à-dire n'étaient point antagonistes, mais travaillaient ensemble avec autant de bonne volonté et de loyauté que deux hommes d'État peuvent en montrer l'un à l'égard de l'autre. Le roi, en outre, quoiqu'il eût pris le pouvoir grâce à une révolution, n'était pas soumis à une élection et pouvait penser qu'il était assis sur son trône jusqu'à son dernier soupir. D'où une certaine tranquillité politique.

La parole la plus célèbre que Guizot prononça et que l'on cite toujours en la tronquant est : « Enrichissez-vous ! » Cela se passait en 1843, à un banquet que lui avaient offert ses électeurs à Saint-Pierre-sur-Dives. La postérité, qui est myope et expéditive, surtout en politique, se fonde sur cet « Enrichissez-vous » pour s'écrier qu'il était un affreux capitaliste, un exploiteur de la classe ouvrière, un protecteur des ploutocrates et ainsi de suite.

En fait ce que déclara Guizot est : « Enrichissez-vous par le travail, par l'épargne et la probité. » Pas de quoi s'indigner, comme on peut constater. C'est même un peu plat, un peu évident, à mon avis. C'est le genre de lieux communs qui font plaisir à entendre quand on a bien mangé et qu'on est entre militants d'une même cause. Je suis sûr que l'orateur dut recueillir force approbations et applaudissements pour une pensée aussi douce et aussi conformiste.

Je pense souvent à Guizot, dis-je. En effet, depuis un quart de siècle, j'attends que quelqu'un me dise : « Enrichis-toi ! » J'ai beaucoup travaillé, un peu épargné ; quant à la probité, j'y suis acculé, n'ayant pas assez d'imagination pour être malhonnête. Néanmoins, jamais les Premiers ministres et les ministres des Finances ne m'en font le moindre compliment ni ne m'encouragent à continuer. Au contraire, plus je travaille, plus je paie d'impôts, et si j'épargne, ce ne sera pas pour jouir dans ma vieillesse du fruit de mon labeur mais pour payer les lubies ruineuses de l'État, et le train princier des profiteurs en tout genre.

Cher Louis-Philippe, cher Guizot qui n'avaient pas la menace constamment à la bouche comme nos gouvernements républicains, et qui, de temps à autre, nous disaient des choses agréables à entendre ! On n'a certes que de la sympathie pour M. Jospin, qui a tout à fait l'air d'un homme de bonne volonté. Mais il faut convenir qu'on n'est guère exalté quand il vous dit en substance : « Appauvrissez-vous par le travail, l'épargne et la probité. »

(4 octobre)

Par-dessus la tête !

J'en ai par-dessus la tête de Vichy. C'est le plus mauvais souvenir de l'histoire de France, et l'on ne parle que de cela, à croire qu'il n'y a rien eu avant, que quatre années de servitude ont tout à coup effacé quinze cents ans d'honneur, de courage, de crimes aussi mais, si j'ose dire, de crimes « pour le bon motif », qui étaient des formes paroxystiques de notre énergie ou de notre ambition nationales.

Le plus consternant dans le délire de résistantialisme et les mea culpa actuels est que personne ne tire la seule leçon de cette sinistre période : à savoir que la France, pour la première fois depuis Hugues Capet, n'avait plus de volonté. Elle était complètement soumise. Et pourquoi l'était-elle ? Parce qu'elle avait été vaincue par les armes, parce qu'elle avait été battue à plates coutures par un ennemi implacable et sans morale qui, à chaque instant, la contraignait à se déshonorer. Toute la question est là, et elle se ramène à une vieille vérité : que sans la force, tout est dérision. La force était du côté des nazis et le gouvernement de Vichy était contraint d'obéir, donc d'accumuler les mauvaises actions. Tel est le pire résultat d'une défaite militaire et spécialement d'une déroute complète comme celle de 1940.

Il en découle tout naturellement ceci : que si l'on désire être libre, vivre dans le respect de soi, offrir un asile sûr aux malheureux qui se sont mis sous votre protection, il faut opposer au Mal un courage et des armes tels qu'on puisse le contenir. Le général de Gaulle connaissait bien ce postulat élémentaire. D'où son obstination à doter la France de la bombe nucléaire en dépit des anathèmes et des cris de douleur poussés par ce qu'on pourrait appeler l'éternel parti de la capitulation.

Le déshonneur d'un pays est semblable à une épidémie de choléra. Les hommes sont atteints de la maladie sans savoir comment, parce que l'air qu'ils respirent est mauvais. Les fonctionnaires de Vichy n'étaient pas des monstres ; c'était même, dans l'ensemble, des gens capables, sinon brillants, qui, sous n'importe quel régime libre, auraient rempli leurs fonctions de manière tout à fait satisfaisante et auraient contribué à la tranquillité ou au bonheur de la France, mais qui ne pouvaient que se conduire mal puisque le gouvernement dont ils dépendaient était asservi. Les héros sont rares, et l'on ne peut exiger de l'héroïsme de tout le monde. Démissionner, tout quitter, tout perdre, pour entrer dans la clandestinité, était un acte d'héroïsme qui n'était pas à la portée de n'importe qui, surtout de n'importe qui ayant une situation, étant désireux de la garder et se croyant couvert par des ordres venus d'en haut.

« Pensons-y toujours, n'en parlons jamais », disait Gambetta de la défaite de 1870. Pensons toujours aux années de Vichy, mais parlons-en un peu moins. Cinquante-sept ans après l'événement, il serait temps de se préoccuper de l'avenir de la France, de s'efforcer qu'elle ne se mette plus dans le cas de n'être pas maîtresse de sa volonté, donc de son destin.

(11 octobre)

Quarante innocents

Décidément, les choses n'arrivent jamais au moment où elles seraient souhaitables. En considérant les manifestations actuelles contre les forfaits du gouvernement de Vichy et de ceux qui, d'une façon ou d'une autre, en furent les exécuteurs, on regrette que ces beaux sentiments ne se soient pas aussi vivement exprimés il y a cinquante-cinq ou cinquante-six ans. C'est en 1942 qu'il eût été vraiment méritoire de refuser le déshonneur national, de faire un rempart de son corps aux Juifs persécutés, de recueillir et de cacher les proscrits, de se dresser intrépidement devant Hitler, la Gestapo, les S.S., la milice. Quelques-uns l'ont fait et l'ont souvent payé de leur vie. Il faut bien dire qu'il est un peu moins dangereux aujourd'hui, en 1997, de se montrer courageux et de proclamer la beauté de son âme que de le faire à cette époque-là.

De même, il est un peu moins difficile de se repentir pour d'autres que pour soi-même. J'ai fort rarement entendu des vichyssois authentiques, non plus du reste que la majorité de la population française, exprimer des regrets ou des remords sur la période allant de 1940 à 1944, il a fallu attendre trois ou quatre générations pour cela. Verser des cendres sur la tête de gens qui sont morts aujourd'hui ou quelque peu chenus est un exercice à la fois inoffensif et, à ce qu'il semble, non sans charme. Voilà maintenant que l'ordre des médecins s'y met à son tour. Est-ce que les crémiers emboîteront le pas et se frapperont la poitrine parce que leurs grands-pères vendaient des œufs au marché noir ? Cela serait assez dans l'esprit de notre temps et, soit dit en passant, ferait de la publicité à mon roman *Au bon beurre*.

Il y a au moins un corps constitué qui n'aura pas à se justifier de s'être mal conduit sous l'Occupation : c'est l'Académie française. Pendant quatre ans, elle n'a pas élu un seul membre nouveau, elle s'est laissée pour ainsi dire mourir de consomption. Dès l'automne de 1940, elle refusa par huit voix contre trois d'envoyer des vœux officiels au maréchal Pétain. Je me rappelle avoir lu, lors de la mort de Bergson en 1941, un vrai panégyrique de celui-ci par Henri Bordeaux dans le journal *Candide*. À la Libération, l'Académie exclut deux de ses membres : Abel Hermant et Abel Bonnard. Cependant, toujours patiente et modérée, elle ne déclara vacants les fauteuils de Pétain et de Maurras qu'après leur mort à tous deux.

Bref, je crois que, du côté académique, on peut être à peu près tranquille. Le Quai Conti n'ayant trempé ni dans les persécutions antijuives, ni dans le marché noir, ni n'étant tombé dans la tentation d'apporter son concours à la « révolution nationale », je ne vois pas avec quoi nous pourrions nous flageller. Nous pourrons continuer à être immortels comme nous le sommes depuis Louis XIII, sans une tache sur notre habit vert. Au moins y a-t-il quarante innocents.

(18 octobre)

Résurrection

J'ai lu enfin une bonne nouvelle dans le journal. Le fait est si rare qu'il mérite bien une chronique. D'autant qu'il ne s'agit pas d'un de ces événements fugaces ou récurrents qui rendent l'actualité si fastidieuse, mais de quelque chose qui nous promet un certain embellissement de l'avenir.

Quelle ne serait pas notre émotion si soudain ressuscitaient des Français d'autrefois : des chevaliers comme ceux dont Chrétien de Troyes racontait les aventures, des mousquetaires tels que les a peints le père Dumas, des ébénistes aussi subtils qu'au temps de Louis XV, des peintres ayant la science de Poussin ou de Delacroix ? Ma foi, c'est un peu un cadeau de ce genre qu'on est en train de nous faire.

Il y avait jadis dans les jardins et les avenues de France un bel arbre célèbre et poétique : l'orme. Cet arbre était un décor essentiel de la vie française. Il est mentionné dans nos romans, nos comédies, nos pièces de vers. Les amoureux se donnaient rendez-vous sous son ombrage où quelquefois ils attendaient en vain l'objet de leur flamme. Puis l'orme se mit à dépérir et à mourir. Il était atteint d'une maladie mystérieuse, et son nom, qui évoquait la douceur de nos paysages, qui était le symbole d'une puissante vie végétale, devint synonyme de deuil et de mélancolie.

Jusqu'au début de notre siècle, Paris était rempli d'ormes. On en voit encore quelques-uns, qui ont échappé à l'épidémie, dans le jardin des Tuileries, au Luxembourg, au parc Montsouris, au Père-Lachaise. Ces survivants ont quelque chose d'intensément pathétique. On imagine en les contemplant tout un monde disparu dont nous portons le regret dans notre chair, dans nos cellules. Ils sont un visage de la France d'autrefois, on pourrait quasiment dire de « l'ancienne France » où il n'y avait pas, comme aujourd'hui, de crises d'identité nationale.

Le tueur des ormes est un misérable champignon dont il semble qu'à force de recherches et de patience les jardiniers de Paris et les agronomes de Nancy soient parvenus à le combattre efficacement. Au point que l'on a planté en 1983 cinq cents petits ormes dans un enclos bien fermé du bois de Vincennes. Ces arbustes ont maintenant quatorze ans, ce qui fait bien augurer de leur avenir et surtout de l'avenir de leur essence.

Il y avait jadis plus de trente mille ormes dans Paris, qui lui donnaient évidemment une tout autre physionomie que celle que nous connaissons aujourd'hui. L'orme est contemporain de la plus belle ville du monde qui a été bien enlaidie depuis 1960. Ah ! si, concurremment à la renaissance des ormes, il pouvait y avoir un champignon s'attaquant à toutes les horreurs qui ont poussé sur l'infortuné sol de Lutèce, tuant inexorablement les gratte-ciel en béton ou en verre et rongeant les prétendues œuvres d'art déposées par les gens de goût de la Ve République, quel rêve ! J'espère que c'est un rêve que font, aussi, les écologistes professionnels.

(25 octobre)

Lynchage

L'inconvénient des procès tardifs, comme celui que l'on fait en ce moment à M. Papon, c'est qu'il est difficile de trouver des témoins directs des faits reprochés à l'accusé, la plupart étant morts. Par exemple si le président du tribunal de Bordeaux, usant de son pouvoir discrétionnaire, avait pu appeler le général de Gaulle à la barre, il lui aurait demandé pourquoi, lui l'incarnation de la France libre, il avait nommé préfet de police un fonctionnaire de Vichy. Nul doute que les explications du Général eussent été fort intéressantes. Quand même, avoir eu la confiance de De Gaulle, ce n'est pas rien. En matière de patriotisme, de résistance, d'honneur national, on peut bien dire que celui-ci était l'autorité suprême. Il est peu probable que si M. Papon avait été le monstre que l'on nous dépeint depuis quelques mois, il l'aurait investi de fonctions à la fois essentielles et délicates.

Quant à moi, qui ne suis pas de Gaulle et qui vois le procès Papon comme peut le voir l'homme de la rue, c'est-à-dire d'assez loin, j'ai le sentiment désagréable d'assister à une sorte de lynchage. Lorsque tout le monde se déchaîne contre un individu et le condamne avant même qu'un verdict ait été rendu, j'ai instinctivement la réaction du shérif des westerns qui considère comme son devoir de faire un rempart de son corps à son prisonnier.

Il me semble que je ne suis pas le seul à réagir de la sorte. Curieusement, le procès Papon commence à ressembler au procès de Riom. On n'en est pas encore au point où l'accusé devient accusateur, mais déjà les débats ont montré qu'il était assez différent de tout ce qu'on a lu ou entendu sur lui. Beaucoup de contemporains des faits qu'on lui reproche sont morts sans doute, mais pas tous. Et ceux qui sont venus témoigner en sa faveur ne sont point négligeables.

On ne saurait soupçonner M. Olivier Guichard ou M. Maurice Druon d'avoir eu des complaisances pour ce que le Général appelait un « gouvernement de rencontre » et pour les auxiliaires de ce gouvernement-là. L'un et l'autre l'ont combattu, l'un et l'autre étaient à Londres et, de là, savaient mieux que nous ce qui se passait en France, c'est-à-dire qui secondait les nazis et qui tâchait de les contrecarrer ou d'atténuer les effets de leur despotisme meurtrier. M. Druon et M. Guichard étant venus apporter leur soutien à M. Papon, c'est un peu le Général qui parlait à travers eux.

Le fond de l'affaire n'est pas tant le procès de M. Papon que celui de la France, comme si les quatre années qu'ont duré l'occupation allemande et le régime de Vichy avaient recouvert de leur guenille toute l'histoire de notre vieux pays. Il y a en ce moment chez nous une frénésie d'abjection dont l'étranger, qui ne nous aime plus guère, se repaît avec une certaine satisfaction. Il serait temps de cesser de nous donner en spectacle. D'autant plus que le spectacle n'est pas exaltant.

(1er novembre)

Éloge du coucou

En 1981, j'espérais que la droite, s'étant évertuée pendant les sept années précédentes à ressembler à la gauche, celle-ci aurait à cœur de faire une politique de droite, laquelle eût certainement apporté beaucoup de plaisir aux électeurs qui désespéraient de la voir mise en œuvre par le R.P.R. et l'U.D.F.

Hélas, les socialistes, alors, montrèrent qu'ils étaient de petites gens comme leurs adversaires : ils se firent un devoir de tenir leurs promesses électorales. Cela fut évidemment catastrophique. Entre les promesses qu'on fait abstraitement, pour allécher le chaland, et ce que permet la réalité, il n'y a généralement aucun rapport. C'est pourquoi jamais personne ne s'indigne ni même ne s'étonne lorsqu'un parti ou un homme, après qu'il a attrapé le pouvoir, devient tout à coup muet comme une carpe sur le programme qui lui a apporté la victoire.

On a tendance à croire que les hommes politiques sont plus obtus que le commun des mortels, que rien n'arrive à entrer dans leur cervelle tant celle-ci est murée ou blindée par leur idéologie. J'avoue que quand les socialistes sont revenus au pouvoir cette année, j'ai pensé qu'ils allaient se montrer aussi honnêtes qu'en 1981 et qu'une dégelée d'imbécillités démagogiques allait nous tomber sur le paletot.

Or, à part la réduction du travail à trente-cinq heures par semaine, qui est une ânerie assez forte, surtout dans une période de chômage comme celle que nous traversons, ainsi que l'amour contre nature que la gauche traditionnellement voue aux fonctionnaires, je n'ai rien vu qui se distingue sérieusement de la politique de droite, qui est à peu près la seule possible en ce moment. Après tout, les trente-cinq heures sont peut-être l'écran de fumée que répand M. Jospin pour que ses électeurs ne se sentent pas tout à fait cocus, et derrière lequel il peut, sans trop de dommage, être raisonnable.

Il est assez doux d'entendre la gauche, qui naguère proclamait que l'insécurité était un fantasme et l'expulsion des immigrés clandestins un crime, décider aujourd'hui d'inonder les banlieues de policiers et de renvoyer chez eux les sans-papiers. Bien doux aussi de la voir appliquer à la justice la réforme préconisée par le président de la République. C'est au point qu'un commentateur politique accuse les socialistes d'être des coucous et de pondre dans le nid des autres.

Certes, ils sont des coucous, mais il ne faut pas s'en plaindre. Au contraire. Quand un idéologue répudie son idéologie et envisage les choses comme elles sont, il y a plus de joie dans le ciel que n'en suscite la vertu de cent justes. Quand des socialistes font une politique de droite, on ne doit pas se moquer d'eux ; on doit les féliciter, au contraire, de n'être pas en bois ou en fer comme on le croyait, mais faits de chair et d'esprit, comme nous autres. D'ailleurs le coucou a un avantage : il ne détruit pas le nid dans lequel il pond ses œufs. Il se borne à prendre la place du précédent occupant. Celui-ci n'avait qu'à se défendre comme il faut.

(8 novembre)

Le culte des morts

Marcel Jullian vient de publier un excellent livre : *Le Roman de l'homme* (Albin Michel) qui est, en fait, le roman de la préhistoire, et dans lequel il raconte les découvertes des archéologues ainsi que l'évolution de l'espèce humaine durant quelques millions d'années. L'un des grands tournants de cette évolution est le moment où l'on a commencé à ensevelir les morts, au lieu de les laisser pourrir sur le sol comme des cadavres d'animaux, servant de pâture aux hyènes et aux charognards. L'homme, de la sorte, par les égards qu'il marquait aux défunts, manifestait qu'il était conscient d'être une créature à part, supérieure aux autres créatures de l'univers.

Il y a des lectures qu'on pourrait qualifier de « télépathiques ». C'est pendant que je lisais le livre de Jullian que la presse annonça que l'on allait exhumer Yves Montand pour établir s'il était ou non le père d'une certaine demoiselle. Cette recherche de paternité posthume me parut quelque chose de bien étrange et j'oserai presque dire d'indécent. D'après ce que j'ai compris, Montand avait, de son vivant, refusé de reconnaître cette enfant qu'il avait ou qu'on lui attribuait. Il y avait là une volonté formelle. Exhumer son corps, pour faire dire à ce corps une vérité que niait son esprit (ou confirmer sa déclaration) est le comble de l'irrespect. L'homme préhistorique n'eût pas osé faire ce que fait aujourd'hui l'homme du XXe siècle de l'ère chrétienne.

On ne peut s'empêcher de penser que si Montand était mort pauvre, on le laisserait tranquillement dormir de son sommeil éternel. Nul ne se soucierait d'être sa postérité légale ou naturelle. Mais il est mort fort riche, je crois, et son exhumation prend un peu la couleur de l'effraction d'une sépulture pharaonique pleine d'objets précieux et de statues d'or.

Pendant la Révolution, les sans-culottes eurent l'idée particulièrement ingénieuse d'aller déterrer les cadavres des rois de France à Saint-Denis. Lorsqu'on ouvrit le cercueil d'Henri IV, on trouva ce bon roi dans un si bel état de conservation que le sans-culotte profanateur lui donna une poignée de main en rigolant. C'était peut-être aller un peu loin. Au cours de la guerre civile espagnole, les républicains déterrèrent quelques nonnes du XVIIe siècle et les exposèrent sur le parvis des églises. Cela fit, à ce qu'il semble, quelque tort à leur cause.

Pour en revenir à Yves Montand, j'avoue que j'ai été surpris par l'opinion de Mgr l'évêque de Tours, qui approuve l'exhumation, dans l'intérêt de la recherche de la vérité. Quelle vérité est-elle si précieuse qu'on aille la traquer jusqu'au fond d'un tombeau ? Il y a des circonstances où il faut prendre les choses comme elles sont. Entre l'incertitude et la profanation, mieux vaut choisir l'incertitude. Et ensuite n'y plus penser.

(15 novembre)

F.L.N.J.

Le Front de libération des nains de jardin ou F.L.N.J. était une belle et grande idée. Mais comme il arrive fréquemment, elle ne s'appuyait pas sur une philosophie solide. On en a eu la confirmation la semaine dernière lorsque le tribunal de Béthune a condamné quatre jeunes gens qui avaient volé cent quatre-vingt-deux nains et deux Blanche-Neige. Ces libérateurs formaient comme on dit à présent un « élément incontrôlé ». Le président du F.L.N.J. a tenu à le préciser en se désolidarisant d'eux. Le même président a déclaré que le F.L.N.J. authentique avait cessé ses activités depuis bientôt un an. Cela ne l'amuse plus de guerroyer contre le mauvais goût, la niaiserie, le « kitsch », dont raffole la masse.

Cher président, si vous permettez que je vous donne mon avis, ce n'est pas l'amour de la masse pour les nains de jardin, les chats en céramique ornant les toits des pavillons de banlieue, les femmes nues en laiton dansant sur un pied, qui font courir un danger sérieux à notre belle France. Tout cela est fort inoffensif. Reprocher à un retraité de Sainte-Geneviève-des-Bois de chérir des personnages de Walt Disney jusqu'à en parsemer son jardinet est aussi injuste que de se moquer d'un homme qui aime les boiteuses ou les louchons. S'il y trouve de la volupté, le pauvre, laissons-le jouir en paix. Tout ce qu'on peut désapprouver en l'occurrence, c'est qu'il aille chercher ses petites horreurs dans un folklore étranger. Mais qui ne trahit la France aujourd'hui ?

Que la masse ait mauvais goût n'est pas très grave. Cela a toujours existé. Depuis le fond des temps, elle affectionne ce qui est mignon, coquet, banal, nigaud, etc. C'est un peu de luxe et de poésie qu'elle s'offre de la sorte. Je vois là quelque chose d'attendrissant plutôt que de répréhensible. Ce qui est réellement redoutable, c'est le goût des élites et des gens au pouvoir, quand ils se piquent d'en avoir, comme c'est le cas en France depuis une trentaine d'années. Leurs méfaits ne se limitent pas à la décoration d'un trois-pièces-cuisine, hélas ! C'est les villes et les paysages qui portent les affreux stigmates de leur raffinement.

Monsieur le président du F.L.N.J., vous avez une noble tâche à accomplir. Créez un F.L.C.B. (Front de libération des colonnes de Buren), un F.L.P.L. (Front de libération des pyramides du Louvre), un F.L.C.B. (Front de libération du Centre Beaubourg), un F.L.F.S. (Front de libération du Front de Seine). Et je ne parle pas des diverses tours de cinquante étages que les architectes et les promoteurs ont répandues sur l'ensemble du territoire. Dame, c'est un programme un peu plus vaste que d'enlever des nains de jardin. Il y faudrait davantage de matériel et un personnel abondant. Mais quelle œuvre admirable ! Peu à peu, rien qu'en enlevant les monstruosités édifiées sous l'impulsion de l'État, la France retrouverait le visage charmant qu'elle avait en 1950 ou en 1910. Il me semble que ce serait la justification d'une vie.

(22 novembre)

Vingt ans de contrariétés

Les propositions de loi relatives à l'immigration de Mme Guigou, garde (ou gardeuse) des Sceaux, m'ont fait prendre conscience d'une chose dont j'avais vaguement le sentiment depuis plusieurs années : à savoir que nos gouvernements ne se soucient à peu près jamais de faire plaisir aux Français. Ceux-ci, en effet, sont fort inquiets de voir toute une population étrangère pulluler sur notre vieux territoire national. Ils se disent qu'il n'est pas très raisonnable d'importer ainsi des chômeurs par dizaines ou par centaines de milliers. Néanmoins c'est le moment que l'on choisit pour distribuer la nationalité française qui, en principe, devrait être une chose précieuse, honorable, désirable, à des gens qui ne la demandent même pas.

L'abolition de la peine de mort, décrétée au début du premier septennat de M. Mitterrand, avait de même consterné les trois quarts des Français. Les terroristes posaient des bombes dans le métro, les assassins écumaient les banlieues, les petites filles violées et égorgées jonchaient les chemins écartés. S'il y avait une conjoncture commandant de renforcer la répression judiciaire au lieu de l'adoucir, c'était bien celle-là.

Il me semble que depuis vingt ans ou davantage, on ne sait qu'inventer pour nous contrarier. Cela tient à plusieurs raisons. La plus visible est l'esprit moralisateur qui, sous l'influence des intellectuels, a pénétré les personnages qui sont au pouvoir. Ils ne sont certes pas plus vertueux aujourd'hui qu'il y a cent ans. Comme dit Saint-Simon, « ils prennent à toutes mains » et sont aussi cyniques dans le privé que Talleyrand (quoique avec moins d'esprit) ; mais comme ils veulent plaire aux belles consciences humanitaires de notre temps, ils imposent à notre pauvre pays une espèce de bigoterie laïque, ou d'angélisme hypocrite qui nous fait vivre dans une exaspération continuelle.

Non seulement c'est devenu un péché de boire un coup ou de fumer une pipe, mais encore il faut surveiller son langage : pour un mot imprudent, qui passait inaperçu en 1960, vous êtes taxé de raciste, de fasciste et voué à l'exécration des enfants des écoles. Autre raison de mélancolie : les horreurs architecturales et monumentales dont Paris a été parsemé, que nul n'avait réclamées et qui, hélas ! ont coûté les yeux de la tête. On a tué Néron, il y a deux mille ans, pour de moindres caprices.

Ce qui ferait plaisir aux Français, je le sais bien, moi. C'est qu'on leur dise que la France est une vieille et glorieuse patrie, que les siècles lui ont modelé un visage bien particulier, qui ne ressemble à aucun autre ; qu'il existe un sang français, des habitudes françaises qui remontent à Henri IV ou à Philippe le Bel, que la langue française est un chef-d'œuvre de la civilisation et qu'il faut tout mettre en œuvre pour la préserver.

Les Français seraient très contents aussi d'entendre que nous ne voulons pas spécialement complaire à l'Amérique, à l'Angleterre, à l'Allemagne, aux Hollandais, aux Croates, aux Nations unies, à l'Extrême-Orient mercantile et au Moyen-Orient fanatique, que nous sommes pleins de fierté, et d'indépendance, chatouilleux sur le chapitre de l'honneur et surtout que nous avons l'intention de défendre nos intérêts comme des Auvergnats.

Dernière déclaration propre à électriser nos bons compatriotes : « Vous avez des défauts et des vices. C'est très bien comme cela. Gardez-les. Persévérez dans votre être même s'il est insupportable et anachronique. Tout ce qu'on vous demande, c'est de ne pas vous fondre dans l'abject mondialisme vers lequel se dirige l'Occident. »

Je rêve, comme on peut constater. Ce n'est pas demain qu'un de nos gouvernements nous tiendra un pareil langage. Ils préféreraient mourir sur place. C'est peut-être d'ailleurs ce qui leur arrivera, sait-on ?

(6 décembre)

La France seule...

J'ai souvent le sentiment que les gens se trompent de slogans, à moins qu'ils ne s'expriment de façon trop elliptique, en sorte que l'on comprend le contraire de ce qu'ils proclament. Par exemple, l'Action française, mouvement monarchiste, dirigé par Maurras et Léon Daudet, avait jadis pour mot d'ordre : « La France, la France seule », que portait en exergue chaque numéro de son journal.

Je suppose que cela signifiait que l'on devait penser exclusivement à la patrie, lui consacrer toutes ses forces et tout son amour. Cependant il y avait une autre interprétation. Les adversaires de l'Action française voyaient dans sa devise l'expression d'un isolationnisme politique irréalisable, voire d'un neutralisme idéal, qui n'étaient sûrement pas dans l'esprit des fondateurs du parti.

« La France, la France seule ! » n'est pas une idée de droite ; celle-ci se pique au contraire de réalisme ; elle a l'œil tourné vers l'étranger, où elle cherche anxieusement des « amis de la France ». Voyant partout des ennemis potentiels, elle est friande d'alliances, d'ententes cordiales, de traités d'assistance mutuelle. Le socialisme et le communisme ont beau parler d'internationale ouvrière, c'est à droite qu'est la véritable internationale. Elle existe depuis le fond des temps et n'est pas près de disparaître. Autrefois c'était l'internationale des aristocrates, qui s'entendaient très bien entre eux par-dessus les frontières ; à présent c'est l'internationale des riches, qui ne s'entendent pas moins bien. Il n'y a pas d'internationale des peuples, car ceux-ci sont enracinés dans leur terre comme des arbres. Tout ce qui affaiblit la nation les affaiblit eux-mêmes.

Le gouvernement socialiste dont nous jouissons présentement, semble avoir complètement adopté le slogan de l'Action française. Rien de ce qu'il fait ne suppose que la France soit environnée d'autres pays, qui ne l'aiment pas, qui la concurrencent, qui prennent sur elle tous les avantages qu'ils peuvent, qui se réjouissent de ses bêtises et de ses imprudences, bref qui lui font plus ou moins ouvertement la guerre. L'Europe dite unie est un parfait prétexte pour dormir sur les deux oreilles. Elle nous entoure comme une sorte de brume irréelle, comme une bouillie vaguement amicale de pays fatigués ou indulgents. Or cela pourrait bien n'être pas vrai. Il est assez facile de prévoir qu'après que nous aurons ouvert toutes grandes nos portes à l'immigration, nos amis de l'Europe nous fermeront les leurs au nez afin de n'être pas envahis à leur tour par nos pauvres.

De même, la grande affaire des trente-cinq heures ne doit pas trop leur déplaire. On ne voit guère comment cette mesure produira autre chose qu'une augmentation de chômage et une diminution de la production. On se réjouit fort de l'installation d'une usine Toyota dans les environs de Valenciennes. Je suis prêt à prendre tous les paris qu'on voudra que les ouvriers y travailleront un peu plus de trente-cinq heures par semaine. Ou le Japon n'est plus le Japon.

Les socialistes, lorsqu'ils sont au pouvoir, devraient avoir sans cesse présent à l'esprit le beau cri que poussaient les travailleurs de 1936 après avoir élu la Chambre du Front populaire : « Le pain, la paix, la liberté ». Le Front populaire, déjà, pensait que la France était seule dans le monde, qu'il n'existait rien à l'extérieur qui pût l'empêcher d'avoir ce que ses syndicats exigeaient. Moyennant quoi, quatre ans plus tard, les Français eurent la guerre, la famine et l'esclavage. Et c'est la Chambre du Front populaire elle-même qui remit ses pouvoirs entre les mains de Pétain.

(13 décembre)

Le tribunal de la pensée unique

Il est si rare que l'on soit content d'un ministre que, quand par extraordinaire cela se produit, on se frotte les yeux et on n'en croit pas ses oreilles. Il s'agit, en l'occurrence, de M. Alain Richard, notre ministre de la Défense. Le cher homme a envoyé promener le Tribunal permanent de La Haye, lequel désirait appeler à sa barre des officiers français ayant servi en Bosnie. M. Richard, qui n'a peur de rien, à ce qu'il semble, a flétri ce qu'il appelle « la justice spectacle » du tribunal en question, « le premier depuis Nuremberg en 1945 ». Il s'en est suivi, naturellement, de grandes indignations et des imprécations variées. Le président du Tribunal qui est une dame a parlé du « mépris de Paris ». Ma foi, il n'est pas sans charme d'être accusé de mépriser quelque chose ou quelqu'un. Comme disent les ménagères : « Ça change un peu. »

Tout a été écrit par Soljenitsyne au mois d'août dernier, dans un grand texte publié par *L'Express*, sur les criminels de guerre et les tribunaux internationaux constitués pour les juger. Son argumentation est des plus simple en même temps que des plus saisissante, à savoir que ces juridictions spéciales sont toujours inventées par les gagnants pour discréditer définitivement (ou liquider) les perdants. Il ajoute que les seuls tribunaux qui lui inspireraient un peu confiance seraient ceux où l'on examinerait les crimes des vainqueurs aussi bien que ceux des vaincus. Dans les guerres, en effet, les atrocités sont à peu près pareilles d'un côté ou de l'autre, et le vainqueur qui juge n'est pas moins couvert de sang que le vaincu qui est jugé.

Si Clausewitz était encore de ce monde, il pourrait écrire que les tribunaux internationaux sont « la continuation de la guerre par d'autres moyens ». Le Tribunal international permanent de La Haye a ceci de particulier qu'il n'attend pas que les guerres soient terminées pour statuer. Il apporte au camp qui lui convient une sorte de caution morale qui, les choses étant ce qu'elles sont au XXe siècle, c'est-à-dire à une époque où les moyens de propagande sont écrasants, couvre d'opprobre les misérables qu'il veut perdre. C'est qu'il s'agit d'un enjeu important : à savoir le triomphe de la pensée unique et du politiquement correct. Bref, on ne saurait trop admirer M. Alain Richard d'avoir résisté à cette machine au service de l'hégémonie mondialiste. Espérons que notre gouvernement, notre Assemblée, nos hommes politiques de droite et de gauche ne seront pas épouvantés par tant d'audace et ne le forceront pas à reculer. Ce serait, hélas ! assez dans nos mœurs depuis que de Gaulle n'est plus là.

Soljenitsyne note que la bombe atomique sur Hiroshima et la destruction de Dresde, un des joyaux de l'Europe, où il n'y avait que des civils, constituent d'assez jolis crimes de guerre dans leur genre et que personne n'a sanctionnés. De même il rappelle que l'U.R.S.S. de Staline siégeait à Nuremberg et faisait pendre des généraux qui n'en avaient pas fait plus que les siens.

Dans les débats actuels du Tribunal permanent de La Haye, personne ne parle du principal responsable des malheurs de la Yougoslavie, du vrai criminel : le nommé Broz, dit Tito, qui charcuta ce pauvre pays, qui réduisit les Serbes au désespoir et qui mourut interminablement avec des tuyaux dans tout le corps, tant sa clique avait intérêt à le conserver, fût-ce dans le coma. On doit penser que c'est de l'histoire ancienne.

(20 décembre)

L'anglais tel qu'on ne le parle pas

L'Association des professeurs de langues vivantes est en grand émoi car elle croit savoir que le ministère de l'Éducation sentimentale a l'intention de rendre obligatoire l'enseignement de l'anglais dans les lycées de France. Et l'allemand ? s'écrie l'Association, et le russe, et le portugais, et l'arabe ? Plus un élève n'en saura un mot, vu que l'anglais aura tout mangé !

Ce projet éventuel du ministère a tellement l'air d'un aplatissement devant les États-Unis, d'un reniement de notre caractère national qu'on se dit qu'il est tout à fait dans la ligne de nos gouvernants depuis une vingtaine d'années, et qu'il va sans doute devenir une réalité. Ce sera une des nombreuses gâteries qu'on nous prépare pour l'an 2000.

Dieu merci, il y a du bon dans tout. L'anglais obligatoire n'a pas que des inconvénients. Je ne sais comment on enseigne les langues à l'école aujourd'hui, mais je sais comment on les enseignait de mon temps. J'ai fait de l'anglais pendant six ans au lycée, moyennant quoi, arrivant à Londres, j'étais incapable de comprendre ou d'émettre un seul mot. Mes oreilles, mon gosier, étaient complètement réfractaires à cet idiome. Il en était plus ou moins de même pour mes condisciples. Les classes d'anglais constituaient d'agréables heures de récréation et de chahut. Je restai trois ans à Londres. Par bonheur, la plupart des naturels que j'y fréquentai parlaient un français remarquable, souvent sans accent. Je n'eus de réelles difficultés qu'avec les petits commerçants et les contrôleurs d'autobus.

Autre avantage de l'anglais obligatoire (à supposer que les professeurs de maintenant soient un peu plus efficaces que ceux auxquels j'ai eu affaire), c'est que les Français s'apercevront que cette langue magique et impénétrable véhicule autant de trivialités, d'insignifiances, de niaiseries, de stupidités que la nôtre et que toutes les autres langues parlées dans le monde.

Troisième avantage : rendre quelque chose obligatoire est un bon moyen pour en dégoûter les gens. L'anglais nous paraît charmant non seulement parce qu'on n'y comprend rien, mais encore parce que nul ne nous force à l'apprendre. Nous le baragouinons par mode, par snobisme, pour nous donner le genre moderne. Adieu l'amusement, adieu le piquant de la chose s'il faut s'y mettre sérieusement, comme au latin ou au solfège.

Enfin quel anglais enseignera-t-on à l'école ? L'anglais de Shakespeare, de Fielding, de Milton, de Dickens, de Trollope, de Keats, de Kipling, de Chesterton ? J'en serais bien surpris. Ces auteurs-là sont fort ignorés de l'Université d'aujourd'hui, tout comme Corneille, Racine, La Fontaine, Montesquieu, Chateaubriand ou Toulet. On enseignera un peu de grammaire et les affreux mots récents dont on se sert pour la science et l'électronique. Les verbes irréguliers aussi, peut-être. Ils ont la vie dure.

(27 décembre)

1998

Mes chéris

Dans son message télévisé pour les vœux de Nouvel An, Giscard nous appelait « Mes chers Français ». Cette formule me paraissait un rien condescendante. « Mes chers Français » suggérait que notre maître n'était pas tout à fait de notre espèce, qu'il était descendu de quelque planète plus évoluée que la nôtre, mais que cela ne l'empêchait pas de nous aimer bien, ce qui montrait qu'il n'était pas fier. M. Mitterrand, dans le même exercice de rhétorique annuel, utilisait l'apostrophe : « Mes chers compatriotes ». On va dire que je ne suis jamais content, mais cela ne m'enchantait pas beaucoup plus que « Mes chers Français ». « Compatriote » a quelque chose de froid, de guindé, d'administratif qui m'ennuie. Est-ce qu'un père s'adresse à son fils en l'appelant « Mon cher compatriote » ? Or le Président, qui a remplacé le roi, est le père de tous les Français. M. Chirac nous appelle aussi ses compatriotes, ce qui ne me fait pas plus plaisir venant de lui que de son prédécesseur à l'Élysée.

Au fond, le Président n'a qu'un mot à sa disposition s'il veut nous être agréable, c'est : « Mes chéris ». Quelle joie dans les postes de télévision couleur s'il s'adressait ainsi à ses cinquante et quelques millions d'enfants ! Je suis sûr que sa cote dans les sondages remonterait de dix points pour le moins. Bien entendu, il faudrait que « Mes chéris » fût prononcé avec l'intonation adéquate et que l'on vît pour ainsi dire la tendresse paternelle illuminer le beau visage de notre plus haut magistrat. Il faudrait que l'on sentît que « Mes chéris » vient du cœur et que, du nouveau-né au centenaire, nous sommes vraiment chéris individuellement par celui entre les mains duquel nous avons placé notre destin.

Après avoir dit « Mes chéris », peu importe la suite du discours. Ce qu'on attend des vœux n'est ni un programme, ni un engagement, ni une profession de foi, mais d'affectueuses pensées qui répondent plus ou moins à nos désirs. J'entends bien qu'un Président doit un peu nous raconter la politique intérieure et extérieure. Mais il y a une manière aimable et franche de le faire qui, au lieu de nous raser ou de nous laisser dans la perplexité, nous donnerait un peu de confiance dans l'avenir.

Ne serait-il pas exquis par exemple et tellement insolite d'entendre le Président nous citer le dicton : « Charité bien ordonnée commence par soi-même », et ajouter que pour les ministres charité bien ordonnée commence par le pays qu'ils gouvernent. En effet, depuis vingt ans, nous avons la désespérante impression que nous passons toujours en dernier dans les préoccupations des gens au pouvoir, que leur affaire est de complaire à tout le monde, sauf à nous qui les avons élus et qui les entretenons. Quelle ne serait pas notre émotion si le Président s'écriait dans ses vœux : « À partir d'aujourd'hui, nous allons dorloter les Français, nous allons leur prouver notre amour par des actes admirables qui nous feront détester de l'opinion publique des cinq continents. Et puis on va se remettre à parler français et non plus baragouiner le sabir cosmopolite. Et puis, s'il nous reste des forces, nous ferons sauter les infâmes gratte-ciel et les hideux monuments qui ont été répandus depuis trente ans sur notre malheureuse Terre. La France retrouvera son bon vieux visage de toujours et les Français leur bonne humeur, ce qui va bien nous changer.

« Voilà, mes chéris, ce que je souhaite pour vous et pour moi. Ralliez-vous à mon panache tricolore et vive la Constitution de la Ve République ! »

(3 janvier)

L'Éducation sentimentale

Plusieurs lecteurs très attentifs m'ont écrit pour me signaler une coquille dans une récente chronique : ministère de l'Éducation « sentimentale » au lieu de « nationale ». L'un d'eux me demande si je n'ai pas créé un département chargé de la propagation des œuvres de Gustave Flaubert. Or il ne s'agit nullement d'une coquille. J'ai bien écrit « sentimentale », et j'ai quelques bonnes raisons pour cela.

D'abord l'irritation. Je trouve ridicule et inadéquate l'expression « ministère de l'Éducation nationale ». Jusque vers 1930, cela s'appelait en toute simplicité, j'oserai dire en toute modestie, « ministère de l'Instruction publique ». Puis est venu un ministre-poète, comme nous en avons vu, hélas ! une quantité par la suite. Qui était-ce ? Je serais bien en peine de le dire. M. de Monzie, peut-être, mais je ne voudrais pas le calomnier. Éducation nationale, c'était plus grandiose qu'Instruction publique ; cela faisait un clin d'œil complice à l'auteur de *Madame Bovary*, ouvrage écrit spécialement pour la jeunesse des écoles, comme chacun sait ; cela montrait qu'on avait de la lecture, tout politicien qu'on était. L'inconvénient, dont personne ne s'aperçut et dont on ne s'aperçoit toujours pas, c'est qu'Instruction publique avait un sens bien précis, et qui définissait parfaitement la mission de l'Université : instruire les Français sans distinction de classe ou de fortune, les tirer de l'ignorance, leur apprendre ce qui est nécessaire pour vivre et pour comprendre le monde.

L'éducation n'est pas l'affaire de l'État, mais celle des parents. Ce n'est pas aux professeurs d'enseigner les bonnes manières, la délicatesse, la générosité, l'amour de la patrie, la tolérance, etc., encore que les bons vieux instituteurs de 1890 à 1925 le fissent dans les cours de morale et d'instruction civique. Il leur incombait surtout de faire entrer le calcul, l'orthographe et la grammaire dans la tête de leurs élèves. Et plus tard, quand ceux-ci avaient réussi à un petit examen appelé certificat d'études primaires, autrement plus sérieux que le baccalauréat de maintenant, le cycle secondaire les initiait au latin, au grec, à la chimie, aux maths-sup, à la physique. Enfin il y avait « les grandes écoles », si prisées dans le monde qu'elles étaient pleines d'étudiants étrangers.

Si l'on analyse sérieusement les deux mots, « Éducation nationale », on trouve d'abord une faute de français. Il aurait fallu dire « Éducation de la nation ». Il est quand même fâcheux que le ministère dont dépendent les lycées et collèges brave ainsi la syntaxe. En second lieu, je vois une sorte d'influence des mots sur les choses. L'école de Jules Ferry donnait aux enfants un savoir solide. Celle d'aujourd'hui, sous prétexte d'éduquer, d'adapter, de comprendre, de se mettre à la portée de ceux qu'elle a décorés du mot affreux « d'apprenants », de leur faciliter le travail, de les diriger vers les sciences plutôt que vers les lettres, produit principalement des petits barbares, dépourvus de toute éducation, bien sûr.

Et voilà pourquoi je ne peux m'empêcher d'écrire « ministère de l'Éducation sentimentale ». Le sentiment, ou, si l'on préfère, la sentimentalité ou la sensiblerie, règne partout à présent et, naturellement, pourrit tout, détruit tout. Tous les ministères sont sentimentaux, pas seulement celui de « l'Éducation » ; on ne fait plus de politique, on ne fait que du sentiment. Il s'ensuit que la France est fort malheureuse.

(10 janvier)

Mesdames Royales

Il est fâcheux que les dames qui siègent au gouvernement et qui désirent qu'on leur manifeste le respect auquel elles ont droit n'aient trouvé pour les désigner que « Madame la ministre », expression qui viole la grammaire française et va à l'encontre des usages de la langue. L'Académie, du reste, s'en est émue et a adressé sur ce grave sujet une lettre au président de la République.

« Madame la ministre » est vraiment une formule malencontreuse, pourquoi pas « citoyenne ministre » comme au bon vieux temps des grands ancêtres ? Non seulement cela n'eût pas manqué de chic, mais encore c'était tout indiqué pour des dames socialistes. Il est vrai que l'appellation « citoyen » ou « citoyenne » est dangereuse, tout au moins en France. Il y a deux cents ans des milliers de citoyens et de citoyennes ont été raccourcis par le citoyen Robespierre, lequel a été raccourci à son tour par des citoyens qui ne voyaient que ce moyen-là de garder leur tête sur les épaules. On comprend que les dames du gouvernement, toutes socialistes qu'elles soient, éprouvent quelque répugnance devant un mot aussi sanguinolent.

Comme toujours j'ai trouvé un moyen de contenter Mmes Aubry, Guigou, Trautmann, Royal, Voynet et autres ornements du ministère Jospin dans leur soif de reconnaissance protocolaire. Il faut, selon moi, les appeler « Madame » au vocatif, comme les reines, et dans la suite du discours leur parler à la troisième personne. On pourrait également leur conférer par décret le titre de « Votre Altesse républicaine » qui n'offense en rien la grammaire. Ainsi quand j'écrirais à Mme Trautmann qui est mon ministre, cela donnerait la lettre suivante :

« Madame, étant un vieil écrivain de talent, ce qui me vaut depuis cinquante ans l'inimitié des intellectuels parisiens et a fini par me réduire à la misère, je sollicite auprès de Votre Altesse républicaine l'octroi d'une modeste pension qui me permettra d'acheter du bifteck une fois par mois. Je me permets d'envoyer à Votre Altesse républicaine mon dernier recueil de poèmes, dans lequel j'exalte la Femme et spécialement la Femme-ministre qui joint avec tant d'harmonie grammaticale la virilité à la féminité.

« Je supplie Madame d'accepter les humbles hommages d'un homme qui, malgré une vie bien remplie et soixante ouvrages parus en librairie, ne se console pas de ne pas appartenir au sexe de Votre Altesse républicaine. »

Un des aspects les plus détestables de la République c'est qu'elle observe sournoisement la loi salique qui interdisait aux femmes sous la monarchie d'être roi de France. Depuis 1875, tous les présidents de la République sans exception, hélas ! ont été des messieurs. Espérons que cela ne durera pas et que nous jouirons d'une chef de l'État (ou d'une cheftaine de l'État ?) que nous pourrons appeler non pas Madame le président ou Madame la président, voire « Madame-président », mais « Votre Majesté démocratique ».

(17 janvier)

Un héros de Vigny

Les causes jugées depuis cent ans ont un avantage sur les causes actuelles, c'est que l'on sait dans quel camp il faut se mettre. À ce point de vue, l'affaire Dreyfus est du nanan : tout le monde, en France, est dreyfusard aujourd'hui. On a quelque difficulté à imaginer, en janvier 1998, quelqu'un déclarant : « Dreyfus était coupable. Il était de mèche avec l'agent allemand Schwarzkoppen, il a trahi. Il aurait dû être fusillé. Quant à Zola, il n'a écrit son *J'accuse* que pour faire parler de lui. Outre cela, c'était un dégoûtant qui publiait des romans pornographiques. » Ce serait amusant, pourtant, d'entendre de pareils propos. Cela changerait un peu des lamentations qui résonnent partout en ce moment, à croire qu'il s'agit de sauver le pauvre Alfred une deuxième fois de la dégradation et de l'île du Diable.

Il y a une grande entreprise de dénigrement national qui semble complémentaire de la construction de l'Europe. Entre le gouvernement de Vichy et l'affaire Dreyfus, l'un prenant alternativement le relais de l'autre, nous voilà bien fiers d'être français. Connaît-on encore seulement le nom de Poincaré ? Sait-on que le grand Condé gagna la bataille de Rocroi ? A-t-on entendu parler de Richelieu, Henri IV, François Ier, Louis XI ? Jeanne d'Arc, au moins, a eu la chance d'être brûlée vive. Malheureusement c'était par nos amis anglais. Ce serait tellement plus « gratifiant », comme on dit dans le langage européen, si elle l'avait été par les Français. Bref, il n'y a plus, dans l'histoire de la France, que l'affaire Dreyfus et Vichy. Finalement c'est peu de chose pour mille ans. Où sont passés le chevalier d'Assas, le petit Bara, les poilus de Verdun, Montaigne, qui était l'ami d'Henri III ? Il est vrai toutefois que ce dernier était le frère de Charles IX sous le règne duquel eut lieu la Saint-Barthélemy, qu'on a un peu exhumée à l'occasion de la visite du pape, mais qu'on n'a pas suffisamment exploitée et qui pourrait encore faire de l'usage.

Je ne puis m'empêcher de penser que Dreyfus, qui était un officier français, aussi patriote qu'on peut l'être, et d'origine alsacienne par surcroît, ne verrait pas d'un très bon œil l'exploitation que l'on fait à présent de l'injustice dont il a été victime. Il a vécu une aventure à la Vigny, qui pourrait avoir sa place dans *Servitude et grandeur militaires*. Et voilà qu'on se sert de lui pour abaisser la patrie justement, pour démontrer insidieusement que France est synonyme de fourberie, d'antisémitisme, de manipulation de l'opinion, d'esprit de caste, etc., et pour détacher les Français de leur terre. Tout cela dans le but de fondre notre pays dans une espèce de mondialisme fadasse plus ou moins dominé par l'hégémonie américaine.

Non, vraiment, je ne crois pas que Dreyfus aurait apprécié la façon dont on est dreyfusard un siècle après son affaire.

(24 janvier)

Le mystère de la Maison-Blanche

Malgré les films et les séries télévisées que nous ingurgitons à longueur de semaines, l'âme américaine, lorsque nous la prenons sur le fait, dans la réalité, nous semble aussi singulière que les mœurs des kangourous, aussi exotique que les coutumes des Indiens d'Amazonie. Comment un Français pourrait-il comprendre l'affaire Clinton ? Elle lui paraît le comble de la bouffonnerie, alors que là-bas, c'est une affaire très sérieuse.

Pour nous, un monarque qui n'est pas indifférent au beau sexe nous plaît assez. Nous avons conservé de Félix Faure, qui expira dans les bras de sa maîtresse, un souvenir à la fois rigolard et attendri. Il ne faudrait pas nous pousser beaucoup pour nous faire convenir que c'est là une belle et glorieuse fin. Le peintre Dignimont, invité à l'Élysée au temps de Vincent Auriol, circulait dans les salons en demandant aux huissiers : « Où est le canapé sur lequel est mort le président Félix Faure ? » C'était la seule chose qui l'intéressât dans cette réception grandiose. Personne malheureusement ne put lui montrer ce meuble historique, et il en garda toujours du regret.

En ce qui concerne M. Clinton, ce n'est pas tant de s'être diverti avec quelques secrétaires de la Maison-Blanche qu'on lui impute à crime, mais d'avoir demandé à l'une de ces demoiselles de garder quelque discrétion là-dessus. Certes la fornication et l'adultère sont de grands péchés, mais il en est un encore plus grand : c'est de vouloir cacher au monde qu'on les a commis. M. Nixon est tombé, naguère, pour des raisons semblables, quoique son délit ne concernât point les élans de la chair ; mais il avait menti à propos de la plaisanterie du Watergate et cela fut démontré. La Constitution des États-Unis l'a renversé.

Nous sommes là au cœur même de l'esprit puritain qui est une énigme pour des peuples catholiques ou de tradition catholique, comme nous le sommes. Une des beautés du catholicisme est que le pécheur est racheté quand il se repent de ses péchés devant Dieu. Entre Dieu et lui, le prêtre sert de truchement ou d'interprète, et tout reste dans le secret de l'âme. À l'inverse, dans le puritanisme, il n'y a pas d'intercesseur. Il faut des repentirs publics. Le pécheur doit faire l'aveu de sa faute devant les hommes, que seule une absolue sincérité peut fléchir. De là, des institutions telles que le tribunal de Nuremberg en 1945 et celui de La Haye aujourd'hui. Ce sont presque des juridictions religieuses. Leur mentir, c'est mentir aux États-Unis, quasiment comme de mentir à Dieu.

Le pauvre Clinton est pris dans un petit procès de Nuremberg comme l'avait été Nixon. On ne le lâchera que s'il fournit la preuve, non qu'il a résisté aux charmes de ses secrétaires, mais qu'il ne leur a pas enjoint de se taire. Il me semble qu'on devrait quand même lui compter comme circonstances atténuantes le fait de s'être borné, pour ses distractions, à ses plus proches collaboratrices. Ainsi prenait-il le moins de temps possible sur son travail. Ce n'est pas comme certains de ses prédécesseurs, qui faisaient venir dans le bureau ovale des femmes à la mode ou des vedettes d'Hollywood, auxquelles il fallait décemment offrir le thé et faire un minimum de conversation.

Pour être à peu près sûr d'avoir un personnage de mœurs austères à la Maison-Blanche, il faudrait ajouter un énième amendement à la Constitution comme quoi on ne saurait être président des États-Unis à moins de soixante-dix ans. Et encore : il y a des vieillards insatiables, sans compter que la fonction rend séduisant.

(31 janvier)

L'esthétisme

Selon les déclarations de M. Rocard, ancien Premier ministre, le défunt président Mitterrand aimait bien « par esthétisme » s'entourer de gens « un peu à la limite ». Il ne dit pas à la limite de quoi, mais on peut penser que ce n'est pas à la limite de la sainteté. Quant à l'esthétisme, c'est une curieuse manière de qualifier le goût particulier qu'avait M. Mitterrand pour les personnes que les scrupules n'étouffaient pas.

En l'occurrence, il s'agit du président du Conseil constitutionnel, lequel fut ministre des Affaires étrangères dans un cabinet Rocard (ou des « Relations extérieures », comme on disait alors par esthétisme historique). D'après ce que j'ai lu dans les gazettes, deux juges d'instruction le soupçonneraient d'avoir touché une commission ou un dessous-de-table de je ne sais combien de millions dans la vente par la France de quelques frégates à la république de Formose, appelée Taiwan en patois international.

Il est fâcheux que l'esthétisme de M. Mitterrand ne se soit pas restreint aux gens de moralité élastique, mais se soit étendu à l'art et à l'architecture. Il n'est pas bien grave en effet qu'un ministre empoche quelques millions dans un marché international. Cela s'est toujours fait, et comme nul ne va le raconter, le public ne le sait pas, de sorte qu'il n'y a pas de scandale. En revanche il est fort dommageable qu'un personnage ayant une espèce de pouvoir absolu parsème le territoire de constructions hideuses par superstition de modernisme.

Je suis allé deux fois à l'Élysée pendant les quatorze ans que M. Mitterrand l'a occupé. Ce n'est pas que l'on m'avait invité, mais il se trouvait que j'étais directeur de l'Académie et que c'est au directeur que revient l'honneur de présenter officiellement au président de la République les nouveaux élus. M. Mitterrand me reçut dans son cabinet qui avait été celui du Général et que je ne reconnus pas. Le beau bureau Louis XV avait été remplacé par une grande table en bois blanc peinte en bleu pétrole et ornée d'un liséré rouge. Des bahuts bleu pétrole à liséré rouge remplaçaient de même les meubles de Boulle. Le fauteuil du Président me parut singulièrement audacieux. C'était une sorte de chaise à dossier raide, sans coussin et sur laquelle il devait être fort mal. Déjà j'avais eu une impression fâcheuse dans le salon des Aides de camp qui avait été transformé en salle d'attente pour dentiste. En regardant d'un œil consterné ces déprédations, je me demandais si les présidents des États-Unis s'amusaient de la sorte à moderniser la Maison-Blanche. Les Américains ont de la chance : leurs présidents ont trop d'occupations avec leur politique hégémonique pour s'occuper en plus d'ameublement et d'urbanisme. Il est dommage que le président du Conseil constitutionnel, au lieu d'être ministre des Relations extérieures, n'ait pas été ministre de la Culture. Il aurait fait moins de dégâts que M. Lang. Lequel M. Lang aurait fait un ministre des Relations extérieures très convenable : il aurait vendu des Opéras-Bastille et des colonnes de Buren à la république de Formose. Ainsi Paris aurait-il été préservé.

(7 février)

La voix de la France

L'étroite amitié qui me lia pendant plus d'un demi-siècle à Maurice Schumann a quelque chose de miraculeux. Lorsque je l'entendais à la B.B.C. en 1942, je n'imaginais pas quel visage il pouvait y avoir derrière ses paroles. Cette voix si particulière, ce timbre unique me semblaient à peine appartenir à un homme, mais plutôt à un être mythique. C'était « la voix de la France » et non pas celle d'un capitaine des F.F.L. qui allait tous les soirs faire son « petit talk » (comme disait de Gaulle) à Bush-House...

Il n'y avait pas la moindre raison pour que je rencontrasse cette vedette, moi qui étais un modeste grouillot de la Résistance. Et pourtant, cette rencontre eut lieu. Elle eut lieu même très vite. Je crois que la première personne sur laquelle il tomba en arrivant à Paris, ce fut moi. Je passai toute une journée sinon deux à faire la guerre de rues côte à côte avec lui. J'ai gardé une image indélébile de ce temps : nous deux, place de la Concorde déserte, balayée par des mitrailleuses allemandes qui tiraient du toit du ministère de la Marine. Maurice avance intrépidement, le pistolet au poing, comme s'il allait prendre cette forteresse tout seul. Je marche à sa droite, faisant aussi bonne figure que possible, mais ne pouvant m'empêcher de penser que j'étais bien jeune pour mourir, et le dernier jour de la guerre encore, car on était le 25 août ! Qui écrirait les cent ou deux cents bouquins que j'étais le seul à pouvoir écrire ?

Il est étrange et émouvant que certaines personnes et non d'autres, comme par un fait exprès, soient présentes et agissantes dans des moments capitaux de notre vie et donnent à ceux-ci une tonalité spécifique. Je n'ai jamais perdu de vue Maurice Schumann ; au contraire, notre amitié est devenue plus intime au cours des années, mais je n'avais pas prévu que ce serait lui qui, lorsque je serais élu à l'Académie, me recevrait officiellement dans cette illustre maison, que ce fût lui que la Compagnie aurait chargé de me raconter à mes nouveaux confrères et à l'assistance.

Ainsi par deux fois, cette belle voix si célèbre de Maurice se sera adressée à moi pour m'appeler à un destin supérieur à celui que, dans mon humilité, je pensais m'être dévolu. Quand il parlait sur les ondes, c'était pour me presser d'entrer dans la petite fraternité des braves qui résistaient à l'occupant ennemi. S'adressant plus spécialement à moi sous la Coupole, c'est Corneille, Racine, La Fontaine, Marivaux, Hugo, Claudel qu'il m'invitait à rejoindre dans une assemblée idéale. Au fond, Maurice a été là, toujours, pour m'ouvrir les portes, pour m'accueillir avec son sourire chaleureux et son amitié dans des lieux où, peut-être, je ne serais pas allé de mon propre chef. En quoi il a été un des personnages les plus importants de mon existence, et j'ai un sentiment bien curieux à mon âge, devant sa mort : celui d'être orphelin, car c'est être orphelin que de se sentir un peu amoindri, un peu abandonné par la mort de quelqu'un.

(14 février)

La fraude et l'insurrection

Malaparte, dans son livre *Kaputt*, donne une définition de l'esprit des dictatures : « Tout ce qui n'est pas interdit est obligatoire. » On voit que cela a été écrit il y a un demi-siècle. Depuis, les démocraties ont fait quelque chemin vers les tyrannies. Dieu sait si, naguère, la France était un pays bon enfant, où l'on pouvait faire à peu près tout ce qu'on voulait sans que personne trouvât rien à y redire. Or depuis une trentaine d'années, cette liberté s'est bien restreinte : des gouvernements (de bonne volonté, hélas !) ont interdit une foule de petites et de grandes choses qu'on ne mettait pas en question en 1930 ni même en 1950. Ils n'en sont pas encore à rendre obligatoire ce qu'ils n'interdisent pas, mais on peut craindre que cela n'arrive un jour ou l'autre. Toute interdiction suppose une obligation inverse et finit par l'engendrer. Et c'est ainsi, au nom d'une liberté abstraite, que disparaît l'indépendance individuelle.

À la vérité, elle ne disparaît pas complètement. Je veux dire par là que quand ce qui était autrefois légitime devient illégal par décret, les gens continuent à le faire, mais hypocritement, en se cachant plus ou moins, en ayant le sentiment (assez agréable, il faut bien l'avouer) de commettre une sorte de péché contre l'État. À force d'interdire, on finit par fabriquer un peuple de fraudeurs. C'est ce qui se passe chez nous. Il n'y a probablement pas un seul Français qui ne fraude un peu ou beaucoup dans quelque domaine. Les choses les plus innocentes telles que de fumer une cigarette dans un lieu public, d'abuser de l'apéro, de ne pas boucler sa ceinture de sécurité en voiture, tombent sous le coup de la loi, ou au moins provoquent la réprobation de l'opinion publique. En fait, le despotisme de l'État a commencé avec la fermeture des maisons de tolérance en 1946. Celles-ci ont été aussitôt remplacées par des réseaux de *call-girls* qui venaient à domicile au lieu d'accueillir le client dans un établissement spécialisé.

Il arrive qu'à force de règlements et d'interdictions tatillonnes les fraudeurs se transforment en insurgés. C'est ce qui se produit actuellement. Les chômeurs, qui sont au nombre de plusieurs millions, non pas parce qu'on manque d'emploi, mais parce que le travail a été rendu inabordable par une accumulation de lois stérilisantes, se sont soulevés dans une sorte de jacquerie et se lancent à l'assaut des châteaux d'aujourd'hui, qui sont les bourses du commerce et les supermarchés. Les chasseurs viennent défiler à Paris par dizaines de milliers parce qu'on veut les empêcher de tirer les canards sauvages. Les communistes eux-mêmes, qui font partie du gouvernement de maintenant, se dressent contre le démantèlement de la centrale nucléaire Superphénix.

Du Pont de Nemours, qui fut un jacobin avant que ses descendants ne devinssent milliardaires, énonça cette belle pensée à la tribune de la Convention : « Périssent les colonies plutôt qu'un principe ! » Cela pourrait être la devise des gens qui nous gouvernent. Leurs principes passent avant tout. Et comme nous n'avons plus de colonies pour nous protéger des doctrinaires, c'est nous qui périssons. Et dire qu'il va y avoir bientôt, en plus, les principes de l'Europe !

(21 février)

La guerre du Golfe n° 2

Les guerres que font ou que veulent faire les Américains aux gens qui leur déplaisent nous sont très agréables, à ce que j'ai cru remarquer. Nous déployons alors un patriotisme que nous sommes loin d'éprouver quand il s'agit de la France. Au moment où j'écris cette chronique, je ne sais pas encore s'il y aura ou non une nouvelle guerre du Golfe. Mais s'il y en a une, j'espère que nous ne serons pas au-dessous de ce que nous avons été en 1991, lors de la première raclée administrée à M. Saddam Hussein par le président Bush.

Cette guerre n'était en rien la nôtre ; elle se déroulait à cinq mille kilomètres de chez nous, néanmoins il régnait en France une inquiétude, une agitation, une exaltation telles qu'on aurait pensé que l'ennemi était à nos portes. Les ménagères achetaient des paquets de sucre et des boîtes de sardines par douzaines dans les supermarchés, afin de faire face à une éventuelle pénurie de vivres. Les journaux avaient des titres dramatiques. On comparait Saddam Hussein à Hitler et on se félicitait que, cette fois-ci, nous ne fussions pas tombés dans l'abjection de Munich.

Même à l'Académie française où les bruits du monde arrivent un peu amortis, nous eûmes notre moment de folie. Notre dernier élu, qui n'avait évidemment pas encore acquis notre placidité, nous supplia de ne pas porter nos épées pour assister à sa réception sous la Coupole. Il nous expliqua que cette arme dont nous ne nous servions guère que comme de coupe-papier, constituerait une espèce d'injure aux braves soldats qui se battaient avec de vrais instruments de mort, tels que mitrailleuses, lance-flammes, chars et canons. M. Lévi-Strauss, mon voisin, se pencha vers moi et me chuchota à l'oreille : « Sans nos épées, comment nous défendrons-nous si les gardes républicains nous attaquent ? »

Le fond de l'affaire, je crois, est que les Français ont tant vu, au cinéma ou à la télévision, de films de guerre américains, généralement d'un chauvinisme incandescent, que peu à peu ils ont été pénétrés de l'idée que l'armée américaine était le rempart de l'Occident, le garant de la morale du monde, qu'à elle seule elle remplaçait toutes les armées, et que, par conséquent, elle était la nôtre. C'est une absurdité, bien sûr, mais comment l'extirper de nos cervelles obtuses ? Le général de Gaulle n'est plus là pour nous dire qu'il faut assumer son destin propre et non le confier à la bonne volonté d'un ami, lequel ne voit évidemment pas les choses comme nous, et nous laisse choir sans hésiter s'il y trouve son intérêt.

M. Clinton et M. Saddam Hussein sont en bisbille aujourd'hui. Cela devrait nous laisser froids. Nous n'avons rien à faire dans cette querelle. J'espère qu'aucun immortel trop zélé, si Bagdad est bombardée, ne nous demandera de laisser nos épées au vestiaire par respect pour les marines qui débarqueront en Irak, et qui ne connaîtront même pas cette gracieuseté académique.

(25 février)

Les sultanes

Il y a dans le ministère Jospin un côté oriental qu'on n'avait pas encore vu dans la politique française. Cela tient au nombre de femmes qu'il a prises pour ministres ou qu'il a nommées à de hauts postes. Le voilà dans la situation d'un sultan au milieu de son harem, ce qui ne doit pas être commode tous les jours. Un protestant, car M. Jospin appartient, dit-on, à la religion réformée, est moins que tout autre préparé à la polygamie. Il est déjà très difficile de commander quelque chose à une seule épouse ou même de résister à sa volonté. Quand on en a six ou huit, cela devient surhumain.

On s'apitoie volontiers sur les pauvres prisonnières des sérails. J'ai vu vingt films là-dessus, où de désirables et craintives créatures blondes sont enlevées à leur famille et à leur fiancé pour satisfaire aux appétits insatiables d'un pacha qui quelquefois – par bonheur – ressemble à Omar Sharif. Jamais il n'est question des caprices que les dames du sérail imposent à leur prétendu tyran, ou des représailles qu'elles exercent entre elles, car il y a des luttes sans merci entre favorites. Le cas du roi Salomon, qui avait neuf cents femmes, m'a toujours fait rêver. On comprend qu'il ait laissé une si glorieuse réputation. Neuf cents femmes, c'est l'effectif d'une demi-brigade. Quelles qualités de chef ne faut-il pas avoir pour maintenir la discipline et l'obéissance ! Et Salomon, en plus, gouvernait le royaume d'Israël, faisait la guerre, couchait avec la reine de Saba. Ah ! Le grand homme !

Mmes Voynet, Aubry, Royal, et les autres houris du gouvernement font ce que traditionnellement font les sultanes : elles réclament avec insistance des faveurs, des colifichets, des bijoux. Il ne leur suffit pas d'être au pouvoir, de disposer de la force publique, de commander à des directeurs et des chefs de bureaux qui sont les eunuques d'aujourd'hui, il leur faut encore affirmer à la face du monde la victoire de leur sexe sur le sexe masculin. Il s'agit en l'occurrence de féminiser les noms de métier ou les titres honorifiques. Jospin-pacha a évidemment cédé là-dessus, peut-être pour avoir la paix, et en se disant dans le langage familier qu'on se tient à soi-même, que cela ne « mangeait pas de pain », c'est-à-dire que pour une fois, il faisait plaisir à peu de frais. La grammaire n'a pas la ressource des chômeurs, des immigrés, des sans-papiers, des exclus : elle ne descend pas manifester dans la rue. Elle n'a pour défenseurs que quarante vieux ronchons qui disposent pour tout matériel offensif d'une petite épée qu'ils ne portent que trois fois par an, quand ils endossent un habit vert. Alors, au placard, la grammaire !

Le plus attentionné dans le geste du sultan Jospin, et qui est délicat comme d'offrir des roses à ses bourgeoises, c'est qu'il a publié sa circulaire grammaticide le 8 mars, « journée internationale des femmes ». Car elles ont leur journée, ce que nous autres, les hommes, nous n'avons pas, et qui, j'en prends conscience en écrivant ceci, nous manque cruellement.

(14 mars)

Suicide mode d'emploi

Le génie est sans doute inimitable. Le premier coup de génie de M. Mitterrand en 1981 fut de prendre quatre ministres communistes dans son gouvernement, en vertu de ce qu'il appelait magiquement « l'Union de la gauche ». La droite, comme il se devait, cria comme un putois : on vendait la France à l'U.R.S.S., c'était le début de notre soviétisation, le P.C. français était encore tout couvert du sang des victimes de Staline, etc. M. Mitterrand fit la sourde oreille à ces criailleries. Il avait son plan, lequel se dévoila en quelques années : anémier le parti communiste en lui enlevant sa raison d'être qui était la surenchère dans la propagande révolutionnaire, l'absorber, le manger. C'est ainsi que les choses se déroulèrent.

Dans mon ingénuité, je pensais que M. Chirac, instruit par l'exemple, après son élection à la présidence de la République, opérerait de façon analogue avec le Front national, c'est-à-dire qu'il prendrait deux ou trois personnalités de ce mouvement dans le ministère, et qu'il mangerait M. Le Pen comme M. Mitterrand avait mangé M. Marchais. En effet, les électeurs du Front national, enchantés de voir enfin la droite recollée, ou si l'on préfère « l'Union de la droite », n'eussent plus eu d'objections à rentrer dans le giron du R.P.R. ou de l'U.D.F. Ainsi le Front national aurait été tué par la douceur, comme l'avait été le parti communiste.

Le second coup de génie de M. Mitterrand a été de persuader la droite qu'il était de mauvais ton de s'allier au Front national. Curieusement, la droite en a été aussitôt convaincue. Et nous avons assisté à ce spectacle étrange d'un parti politique sacrifiant son intérêt pour plaire à ses ennemis et se parer d'on ne sait quelle élégance morale. On était moins regardant, ma foi, sous la IIIe et la IVe République : on se serait allié avec le diable pour gagner la moindre élection. M. Mitterrand était un homme de la IVe République. D'où son pragmatisme. Les grands messieurs du R.P.R. et de l'U.D.F. sont des hommes de la Ve. D'où leur délicatesse.

En écrivant cette chronique, je ne sais pas encore quels présidents seront élus aux Conseils régionaux, et s'il y aura des accommodements en coulisse pour amener les gens du F.N. à voter pour ceux de l'U.D.F. et du R.P.R. M. Le Pen a offert son alliance, mais, comme il fallait s'y attendre de personnes aussi dégoûtées, elle a été rejetée avec hauteur. Il serait tout à fait extravagant que l'Île de France et la région dite P.A.C.A., c'est-à-dire Provence-Alpes-Côte d'Azur, où la droite est largement majoritaire, eussent un socialiste pour président mais cela peut bien arriver, à en croire les consignes de M. Seguin. Quant à la Picardie, elle est abasourdie à l'idée d'avoir un communiste à sa tête alors qu'elle aussi, elle a voté fortement à droite.

C'est une chose rare de contempler un parti politique en train de commettre son suicide. La gauche est parfaite dans cette occurrence : pleine de compassion, de tendresse, d'estime, d'admiration. Elle est au chevet de la droite, elle lui dit qu'elle est épatante, que mieux vaut la mort que le déshonneur. La droite R.P.R.-U.D.F. meurt contente, un beau sourire apaisé sur son visage stupide. La gauche s'apprête à l'envelopper dans un linceul. Que va penser le peuple de tout cela ? Car il lui arrive de penser, contrairement à ce que croient les états-majors politiques.

(21 mars)

Les présidents à la lanterne

Il faudrait trouver des châtiments exemplaires pour les individus qui, n'étant pas de gauche, ont été élus à la présidence des régions avec des voix de droite et d'extrême droite. Évidemment, le mieux serait la guillotine. Hélas ! elle a été supprimée, un peu à la légère, il faut bien le dire, par M. Mitterrand. À la décharge de celui-ci, on peut avancer quand même qu'il ne pensait, en abolissant la peine de mort, qu'aux criminels de droit commun, lesquels n'influent guère sur la politique. Les assassins sont, dans leur genre, des artisans. Ils tuent une ou deux personnes, à la rigueur une dizaine. Tandis que les criminels politiques risquent de tuer la gauche. Ce serait très triste. Le R.P.R. et l'U.D.F. ne s'en relèveraient pas.

Quel beau spectacle ce serait de voir les prétendus citoyens Baur, Blanc, Harang, Millon et Soisson empoignés par des gardes municipaux et traînés à la Conciergerie ! On les déférerait à un tribunal révolutionnaire qui les condamnerait incontinent à avoir la tête coupée. Leurs faciès de ci-devant ont paru en première page d'un journal mercredi dernier, accompagnés de cette injonction en gros caractères : « Démissions : alors ça vient ? ». Sous-entendu si ça ne vient pas, ça va barder.

Cette première page m'a amené à me demander ce qui se passerait si effectivement cette démission ne venait pas, si les abominables Baur, Harang, Soisson et consorts restaient inébranlables dans leurs fauteuils de présidents de la Picardie, du Centre, de la Bourgogne, etc., s'ils ne cédaient pas aux menaces, s'ils s'écriaient par exemple :

« *Je suis ici par la volonté du peuple et je ne quitterai ma place que par la force des fusils-mitrailleurs* » ? D'abord c'est une belle phrase ; ensuite elle a fait ses preuves. L'inconvénient est que, pour la prononcer, il faut une grosse tête marquée de petite vérole, un corps de taureau, un joli costume noir du tiers état, une perruque de style Louis XVI. Les citoyens présidents de régions possèdent-ils tout cela ? Je veux dire le possèdent-ils moralement ?

Supposons qu'ils se fichent dans les grandes largeurs de leur exclusion de l'U.D.F. (d'ailleurs est-ce un si grand malheur que d'être exclu de l'U.D.F. ?). Les voilà présidents et dûment élus. On ne peut plus les toucher. Qu'adviendra-t-il ensuite ? Ce qu'il advient de tout fait accompli : le reste du monde grogne, tempête, exhale amèrement son indignation. Cela dure quelques mois, parfois quelques semaines seulement. Après quoi, on est bien forcé de s'accommoder de ce qui existe. Nous observons cela depuis le commencement du monde. Dame ! il faut une peau d'éléphant pour traverser ces premiers mois ou ces premières semaines, car le monde crie très fort et prend un air très méchant. Mais après on est bien tranquille. On jouit même de la considération des gens qui vous ont le plus combattu. Cela s'est vu.

Je crois que si les citoyens Baur, Millon et autres tiennent le coup, ils auront une très jolie position dans la politique française l'année prochaine. Après tout que risquent-ils, puisque la guillotine n'est plus là pour les inciter à la prudence ? Il est vrai que la République ou, si l'on préfère, la démocratie, n'est pas une école de force d'âme.

(28 mars)

La revanche de l'aspirine

Le traité de Versailles comporte une clause peu connue ayant trait à l'aspirine. Ce médicament était produit jusqu'en 1919 par les laboratoires allemands Bayer qui l'avaient inventé et qui grâce à lui gagnaient des fortunes. L'aspirine était plus belle, plus désirable qu'une province et comme l'Allemagne était à genoux, il n'y avait pas à se gêner pour la lui prendre. Bref, l'aspirine cessa d'être une propriété privée et devint un bien international. En France, l'aspirine Bayer conquise s'appela : « Aspirine des Usines du Rhône ».

Il n'est pas sans charme de vivre longtemps ; on voit les cabrioles de l'Histoire et le spectacle toujours amusant de la roue qui tourne. En 1919, à Versailles, l'Angleterre était du côté des vainqueurs.

Telle qu'on la connaît, elle n'a pas dû par grandeur d'âme abandonner aux convoitises de ses alliés son petit morceau d'aspirine. Quand on pense qu'il y a à peine quatre-vingts ans de cela ! Qu'est-ce que quatre-vingts ans dans la vie d'une nation ? Un clin d'œil, un frisson, un tout petit espace de temps. Les roues du destin tournent en général plus lentement. Qui eût dit que quatre-vingts ans après le traité de Versailles, après deux guerres terribles, le passage des nazis sur le monde, les bouleversements européens, l'Allemagne une seconde fois terrassée, rasée par les bombardements, coupée en deux par le mur de Berlin et enfin réunifiée, serait plus riche, plus prospère, plus puissante en un mot que son ex-ennemi et qu'elle lui achèterait la marque Rolls Royce ?

Certes, elle avait déjà acquis les automobiles Jaguar il y a quelques années, mais Jaguar n'était pas symbolique comme Rolls. Vendre Rolls Royce c'est comme de vendre un des joyaux de la couronne. Je suis sûr que beaucoup de patriotes anglais ont été désespérés par cette braderie. Ils ont vu s'en aller un peu de l'âme britannique. Annexer Rolls à l'Allemagne, c'était quasiment annexer le Kent ou le Surrey. Ces belles automobiles lustrées qui portaient le nom de l'Angleterre sur tous les continents, qui par leur seule présence montraient qu'Albion était incomparable dans le luxe et la beauté, les voilà maintenant passées sous le joug d'un vainqueur. Détail particulièrement déchirant : la firme Rolls n'avait produit que 1 918 carrosses l'année dernière. Il y a de temps en temps ainsi des coïncidences qui résonnent comme les coups du destin.

On est assez étonné de constater le prix relativement modique que l'achat de Rolls a coûté à la firme B.M.W. : trois milliards et demi de francs. Longtemps Volkswagen a été en compétition. Ces Volkswagen étaient de petites bagnoles populaires inventées par Hitler. L'humiliation eût sans doute été trop forte et le symbole trop parlant si elles avaient remporté le marché. Les B.M.W., au moins c'est chic, cela coûte cher. Pas autant que les Rolls mais enfin cela en approche.

Il y a peu d'illustration aussi claire que les guerres ne se gagnent plus aujourd'hui avec des chars, des canons et des bombes. C'est le plus gros, le plus opulent, celui qui a le plus vaste coffre-fort qui annexe ce qui lui convient à son empire. L'avantage de ce changement c'est qu'il n'y a plus d'hécatombe. Mais que vont devenir les pauvres populations britanniques qui travaillaient jusqu'ici dans les ateliers Rolls ? Va-t-on les déporter en Allemagne avec leurs familles, leurs cottages et leurs pubs pour qu'ils ne se sentent pas trop dépaysés ? Tels que je connais les Anglais, ils ne se plieront jamais à parler allemand.

(5 avril)

L'édit de Nantes

Une des beautés de notre temps est qu'on nous invite chaque semaine à nous extasier sur la haute portée symbolique d'un événement. À ce point de vue, le procès Papon était une aubaine ; il a fait de l'usage pendant plusieurs mois. Tant qu'il a duré, on nous a ponctuellement servi les arguments susceptibles de le justifier, à savoir qu'il fallait faire toute la lumière sur Vichy (comme si elle n'était pas déjà faite), que l'administration de la France occupée avait secondé la police allemande, qu'à côté du devoir d'obéissance il existe un devoir de désobéissance, etc. Le plus piquant dans cette affaire est que le procès Papon a coïncidé exactement avec le quatrième centenaire de l'édit de Nantes. Tout le monde s'accorde à dire, depuis quatre siècles, que cet acte mémorable, par lequel le roi Henri IV mit fin à nos guerres de Religion, est une des grandes choses de l'histoire de France, qu'il est l'apparition, après cinquante ans d'horreurs, du bon sens, de l'apaisement, de l'indulgence, de la tolérance. D'ailleurs le roi l'a payé cher en se faisant poignarder un peu plus tard. L'assassinat est la récompense habituelle des grandes actions.

Faire coexister une communauté catholique et une communauté protestante irréconciliables, pleines de haine et de rancune, donner à chacune les moyens de n'être pas opprimée par l'autre, n'était pas seulement une profonde vue politique, à savoir reconstituer l'unité morale du royaume, c'était aussi une vue philosophique qui impliquait le contraire même de la philosophie d'aujourd'hui. La conception à la fois audacieuse et pragmatique d'Henri IV était qu'aux abominations doit un jour succéder le contraire de ce qu'on nous prêche aujourd'hui : le devoir d'oublier. Par un effet de sa volonté royale, il a décrété l'oubli. Moyennant quoi la France fut tout à coup prête à devenir la première puissance d'Europe.

Les crimes contre l'humanité ne sont pas une invention de notre époque. Ils ont toujours existé. Les protestants et les catholiques français, entre la Saint-Barthélemy et l'édit de Nantes, ne se sont pas privés d'en commettre. Mais comme on ne peut effacer ce qui a été fait, mieux vaut l'abolir. Là est la sagesse. Là est surtout, en l'occurrence, l'amour du peuple français. Un peuple en effet ne peut pas remâcher éternellement ses abjections ou ses crimes. Cela ne peut qu'être funeste pour lui. Cela le divise. Cela ne fait l'affaire que de ses ennemis. Nous l'avons constaté amplement avec le procès Papon, qui n'a été une heureuse surprise que pour les ennemis de la France, et qui a désolé les

Français, lesquels n'y ont vu, avec justesse, qu'un fossé supplémentaire entre eux, dont ils n'avaient nul besoin.

Il serait peut-être temps de commencer à être gentil pour les Français. Depuis vingt ou vingt-cinq ans, nous avons la triste impression que nos gouvernements font tout pour nous être désagréables sinon odieux, afin de faire plaisir à l'étranger. De préférence l'étranger hostile. De Gaulle était gentil avec nous, ma foi ; c'est-à-dire qu'il s'occupait de nous avant de s'occuper des autres. Henri IV était gentil. S'il y a à choisir entre l'édit de Nantes et le procès Papon (et il y a à choisir, puisqu'ils démontrent exactement le contraire l'un de l'autre), je choisis l'édit de Nantes.

(11 avril)

Et vive la tolérance !

Il semble que personne ne doute plus, aujourd'hui, que la fermeture des maisons closes ait été une des grandes sottises politico-moralisantes de l'après-guerre. Il y avait avant 1946 une organisation de la prostitution dont, finalement, tout le monde s'accommodait, y compris les pensionnaires desdites maisons, qui étaient soumises, certes, à quelque discipline, mais dont la situation était de beaucoup préférable à celle des malheureuses qui, en toute saison, racolaient sur le trottoir pour le profit d'un proxénète.

L'agrément des « maisons » a été mainte fois chanté par des auteurs nostalgiques. Alphonse Boudard et Romi ont eu là-dessus des accents inoubliables. Elles étaient une illustration de ce qu'on appelle aujourd'hui la convivialité. On y trouvait, à ce qu'il paraît, une familiarité qui mettait à l'aise les plus timides. Et puis il y avait le charme de l'endroit, fait de lustres, de cristaux, de fanfreluches, de gros rideaux de velours rouges, de tableaux plus ou moins lascifs. Y aller était une espèce de fête furtive et réussie. Le mot le plus déchirant qui ait été dit sur leur fermeture est d'Yves Mirande. Passant rue Chabanais, en 1947 ou 48, il soupira : « Tous ces volets ouverts, c'est d'un triste ! »

Il est rare que les journaux annoncent de bonnes nouvelles. J'en ai lu une, pourtant, cette semaine, à savoir qu'on vient d'ouvrir une maison à Zurich. Certes, Zurich est en Suisse, mais la Suisse n'est pas loin de chez nous, et on peut espérer que le succès de l'établissement incitera nos pouvoirs publics, qui ne savent plus qu'imiter l'étranger, à mettre un peu de côté leur morale puritaine importée d'Amérique. Une maison qui éclorait par-ci, par-là sur le territoire français, « tolérée » par la loi, quelle bouffée d'air pur tout à coup ! et quelle remise en ordre de la pauvre prostitution française, brutale, sauvage, anarchique, impitoyable ! On ne parle que d'avenir. La réouverture, ce serait le passé, le cher, le délicieux passé qui réapparaîtrait, la Maison Tellier et la Maison Philibert qui ressusciteraient de leurs cendres. La Belle Époque, en fait.

Un détail qui chatouillera notre patriotisme est que l'établissement zurichois a une enseigne française : « La Petite Fleur ». Comme cela est donc aimable ! Cela rappelle les nombreux « Paniers fleuris » qui égayaient autrefois les villes de province. Malheureusement c'est un établissement moderne, parsemé de caméras qui ne laissent rien échapper des allées et venues. Ces caméras me paraissent bien menaçantes et surtout complètement contraires à l'esprit des chères vieilles maisons où régnaient la discrétion et le secret professionnel. Cette cochonnerie de progrès trouve le moyen de s'insinuer partout où il n'a rien à faire.

William Faulkner, à qui un journaliste demandait quel était, selon lui, le meilleur second métier pour un écrivain, répondit sans hésiter : « Tenancier de bordel : le matin, tout le monde dort, on est bien tranquille pour travailler. L'après-midi, on fait la sieste et le soir, on jouit de la compagnie de jolies femmes dont l'industrie vous rapporte de quoi vivre confortablement. » J'enrage quand je pense que, par la lubie des députés de 1946, j'ai été privé de cet admirable second métier.

(18 avril)

La tranquillité des parents

Lorsque M. Giscard d'Estaing, président de la République, ramena l'âge de la majorité de vingt et un ans à dix-huit, je fus très étonné. Je me demandai quelle lubie l'avait pris. Personne n'avait rien réclamé. Les adolescents se moquaient bien d'être légalement majeurs à un moment ou à un autre. Cela faisait même assez leur affaire que leurs parents fussent responsables d'eux longtemps. Les enfants aiment bien prolonger leur enfance. Sans doute, être obéissant ou menteur, dépendre des grandes personnes, être contrarié sans cesse dans ses goûts et dans sa nature n'est pas amusant tous les jours. Mais il y a à cela une grande compensation : l'égoïsme. On n'a à se préoccuper que de soi et c'est exquis, c'est inestimable.

Cela ne cesse, hélas ! que trop tôt. D'où la nostalgie de l'enfance qu'expriment si souvent les romans ou la poésie. C'est le seul moment de la vie où l'être humain n'est responsable de rien, pas même de lui ou dans de bien rares occasions.

Avec l'abaissement de la majorité, on a volé trois ans d'enfance aux jeunes gens. Au fond, les seuls vrais bénéficiaires de cette décision ont été les parents. On dirait qu'elle a été prise sur mesure pour eux. Il s'agit bien sûr des parents d'aujourd'hui qui n'ont guère de fibre paternelle et ne sont animés que d'un désir : être débarrassés au plus tôt du fardeau que sont les enfants qu'ils ont faits par imprudence ou par hasard.

Comme ils ne se sont guère occupés d'eux, c'est-à-dire de leur morale, de leurs manières, de leur âme enfin, la perspective de ne plus pâtir de leurs bêtises ou de leurs révoltes est tout bénéfice. Jadis, quand un garçon de dix-huit ans se retrouvait au commissariat, il fallait que son père vînt l'y chercher et éventuellement payât les dégâts qu'il avait commis. À présent, le père est bien tranquille. Le jeune vaurien n'a qu'à se débrouiller tout seul.

Il n'est pas sûr que la délinquance juvénile dont se soucie tant le gouvernement soit due à la majorité à dix-huit ans, mais il se pourrait qu'il y eût quelque rapport entre les deux choses. Pour un gamin de douze ou quatorze ans, un adolescent de dix-huit ans est tout proche. S'il a vingt et un ans le fossé est beaucoup plus profond : on a un adulte et un enfant avec l'incompréhension et la méfiance que celui-ci ne peut s'empêcher d'éprouver pour quelqu'un qui n'est pas de la même nature que lui.

Il faudra bien faire un jour le bilan de toutes les imbécillités qu'a accumulées le XXe siècle, à croire que les gouvernements successifs ont été animés d'une étrange émulation et qu'ils aient voulu faire encore plus bête que leurs prédécesseurs. Je crains que ce ne soit plus marqué en France qu'ailleurs. La raison n'est pas difficile à trouver : c'est que, pour la première fois dans son histoire, elle imite l'étranger et que, naturellement, c'est très mauvais pour elle.

(25 avril)

Ôte-toi de là...

Rien n'est antipathique comme un homme compétent. Le pauvre M. Tibéri en fait la douloureuse expérience depuis qu'il est maire de Paris : tout le monde veut sa peau, à commencer par ses camarades de parti. Si M. Tibéri était une bonne pâte de politicien courant, un incapable, un sot, il serait bien tranquille. Hélas ! C'est un garçon intelligent, travailleur, énergique, connaissant le métier. Il y a évidemment là de quoi déclencher une exaspération unanime. La démocratie a horreur des gens sérieux.

Cela se comprend. Le mouvement de la démocratie est le roulement. À ce point de vue, la IVe République, où l'on changeait de ministère tous les deux mois, constituait le régime idéal. Il n'y avait pas de député si obscur ou si obtus qui n'espérât être ministre un jour. Le pouvoir, ou plutôt les places, formaient un vaste gâteau dont chacun, à un moment ou à un autre de sa carrière, pouvait manger un morceau. La constitution de la Ve République a singulièrement rétréci le gâteau. La seule perspective d'y goûter est que celui qui le possède soit un imbécile ou un froussard, facile à flanquer par terre. Or M. Tibéri n'est ni imbécile ni froussard. Telle est la tragédie de l'Hôtel de Ville. Tragédie est exagéré. Ce serait plutôt ce qu'on appelait au temps de Musset un « proverbe », ayant pour titre : « Ôte-toi de là que je m'y mette ».

Une autre caractéristique de la démocratie est de laver son linge sale en public. La grosse cabale contre M. Tibéri est évidemment montée par des gens de son bord, qui l'accusent de toutes sortes d'horreurs afin de l'éjecter de son trône municipal et de s'y asseoir à sa place. La gauche, qui est minoritaire à la mairie de Paris, regarde ces luttes fratricides avec un bon sourire, songeant que c'est elle qui en sera un jour ou l'autre bénéficiaire. La discorde chez l'ennemi est un délicieux spectacle qui présage sa défaite.

Ce qui est particulièrement beau dans cette affaire est que les « putschistes » de l'Hôtel de Ville sont des rescapés malheureux des dernières élections législatives ou municipales. M. Tibéri, qui n'a eu que des succès, leur est odieux de toutes les façons. En plus de sa compétence, il a de la chance. Décidément c'est trop pour un seul homme. On peut presque dire que ce n'est pas juste. Pourquoi les uns ont-ils de la chance et pas les autres ?

Oserai-je avouer qu'un des mobiles de mon attachement pour M. Tibéri est qu'il n'est pas un esthète. J'entends par là qu'il ne se mêle pas d'architecture, d'art, de monuments publics, de culture. Que c'est rafraîchissant un homme comme cela, de nos jours, dans la politique !

(9 mai)

L'anniversaire du cul-de-jatte

Il y a de quoi être émerveillé par la façon dont la presse, la radio et la télévision célèbrent le trentième anniversaire de Mai 1968. On n'entend parler que de cela partout. Il est étrange qu'on n'ait pas encore débaptisé une avenue de Paris ou une station de métro (*Austerlitz*, par exemple, ou, mieux encore, *République*) afin de l'attribuer à cet événement. Mais tout espoir n'est pas perdu. Il y aura bien une pétition pour cela.

La commémoration de Mai 68 est très caractéristique du masochisme de notre époque. On ne peut s'empêcher de songer à un cul-de-jatte qui fêterait le trentième anniversaire de la perte de ses jambes et convierait le public à se réjouir de cette bienheureuse amputation. En effet, les suites de Mai 68 ont été plutôt fâcheuses. Les accords de Grenelle sur le relèvement des salaires ont affaibli l'économie, et les réformes de l'Université ont démoli à peu près complètement le système éducatif français.

Tout cela est d'autant plus regrettable que Mai 68 était très facile à éviter. Au départ, ce n'était qu'un grand monôme, comme les étudiants en ont toujours fait. Mais le gouvernement s'est montré si effaré, si incertain, que le monôme a tourné au chahut et le chahut à l'émeute. Je dirai qu'il y a eu là une espèce de Sedan des grandes personnes qui ont capitulé devant les enfants. Au fond, cela a assez ressemblé à la révolution de 1848, à laquelle personne ne croyait et singulièrement pas les insurgés, qui ont été les premiers stupéfaits de voir la société se coucher devant eux et le roi Louis-Philippe se sauver en Angleterre.

Ce qui m'a le plus agacé dans l'affaire de Mai 68, c'est les slogans des petits chahuteurs, et surtout celui-ci : « Sous les pavés, la plage ! » Voilà un mouvement qui n'est pas pour moi, me disais-je. Je n'aime que les villes, et je meurs d'ennui au bord de la mer, où l'on n'a que le spectacle déprimant des gens qui se font bronzer. « L'imagination au pouvoir » m'irritait encore plus, peut-être. L'imagination était au pouvoir, justement, depuis 1958 avec de Gaulle, comme elle n'y avait pas été depuis la fondation de la IIIe République.

Un an après Mai 68, j'écrivis une brochure sur cette affaire, intitulée : *L'École des jocrisses*, titre qui m'amusait, et me valut d'être traité de jocrisse pendant quelques semaines par *Le Canard enchaîné* qui excelle dans ce genre d'amalgame. J'envoyai, bien sûr, un exemplaire de l'ouvrage au général de Gaulle, qui m'en remercia par une lettre où il me disait : « Vous nous faites rire de nous, qui ne l'avons pas volé ! » Il me semble qu'après cela, la question est tranchée. Les curieux trouveront le texte complet de cette lettre à la page 118 du onzième tome de sa *Correspondance*, parue chez Plon.

(16 mai)

Ah ! vivre au Liechtenstein !

J'ai lu dans les journaux, cette semaine, une information qui m'a beaucoup intrigué, à savoir que l'on a défendu à M. Roland Dumas, par décision de justice, de se rendre en Suisse, au Liechtenstein, au Luxembourg, en Andorre, à Monaco et à Antigua, pour la raison que ces divers pays sont des « paradis fiscaux ». Je me suis demandé ce que M. Dumas irait faire là-bas maintenant. S'il a eu recours aux paradis en question, il l'a fait depuis longtemps, il ne va pas s'aviser soudain d'y louer un coffre à numéros.

Les journaux ne disent pas si le président du Conseil constitutionnel a le droit d'aller en Allemagne ou en Italie. Il vient de subir une opération chirurgicale et il y aurait quelque inhumanité à l'empêcher de parfaire sa convalescence sur les bords enchanteurs du lac de Côme. De là, rien n'est plus facile que de faire un saut en Suisse ou au Liechtenstein, au cas où l'on en aurait le désir.

Voilà des années que j'entends parler des paradis fiscaux, expression qui ne manque jamais de me faire songer à Baudelaire :

> *Comme vous êtes loin, paradis parfumé*
> *Où sous un clair azur, Tout n'est qu'amour et joie...*

Mon Dieu, qu'il doit être délicieux de vivre dans ces paradis-là, où l'État vous fiche une paix royale, et où l'on peut se dire, comme autrefois, que plus on travaille, plus on sera récompensé, qu'on ne vivra pas sans cesse dans la crainte d'être ruiné par le créancier le plus avide et le plus impitoyable que la Terre ait jamais porté : l'administration des impôts !

Il est curieux que personne ne se soit jamais avisé, ou tout au moins ne l'ait jamais dit, que s'il existe des paradis fiscaux, il existe aussi des enfers fiscaux. Ceux-ci, hélas ! sont les plus nombreux. Ils couvrent presque la totalité du globe. L'exiguïté des paradis montre bien qu'il y a peu d'élus. Ah ! Vivre au Liechtenstein, vivre au Luxembourg, vivre à Antigua ! Nous autres, pauvres damnés, nous regardons de loin ces bienheureux avec l'immense regret, l'impuissante envie des âmes qui rôtissent dans la géhenne.

Il me semble que, parmi les enfers fiscaux de l'Occident et de l'Orient, la France est un des plus rigoureux, sinon le pire. Le propre de l'enfer, d'après ce que j'ai pu constater, est le renversement de la morale. C'est exactement ce qui nous arrive. J'en ai encore eu récemment la preuve avec mon pédicure, qui m'a expliqué qu'il ne s'occupe des pieds souffrants que quinze jours par mois, car s'il dépasse un certain revenu, l'État lui prend le surplus. De mon pédicure, on peut déduire tout le reste : les fermetures d'entreprises, les faillites, le travail au noir, la fraude généralisée, le chômage, etc. La paresse, me disait-on quand j'étais petit, est la mère de tous les vices. L'enfer fiscal, en acculant un peuple à la paresse, lui inculque tous les vices. Lucifer est à Bercy.

(30 mai)

Les enfants de veuves

Dans les temps lointains de mon enfance, c'est-à-dire les années 30, il était beaucoup question des « enfants de veuves ». Il s'agissait des garçons et des filles dont le père avait été tué pendant la Grande Guerre, et que leur mère seule avait élevés. On plaignait ces pauvres petits à qui une présence paternelle avait manqué cruellement, qui n'avaient connu qu'un univers de femmes, plein de tendresse et d'affection sans doute, mais incomplet, car les enfants ont besoin de leurs deux parents, chacun lui apportant ce qui est propre à son sexe, pour se sentir en sécurité dans le monde.

Il me semble que les enfants des couples divorcés ou ceux nés hors mariage, comme il y en a tant aujourd'hui, sont très comparables aux enfants des veuves de naguère. Ce que n'a pas fait une hécatombe comme celle de 14-18, la loi l'a fait, et aussi l'application de la loi. Dans les divorces, en effet, c'est généralement à la mère que les juges confient la garde des enfants, avec un « droit de visite » pour le père. Les morts de la Grande Guerre ne possédaient pas de droit de visite. Leurs fantômes ne revenaient pas le samedi ou le dimanche pour emmener les gamins au cinéma. Mais ils avaient un avantage sur les pères de maintenant : c'est que leur famille pensait à eux avec désespoir et amour, qu'ils étaient des héros, qu'on vénérait leur mémoire, qu'on voulait être digne d'eux. Qui, aujourd'hui, aurait l'ambition saugrenue d'être digne d'un père divorcé (et remarié avec une jeunesse) ? Et quand maman parle de papa, ce n'est pas pour exalter son esprit de sacrifice.

Il est bien dans la manière des gouvernants et des législateurs actuels de s'apercevoir, après trente ou quarante ans de sottises démagogiques, qu'ils ont flanqué par terre un des bastions de la société et de se creuser la cervelle pour trouver un moyen de le remettre debout. Dieu sait si on a entendu des déclamations contre la famille traditionnelle, sur la beauté de l'état de mère célibataire, la phallocratie des mâles, et autres billevesées. Les femmes devraient être très méfiantes dès qu'il est question de féminisme. Les mesures que l'on prend en leur faveur se retournent à peu près automatiquement contre elles. C'est très net en ce qui concerne le divorce. Pour dire les choses crûment : l'homme fait des enfants et s'en va, mais la femme les garde. La moitié des femmes présentement sont des veuves. Parfois joyeuses, le plus souvent malheureuses.

Les pères d'aujourd'hui sont absents, c'est-à-dire morts. Ce n'est pas Mme Martine Aubry qui pourra les ressusciter. Il y faudrait une politique sérieuse de la famille que personne, je pense, n'osera entreprendre, parce qu'elle n'est pas dans les idées du temps. En 1982 ou 83, on évoquait avec extase « la génération Mitterrand ». On ne disait pas que ce serait une génération d'orphelins.

(6 juin)

De quoi je me mêle !

Toujours l'Arménie a été chère à mon cœur. Toujours j'ai éprouvé pour les Arméniens une vive sympathie, et mieux encore, de la solidarité historique. Beaucoup d'entre eux sont venus s'établir chez nous après la Grande Guerre ; on s'est vite aperçu qu'ils avaient avec les Français des affinités profondes, même une sorte de connivence comme il peut y en avoir entre frères. La génération suivante montra que les Arméniens immigrés étaient devenus tout à fait des Français, ce qui ne les empêchait nullement de garder leur caractère propre, comme des Bretons ou des Provençaux.

Naturellement les massacres d'Arménie de 1915 ne m'inspirent que chagrin et horreur et je ne me suis pas privé, tout au long de ma vie, de le dire. Mais ce que dit un particulier comme moi n'a pas d'importance politique. Ce n'est que mes idées, que mes sentiments, lesquels n'affectent pas la marche du monde. Et ce n'est pas parce que je blâme le défunt Empire ottoman pour sa cruauté que cela influera sur nos rapports avec la Turquie.

En revanche, j'ai été abasourdi que, tout à coup, officiellement, la France reconnût et stigmatisât le génocide arménien qui remonte maintenant à quatre-vingt-trois ans. Quel est ce sursaut de sensibilité un peu tardif ? Et surtout, comme disent les bonnes gens : « De quoi je me mêle ? » Quel besoin a la France d'aller mettre son nez dans cette affaire qui, à vrai dire, ne la concerne pas ? S'il fallait exprimer notre réprobation, c'est en 1919 qu'on devait le faire, après la victoire. Mais nul n'y songea, apparemment. Le plus stupéfiant est que l'Assemblée nationale ait mis en discussion le génocide, et qu'elle ait finalement accouché d'un « article unique », l'inscrivant ainsi dans nos annales nationales. À quand un « article unique » sur le génocide des Peaux-Rouges ?

Cela se passait le 29 mai dernier. Je pensai aussitôt que la Turquie d'aujourd'hui allait fort mal prendre cette leçon de morale adressée à la Turquie d'hier et qu'elle allait sous peu nous le faire savoir. Cela n'a pas manqué. Le plaisir que nos hommes politiques se sont donné en jouant les professeurs de vertu, ce qui est leur péché mignon, va nous coûter un ou plusieurs milliards, car nous avions des contrats commerciaux et industriels avec les Turcs qui les ont dénoncés pour nous apprendre à nous occuper de ce qui nous regarde.

Puisque l'Assemblée est en si bon chemin, pourquoi ne met-elle pas en délibération le lâchage honteux de la Tchécoslovaquie par la France en 1938 ? Nous avions un traité d'alliance militaire avec ce petit pays qui devait nous être plus cher qu'un autre, puisque c'est nous qui l'avions fabriqué vingt ans plus tôt avec quelques débris de l'Empire austro-hongrois. Néanmoins nous le laissâmes envahir par les armées nazies, sans lever le petit doigt. Il est vrai que nous avions, dans cette mauvaise action, l'Angleterre comme complice. Et l'Angleterre n'aime pas reconnaître ses erreurs.

(20 juin)

La Légion étrangère

Mon confrère M. Jean-François Deniau, qui ne s'y connaît pas plus que moi en football, dit néanmoins des choses fort pertinentes sur ce sport et sur le sport en général, lequel, dans les périodes de paix, sert de substitut à la guerre. Les hymnes nationaux et les drapeaux tiennent beaucoup de place avant la bataille et après la victoire. Nous observons cela tous les quatre ans avec les Jeux olympiques.

M. Deniau trouve ce chauvinisme saugrenu car les équipes nationales de foot sont composées habituellement d'étrangers, que les clubs tentent de se voler en leur offrant plus d'argent que les clubs concurrents. Tantôt ces vedettes jouent les unes contre les autres, tantôt dans la même équipe, selon que le nombre de millions empochés les a inclinées à porter leur talent au Bayern de Munich ou à l'Ajax d'Amsterdam.

Cela nous ramène à la guerre. Non pas la guerre sans merci qu'on se livre entre nations depuis 1792, mais la guerre classique du XVIe siècle comme la pratiquaient par exemple François Ier et Charles Quint. Il y avait de chaque côté des régiments de mercenaires, c'est-à-dire de professionnels qui se connaissaient très bien entre eux, qui formaient pour ainsi dire une corporation internationale et que le fait de combattre dans un certain camp n'amenait pas à haïr ou à vouloir exterminer les professionnels du camp adverse. Au contraire. Les guerres se faisaient alors très économiquement. On ne tuait que le nombre de soldats nécessaire pour que le spectacle fût réussi et que l'employeur en eût pour son argent. Après quoi une des deux armées abandonnait le champ de bataille à l'autre qui, de ce fait, se considérait comme victorieuse. Parmi les professionnels de la guerre, les Suisses avaient la plus flatteuse réputation. Le roi de France s'était assuré de leurs services, et même le pape. D'où la prépondérance de la France et l'éclat de la papauté jusqu'au XVIIIe siècle. Les lansquenets et les reîtres étaient également d'excellents joueurs. L'inconvénient avec eux est qu'ils étaient très avides ; après qu'on les avait utilisés, ils s'incrustaient dans le pays qui les avait engagés et l'on avait les plus grandes difficultés à les expulser.

Pour en revenir au football et aux équipes hétéroclites qui s'affrontent en ce moment, il me semble qu'on pourrait comparer la plupart à la Légion étrangère. Les nations aujourd'hui ont leur légion étrangère de footballeurs qui se battent de tout leur cœur sous les couleurs auxquelles ils ont loué leur talent. À considérer la tendresse que portent les Français à leur Légion étrangère (j'entends la vraie, les régiments que l'on expédie dans les endroits dangereux pour y rétablir l'ordre et la paix) on n'est pas étonné par le chauvinisme des Anglais, des Allemands, des Italiens, des Brésiliens. On n'est même pas étonné par les violences des voyous appelés hooligans. Ceux-ci constituent un phénomène bien connu en temps de guerre. Ce sont des têtes brûlées que l'on mobilise dans les corps francs et dont la sauvagerie fait merveille dans les opérations de commando.

Rien n'est dangereux comme le sport. C'est un facteur de tension entre les peuples, le moindre journaliste sportif sait cela. Mais les journalistes sportifs sont généralement beaucoup plus malins que les ministres. Ce n'est pas eux qui iraient prendre la responsabilité d'une rencontre sportive internationale en France.

(27 juin)

Pas de bonus pour les assujettis

Si j'étais le ministre chargé de réformer la Sécurité sociale, je commencerais par faire dresser un portrait psychologique de « l'assujetti ». Mais il semble que la psychologie n'entre pas dans les ministères où l'on refuse de considérer les hommes comme des créatures vivantes, irrationnelles, fantasques, animées de passions sublimes ou idiotes. Pour les gouvernements et pour les fonctionnaires, les hommes ne sont que des abstractions statistiques, ce qui fait une vue du monde un peu courte. Assez arbitraire aussi, car rien n'est trompeur comme une statistique.

Il est d'autant plus fâcheux qu'aucun ministre n'ait jamais eu l'idée de se mettre dans la peau d'un cotisant à la Sécurité sociale, que celui-ci est bien plus mené par ses idées et par ses sentiments que par le souci de sa santé. Je vois deux raisons d'ordre psychologique aux milliards de déficit que les gouvernements se repassent comme une casserole bouillante, d'une législature à l'autre.

La première raison est que l'assujetti cotise, qu'il voit sur chacune de ses feuilles de paie que la Sécu lui a enlevé une portion de son salaire. Payer quelque chose est très douloureux pour un Français. Il veut toujours « en avoir pour son argent », et, avec la Sécu, le seul moyen d'en avoir pour son argent est de profiter à fond de ce qu'elle offre, même si on se porte comme le Pont-Neuf. « Puisque je paie, pense l'assujetti, autant en profiter. » Moyennant quoi il exige de son médecin qu'il lui prescrive trois scanners pour un panaris ou lui ordonne des pilules à trois cents francs le tube pour le remettre de bonne humeur.

Seconde raison psychologique, la Sécurité sociale est la seule compagnie d'assurance qui ne consente pas de bonus à ses clients. Si ceux-ci, pendant un ou deux ans, ne lui coûtent pas un sou, elle leur fait un rabais sur leur police. Rien de tel à attendre avec la Sécu. Malade ou bien portant, vous payez le même prix. Il s'ensuit que l'assujetti court chez le médecin et le pharmacien pour des bêtises, pour un rhume qui, il y a cinquante ans, serait passé tout seul avec quelques gouttes d'huile goménolée fournie sans ordonnance par l'apothicaire.

Le mot de *bonus* est un mot magique, et je suis sûr que si un ministre de la Santé osait un jour le prononcer, et mieux encore, le faire figurer dans un texte de loi, le déficit de la Sécurité sociale baisserait, comme par enchantement, d'un bon tiers, si ce n'est de la moitié. Mais il n'y faut pas compter, hélas ! Il montrerait trop, avec ces deux syllabes, que pendant trente ou quarante ans, nous avons été gouvernés par des autruches, volatiles très orgueilleux qui préfèrent voir le monde s'écrouler plutôt que de paraître avoir été aveugles.

Il est probablement certain que si les Français ne se sentaient pas tout le temps l'obligation d'être malades, ils se porteraient mieux. Mais cela est une autre histoire.

(12 juillet)

Nos ancêtres les Gaulois

S'est-on assez moqué des instituteurs de la IIIe République qui faisaient réciter aux petits Malgaches, aux petits Sénégalais, aux petits Annamites : « Nos ancêtres les Gaulois avaient le teint clair, les yeux bleus et de longues moustaches blondes »... Aujourd'hui, grâce à la coupe du monde de football, gagnée par nous, on se rend compte que nos braves instituteurs, en serinant le manuel d'histoire, faisaient preuve d'une profonde sagesse. En effet, l'équipe de France, dont nous avons tout lieu d'être fiers, est composée pour moitié de garçons dont le moins qu'on puisse dire est qu'ils ne descendent pas des Gaulois. Zidane, Karembeu, Turane, qui sont nos héros, n'ont pas exactement des yeux bleus et de longues moustaches blondes. Et pourtant ils n'étaient pas les derniers à chanter l'hymne gaulois par excellence, à savoir *La Marseillaise*. Ils le connaissent par cœur, les chers garçons, et on lisait sur leurs lèvres les vieilles exhortations grandiloquentes qui faisaient marcher les soldats de l'An II. Voilà l'œuvre des instituteurs de Jules Ferry. Nos champions ne sont gaulois que depuis un siècle, mais c'est la même chose que s'ils l'étaient depuis deux mille ans.

Être gaulois a de grands avantages. Le plus grand, à ce qu'il semble, est qu'il suffit de vouloir l'être. Rien au monde, après qu'on a eu cette volonté, ou plutôt ce mouvement d'amour, ne peut vous empêcher d'être un Gaulois à part entière, même si l'administration fait des manières pour vous naturaliser officiellement. Je connais une quantité de Juifs gaulois, de Kabyles gaulois, de Vietnamiens gaulois. L'Académie française a le plaisir de compter parmi ses membres un Gaulois particulièrement enraciné dans ce qu'il appelle lui-même la « francité » : c'est M. Léopold Senghor, qui est né au Sénégal, et qui a été le président de ce pays.

Comme tout le monde j'ai regardé la télévision. Pour une fois qu'un événement faisait plaisir aux Français, pour une fois que nous avons été plus forts que les autres, je n'allais pas rater cela ! J'en ai eu pour mon argent, si j'ose dire. On ne pourra pas nous accuser d'avoir eu le triomphe modeste. Néanmoins, ayant gardé un peu d'esprit critique, j'ai noté que le général de Gaulle était aussi interdit d'antenne aujourd'hui qu'au temps de la IVe République. Les commentateurs, à qui mieux mieux, ont proclamé qu'on n'avait pas vu autant de monde sur les Champs-Élysées depuis la Libération. Or ce n'est pas vrai. Il y en avait un bon million le 30 mai 1968, lorsque la France jugea bon d'arrêter la chienlit. Et il y en avait plus d'un million aussi le 10 novembre 1970, quand de Gaulle mourut et que toute la France, pour exprimer sa douleur, alla déposer des gerbes à l'Arc de Triomphe. J'y étais. Il pleuvait à seaux. Cette pluie n'arrêta personne.

(18 juillet)

Safari à la Maison-Blanche

Depuis qu'il est question de la robe souillée de Mlle Monica Lewinsky, maîtresse supposée du président Clinton, les journalistes, qui sont des gens candides (tout au moins dans leur manière de s'exprimer), font à qui mieux mieux ce qu'on pourrait appeler du racisme séminal. Ils ne cessent de parler du « sperme présidentiel » dont, paraît-il, on relèverait des traces irréfutables sur la susdite robe, laquelle est tellement précieuse aux yeux de la justice américaine qu'on a garanti à Mlle Lewinsky l'immunité totale si elle consentait à la confier au tribunal comme pièce à conviction de la lubricité qui règne à la Maison-Blanche.

Ce genre de marchandage judiciaire nous paraît plus choquant que les faiblesses de M. Clinton pour le beau sexe. D'autant que, en l'occurrence, il est victime d'une espèce de casuistique puritaine. On a commencé par lui demander s'il avait eu des « relations » avec la demoiselle Lewinsky. La moindre des choses que puisse faire un galant homme quand on lui pose ce genre de question est de nier. Encore faut-il que cet honorable mensonge soit corroboré par l'indignation de la pécheresse, outragée qu'on mette en doute sa blancheur d'hermine.

Or la demoiselle Lewinsky, non seulement n'est point outragée, mais encore pousse la complaisance jusqu'à fournir la preuve de son déshonneur. Et voilà maintenant le pauvre M. Clinton accusé, en plus de ses galanteries, d'un « crime fédéral », à savoir le parjure, chose très grave aux États-Unis. Après quoi, une chose en entraînant une autre, pointe contre lui l'accusation d'avoir irrégulièrement financé sa campagne présidentielle.

Tout cela, vu de loin, c'est-à-dire de Paris ou d'Europe, a plutôt l'air d'un complot pour renverser le Président que d'une défense de la morale publique ou d'une recherche impartiale de la vérité. Mais pourquoi renverser Clinton qui n'est pas plus médiocre qu'un autre président, alors que l'Amérique est riche, forte, d'une santé florissante et exerce son hégémonie brouillonne sur le reste du monde ? Il y a là quelque chose qui ressemble à du sport, ou à la chasse au gros gibier. Depuis le beau coup de fusil qui abattit Nixon, on s'ennuie un peu à Washington. Et puis, c'est amusant, c'est piquant de parler de « sperme présidentiel » sur la jupe de Mlle Lewinsky. Plus amusant que si c'était du sperme sénatorial, municipal, artisanal ou prolétarien.

(6 août)

Le vaudeville de l'Occident

Ça n'est pas tous les étés que la presse a l'aubaine d'une affaire aussi amusante que celle du président Clinton. Quand on jette un coup d'œil sur les années passées et qu'on voit s'agiter languissamment le monstre du loch Ness ou voleter des ovnis poussifs dans le ciel étoilé, on se dit que cette année-ci, décidément, est une grande année. Ce bon Clinton aura été la joie de nos vacances.

Mme Geneviève Dormann qui est très moqueuse a déclaré au *Figaro* que M. Clinton est un personnage de Labiche. Ma foi c'est assez bien vu, encore qu'il y ait dans la comédie dont il est le héros un côté coquin, graveleux, vaudevillesque qui ferait plutôt penser à Feydeau. On imagine volontiers l'infortuné président habillé comme en 1912 en redingote et chapeau gibus, avec quelques scènes en caleçon long, comme il se doit. M. Starr, le procureur, est aussi un personnage de boulevard. Cet acharnement qu'il montre à faire du tort aux joyeux locataires de la Maison-Blanche n'est pas moins comique. Il joue le rôle du « méchant ». Il ne lui manque qu'une barbe pour que sa silhouette soit parfaite.

Qui est la véritable héroïne du vaudeville ? Mlle Monica Lewinsky qui a de grosses joues et, à en croire les photos, une allure un peu bovine, ou Mme Clinton qui n'a qu'un but : conserver sa belle maison, ses domestiques et son titre de First Lady ? Cette dernière, je crois. Elle est vraiment, elle, un personnage de Labiche. C'est la bourgeoise type du second Empire et des débuts de la IIIe République, qui se moque bien que son époux soit un papillon volage à condition qu'elle garde ses rentes, son train de vie et sa position sociale.

Il est dommage qu'on n'enseigne plus le piano et le chant aux demoiselles. Cela serait bien utile à miss Chelsea Clinton, qui est, d'après ce que j'ai lu dans les gazettes, fort remuée par ce que l'on raconte de son papa à la radio et à la télévision. Au lieu d'écouter ces vilaines choses qui ne sont pas pour les jeunes filles de la bonne société, elle ferait des roulades et jouerait des valses de Chopin au milieu d'un cercle d'invités bien choisis.

Le dernier épisode du vaudeville est celui de la cravate du Président que l'on décrit par le menu ; elle est ornée de losanges dorés. C'est un cadeau de la pécheresse à son chéri. Lorsqu'il la porte cela signifie qu'il est « proche de son cœur ». Or il la portait, le scélérat, je ne sais plus quel jour et, d'après le procureur, c'est très grave, c'est un message en code envoyé subrepticement pour faire « obstruction à la justice ».

Après la cravate à losanges, on ne voit guère quels rebondissements nouveaux pourrait avoir le vaudeville. Il faut dire que l'été touche à sa fin. Nous sommes déjà au 22 août. C'est le moment où le monstre du loch Ness rentre dans l'eau pour un an.

(22 août)

Cadastre royal

Lorsque le plus grand poète français de notre temps, Aragon, mourut, je demandai qu'on lui attribuât tout de suite une rue dans Paris. C'était d'autant plus facile qu'il existait déjà le boulevard Arago : il suffisait d'ajouter un N sur la plaque d'émail bleu, et l'immortel auteur du *Crève-Cœur*, d'*Aurélien*, du *Paysan de Paris* était honoré aux moindres frais. À lui tout seul, à ce qu'il me semble, il valait bien toute la famille Arago, qui s'étend de la place Denfert-Rochereau à l'avenue des Gobelins. Comme d'habitude, personne ne m'écouta.

C'est la lettre de M. Gonzague Saint-Bris au maire de Paris qui m'a fait me ressouvenir de cette remarquable idée que j'avais eue en 1982. M. Saint-Bris, en effet, exige que l'on décore une rue, une avenue ou une place de Paris du nom de la princesse Diana. À quoi une femme d'esprit de ma connaissance, se rappelant peut-être ma suggestion à propos d'Aragon, me dit : « Il y a déjà l'avenue d'Iéna, la place d'Iéna et le pont d'Iéna. Tout cela peut devenir sans difficulté, du jour au lendemain, pont, place et avenue Diana. Pour le coup, Gonzague sera comblé. »

Afin de n'être pas en reste d'imagination sur M. Saint-Bris, j'ai pensé à une autre princesse, qui fut victime elle aussi d'un accident mortel et qui, depuis deux cent cinq ans qu'elle est morte, attend toujours sa plaque d'émail bleu au coin de la rue Danton par exemple, ou encore de la rue Bonaparte (qui fut, rappelons-le, son neveu). Cette pauvre princesse qui était belle, charmante et aussi calomniée qu'on peut l'être, eut un premier accident de voiture dans une localité de la Meuse. Après quoi on la ramena à Paris, puis on la sépara de ses enfants, on l'enferma dans une prison infecte, on lui montra la tête coupée de sa meilleure amie embrochée sur une pique et on tua son mari. Pour finir, on la jucha sur une charrette et on la traîna place de la Concorde, où on lui coupa le cou. Elle ne fut pas même enterrée décemment, attendu que l'on jeta son pauvre corps supplicié à la fosse commune, laquelle ne s'appelait pas encore, comme aujourd'hui, « tranchée municipale ».

Ma princesse avait un bien joli prénom. Elle s'appelait Marie-Antoinette. Son seul crime était d'être reine de France. Ses malheurs ont fait d'elle une des plus illustres héroïnes de notre histoire, au point que lorsqu'on dit « la Reine », c'est aussitôt à elle que l'on pense et non aux quarante ou cinquante dames qui partagèrent le trône depuis Clovis.

Étant depuis quelques années dans le repentir, les *mea culpa* et les cendres versées sur la tête, notre gouvernement aurait une excellente occasion de montrer sa belle âme en organisant une grande manifestation en l'honneur de l'infortunée Marie-Antoinette. On pourrait, entre autres, débaptiser à son profit la place de la Concorde où, selon la belle expression révolutionnaire, elle « éternua dans le son ». Après cela, je ne vois pas d'obstacle à s'occuper de la princesse de Galles.

(5 septembre)

Le fantôme du Kremlin

Qu'est devenu le magnifique Eltsine qui conquérait la présidence de la Russie en enjambant les chars de l'Armée rouge pendant que le nonchalant Gorbatchev dormait sur ses deux oreilles dans sa datcha de Crimée ? À présent le pauvre Boris fait pitié. Il se traîne comme un gros fantôme engourdi dans les couloirs du Kremlin. Quand on le voit à la télévision, on est affligé par son visage bouffi, son air d'être ailleurs, son regard opaque. Il ressemble un peu à Jean Gabin dans ses derniers films, avec cette différence que Gabin demeurait plein d'énergie et qu'il était tout à son affaire. Eltsine n'est plus là. Rien ne semble l'intéresser dans ce monde, pas même M. Tchernomyrdine qu'il tâche d'imposer comme Premier ministre. Son entêtement à le présenter devant la Douma qui n'en veut à aucun prix, donne l'impression d'un caprice de vieillard, d'une idée fixe qui empêche de tenir compte de la réalité du monde.

C'était un spectacle étrange et saisissant que son entrevue récente avec M. Clinton. Les deux empires qui, naguère encore, se disputaient l'hégémonie mondiale, étaient représentés par deux souverains fort branlants sur leurs trônes, à moitié chassés du pouvoir, l'un à cause de sa vieillesse, l'autre à cause de sa jeunesse. Ils ont bien entendu parlé politique, géopolitique, économie, etc., alors qu'ils étaient rongés de préoccupations personnelles. Il faut des épaules d'athlète pour ne pas succomber sous le poids que pèse un État, surtout un État énorme comme la Russie et les États-Unis. Or l'athlétisme, si l'on veut pulvériser des records, exige la robustesse et la chasteté. M. Eltsine n'est plus robuste et Clinton, comme nous savons, n'est point chaste.

Une chose qui me semble très inquiétante pour l'avenir de M. Eltsine, c'est que M. Gorbatchev, dont on se demandait ce qu'il était devenu et comment même il gagnait sa vie, a tout à coup réapparu. On peut penser qu'il gardait à M. Eltsine un chien de sa chienne et que ce chien-là était d'autant plus rancunier que M. Eltsine lui avait, pour ainsi dire, soufflé le pouvoir sous le nez. M. Gorbatchev a déclaré : « Eltsine n'a qu'une chose à faire : partir ! » Autre parole de Gorby, lourde de sens : « Les Russes ne veulent plus d'extrêmes, ils veulent un *centre*. » Lorsque le centre apparaît dans le discours d'un individu écarté des affaires et qui désire y revenir, c'est généralement le glas d'un régime qui sonne. Cette magie qu'a le mot centre est une chose bien curieuse. Lorsque je l'entends, je ne peux m'empêcher de penser à la formule de Pascal selon laquelle Dieu est « une sphère dont le centre est partout et la circonférence nulle part ». En politique aussi, semble-t-il, le centre est partout. En Russie, il passe par M. Gorbatchev sans doute.

Quel coup de théâtre si M. Clinton et M. Eltsine tombaient ensemble, l'un tué par une petite demoiselle, l'autre par un politicien au chômage ! Il est probable que le mondialisme vers lequel nous nous dirigeons en serait un peu écorné. Tout ce qui affaiblit le mondialisme est bon à prendre.

(12 septembre)

Un milliard de moutarde

Il est quand même un peu contrariant que lorsque l'État décide de mettre de la morale quelque part, ce soit moi qui finance cette noble ambition. D'autant plus contrariant qu'on ne me demande jamais mon avis. Quelquefois je le donne dans ma chronique de *France-Soir* mais c'est comme si je chantais. Elle est un peu lue, cette pauvre chronique, si j'en juge par les lettres que je reçois, mais plutôt par les gens qui habitent des chaumières que par ceux qui résident dans les palais nationaux, lesquels ne lisent rien sinon les discours écrits par leurs nègres.

C'est en 1988 qu'on s'est avisé de « moraliser » la vie politique en faisant une loi comme quoi les partis désormais n'auraient plus le droit de recevoir des fonds privés pour financer leurs campagnes électorales. L'État, c'est-à-dire moi, allait y suppléer en leur versant les sommes nécessaires. Cela a produit toutes sortes de résultats extrêmement moraux. Des malins ont créé de pompeuses et éphémères formations qui, dans les urnes, ont recueilli deux voix. D'autres ne se sont pas même souciés de faire imprimer des bulletins de vote. Peut-être suis-je un passéiste incorrigible, mais il me semble que les bailleurs de fonds privés, industriels, banquiers et autres nantis, dans leurs largesses, étaient un peu moins confiants, qu'ils n'arrosaient pas de leurs écus le premier chien coiffé venu qui leur racontait qu'il allait se présenter à la députation ou à la présidence de la République.

Ce qui est charmant, avec l'État, c'est qu'il croit tout le monde. Sauf moi, qui m'échine à lui prêcher le bon sens à longueur de semaine. Avec l'État, le moindre escroc a sa chance. Il est amusant de constater qu'au 31 décembre dernier, il existait cent quatre-vingt douze formations politiques, soit trente-six de plus que l'année précédente. Le mot de morale ou de moralisation a quelque chose de magique. Dès que les belles âmes du gouvernement le prononcent, les combinards arrivent de tous côtés comme des chacals attirés par l'odeur du sang.

Il paraît qu'on a donné un milliard de francs aux partis l'année dernière. Ce milliard sort de ma pauvre poche. Avec cette somme, comme il est dit dans la jolie comédie de Jacques Deval, *Tovaritch*, j'aurais pu m'offrir un milliard de moutarde. J'entends bien qu'un milliard de moutarde, c'est beaucoup pour un seul homme, mais j'aurais dépensé mon milliard à ma guise, pour quelque chose qui, sur le moment au moins, m'aurait fait plaisir. Tandis que j'en ai par-dessus la tête des campagnes électorales au cours desquelles des raseurs me rabâchent les mêmes bêtises depuis cinquante ans. Il serait temps de songer à la privatisation des partis politiques. Ce serait moins moral, mais plus économique.

(19 septembre)

Cadastre présidentiel

Lorsque la Ville de Paris débaptisa le quai de Passy pour l'appeler quai Kennedy, je me demandai la raison pour laquelle on se hâtait tant d'honorer de la sorte un homme qui ne nous était rien, si ce n'est qu'il avait épousé une demoiselle Bouvier. Le président Kennedy n'était même pas ce qu'on appelait autrefois « un grand ami de la France ». Il se fichait de nous dans les grands prix. En réfléchissant, je trouvai quand même deux explications à son entrée dans le panthéon du macadam parisien.

La première n'était pas fameuse : c'est qu'il avait été assassiné. Mais bien des gens, et non des plus obscurs, sont assassinés ; cela ne suffit pas à faire d'eux des noms de rues. Cicéron, par exemple, qui n'était pas n'importe qui, fut mis à mort de façon particulièrement horrible. Après quoi on lui coupa les mains, ces belles mains avec lesquelles il avait écrit tant d'excellents ouvrages. Or j'ai beau chercher dans le plan de Paris, je ne vois pas de rue Cicéron, pas même d'impasse ou de square Cicéron. Pauvre cher homme ! C'est d'autant plus injuste qu'il existe une rue Jules-César près de la Bastille.

Ma deuxième raison était plus consistante, à savoir que M. Kennedy était président des États-Unis et que nous ne saurions trop nous aplatir devant la première (et la seule) puissance colonisatrice du monde, dont la France, je ne sais pourquoi, par un bizarre consentement amoureux, s'est fait l'admirative et obéissante colonie. Un président américain assassiné, c'était du nanan pour le conseil municipal de 1963. On n'avait pas été aussi vite pour Lincoln, qui attendit quatorze ans avant d'avoir sa plaque bleue sur une petite voie adjacente aux Champs-Élysées.

Nous avons la félicité en ce moment d'assister à l'assassinat d'un président américain. Ce meurtre dure depuis des semaines et n'est pas fini. La victime reçoit chaque jour un coup de couteau ou une injection de poison. Elle finira bien par y laisser son mandat présidentiel, c'est-à-dire sa peau. Il serait élégant pour nous Français, qui sommes si généreux, de prendre les devants et de donner le nom de Clinton à quelque bel emplacement de notre capitale. On ne peut pas faire moins pour lui que pour Kennedy, Roosevelt ou Wilson. Pourquoi ne lui offrirait-on pas carrément la place des États-Unis ?

Pendant qu'on y est, Paris pourrait aussi honorer Mlle Monica Lewinsky qui est une véritable héroïne historique, une sorte de Gabrielle d'Estrées ou de Montespan de notre temps. J'ai trouvé une rue pour elle : la rue Sainte-Opportune. Ou mieux encore, la rue des Lavandières-Sainte-Opportune.

(26 septembre)

Le complexe de la tablette de chocolat

Depuis cinquante-quatre ans, les Français sont atteints de ce qu'on pourrait appeler « le complexe de la tablette de chocolat ». Ce complexe est apparu au mois de juin 1944, lorsque les troupes alliées débarquèrent en Normandie. Les soldats yankees, attendris par les vivats de la population, distribuaient avec prodigalité du chocolat et des cigarettes blondes. La France sortait de quatre ans de famine. Le chocolat américain, qui était riche en calories, fortement lacté et sucré, un peu écœurant, nous émerveilla. Nous nous jetions dessus avec voracité. C'était la vraie vie, la nature nourricière, qui rentraient tout à coup dans nos pauvres corps anémiques.

Aucun sociologue n'a étudié l'influence du chocolat sur l'inconscient d'une nation. C'est un beau sujet, pourtant, et qui nous intéresserait au premier chef. Les tablettes de chocolat de juin 1944 ont modelé la sensibilité française plus profondément que les événements politiques les plus décisifs et que les plus puissantes péripéties historiques. Elles ont même masqué la réalité des choses. Elles nous ont fait croire que l'Amérique de maintenant était toujours l'Amérique de La Fayette, et que c'était pour nous seuls, pour nous délivrer et refaire une santé à la France, qu'elle arrivait avec ses sublimes rations K et ses cartouches de Lucky Strike, alors qu'en fait, les troupes de débarquement passaient par la Normandie parce que ce chemin-là convenait mieux qu'un autre à leurs plans.

Après un demi-siècle, le complexe de la tablette de chocolat continue à nous habiter, quoique trois ou quatre générations aient passé. Le général de Gaulle a essayé de nous en débarrasser pendant les onze ans qu'il est resté au pouvoir, mais il n'y est apparemment point parvenu. Les émeutes de mai 68, à un certain point de vue, constituent une révolte du complexe, lequel était si fort que le Général, qui n'était pas une mauviette, a été finalement expulsé par lui.

Le battage que l'on fait actuellement autour de la sortie chez nous du film de M. Spielberg, *Il faut sauver le soldat Ryan*, qui est encore, d'après ce que j'ai cru comprendre, un hymne à l'armée des États-Unis, est une explosion tardive du complexe de la tablette de chocolat. J'ai même lu dans je ne sais plus quelles gazettes qu'il convenait d'édifier, de toute urgence, un monument en l'honneur des soldats de juin 44 à « Omaha Beach ». Certes, il y avait des combattants de la France libre, alors. Mais ce n'est pas à eux qu'on pense, évidemment. Ils n'apportaient pas de chocolat dans leur musette.

(3 octobre)

C'est la faute à Molière

Tout remonte à Molière. C'est lui qui nous a mis dans la tête que les mariages d'amour étaient beaucoup plus beaux que les mariages de raison ou les mariages de convenance. *L'École des femmes* constitue, si l'on peut dire, le texte fondateur de la sensibilité conjugale de notre temps. Les élans du cœur ont remplacé les calculs de l'intérêt.

L'inconvénient est que le cœur est très changeant. Pendant six mois ou un an, il est tout feu tout flamme, après quoi vient un coup de vent et le voilà de glace. Rien de semblable à craindre quand on a tant fait que d'arranger l'union de deux personnes qui ne s'aiment pas mais dont les fortunes ou les caractères s'accordent. Le secret des grandes et fortes familles d'autrefois, avant que Molière ne vînt, c'est qu'elles savaient que l'amour et le mariage sont deux choses différentes et qu'il vaut mieux, pour le bonheur des jeunes gens, ne pas les confondre. Oscar Wilde l'a du reste exprimé dans une maxime irréfutable : « Il n'est pas difficile d'être heureux avec une femme à partir du moment où on ne l'aime pas. » Cela se trouve, je crois, dans *Le Portrait de Dorian Gray*.

Il suit de tout cela que le divorce est le complément naturel du mariage d'amour. Pourquoi divorce-t-on de nos jours ? Pour des niaiseries, des lubies, des insignifiances, parce qu'on a trop vu la tête du conjoint, parce qu'on est cocu, parce qu'on s'est amouraché d'une belle blonde ou d'un beau ténébreux. Ces choses-là n'arrivaient jamais jadis. Les époux ne considéraient pas qu'ils avaient « des droits » l'un sur l'autre et vivaient aussi libres que des célibataires. La plupart du temps, ils se portaient une amitié réciproque. Cela se comprend : comment ne pas s'attacher à quelqu'un qui se moque complètement de toutes les bêtises que vous faites et ne vous en reproche aucune ?

C'est la grande affaire du « Pacs », ou pacte civil de solidarité, qui m'a mis dans ce train d'idées. Une fois encore, en lisant dans les journaux le détail de la future loi, je me suis demandé quelle mouche avait piqué le gouvernement d'aller fourrer son nez dans la vie privée des gens, de légaliser les couples libres, de donner une espèce de statut social aux ménages d'homosexuels et autres fariboles. Il en est de la vie privée comme des industries et des banques : la voilà nationalisée. Cela, je pense, ne marchera pas, et l'on sera forcé, un jour ou l'autre, de revenir à la privatisation.

Le Pacs, d'après ce que j'ai cru comprendre, c'est le mariage pour tout le monde, et naturellement, le mariage d'amour. Molière doit quand même avoir un petit sourire, dans le paradis, en constatant que la suite de *L'École des femmes*, c'est l'union, bénie par la loi, de Gaston avec Gérard.

(10 octobre)

Les petits pauvres

Il est fâcheux que les anciens combattants de mai 68, pour une raison ou pour une autre, parce qu'ils ne savent plus s'exprimer ou parce qu'ils ont changé d'opinion sur leurs exploits de jeunesse, ne disent rien devant les grandes manifestations des écoliers d'aujourd'hui. Ce serait intéressant pourtant de connaître leur sentiment. La formule traditionnelle des vieux est : « De mon temps... », sous-entendu tout était mieux, plus intelligent, plus drôle, etc. Les quinquagénaires qui criaient « C.R.S.-S.S. » et mettaient le feu aux bagnoles songent-ils que « de leur temps » on savait s'amuser, on n'avait pas froid aux yeux, bref que le secret de la jeunesse est perdu ?

Mai 68 était une grande récréation. Les enfants s'ennuyaient, alors ils se sont offert un mois de congé et de chahut. Cela ne tirait pas à conséquence. La société française, avec le général de Gaulle en haut de la pyramide, paraissait une chose très ordonnée et très prospère. Les jeunes émeutiers sans doute n'ont jamais cru sérieusement que leurs espiègleries arriveraient à la démolir. D'ailleurs le parti communiste n'avait pas du tout envie de révolution à cette époque-là et il sut bien le montrer.

Octobre 98 est le contraire même d'une récré et d'un chahut. C'est plutôt un cri de détresse et un acte de désespoir. La société française de maintenant, sa fragilité, son insécurité, ses trois ou quatre millions de chômeurs, ses cohabitations gauche-droite, ses abdications variées, ses soumissions à l'Amérique, son déclin en Europe, n'a rien de commun avec la France gaullienne. Elle n'inspire pas confiance. En mai 68 on dansait sur le passé, on l'enterrait. C'était le luxe. En 98, on a peur de l'avenir, on veut des maîtres, de l'autorité, de l'instruction, des diplômes utiles. C'est le nécessaire qui manque. Mai 68 était la révolte des petits riches, octobre 98 est la révolte des petits pauvres. Qui va s'en apercevoir ? Qui va comprendre qu'aujourd'hui on ne cherche plus la plage sous les pavés et que l'imagination n'est pas au pouvoir ? Rude apprentissage pour des quinquagénaires.

En fait de quinquagénaire M. Cohn-Bendit qui fut le grand homme de mai 68 doit avoir plus ou moins cet âge-là. Il est regrettable que personne ne lui demande son avis sur les mouvements des lycéens français. S'il les approuve, il condamne sa jeunesse ; s'il les réprouve, il passe pour un vieux croûton. Mais on ne lui demande rien de tel. Il est à présent un monsieur, bien installé dans le système européen. Il paraît qu'il est toujours aussi intelligent qu'autrefois. Selon moi il doit l'être encore davantage parce qu'il ne fait plus peur à personne.

(17 octobre)

Philosophie du Viagra

Parmi toutes les gloses qu'on a faites à propos du Viagra, personne n'a souligné que les messieurs qui utilisent cette pilule le font principalement par altruisme. En effet ce n'est pas pour leur propre agrément qu'ils se surmènent de la sorte, mais pour celui de leur épouse ou de leur maîtresse. Quant à eux, ils sont faits comme tous les hommes : leurs besoins n'excèdent pas les limites de leur vigueur. Bref, je pense que l'usage du Viagra ne doit pas être gai tous les jours. Le malheureux stakhanoviste songera bientôt avec nostalgie qu'il serait plus heureux dans son fauteuil en lisant son journal et en fumant un bon cigare.

Dès qu'on tâche de se rajeunir d'une façon ou d'une autre, on est en représentation. Ce n'est pas pour s'épater soi-même qu'on porte une perruque ou qu'on se fait greffer des cheveux sur le crâne, mais pour montrer glorieusement à autrui que le temps n'a pas prise sur nous. De même est-ce pour leur plaisir que les adeptes de la musculation cultivent leurs biceps, leurs pectoraux, leurs dorsaux, leurs abdominaux jusqu'à avoir l'air de planches anatomiques ? C'est plutôt pour se faire admirer sur les plages et dans les piscines, pour écraser de leur impeccable plastique les bedonnants et les malingres.

Même chose avec le Viagra. Nous qui aimons tant les statistiques et les sondages, nous devrions demander (sous le sceau du secret) aux messieurs qui s'en empiffrent s'ils éprouvent *réellement* le besoin de se dépenser plus que la nature ne le leur permet. Je suppose que la plupart diraient que non. À la vérité, la fornication a fini par faire partie des obligations sociales et du « standing ». Il ne s'agit pas d'éprouver de l'amour mais de le « faire », tout comme on « faisait » naguère l'Espagne, l'Italie, les îles grecques et les châteaux de la Loire. Après quoi on rapporte des diapositives que l'on montre aux amis que cela fait bâiller car rien n'est devenu ennuyeux comme les polissonneries et les voyages.

J'entends bien qu'il y a dans les aphrodisiaques quelque chose qui ressemble de loin à l'élixir d'immortalité. D'où leur fascination sur les gens dont les forces déclinent. Mais l'immortalité n'existe pas pour les hommes sauf, évidemment, pour les académiciens, que cela n'empêche pas d'avoir les cheveux blancs (quand il leur en reste), de clopiner et de porter des lunettes.

(24 octobre)

Chevènement

Il s'est passé avec M. Chevènement une chose très curieuse et inattendue : toute la France a craint pour sa vie comme si les Français avaient eu soudain le sentiment qu'ils risquaient de perdre un homme unique, capable de rassembler la nation au-delà des partis. C'est d'autant plus singulier que M. Chevènement n'a jamais occupé les premiers postes de l'État et n'a été en mesure de changer la politique générale de la France.

Mystérieusement, tout le monde savait qu'il avait l'étoffe de le faire, qu'il avait une personnalité irréductible derrière laquelle on devinait une grande âme. Sa vie simple, son intégrité, son intransigeance, le courage qu'il avait eu dans certaines circonstances de s'opposer à ses propres amis pour rester fidèle à sa pensée ou à l'honneur, tout cela qu'on néglige si facilement ou qu'on oublie si vite n'était ignoré de personne. On l'a constaté par cette espèce de stupeur qui s'est emparé du pays quand on a appris que nous risquions de le perdre. On le constate aujourd'hui par la joie véritablement nationale qui accueille sa guérison. Quel homme politique, de droite ou de gauche, susciterait-il un mouvement aussi profond ? Je n'en vois pas. Il y a un attachement du pays à M. Chevènement qui le récompense de sa fermeté morale, de la rectitude qu'il a toujours montrée, de son absence de sectarisme, j'oserai presque dire de sa conception gaullienne de la France.

Il y a vingt-cinq ans que je connais M. Chevènement. Il était alors président du Cérès qui faisait grand peur aux bourgeois, étant, à ce qu'il paraît, la fraction gauche et dure du parti socialiste. Un animateur de radio avait eu l'idée de nous inviter tous les deux à un débat politique, avec l'espoir que nous nous dirions beaucoup d'injures et que cela ferait une émission amusante. Le pauvre homme fut déçu : nous étions du même avis sur tout et notre entretien fut une suite d'acquiescements chaleureux de part et d'autre. Nous nous trouvâmes mutuellement si semblables, si accordés par le cœur et l'esprit que nous finîmes la soirée chez lui et ne nous quittâmes qu'à trois heures du matin. Depuis cette rencontre, je n'ai jamais cessé de voir M. Chevènement de loin en loin, de le suivre dans sa carrière. Un homme vrai, c'est une chose rare. Un homme vrai dans la politique, c'est une sorte de prodige.

Me taxera-t-on de superstition si je dis que le péril où s'est trouvé M. Chevènement et dont il est à présent délivré, m'apparaît comme la promesse qu'un grand destin lui est réservé. Lorsqu'il était entre la vie et la mort, et plus près de la mort que de la vie, je ne pouvais m'empêcher de songer à l'attentat contre le pape il y a quinze ou vingt ans et dont on pensait que celui-ci n'y survivrait pas. Or le pape a survécu et il a accompli des choses inimaginables au cours de son pontificat. Qui sait si ce n'est pas quelque chose du même genre qui attend M. Chevènement après cette nouvelle naissance que le ciel lui a offerte.

(31 octobre)

Assumer l'Inquisition

Quelle étrange idée le Vatican a eue de faire le procès de l'Inquisition et d'annoncer une « repentance » de l'Église pour les excès de cet organisme fondé en 1231, qui combattit avec une indiscutable efficacité les hérésies jusqu'au XVIIIe siècle. M. Chaunu, grand historien, qui sait tout sur le passé, ce qui lui permet de bien voir le présent, a déclaré en propres termes : « J'aurais bien préféré comparaître devant les tribunaux de l'Inquisition plutôt que devant ceux du roi. » Notons au passage que M. Chaunu est protestant. Si ses ancêtres ont souffert de la révocation de l'édit de Nantes, ce n'est pas le fait de Saint-Dominique ou de Torquemada ni de quelque autre autorité religieuse, mais le fait des dragons envoyés dans les provinces pour convertir les parpaillots à coups de sabre.

À mesure que l'on dépouille les dossiers relatifs à l'Inquisition, on s'aperçoit que s'il lui arrivait d'avoir la main lourde, du moins elle prenait tout le temps qu'il fallait pour faire ses enquêtes, scrupule unique au Moyen Âge où la justice était assez expéditive et ne tenait guère compte des indices. On est même surpris quelquefois par sa mansuétude. M. Chaunu entre autres cite le cas d'une jeune femme convaincue d'avoir empoisonné son vieux mari et condamnée par l'inquisiteur, en tout et pour tout, à quatre mois de couvent. Quatre mois de couvent pour un crime crapuleux, même inspiré par le diable, comme l'accusée ne manqua pas de le souligner afin de diminuer sa responsabilité, il faut convenir que ce n'est pas cher. Après avoir accompli sa peine, la dame sortit du couvent et hérita la fortune de son défunt époux, laquelle paraît-il n'était pas négligeable.

Une des grandes bêtises de maintenant consiste à juger le passé au nom de la morale en cours à la fin du XXe siècle. En y regardant de près on constate que cette bêtise n'est pas exempte d'hypocrisie. Se verser de la cendre sur la tête pour des crimes commis il y a un siècle, ou deux, ou trois, est bien commode. Cela nous donne une belle âme à peu de frais et nous dispense de balayer devant notre porte. Il est surprenant que le Vatican dont la lenteur et la prudence sont traditionnelles soit tombé dans ce panneau. L'Histoire est ce qu'elle a été : tantôt violente, tantôt sanglante ou brutale, héroïque aussi. C'est elle qui nous a faits ce que nous sommes, il faut l'accepter comme elle est. Bonaparte a prononcé une grande parole quand il a été Premier consul et maître de la France : « J'assume tout, de Clovis au Comité de salut public ».

Le Vatican, lui aussi, devrait « assumer » l'Inquisition. Elle fait partie de l'histoire de l'Église catholique. Et il se pourrait que sans elle il n'y eût plus d'Église catholique du tout aujourd'hui, car on n'a pas idée de ce qu'était la religion au XIIIe siècle : les hérésies éclosaient partout. Tout était plein de force et d'énergie ; chacun était prêt à tuer ou à mourir pour le Dieu qui lui convenait. Et les plus grandes horreurs ne viennent pas de l'Inquisition. C'est Simon de Montfort qui a exterminé les Cathares. Et qui a le plus brûlé de « sorcières » au XVIe et au XVIIe siècle ? Les puritains d'Angleterre et d'Amérique. On n'aperçoit pas de signe de repentance de la part de leurs descendants.

(7 novembre)

Le démon du bien

Une des manies les plus agaçantes des socialistes, quand ils sont au pouvoir, est de « faire du zèle », c'est-à-dire d'inventer des cadeaux et des surprises auxquels personne ne songeait et qui, plus tard, deviennent une source d'embarras (ou de ruine) pour les bénéficiaires. J'avais fait déjà cette remarque lorsque M. Mitterrand devint président de la République et que son gouvernement nationalisa à tour de bras diverses banques et industries qu'on fut obligé de remettre en vente quelques années plus tard. Les trente-neuf heures et aujourd'hui les trente-cinq heures de travail hebdomadaire, ainsi que le Pacs sont encore de bien jolis présents qu'il n'était pas urgent de promettre ou d'accorder.

Bref, dans le pouvoir socialiste il y a un côté père Noël qui me semble aller à l'encontre de la prudence et de la sagesse politiques. Dès qu'on fait miroiter un avantage quelconque aux gens, ils n'ont de cesse de l'avoir obtenu même s'ils n'y avaient jamais pensé auparavant. Ils croient aussitôt que cela leur est dû. Les parents sont moins fous avec les enfants. Du moins mettent-ils des conditions à leurs largesses. Un véritable homme d'État attend qu'on réclame telle ou telle réforme et qu'on la réclame plusieurs fois avant d'examiner s'il est possible de l'entreprendre. Il faut, pour être un bon ministre, être un peu sourd et raisonnablement inerte.

Montherlant avait intitulé un de ses romans *Le Démon du bien*. Son idée était que, comme au mal, on est poussé au bien par une sorte de diable et que cela n'apporte que des ennuis. Il est incontestable que dans ses déclarations sur les mutinés de Verdun en 1917, M. Jospin a été animé par le démon du bien. En effet la dureté avec laquelle le commandement réprima la mutinerie est horrible. Et d'autant plus horrible que les condamnés avaient été de courageux soldats dont le seul crime était de critiquer les offensives stupides du général Nivelle, lequel envoya des dizaines de milliers d'hommes à l'abattoir. Le rappel, par le Premier ministre, de cet épisode particulièrement sinistre de la Grande Guerre n'a rien de répréhensible en soi mais, comme l'a dit le président de la République, il était « inopportun ». Le 11 novembre est le jour de la victoire, de notre dernière victoire, et que nous avions payée cher. La France molle et dégoulinante d'aujourd'hui a sans doute de la peine à comprendre la France de 1917 et de 1918 et à imaginer l'énergie dont elle était habitée alors. Les pauvres fusillés de Verdun furent les victimes de cette énergie.

Puisque M. Jospin était en veine de faire plaisir, il aurait pu avoir un petit mot gentil pour le général qui remplaça Nivelle à Verdun et qui, par son humanité, par sa modération ramena le calme et finalement gagna la bataille. Il s'appelait Philippe Pétain et fut fait, à la paix, maréchal de France. L'éloge de Pétain par Jospin, cela eût été enfin quelque chose d'amusant.

Hélas ! M. Jospin a fait comme tout le monde : il a demandé pardon pour le passé au nom du présent, ce qui n'est qu'un exercice de rhétorique. Je crains que ce cadeau-là n'ait pas trop fait plaisir aux Français.

(14 novembre)

Le catoblépas

Lorsque la Sécurité sociale n'existait pas, l'État était charmant : il se fichait complètement de notre santé. Les Français, alors, cultivaient en toute tranquillité deux passions éminemment nationales : la bouteille et le tabac. Pour ce qui est de la bouteille, il paraît que la France détenait le plus grand pourcentage d'ivrognes du monde. Le pastis coulait à flots. Le cognac et la fine accompagnaient tout repas un peu abondant. On avait un mépris de fer pour le whisky qui, disait-on, « sentait la punaise écrasée ».

Le tabac marchait très bien aussi. Le plus pauvre manœuvre avait un paquet de Gauloises dans sa salopette. La Seita offrait tout un choix de cigarettes blondes et brunes. Les Baltos étaient si populaires qu'il existe encore, trente ou quarante ans après leur disparition, des débits intitulés *Le Balto*. Je ne parle pas des *High-Life* (prononcer hige liffe) vendues par étuis de dix, et fort prisées des lycéens qui les fumaient dans les cabinets, en cachette du surveillant général, lequel n'était pas un « conseiller d'éducation » comme à présent, et avait à cœur de mériter son titre en surveillant étroitement son petit monde. Il n'était pas jusqu'à l'armée pour laquelle on fabriquait des cigarettes et du tabac, dits « de troupe », peu chers et, dans certaines circonstances, gratuits.

Il était fatal que l'État, remboursant aux citoyens leurs dépenses de maladie par l'intermédiaire de la Sécu, mît son nez dans tout ce qui risquait d'endommager notre cher organisme. D'où les furieuses campagnes contre l'alcool et le tabac, l'un menant à la cirrhose, l'autre au cancer du poumon. L'État, comme il y a cent ans, se fiche bien que nous vivions ou que nous mourions, mais il ne se fiche pas du tout du déficit de la Sécu. Pour l'endiguer, il se sert de deux armes à la mode : la superstition de la santé et la manie de faire la morale. Boire, fumer, étant décrété nocif, devient, de ce fait, immoral, irresponsable, égoïste et incivique.

L'inconvénient est que, dans une vieille société centralisée et étatisée comme la nôtre, on ne peut toucher à quelque chose sans ébranler quelque chose d'autre. Lorsque Mme Veil d'abord, puis M. Évin, lancèrent leurs anathèmes contre le tabac et promulguèrent des lois, je pensai aussitôt au principe de causalité, lequel, inexorablement, menait à la destruction de la Seita, monopole d'État, ou, sinon sa destruction, au moins son appauvrissement. Le principe de causalité a joué et voilà maintenant que la Seita ferme ses usines de Tonneins et de Morlaix, envoyant ainsi au chômage quelques centaines d'ouvriers. Le ministre des Finances lui-même l'adjure de ne pas prendre une si terrible mesure, ce qui est assez cocasse. Schéma analogue avec les distillateurs de cognac qui ne parviennent plus à écouler leur alcool.

Pline l'Ancien, dans son *Histoire naturelle*, décrit un animal appelé le catoblépas qui était si bête que, quand il avait faim, il se mangeait les pieds. Tel est l'État aujourd'hui, qui a tout le temps faim et se dévore lui-même, ou dévore la nation, mais c'est la même chose.

(21 novembre)

Étude de mœurs

Lorsque j'étais petit, il ne se passait pas de jour qu'une grande personne, à propos de quelque étourderie que j'avais commise, ne déclarât avec amertume : « il y a des coups de pied au derrière qui se perdent ». Considérant mon enfance, mon adolescence, et la suite de ma vie, il me semble que j'ai mérité des milliers de coups de pied de ce genre, mais que, par une mystérieuse grâce du Ciel, aucun n'est jamais arrivé à destination.

Cela tient sans doute à ce que nous vivons dans une époque où les mœurs se sont fort adoucies, tout au moins dans ce domaine particulier. Au XIXe siècle, on ne se bornait pas à évoquer les gifles et les coups de pied au derrière : on les donnait vraiment. Le réflexe des enfants était de lever le coude pour se protéger lorsqu'on les grondait, car maman avait « la main leste ». Dans les écoles, surtout en Angleterre, c'était bien pis. Les élèves punis recevaient une dégelée de coups de canne sur leurs fesses nues, en présence de toute la classe, que ces spectacles égayaient beaucoup. La glorieuse armée des Indes de la reine Victoria, qui conquit et conserva l'Empire britannique, avait pour officiers des garnements qui, jusqu'à l'âge de seize ans, avaient été fessés autant qu'on peut l'être par leurs pédagogues.

C'est M. Giffard, instituteur à Rouen, qui m'a fait penser à tous les coups de pied perdus qui voltigent mélancoliquement autour de notre planète. M. Giffard, lui, au moins, a eu la satisfaction d'en administrer trois à l'un de ses écoliers. D'après ce que j'ai compris, cet aimable enfant tapait sur un de ses condisciples et le maître d'école essayait de séparer les belligérants. Étant donné la morale actuelle, il aurait mieux fait de les laisser tranquillement s'éborgner, se casser les os, voire s'entre-tuer. Après quoi, il aurait pris un air peiné qui l'aurait rendu sympathique à tout le monde, et le rectorat lui aurait donné de l'avancement.

Au lieu de cela, M. Giffard est passible du conseil de discipline, le procureur de la République se tâte pour savoir s'il engagera des poursuites contre lui. La mère du petit derrière botté a porté plainte et a exhibé un certificat médical d'incapacité de six jours. Qu'est-ce qu'une incapacité de six jours pour un postérieur ? Voilà un détail que je n'ai vu précisé nulle part et qui serait pourtant bien intéressant. En principe, c'est plutôt avec la tête qu'on travaille dans les écoles. Une fesse endolorie n'empêche pas d'apprendre l'orthographe et le calcul.

D'après les gazettes, M. Giffard a fait des « excuses » aux parents de son diablotin. Quelles excuses ? Comment les a-t-il tournées ? Cela non plus n'est pas dit. J'espère que lesdites excuses ont été raisonnablement insolentes.

(12 décembre)

Seule une guerre...

Mon père citait volontiers le mot d'un politicien de la IIIe République, qui, ayant commis une bévue exceptionnelle ou ayant été pris dans un vilain scandale, s'était écrié ingénument (ou comiquement) : « Il n'y a qu'une guerre qui pourrait me tirer de là ! » La France, hélas ! en ce temps-là, ne déclarait plus de guerre à personne, encore qu'elle eût quelques bonnes raisons de le faire, en 1936 par exemple, lorsque Hitler réoccupa la Rhénanie, ou en 1938, quand le même farceur envahit la Tchécoslovaquie.

Depuis que M. Clinton est englué dans l'affaire Monica Lewinski, c'est-à-dire trois ou quatre mois, je ne puis m'empêcher de penser au politicien de la IIIe qui avait envie de se faire oublier. La différence est que M. Clinton, s'il a besoin d'une guerre pour occuper l'opinion, n'a que la peine de la déclarer lui-même. Jusqu'à ce qu'il décidât qu'il était opportun d'envoyer quelques bombes à M. Saddam Hussein, je me demandais quand il y penserait. Il me semble qu'il a bien tardé. Trop peut-être. Il n'y a pas plus de raison de taper sur M. Hussein aujourd'hui qu'au mois de juillet dernier.

Il me semble que dans cette fichue affaire Lewinski, M. Clinton n'a commis que des maladresses ou, si l'on préfère, n'a cessé de jouer de malchance. Quand elle a éclaté et qu'on l'a sommé de déclarer publiquement qu'il avait commis le péché d'adultère, il devait déclarer fièrement quelque chose comme : « Un président des États-Unis n'a pas à répondre à ce genre de questions inconvenantes. Si vous n'êtes pas contents, voici ma démission. » Une telle attitude lui aurait évité d'humiliantes et déshonorantes confessions publiques à peine dignes des « Alcooliques Anonymes » (ou ivrognes repentis). Mais il est à présumer que M. Clinton tenait à son emploi, qu'il s'y plaisait, qu'il ne voulait pas en être privé. L'épouse, dans ces circonstances, joue un rôle essentiel. Les femmes ont toujours « peur de manquer » et Mme Hillary Clinton a sans doute beaucoup insisté pour que son mari se pliât à n'importe quoi pour conjurer le spectre du chômage.

Ce qui montre que le malheureux M. Clinton est marqué par la fatalité, c'est le nom par lequel le Pentagone a désigné l'opération contre l'Irak : « Renard du Désert ». On appelait ainsi le maréchal Rommel en 1942. Ces petites choses là font très mauvais effet. Je veux dire qu'elles font rire, ce qui n'est pas le but d'une guerre, surtout si cette guerre est destinée à recouvrir de tragique une bouffonnerie antérieure. M. Clinton va-t-il être destitué par le Congrès et le Sénat américains ? Voilà qui amuserait bien M. Hussein, lui qui, déjà, fait figure de martyr.

(26 décembre)

1999

Les galériens de l'an 2000

D'après ce que disent avec gourmandise la télévision, la radio et les journaux, les fêtes de Noël 99 et l'avènement de l'an 2000 vont constituer une rude épreuve auprès de laquelle les fêtes de cette année-ci ne sont que des bagatelles. Les Anglais en l'occurrence semblent plus enragés encore que les Français. J'ai lu qu'à Londres des restaurants entiers avaient été loués quatre ou cinq cents jours à l'avance. Ce genre de prévoyance me paraît le comble de la présomption. Comment peut-on savoir à plus d'un an de distance que tel jour on sera d'humeur à rire, à boire du champagne, à bâfrer, à danser ? En outre, je trouve que c'est tenter le diable. En un an, la guerre et la révolution risquent d'éclater, on peut se faire écraser dix fois en traversant la rue, se casser la jambe en ratant une marche dans l'escalier, recevoir un coup de couteau dans l'autobus, être ruiné par la crise économique du Japon. Jamais, de toute ma vie, je n'ai pris d'engagement à plus de quinze jours de délai. On dira que c'est de la superstition. Je répondrai que c'est plutôt de la philosophie, voire de la métaphysique. L'homme est une créature trop fragile, trop éphémère, pour faire des projets lointains. Préparer le réveillon de la prochaine Saint-Sylvestre, c'est de l'orgueil, pour ne pas dire de l'outrecuidance.

Pour un individu original et imaginatif, il y aurait une jolie petite affaire à monter : proposer aux gens terrifiés par le déferlement de sottise, de vulgarité et de matérialisme qui marquera ce qu'on appelle le IIIe millénaire, de fuir dans quelques endroits où l'on ne risquera pas de rencontrer les joyeux fêtards de l'an 2000. Par exemple, organiser une semaine dans un buron du Cantal, dans une bergerie de Haute-Savoie, dans un petit hôtel du Burkina-Faso, dans un igloo d'esquimau.

Il serait assez joli également de convier les gens qui ont horreur de l'avenir (il y en a) à aller contempler le premier millénaire avant Jésus-Christ à Athènes, à Rome, à Palmyre, à Persépolis. Voilà des lieux de pèlerinage qui seraient très chics, à mon avis. Je me demande si je ne vais pas créer cette agence moi-même. Il y a sûrement une clientèle riche et de bon ton pour ce que j'offrirai.

Pour finir sur une note optimiste, je ne suis pas fâché d'arriver au bout du XXe siècle. Il avait tout pour me déplaire. Bon débarras ! La France non plus n'était pas faite pour lui, ce qui est tout à son honneur.

(2 janvier)

Qu'elle était belle, mon Europe !...

Certes, il n'est pas nécessaire d'être amoureux pour se marier. Toutefois, un peu de sentiment, un peu de curiosité heureuse, ne nuisent pas. On signe plus volontiers les contrats dans l'allégresse et la confiance que dans la mauvaise humeur. C'est l'union de la France et de l'Europe qui m'a donné cette idée-là. On ne peut vraiment pas dire qu'il s'agisse d'un mariage d'amour. Cela ne tient pas à nous, du reste. Il me semble au contraire que nous sommes pleins de bonne volonté, que nous voulons de tout notre cœur que la chose se fasse, et que nous sommes même parfois un peu trop coulants. Non, c'est plutôt l'Europe qui traîne les pieds, qui fait des manières, qui s'ingénie à nous contrarier, qui nous inflige toutes sortes de petites avanies.

Il faut dire que nous avons, au cours des siècles, laissé des souvenirs désagréables à la plupart de nos voisins. Tant que nous étions puissants et formidables, on faisait semblant de nous aimer. Et d'ailleurs, on nous aimait réellement, car la force d'un État est la principale de ses séductions. À présent que nous n'avons plus de Richelieu, de Louis XIV, de Napoléon, de De Gaulle, pour parler à notre place, la hargne accumulée depuis la fin du XVIe siècle ressort curieusement.

Nous avons eu quelques ennemis : la maison d'Autriche, les Anglais, et d'une façon générale, l'Europe du Nord. Il me semble que le général de Gaulle, quand il travaillait de concert avec le chancelier Adenauer, tenait compte de cette donnée historique. J'entends bien que cette première Europe était construite autour de l'Allemagne fédérale et qu'elle englobait les Hollandais, mais on sentait également une volonté de rassembler ce qui était latin, afin d'opposer un bloc de trois cents millions d'hommes au bloc anglo-saxon.

Il est fâcheux que le président Pompidou ait tant désiré que la Grande-Bretagne entrât dans l'Europe. C'était y attirer l'Amérique, l'installer dans un continent qui n'était pas le sien, ouvrir les portes toutes grandes à l'influence anglo-saxonne, qu'il fallait plutôt endiguer. On voit aujourd'hui le résultat de cette politique : tous les pays d'Europe sont les béni-oui-oui des États-Unis. Ils n'ont qu'un désir : leur ressembler, être leurs doubles, leurs clones, comme on dit dans le langage actuel. Il est assez flatteur pour la France, ma foi, de ne pas appartenir à cette colonie, d'échapper au moins en partie à ce mimétisme. Cette persévérance dans notre être français qui se manifeste tantôt timidement, tantôt avec une relative fermeté par des prises de position « incorrectes » sera peut-être un jour le seul recours européen et latin. La France aurait-elle de l'avenir ? On a vu des choses plus bizarres.

(16 janvier)

Trente ans après ou le rouge et le vert

Il faut reconnaître une chose à M. Cohn-Bendit : c'est qu'il est sympathique. On comprend, en voyant son bon sourire à la fois moqueur et indulgent, qu'il ait électrisé les petits espiègles de mai 68. Quand il les haranguait, il leur donnait l'impression qu'ils étaient intelligents. Ces choses-là attachent une troupe à son chef. Et puis M. Cohn-Bendit ne venait de nulle part. Était-il allemand, était-il français ? Son exotisme était un charme de plus. On ne savait pas, il y a trente ans, qu'il était européen.

Au fond sa seule malchance, mais il n'y pouvait rien, est d'avoir failli renverser le général de Gaulle. C'était s'attaquer à la statue du Commandeur, qui ne tombe jamais ou, si cela lui arrive, écrase l'imprudent qui l'a provoquée. M. Cohn-Bendit d'une certaine façon a été tué par le Général, et d'autant plus tué que celui-ci est sorti fort diminué politiquement et fort amer moralement de mai 68. Le bilan de cette émeute, qui n'avait pas de but, pas de philosophie, pas d'idéologie, qui n'était qu'une longue récré ou un chahut, fut que la France gaulliste ou gaullienne y trépassa, et qu'il en est sorti la France actuelle qui n'existe pas plus que les autres nations de notre continent. Ainsi, comme tout le monde, M. Cohn-Bendit a travaillé pour les États-Unis qui sont bien tranquilles depuis 1969 ; c'est un peu grâce à lui et à ses amis qu'ils bombardent aujourd'hui Bagdad et désignent souverainement qui est innocent ou coupable d'incorrection politique.

Abattre un ennemi trop fort est aussi peu glorieux que d'abattre un ennemi trop faible. Si l'ennemi est en plus une figure historique, un héros, on en est encore rapetissé. On n'est plus qu'un caillou sur lequel le grand homme a trébuché. Il a fallu à M. Cohn-Bendit trente ans et un changement de couleur pour faire oublier qu'il avait été pendant un mois le caillou qui avait failli flanquer par terre le géant de la politique occidentale. Pour rien, pour l'amusement de la chose, par sport.

Dany le Rouge en devenant Cohn-Bendit le Vert a retrouvé son registre. C'est à présent un gros nanti qui a triomphé définitivement de la société puisqu'il ne paie pas d'impôt. Et la seule statue qu'il risque de rencontrer c'est celle, hideuse, du Progrès politique et scientifique. Comme elle est en caoutchouc, elle ne risque pas de lui faire grand mal, si elle lui roule dessus cela n'effacera pas son bon sourire.

(23 janvier)

En avant les clones

La grande querelle des clones m'a toujours fait bien rire. Elle revient périodiquement lorsque le journalisme n'a pas grand-chose à se mettre sous la dent ou qu'il s'aperçoit qu'il n'a pas fait peur à ses lecteurs depuis plus de quinze jours. Y a-t-il quelque part une « charte secrète » du journalisme, dans laquelle il est exprimé par des sages de la profession, Lazareff, Émile de Girardin, M. Bertin, M. Bunau-Varilla, Hearst, qu'un lecteur qu'on n'effraie pas tous les deux jours est un lecteur perdu ou un lecteur en voie de désertion ? C'est curieux, mais c'est ainsi.

Il faut toutefois bien choisir ses sujets. Non pas traiter de choses vraiment horribles, répugnantes, irrémédiables. Le mieux, comme toujours, est de se draper dans la morale. Vous pouvez écrire toutes les bêtises que vous voudrez, la morale leur donnera un air noble et pensif, une « dimension ». À ce point de vue, les clones sont incomparables. D'après le dictionnaire, le clone est une espèce de sosie d'un être vivant, qu'un biologiste parviendrait à reproduire intégralement. Même apparence, mêmes idées (si l'on peut dire), même comportement. De là à imaginer un nouvel Hitler se faisant fabriquer des armées inépuisables de robots par quelque chercheur démoniaque. Ouh là là ! Adolf, que tu me fais peur !

Tout cela est bien gentil mais on oublie un détail : c'est que cela coûte les yeux de la tête. D'ailleurs, tout coûte cher aujourd'hui.

C'est sans doute la rançon de la science et de l'Amérique qui s'est arrogé d'en être la capitale mondiale. Les grandes découvertes du XIXe et du début du XXe siècle ont été faites à Paris dans des conditions de pauvreté héroïque. Le moindre « cerveau » de notre temps, si on le réduisait aux subventions que Pasteur reçut de la IIIe République, s'enfuirait en Amérique où le génie a le sourire avenant de Washington sur un billet vert.

En effet, la « fuite des cerveaux » est une des calamités évoquées une fois par trimestre environ. Dans mon âge le plus tendre, j'entendais déjà parler de la fuite des cerveaux français qui, amenuisés par les privations, s'en allaient en caravane à Boston où il y a des laboratoires fabuleux et où l'or coule à flots dans le porte-monnaie des médicastres moliéresques. Nos chercheurs, à ce qu'il paraît, sont les plus acharnés. Du moins à en croire ceux qui reviennent des États-Unis après deux ans d'exercice. On ne peut décidément pas se passer de Paris.

Pour dire le fond de ma pensée, qui est, comme d'habitude, plein de bon sens, je ne vois pas pourquoi on se lance dans toutes ces polémiques sur le clonage. Cette activité marche très bien et n'est pas près de s'arrêter. La télévision, la radio, la presse fabriquent des clones à tour de bras, sous le prétexte subtil que « le public a le droit de savoir ». Moyennant quoi, tout le monde récite le même boniment, qui est celui du journal télévisé, et tout le monde pense la même chose, que nos grands amis d'outre-Atlantique appellent le « politiquement correct ». Plus il y aura d'hommes sur terre, plus il y aura de clones. Heureusement, de temps à autre, un petit crime passionnel viendra mettre un peu de fantaisie pendant le IIIe millénaire.

(30 janvier)

Doléances de l'Européen de base

Depuis des années qu'elles existent, je n'arrive pas à prendre au sérieux les élections européennes. Elles me paraissent aussi peu essentielles que les élections municipales ou cantonales, dont je ne nie certes pas l'utilité, mais qui n'ont pas, par leurs décisions, d'effet sur la vie de la nation. Je n'ai d'ailleurs pas le sentiment d'être le seul de mon espèce. Les élections européennes sont loin de susciter dans le public l'intérêt que soulèvent les législatives et, bien entendu, les présidentielles.

En fait, il faut à l'électeur des choses faciles à concevoir. Quand il vote pour le député de sa circonscription, il sait qu'il aura au Palais-

Bourbon un homme qui parlera en son nom et, le cas échéant, sera un trait d'union entre lui et l'État. Il n'a pas cette idée quand on lui demande d'élire un député européen. Il voit une liste, sur laquelle sont inscrits un certain nombre de noms qu'il connaît pour d'autres raisons et qui sont allés se mettre là car, en politique, il faut couvrir le plus de terrain possible pour avoir le plus d'influence possible. Il voit aussi des inconnus dont il se dit : « Tiens, voilà des gens qui ont trouvé un marchepied ou qui cherchent une sinécure lucrative. »

De ce que feront ces futurs parlementaires, les électeurs n'ont pas la moindre idée si ce n'est de se quereller dans le vide à propos d'une chose qui n'existe pas : l'avenir. Autre détail qui n'enchante pas l'Européen de base, c'est que les potentats internationaux créés par lui soient exemptés d'impôts. Cela ne se sait pas trop car les bénéficiaires sont assez discrets sur ce genre de privilèges, mais rien ne reste secret bien longtemps. Surtout ces bonheurs-là. Il y a toujours un journaliste pour y faire allusion quand le public a oublié d'y penser.

De quand date le Parlement européen ? Cela doit maintenant faire plusieurs années. Mme Veil en a été la première présidente, ce qui, grosso modo, remonte à vingt ans. Or il faut bien dire que depuis vingt ans, le Parlement européen n'a pas laissé une œuvre qu'on pourrait exposer en trois paragraphes saisissants aux enfants des écoles.

Peut-être sa devise est-elle le vieux proverbe : « Les peuples heureux n'ont pas d'histoire » ? Devise fort louable, certes, mais qui a aussi ses inconvénients, le premier étant que les peuples heureux et sans histoire s'enfoncent dans une mélancolie et une médiocrité qui font bien l'affaire des peuples malheureux qui considèrent que leur histoire est leur plus précieux trésor.

Il faut quand même mentionner que l'Assemblée européenne compte parmi ses membres M. Cohn-Bendit, ce qui lui donne un côté aimable et farceur. M. Cohn-Bendit ravive de vieilles passions, de vieilles nostalgies. Il est un vivant souvenir de la lutte glorieuse contre le gaullisme qui faillit réussir sur le moment et réussit à retardement. Ce qui serait très bien, à la fois symbolique et prometteur, c'est qu'il soit élu président du Parlement de Strasbourg.

(13 février)

Le procès de Dieu

La Sécurité sociale de Saint-Nazaire a déclaré son intention de faire un grand procès aux fabricants de tabac, particulièrement la

Seita, parce qu'on a constaté, au cours des années, que les maladies dues à l'habitude de fumer étaient nombreuses, graves et obéraient lourdement le budget de la Santé. Le raisonnement de la Sécu est que si elle n'avait pas tant d'argent à verser à cause de la cigarette et de la pipe qui sèment des cancers affreux, tout irait beaucoup mieux pour elle, et pour les assujettis qui verraient leurs cotisations diminuer sérieusement.

Il y a dans ce procès quelque chose de métaphysique dont personne, semble-t-il, ne s'est avisé jusqu'à présent. Poursuivre la Seita ainsi que tel ou tel autre marchand de cigarettes en justice, c'est un peu comme de s'insurger contre la condition humaine ou contre la nature, voire contre Dieu. Dieu, comme la Seita, fait mourir les hommes, et quelquefois après de longues et coûteuses maladies dont les frais sont remboursés à quatre-vingts pour cent par la Sécu de Saint-Nazaire. On n'a pas encore pensé à Lui faire un procès. Du moins un procès au tribunal, avec des magistrats pour Le juger, des avocats pour Le défendre, et la perspective d'avoir à verser des dommages-intérêts à ses victimes.

Une telle idée aurait eu sûrement du succès en 1905, au moment de la séparation de l'Église et de l'État, alors qu'on cherchait à créer des événements capables de frapper les imaginations, mais elle me paraît un peu excessive aujourd'hui. Le procès de Dieu a été fait par tant de philosophes depuis deux cents ans qu'il ne reste plus de pièces à apporter au dossier. À noter que l'accusé est toujours jugé par contumace, ce qui est bien commode pour tout le monde, et que la seule peine qu'on puisse lui infliger, c'est de lui dire, à l'issue des débats : « Tu es condamné à ce que les hommes ne croient plus en toi. »

Faire un procès à Dieu, c'est toujours, allégoriquement, faire un procès à l'homme. L'homme est ce qu'il est, ayant quelque considération pour ses vertus quand il lui arrive d'en avoir, et chérissant ses vices au point de les laisser lui manger sa santé. Quand j'étais petit, j'entendais souvent le dicton : « On creuse sa tombe avec ses dents ». On la creuse aussi en fumant des Gauloises, en allant faire des promenades en mer, en pratiquant les sports d'hiver, en conduisant sa voiture sur les autoroutes. Dans tout cela, Bossuet aurait vu la main de Dieu. On la voyait mieux, sans doute, aux époques où elle n'était pas masquée par les milliards de la Sécu.

(20 février)

Fidel n'est plus à la mode

C'est un grand malheur de n'être plus à la mode. Le mieux qui puisse vous arriver est qu'on vous oublie, qu'on ne parle plus de vous. Hélas ! à partir d'un certain degré de notoriété, on est toujours plus ou moins présent à l'opinion publique. Sans compter qu'on n'est jamais sûr d'être complètement oublié. Certains vieillards, à la retraite depuis dix ans, reçoivent un beau matin la convocation d'un juge d'instruction pour s'expliquer sur des forfaits qu'ils auraient commis un demi-siècle plus tôt et dont ils n'ont gardé eux-mêmes qu'un souvenir des plus vague.

Si quelqu'un a été longtemps à la mode, c'est bien Fidel Castro, le maître de Cuba. Il faut dire qu'il avait tout pour plaire. Rien n'est plus romanesque que sa prise du pouvoir. Il était à la tête d'une cohorte de jeunes révolutionnaires au cœur pur, qui combattaient dans les collines afin de renverser Batista, vieux dictateur qui avait complètement pourri son pays, moyennant quoi la majorité de la population n'était ni opprimée ni malheureuse. Je ne sais s'il y a des collines à Cuba, mais je suis formel : tous les journaux les mentionnèrent vers 1957 ou 58 et ces collines étaient terriblement romantiques. Tout le monde, à commencer par les États-Unis, souhaitait la déconfiture du piteux Batista et le triomphe de la jeunesse, de la pureté, de la révolution, c'est-à-dire de Castro et de ses *barbudos*. C'est ce qui se produisit et l'on ne tarda pas à verser des larmes. En effet, Castro n'eut rien de plus pressé que d'instaurer le communisme à Cuba, de s'allier avec l'U.R.S.S. et d'envoyer ses soldats un peu partout en Afrique et en Amérique du Sud.

L'espièglerie du cher Castro culmina avec l'affaire des missiles soviétiques installés dans son île et pointés vers les États-Unis. Cela faillit déclencher une jolie guerre mondiale. Néanmoins, personne en Amérique n'eut un mot de regret pour Batista, qui n'aurait jamais eu, en mille ans, de pareilles impulsions.

Pendant trente ou quarante ans, les intellectuels d'Occident n'ont eu que des paroles louangeuses pour Castro, qui d'ailleurs les invitait périodiquement à passer huit ou quinze jours de vacances chez lui, les amusait en les faisant travailler dans des champs de canne à sucre, et leur offrait des boîtes de cigares quand ils rentraient chez eux. Je crois que Mme Marguerite Duras fit partie d'un de ces voyages organisés et en revint extatique à souhait.

Il n'y a plus d'U.R.S.S. ; les États-Unis sont la seule grande puissance du monde. Castro n'est plus une pièce sur l'échiquier international, mais un pauvre petit pion sans importance. C'est le moment qu'un juge d'instruction français choisit pour annoncer qu'on va l'inculper de trafic de stupéfiants et de je ne sais quoi d'autre. Voilà bien un drame de la mode. Quel juge, français ou autre, aurait eu une telle audace il y a seulement vingt ans ? Castro a soixante-douze ans. C'est l'âge difficile aujourd'hui.

Lorsque Jean-Edern Hallier alla à Cuba, il y a trois ou quatre ans, et en revint tout à fait entiché de Fidel, je lui demandai la raison de ce subit amour. Il me fit cette réponse à la W. C. Fields : « Un homme qui a tant embêté les Américains ne peut pas être entièrement mauvais ! » On voit que la roue a tourné. Tout ce qui embête les Américains aujourd'hui est objet de réprobation mondiale.

(27 février)

Des loups et des hommes

D'après ce que j'ai compris, les mines que l'on appelle curieusement « anti-personnel » (ce qui ne veut rien dire en français) sont d'abominables saletés qui vous arrachent une jambe quand on marche dessus. Il y en a un peu partout, spécialement en Éthiopie, dans le Mozambique et au Vietnam. Chaque année vingt-six mille personnes en sont victimes. Bref, il s'agit là, comme on peut constater, d'une des merveilles du progrès technique et scientifique.

Il est agréable d'apprendre que la quasi-totalité des nations de la Terre réprouve ces engins. Cent trente-quatre pays ont signé un document dont l'objet est d'en interdire l'utilisation. Cette espèce de charte a pris le nom de Convention d'Ottawa. Devant ce sursaut d'humanité, l'honnête homme, à supposer qu'il en reste quelques spécimens au XXe siècle, essuie une larme d'attendrissement au coin de son œil.

Là où la chose, toutefois, devient piquante, c'est que l'on compte trois absents parmi les signataires de la Convention d'Ottawa. Ces absents ne sont pas le Burkina-Faso ou la république d'Andorre, mais les États-Unis, la Chine et la Russie. Cela fait un gros morceau. Surtout cela pose un problème d'arithmétique politique comme on en voit de temps à autre au cours de l'Histoire, à savoir que, dans certaines circonstances, trois est égal à cent trente-quatre.

En effet, sans la signature des États-Unis qui sont la seule grande puissance du monde actuel, en l'absence de la Russie qui peut redevenir quelque chose de considérable, et sans le poids de la Chine qui compte neuf cents millions d'habitants, que vaut la Convention d'Ottawa ? Les protestations de la morale sont-elles d'une aussi grande efficacité que les intérêts de certaines nations qui ne craignent personne et qui se soucient peu qu'on les juge mal ? Lorsqu'un pays est assez fort pour faire ce qui lui convient dans le monde, on peut bien lui raconter les choses les plus édifiantes, il le fera. Nous avons connu cela, nous autres Français, dans le passé. Ni Louis XIV ni Napoléon, qui étaient en leur temps ce qu'il y avait de plus formidable en Europe, n'ont été, lorsqu'ils avaient une idée en tête, arrêtés par des considérations humanitaires.

Les mines dites « anti-personnel » sont enfouies à trois centimètres sous terre. Une pression de vingt-trois grammes actionne le détonateur qui fait exploser une charge variant entre trente et deux cent cinquante grammes de T.N.T. Le philosophe anglais Hobbes prétendait que « l'homme est un loup pour l'homme ». Cette parole, on le voit, date du XVIIe siècle, époque où l'on ne disposait que de pièges à loups. À présent, les loups, les pauvres loups, sont en voie de disparition, et qui songerait à les calomnier en déclarant que le loup est un homme pour le loup ?

(6 mars)

Le Grand Palais

Il ne faut qu'un milliard pour remettre à neuf le Grand Palais. Qu'est-ce qu'un milliard, un pauvre petit milliard, de nos jours ? Il en est sorti cent ou mille fois plus de ma poche, que nos gouvernements ont gaspillé en horreurs variées depuis vingt-cinq ans.

Combien de milliards ont coûté le Centre Pompidou, les colonnes de Buren, la pyramide du Louvre, l'Arche de la Défense, la Bibliothèque de Tolbiac ? Je préfère ne pas le savoir car cela me ferait aussi mal, je pense, que la contemplation des monuments dont ils ont financé l'édification. Le plus affligeant est qu'on dépense mon cher argent sans jamais me demander mon avis. Un beau jour, je vois s'élever quelque incongruité architecturale ou artistique au sein de ma pauvre ville et je n'ai que les yeux pour pleurer. Pourquoi ce qui est laid coûte-t-il si cher ?

Le Grand Palais a été construit pour l'exposition de 1900. Pendant une cinquantaine d'années, on est passé à côté de lui sans trop le regarder. Et quand on le regardait, on voyait surtout ses surcharges et ses rococos fin de siècle. Mais tout cela a très bien vieilli, tout cela a pris, comme qui dirait, sa place dans l'histoire de l'architecture française, et fait partie des curiosités de Paris. Bref, avec le temps, le Grand Palais est devenu beau. On s'aperçoit, au bout de cent ans, qu'il constitue le témoignage irréfutable de la science, du goût, du talent, de l'audace réfléchie des architectes et des sculpteurs français de la fin du XIXe siècle. Le plus étonnant est que ce n'était qu'une construction de circonstance, vouée peut-être à disparaître quand l'Exposition fermerait ses portes.

Cette beauté du Grand Palais m'inspire les plus grandes craintes. Si les esthètes qui nous gouvernent ont le soupçon que cela a pris le charme et la splendeur du passé, les démolisseurs ne sont pas loin. Le Grand Palais par terre, on aura la griserie de demander à un architecte péruvien, norvégien ou thaïlandais de bâtir un grand cube de verre à la place.

Il existe une « Commission du Vieux Paris » qui, d'après ce que je crois savoir, fait du bon travail, et sauve obscurément toutes sortes de jolies choses qui, sans elle, auraient été supprimées depuis longtemps par les gens de goût ou plutôt par les gens qui considèrent qu'ils ont du goût à notre place. Mais le Grand Palais est-il assez vieux pour la commission ? Cent ans, ce n'est pas l'enfance. Pour ma part, je le trouve digne d'entrer dans le Passé, duquel c'est un crime de faire table rase.

(13 mars)

Opération chien enragé

J'attends depuis longtemps que la télévision nous montre un Serbe, un seul Serbe, qu'elle l'interroge, qu'elle lui demande pourquoi il se bat et contre qui. Mais cela ne vient jamais. Les Serbes n'ont pas la parole. Ils sont le diable ; on ne permet pas au diable de se justifier. Ce que l'on exhibe sur le petit écran, c'est exclusivement les horreurs imputées à la Serbie. Serait-elle mourante, écrasée sous les bombes de l'Otan, que l'on refuserait encore d'écouter son dernier soupir, sous prétexte qu'elle n'a que ce qu'elle mérite.

On me pardonnera mon scepticisme politique, mais quand je vois un homme ou un pays voué aux gémonies, accablé par tous, n'ayant jamais la parole, mon réflexe est de me ranger à ses côtés. J'ai le sentiment d'être une espèce d'avocat commis d'office auprès d'un misérable dont personne n'accepte de prendre la défense. En général, le misérable n'est pas complètement innocent, mais il n'est pas le seul coupable. Ceux qui l'accusent ou que l'on présente comme ses victimes, ont leur part de responsabilité. Quand un tribunal ne prête l'oreille qu'aux arguments de la partie civile et empêche la défense de placer un seul mot en faveur de son client, on va tout droit à l'erreur judiciaire.

Il me semble bien que c'est ce qui se passe avec la Serbie. Personne, dans l'Europe unie contre elle, ne tolère qu'on entende ses arguments, ou qu'on ose élever la voix en sa faveur. Il y a une espèce de fureur médiatique qui en impose à tout le monde, tant le pouvoir des images est puissant. Une foule de braves gens qui normalement n'auraient pas eu d'opinion sur la guerre menée par les États-Unis, sont pleins de fanatisme et crient comme leur télé ou leur journal qu'il faut tuer tous les Serbes.

Étant donné l'habitude que l'on a prise de donner aux interventions militaires des noms romanesques, on pourrait très justement appeler la guerre entre l'Otan et la Serbie « Opération chien enragé », par allusion au fameux dicton : « Qui veut noyer son chien l'accuse de la rage ». Pourquoi veut-on à tout prix noyer la Serbie ? Et pourquoi la France, qui est son amie traditionnelle, participe-t-elle à cette noyade ? Le seul inconvénient, c'est que la Serbie ne veut pas mourir. Peut-être parce qu'elle sait qu'elle n'a pas la rage. Ah ! la sale bête !

(3 avril)

Euphémismes

M. Dumarsais, grammairien du XVIIIe siècle et collaborateur de l'*Encyclopédie*, donne une excellente définition de l'euphémisme. C'est, dit-il, « une figure par laquelle on déguise des idées désagréables, odieuses ou tristes, sous des noms qui ne sont point les noms propres de ces idées ; ils leur servent comme de voile, et ils en expriment en apparence de plus agréables, de moins choquantes ou de plus honnêtes selon les besoins ; par exemple, ce serait reprocher à un ouvrier ou à un valet la bassesse de son état que de l'appeler *ouvrier* ou *valet* ; on leur donne d'autres noms plus honnêtes qui ne doivent pas être pris dans le sens propre ».

On ne se servait guère de l'euphémisme, au temps de Louis XV. Il semble que ce soit dans la seconde moitié du XXe siècle que cette figure de style ait connu son épanouissement. Les concierges sont devenus « gardiens d'immeubles », les domestiques, ou *valets* comme dit

Dumarsais, « employés de maison », les femmes de ménage « techniciennes de surface », les garde-malade « auxiliaires de vie ». Certains euphémismes sont étranges et hermétiques. Pourquoi donne-t-on le nom d'« ouvriers spécialisés » ou « O.S. » aux manœuvres, qui ne sont justement spécialisés en rien ?

D'autres euphémismes n'ont pas pris. Par exemple, « préposé » que l'administration avait inventé pour honorer, pensait-elle, les facteurs des postes. « Facteur », Dieu sait pourquoi, paraissait péjoratif aux esthètes du ministère des P.T.T. Ceux-ci n'avaient pas envisagé que ces braves fonctionnaires étaient très attachés à leur nom professionnel, qu'ils en étaient fiers même, peut-être à cause de l'illustre facteur Cheval, orgueil du département de la Drôme, et qu'il aurait fallu appeler désormais « le préposé Cheval », ce qui sonne mal, il faut bien l'avouer.

Je me souviens également que M. Badinter, du temps qu'il était garde des Sceaux, avait tâché d'acclimater le « délit d'appropriation » pour dire le vol. Ni les voleurs, ni les honnêtes gens, ni même les journalistes ne le suivirent. C'est curieux car cela allait très bien dans l'esprit du temps, lequel consistait à minimiser les brigandages et à se moquer des gens qui craignaient d'être dépouillés ou tués.

On ne saurait dire que le dernier en date des euphémismes n'a pas le succès qu'il mérite. Il est partout, dans toutes les colonnes des journaux, dans toutes les bouches de la radio et de la télévision : c'est le mot « frappe » pour désigner les bombardements aériens que les avions de l'Otan font subir quotidiennement à la Serbie. Le centre de Belgrade, capitale d'un pays européen, n'est pas bombardé ni détruit mais simplement l'objet de « frappes ». Je ne sais qui a trouvé ce mot mais il faut convenir que c'est une idée de génie. Un bombardement, c'est affreux, c'est lâche, c'est barbare, c'est meurtrier. Tandis qu'une « frappe », ce n'est presque rien. Quelque chose comme une tape que l'on donne sur la joue ou sur les fesses d'un marmot turbulent. Quand on en sera au « tapis de bombes » sur Belgrade et le Kosovo, quel euphémisme trouvera-t-on ? Ce ne sera pas facile.

(10 avril)

La peur de manquer

On trouve dans les journaux des informations étranges. Ainsi ai-je lu mercredi dernier que le général Clark, chef d'état-major de l'Otan, réclamait trois cents avions supplémentaires. Que va-t-il en faire ? Vu le champ de ruines qu'est la Serbie après trois semaines de bombardements, on pouvait penser que l'Otan était suffisamment pourvu de machines volantes. Eh bien non ! Il en faut encore. Quelques immeubles de Belgrade demeurent insolemment debout. De même il doit bien rester trois douzaines de bonshommes dans le Kosovo, Serbes ou Albanais, qui troublent la solitude de ce lieu agreste.

On peut envisager une autre explication : que le général Clark est comme certaines ménagères qu'habite la peur de manquer et qui se ruinent à acheter des kilos de sucre, des dizaines de pots de confiture, des nouilles, des savonnettes, du cassoulet en conserve. Le général a peut-être des insomnies dans son P.C., au cours desquelles il fait le compte mentalement, et non sans angoisse, des provisions qui lui restent : tout au plus deux ou trois mille avions garnis de leurs mignons petits missiles, cinq cents hélicoptères de combat, cinquante mille F.M. Bref, la misère. Que peut-on faire avec ces maigres ressources ? Ah ! La guerre n'est pas rose tous les jours !

Il faut espérer que l'on ne va pas lanterner le général Clark trop longtemps et qu'on va lui fournir ses aéroplanes. On parle sans cesse du moral des troupes mais il y a aussi un moral des chefs qu'il importe de ne pas négliger. Le moral du général Clark est essentiel à la suite des opérations. Sans ses trois cents avions, il risque de devenir hésitant, mélancolique, fataliste, de ne plus donner à ses pilotes l'ordre de bombarder les ponts, les usines et les ministères de la Serbie avec son allégresse coutumière. Il faudra le remplacer. Trouver un militaire aussi radical que lui ne sera pas facile.

Lorsqu'on en sera à l'envoi des « troupes au sol », c'est-à-dire des compagnies d'infanterie et de chars de l'Otan, le général Clark demandera-t-il qu'on lui fournisse deux millions d'hommes, trois millions, quatre millions ? Il faut bien cela pour terminer la Serbie. Étant donné la façon dont les Serbes réagissent aux bombardements, il est à craindre que, s'ils sont envahis, ils ne résistent comme en 1941, du temps qu'ils étaient commandés par le général Mihailovitch. Et puis, avec des millions d'hommes on est à peu près sûr de faire sauter la bonne vieille « poudrière des Balkans » et de déclencher une jolie guerre en Europe. Ce n'est pas trois cents avions que le cher général Clark réclamera alors, mais trente mille.

(17 avril)

Le complexe du bunker

Il me semble inadéquat de parler, à propos de M. Milosevic, de « l'esprit de Munich ». Qu'était-ce que cet esprit en 1938 ? La réaction de lâcheté des vieilles démocraties occidentales fourbues devant un monstre politique qui était l'Allemagne nazie. Hitler réclamait son « espace vital », ce qui était sa manière euphémique d'exprimer son désir d'agrandir le Reich en conquérant des territoires, soit par la diplomatie, soit par les armes. Personne, en France ou en Angleterre, ne se souciait de faire la guerre et l'on fut bien soulagé quand on apprit que M. Chamberlain et M. Daladier avaient abandonné la Tchécoslovaquie, notre alliée sacrée, notre création de 1919, à la voracité du Führer. L'esprit de Munich, c'est la capitulation politique, la peur devant un ennemi déterminé et surtout un ennemi puissant. L'année suivante, lorsque Hitler, que les Sudètes n'avaient pas repu, envahit la Pologne, l'esprit de Munich se manifesta de nouveau par un slogan proclamant qu'on ne voulait pas « mourir pour Dantzig ».

M. Milosevic est peut-être un dictateur mais, à la différence de Hitler qui était plus fort que toute l'Europe ensemble, qui avait cinq fois plus d'avions que ses ennemis, il est complètement démuni, tout seul devant une coalition gigantesque et implacable. Car il ne faut pas se faire d'illusions : l'Amérique, et derrière elle ses auxiliaires de l'Otan, ne cesseront de bombarder la Serbie que lorsque le pays sera entièrement rasé et tous les Serbes morts. La puissance américaine est l'équivalent aujourd'hui de la puissance de l'Empire romain au temps des Césars, et son intransigeance, par la force des choses, identique. L'Europe n'est pour elle qu'un proconsulat où elle fait ce qu'elle veut.

Là où M. Milosevic ressemble un peu à Hitler, j'ai le regret de le dire, c'est qu'il n'a pas pitié de son propre peuple. Puisque c'est sa peau et sa peau seule, à ce qu'il paraît, que l'Otan veut, il devrait s'immoler ou au moins abdiquer. On a le sentiment qu'il ne refuse pas de mourir mais à condition que toute la patrie l'accompagne au tombeau. Ce n'est pas là l'esprit de Munich, c'est plutôt le complexe du bunker de Berlin en 1945. Or il ne faut pas que les Serbes disparaissent. Ils ont été héroïques. Il faut être un peu réaliste maintenant et les sauver, fût-ce malgré eux.

(20 avril)

Ne soyons pas préoccupés

Je comprends un peu que M. Bouteflika, nouveau président de la République algérienne, ait été agacé par les propos de M. Védrine comme quoi la France était « préoccupée » par les circonstances de son élection. En effet M. Bouteflika s'est retrouvé tout seul en piste, après le retrait de ses six adversaires. De là toutes sortes de protestations et d'accusations de fraude électorale.

Il n'en reste pas moins qu'il a été élu avec 73 % des voix, ce qui est un assez joli total, et qui suggère dans le pire des cas que les gens qui ont voté pour lui formaient plus de la moitié du corps électoral. Ainsi est-il président à part entière, et, plutôt que de se déclarer « préoccupé », le Quai d'Orsay aurait dû lui envoyer un télégramme de félicitations. Qu'est-ce que cela veut dire « préoccupé » ? Est-ce notre affaire de mettre notre nez dans les bureaux de vote algériens ? Un télégramme de félicitations, cela ne mange pas de pain, comme on dit, cela n'engage à rien. C'est une politesse dont personne n'est dupe.

M. Bouteflika est un ancien du F.L.N. ; il était le collaborateur du colonel Boumediene. Cela signifie qu'il ne porte pas la France dans son cœur. Raison de plus pour le combler d'amabilités et de sourires. Il y avait sûrement deux ou trois cadeaux pas chers à lui faire pour fêter son avènement. Je ne dis pas qu'on l'aurait transformé aussitôt en ardent francophile, mais c'eût peut-être été le fondement d'un attachement futur. Il n'y a rien de tel que les anciens ennemis pour faire d'excellents et solides amis. Je l'ai expérimenté plusieurs fois sur le plan personnel, et observé aussi dans les relations internationales.

Là où j'approuve un peu moins M. Bouteflika c'est qu'il n'ait point manifesté d'irritation à l'égard des États-Unis qui, comme nous, et pis que nous, se sont déclarés « franchement déçus et inquiets ». M. Bouteflika est décidément comme tous les hommes politiques : il a deux poids et deux mesures. Il est sans gravité de faire la grosse voix à la France qui est une vieille démocratie européenne à laquelle on peut faire avaler sans risque toutes les couleuvres qu'on veut. Tandis que les États-Unis sont un gros animal très dangereux. M. Bouteflika n'est pas sourd : il entend les bombes de l'Otan, c'est-à-dire les bombes américaines tomber sur Belgrade, et pense qu'il serait très fâcheux qu'elles tombassent un jour sur Alger pour la raison qu'il déplairait à la Maison-Blanche autant que M. Milosevic.

(24 avril)

L'implacable vertu

Il y a un détail réconfortant dans le prix exorbitant que coûte la guerre de l'Otan contre M. Milosevic (et accessoirement contre la Serbie encore que ce soit ce malheureux pays bombardé nuit et jour qui fasse les frais de l'opération). Ce détail réconfortant est que la guerre est beaucoup plus onéreuse que la luxure. En effet les contribuables américains dépensèrent quarante millions de dollars pour payer les travaux du procureur Kenneth Starr chargé de faire toute la lumière sur quelques distractions que s'était données le président des États-Unis en compagnie de Mlle Monica Lewinsky dans une pièce ovale. Ces quarante millions de dollars nous parurent, à nous autres Français, une vraie fortune jetée par la fenêtre. Nous n'aurions pas versé un franc pour connaître dans le détail les fantaisies de M. Clinton.

On peut supposer que les Américains qui font marcher leur jugeote (il doit y en avoir quelques-uns) se disent que Monica, en dépit des apparences, était une bonne affaire et que quarante millions de dollars c'était donné. La guerre de l'Otan coûte l'équivalent de six milliards de francs par mois. Ces six milliards sortent évidemment de la poche du contribuable dakotien ou massachusettiste qui n'avait sans doute jamais entendu, dans toute son existence, parler de la Yougoslavie, et qui se demande pourquoi on veut absolument y refaire un nouveau Vietnam. Monica décidément c'était moins risqué et plus rigolo.

La grande nouveauté de la guerre contre la Serbie est qu'elle est faite au nom de la morale. L'Otan est intervenu, tout au moins en apparence, pour mettre fin aux brutalités exercées par les soldats de Milosevic sur les Albanais. Or ce qui est fait au nom de la morale ou, si l'on préfère, de la vertu, est toujours impitoyable. Le vice est bien plus accommodant, bien plus indulgent. Robespierre, l'incorruptible, fait couper la tête à tout le monde. Tallien, le pourri, arrête le massacre. L'Otan en brandissant l'étendard de la vertu ne cessera d'être en guerre que lorsque le dernier Serbe sera mort. Ce sera un génocide, mais personne ne prononcera le mot.

Dernier détail peu réconfortant celui-là, c'est que la guerre coûte trois cent trente millions de francs par mois à la France, dont on se demande ce qu'elle est allée faire dans la galère de l'Otan dont de Gaulle nous avait fait si heureusement débarquer. Trois cent trente millions, je trouve que c'est beaucoup d'argent pour une guerre que je réprouve, que je songe stupide et honteuse. Car c'est moi qui paie bien sûr et non pas le gouvernement français qui m'a entraîné sans me demander mon avis, ni celui de mes députés, dans cette aventure.

(30 avril)

Le cabinet noir

J'ai été très étonné d'entendre M. François d'Aubert accuser M. Jospin d'avoir installé à l'hôtel Matignon un « cabinet noir ». M. d'Aubert, comme la plupart des gens aujourd'hui, ne sait pas le français ; il emploie les vieilles expressions à contresens. Je suppose que par « cabinet noir » il désignait ce qu'on appelle en langage contemporain la « cellule des coups pourris », c'est-à-dire une officine plus ou moins secrète chargée d'exécuter discrètement les basses besognes du pouvoir.

L'ennui est que « cabinet noir » a un sens très précis et même historique. Il s'agit d'un bureau créé au temps de Louis XIV, dont l'objet était de violer les correspondances des particuliers, afin de connaître l'opinion publique et éventuellement d'écraser des complots dans l'œuf. Le cabinet noir était parfaitement équipé et son travail remarquable. Les destinataires de ces lettres décachetées et recachetées recevaient leur courrier avec un peu de retard mais, pendant assez longtemps, ne se doutèrent de rien.

Louis XV se faisait communiquer des missives échangées par les amants et les maîtresses. Comme, en son temps, on ne mâchait pas ses mots et que l'on appelait un chat un chat, cette lecture égayait beaucoup le roi qui ne s'en lassait pas. Bien entendu, le cabinet noir fonctionna à plein rendement sous l'Empire, ce qui n'empêcha pas la conspiration du général Malet en 1813. De nos jours, il est plus vivace que jamais, ayant changé de nom et s'intitulant « écoutes téléphoniques ». Du moins celles-ci ont un avantage, c'est que l'on peut injurier les éventuels écouteurs, leur dire qu'ils sont d'infâmes argousins, qu'on les méprise, que tel le poète Aragon on « conchie le gouvernement français dans sa totalité ». Quant à moi, ayant été ainsi épié du temps de Mitterrand, je ne me suis pas privé d'exhaler mon indignation. Hélas ! comme les écoutes sont en principe secrètes, les préposés ne répondent rien, ce qui laisse un certain sentiment de frustration.

Il faut malheureusement convenir que M. Jospin ne sait pas mieux le français que M. François d'Aubert. Il a juré à la tribune de l'Assemblée qu'il n'avait pas de « cabinet noir » à Matignon. Il me semble qu'un Premier ministre devrait se faire une obligation de connaître la langue de la République dans ses moindres subtilités. Tout au moins de ne pas prendre la cellule des coups pourris pour un endroit où on lit les lettres d'amour du comte de Valmont à la marquise de Merteuil.

Pour en finir avec le cabinet noir, on appelait ainsi, jadis, un placard où l'on enfermait pendant quelques minutes les enfants insupportables. Il y a un vers célèbre de Victor Hugo là-dessus dans *L'Art d'être grand-père*, que l'on pourrait quasiment mettre au goût de la politique de maintenant :

« Lionel est au pain sec et au cabinet noir... »

Car il mange son pain sec, le pauvre, et quant à y voir clair, ce n'est pas demain la veille.

(7 mai)

Aspects comiques de la tragédie

À côté des horreurs, des massacres, des bombardements, les guerres ont un aspect burlesque, dû habituellement à la sottise des généraux chargés de les faire. D'où la célèbre boutade de Clemenceau : « La guerre est une chose trop sérieuse pour la laisser aux militaires. » J'étais loin de penser que ce qui a lieu présentement en Yougoslavie me ferait rire un jour. Et pourtant, cela est arrivé, avec la destruction de l'ambassade de Chine par des avions de l'Otan.

Bombarder l'ambassade d'un pays neutre, tuer trois personnes, en blesser je ne sais combien, est déjà une assez belle gaffe. Quand on se met dans un cas pareil, il faut ensuite se creuser la cervelle et trouver une excuse un peu habile. Or qu'a déclaré l'Otan ? Que le plan qu'elle possédait de Belgrade était vieux de deux ans et que l'ambassade chinoise n'y figurait pas. J'avoue qu'en lisant cette perle dans les journaux je n'en croyais pas mes yeux. Comment la C.I.A., qui a des ramifications partout, n'a-t-elle pas fait acheter par un de ses agents orné d'une fausse barbe un plan de Belgrade pour touristes dans un kiosque de la capitale yougoslave le mois dernier ? Cela lui aurait coûté un demi-dollar et évité des milliards d'embêtements.

Le plus beau est que l'explication de l'Otan est sûrement la bonne. Quand quelque chose paraît très bête, on peut être certain que c'est la vérité. Avec un petit effort d'inspiration, on invente les plus grandes invraisemblances. L'idiotie, elle, ne s'invente pas.

Autre joyeuseté de la guerre balkanique (dans laquelle, Dieu merci, on entend peu parler du détachement français) : l'armée est équipée d'hélicoptères « Apaches », fabriqués par les États-Unis, qui ont toutes sortes d'avaries mécaniques et tombent par terre plus souvent qu'à leur tour. Cela est assez piquant pour qui a un peu de mémoire : en 1996, en effet, la Hollande, ayant à se fournir d'hélicoptères, préféra les Apaches américains, démodés, périmés, vieux de vingt ans, aux « Tigres » franco-allemands, ultraperfectionnés et modernes. Il s'agissait évidemment de faire la cour à la seule grande puissance mondiale, d'être bien avec elle, en achetant au prix fort sa camelote. Que pensent les Hollandais de leur marché ? Rien, sans doute ; ils l'ont oublié. Qu'est-ce qui ne s'oublie pas aujourd'hui ?

Je me suis longtemps demandé pour quelles raisons nous étions rentrés dans l'Otan afin d'aller taper sur nos vieux amis serbes. Il semble qu'il y ait un début d'explication : c'était pour distraire notre président de la République, qui, peut-être, depuis sa cohabitation avec le parti socialiste, se sent un peu désœuvré. Grâce à la guerre des Balkans, il se donne beaucoup de mouvement. Il y a six semaines, c'était la conférence de Rambouillet. Aujourd'hui, c'est à Moscou qu'on l'attend pour, dit le journal, « rechercher une solution politique ». L'ennui, c'est qu'en les écrasant de bombes, on a mené les Serbes au-delà des solutions politiques. Ils en sont à la défense de leur âme. Sait-on encore ce que c'est qu'une âme nationale, en Europe, en Occident ?

(15 mai)

Hubert et Zébu

On lit quelquefois des choses étonnantes dans les journaux. Entre autres que certaines personnes ont encore un peu de bon sens et de courage. C'est le cas du juge préposé aux affaires matrimoniales de Besançon qui s'est opposé à ce qu'un bébé s'appelât Zébulon. « L'attribution de ce prénom, de par ses références télévisuelles, dit-il, est de nature à provoquer sarcasmes et moqueries dont l'enfant ne cesserait de souffrir. » Comme il fallait s'y attendre, les parents du petit Zébulon crient à l'injustice et à la brimade. Pour eux, Zébulon est ravissant et magnifique.

Ce que personne ne précise, c'est que Zébulon est un nom biblique, donc puritain, donc américain, et que toute personne qui veut donner le genre américain à sa progéniture se conduit en sous-population coloniale singeant la métropole. De là le nombre de petits Kevin et de petites Samantha qui peuplent nos écoles communales. Avant la guerre, du temps que nous avions un empire, nos bons nègres (le mot nègre n'était pas encore péjoratif), lorsqu'ils étaient nés un 14 juillet, s'appelaient « Fête nationale » ou « Fête-Nat » selon l'abréviation du calendrier. Il ne faut pas désespérer que l'on donne aux petits Français le prénom de « 4-juillet » (ou 4-Ju) qui marque l'indépendance des États-Unis. C'est un pari que je prends et que je suis à peu près sûr de gagner.

Les parents ont toujours été malfaisants dans le choix des prénoms de leurs enfants. Les miens, qui m'aimaient tendrement, n'ont pu s'empêcher de m'appeler « Hubert » qui était furieusement à la mode au moment de ma naissance. Vers mes dix ans, hélas ! sortit un film tiré de la pièce *Les Vignes du Seigneur*, qui eut un succès immense. Le clou du spectacle était une scène d'ivrognerie où l'amant disait en larmoyant au mari : « T'es cocu, Hubert ! » Pendant je ne sais combien de mois ou d'années, mes camarades m'ont servi cette réplique. Être cocu à dix ans et se l'entendre dire quotidiennement est une rude épreuve, j'en réponds. Si, au lieu d'Hubert, j'avais eu Paul ou Pierre comme second prénom, j'aurais été bien tranquille.

Jusqu'en 1993, les parents étaient tenus de choisir pour leurs petits le nom d'un saint répertorié dans le calendrier grégorien. Et puis je ne sais quel poète, je ne sais quel esthète a fait voter une loi donnant le droit d'appeler les pauvres gosses n'importe comment et permettant aux parents de se passer les plus extravagantes lubies. Ils n'y ont pas manqué. Les noms de chien, les noms « à coucher dehors avec un billet de logement » comme on disait jadis, pullulent. Curieusement, un des plus favorisés est « Jérémy » (avec un y, naturellement). Je ne puis m'empêcher, lorsque j'entends une mère apostropher ainsi son héritier, de penser qu'elle lui a fait don de quelque chose de bien lourd à porter et qu'il faudra au garçonnet une sacrée force de caractère pour ne pas se répandre en jérémiades. Du moins avec Zébulon, on a une apocope exotique : « Zébu », qui évoque les bêtes à cornes de façon moins blessante qu'Hubert.

(29 mai)

Souverainiste

Comment appelle-t-on un euphémisme péjoratif ? Je me pose cette question devant le vocable qu'on a inventé pour désigner les gens qui se désolent de voir la souveraineté de leur pays, à laquelle ils sont habitués depuis dix siècles ou davantage, se courber devant les règlements plus ou moins vexatoires édictés par les commissions européennes à Bruxelles. Il s'agit du mot « souverainiste » qui tend à remplacer « patriote », avec une nuance de dérision qui n'échappe à personne. Être souverainiste, c'est avant tout n'être pas à la mode, se conduire en ringard, en facho, en néo-nazi, en glyptodon, en animal préhistorique, qui croit que le monde n'a pas bougé depuis Poincaré ou Richelieu.

Jadis, la devise implicite des nations était : « Charbonnier est maître chez soi ». Il y a une parole superbe de Louis XIV à propos d'un traité réduisant son pouvoir et qu'on voulait lui faire signer pour arrêter la guerre de la Succession d'Espagne : « J'ai toujours fait ce que je voulais chez moi, et quelquefois chez les autres. » Voilà une chose que personne ne pourrait dire aujourd'hui, à part les Américains peut-être, si toutefois ils n'étaient pas guindés dans le genre puritain et moralisant.

Je me suis senti cette semaine furieusement souverainiste sur un sujet fort anodin, tant il est vrai que les contradictions les plus irritantes portent sur les broutilles et non sur les grandes orientations du destin. La France, ai-je lu dans les journaux, a refusé d'appliquer les directives de Bruxelles pour les dates d'ouverture et de fermeture de la chasse au gibier d'eau. À la suite de quoi Bruxelles a saisi de l'affaire la Cour européenne de justice, laquelle nous a condamnés à nous plier aux « exigences européennes » sous peine d'une astreinte de sept cent mille francs par jour de dépassement.

Je ne sais pourquoi, ces sept cent mille francs m'ont fait l'effet d'une condamnation en correctionnelle. Je m'en suis senti déshonoré. Je sais bien que nous devons fabriquer une Europe unie, que cela est nécessaire à la paix du monde, mais il faut avouer que l'Europe qu'on nous fabrique n'est guère plaisante. Et qu'elle est un peu bête aussi. Car les analphabètes de Bruxelles devraient savoir que le sujet de la chasse est particulièrement délicat en France. À part le mouvement écologique, la population tout entière est attachée au droit de chasse avec le moins de restrictions possible, qui est une des grandes conquêtes de la Révolution, et quasiment un symbole de la République. Bref, il me semble, et ce n'est pas la première fois que je fais cette remarque, que nous autres les Français, nous sommes un peu trop « bons Européens ». Quelque mauvaise humeur de notre part, des paroles piquantes ou carrément désagréables, une chaise vide, une ou deux portes claquées, et tout le monde serait beaucoup plus gentil avec nous. Enfin on pourrait mettre à l'amende quiconque se servirait du mot « souverainiste ».

(5 juin)

Le prix de la morale

M. Romano Prodi, président de la commission de Bruxelles, a déclaré qu'il faudra dépenser environ deux cents milliards de francs pour rafistoler les dégâts causés par les « frappes » de l'Otan dans les Balkans. L'essentiel de ce financement incombera à l'Europe, c'est-à-dire à vous, cher lecteur, que l'on n'a pas consulté avant de partir en guerre.

Les paroles de M. Prodi appellent deux remarques. La première est que les guerres faites au nom de la morale coûtent beaucoup plus cher que les vieilles guerres cyniques ayant pour moteur l'esprit querelleur des nations ou leur désir de s'approprier telle richesse possédée par l'ennemi. Une guerre gagnée était généralement une bonne affaire pour le vainqueur qui annexait une province et se faisait payer par le vaincu ce qu'il avait dépensé pour lui flanquer la pile. Il n'était pas question de morale dans tout cela, mais seulement de force.

D'après ce que nous pouvons constater par les hostilités entre l'Otan et la Serbie, une guerre faite au nom de la morale et de la correction politique exigée des chefs d'État est une fort mauvaise affaire. On a menacé la Yougoslavie de la bombarder, puis on l'a fait. D'où une quantité de dégâts. S'il s'agissait d'un conflit traditionnel, on laisserait le vaincu relever tout seul ses ruines et même on finirait de le mettre à genoux en lui imposant un tribut. Mais l'Otan, qui a fait tant de destructions, les a faites vertueusement et en donnant au monde des leçons de démocratie. Ainsi est-elle prisonnière de sa belle âme et se sent-elle obligée de payer les dégâts qu'elle a occasionnés. On a tout cassé en Serbie, et maintenant il faut payer la casse. Si la chose n'était pas si tragique, on en rirait.

Seconde remarque. Dans l'évaluation des dommages à payer aux Serbes, il n'est question que de l'Europe. Les États-Unis qui ont pris l'initiative des opérations et sans lesquels il n'y aurait pas eu de bombardements, d'ébranlement de la poudrière des Balkans, de nations européennes liguées contre une autre nation européenne, les États-Unis, dis-je, sont très muets sur leur participation. À mon avis, ils ne donneront pas un « nickel ». Je ne serais pas étonné qu'ils présentent à MM. Chirac, Blair et consorts la facture de leurs missiles avec lesquels, entre autres exploits, ils ont démoli l'ambassade de Chine. Il me semble d'ailleurs que les Américains sont devenus très forts dans l'art de faire la guerre gratis. Déjà l'expédition du Golfe, à ce qu'on dit, a été largement subventionnée par les émirs du pétrole. Il est assez normal que la guerre de Serbie ne soit pas très coûteuse non plus.

Les États-Unis sont le gros chat du monde contemporain. Ce gros chat américain fait combattre les rats européens et leur laisse les frais. Les rats n'ont que ce qu'ils méritent. Quand on est un rat, on n'invite pas le chat à venir chez soi, et on ne s'enrôle pas sous sa bannière car ce qui convient aux chats ne convient jamais aux rats. Pour plus de détail, voir les fables de La Fontaine.

(12 juin)

Mandela ou l'âge heureux

M. Nelson Mandela, président de l'Afrique du Sud, ayant accompli son mandat, part, ai-je lu dans la presse, à la « retraite ». Il a quatre-vingt-un ans, ce qui est un âge assez agréable, contrairement à ce que pensent la plupart des gens : on a pris un peu de recul sur les choses, on a atteint dans son métier à une facilité et à une douceur de main qu'on n'a pas à trente ans, ni même à cinquante, enfin on est pour ainsi dire imbibé de philosophie, c'est-à-dire de fatalisme. On voit plus vite que les autres ce qui est possible et ce qui ne l'est pas, en sorte qu'on ne perd pas son temps à courir après des chimères.

Les gazettes relatant le départ de M. Mandela disent à qui mieux mieux que le cher homme, loin de bénéficier d'un « repos bien mérité », sera surchargé au contraire de menus et de vastes travaux, tels que médiations diplomatiques, coups de main par-ci, par-là au nouveau gouvernement, présidences d'honneur, voyages officiels, etc. Sans parler de ses mémoires qui, dit-il, lui mangeront bien deux ou trois ans, et dont il a l'air de se faire un monde. Étant donné le sujet de cette chronique, et le pays qu'a si bien gouverné M. Mandela, j'ose à peine lui suggérer, pour la rédaction de cet intéressant ouvrage, d'embaucher un nègre. Je risquerais en effet de passer pour un nostalgique de l'apartheid, et de tomber sous le coup de la loi sur le racisme. Mais d'autre part, si je lui dis de « prendre un Noir », personne ne comprendra et on me répondra que ce ne sont pas les Noirs qui manquent à Pretoria.

Je pense que M. Mandela doit être assez content de voir devant lui toutes ces occupations. Rien ne maintient jeune comme le travail ou la perspective du travail. On a un peu oublié cela en Occident et spécialement en France, où l'on a la superstition du repos, même quand on n'est pas fatigué, ce qui est une curieuse aberration, car le repos, c'est la mort, ou une anticipation de la mort.

Le drame de la vieillesse est la solitude. Tout à coup, du jour au lendemain, le monde se retire de nous, et nous nous retrouvons dans la situation la plus terrible qui soit : face à face avec nous-mêmes. À ce point de vue, notre pays possède une institution très précieuse, qui est l'Académie française, vraie fontaine de jouvence, car on n'y est jamais vieux, jamais en retraite. Fût-on centenaire, sans enfant, sans famille, sans ami, sans fortune, voire sans réputation, le monde a toujours besoin de vous pour voter. Ainsi reçoit-on des visites qui, pour être intéressées, n'en sont que plus chaleureuses. Des gamins de soixante ans et de soixante-dix ans viennent, tout frémissants d'espoir, vous expliquer que vous êtes beau, charmant, jeune, génial, très écouté de vos confrères académiciens et que d'un mot (ou d'un bulletin), vous pouvez faire la félicité ou le déshonneur d'un brave homme de candidat qui vous admire éperdument.

M. Mandela va avoir, si l'on peut dire, une vieillesse académique. Autrement dit, il aura presque autant de besogne que du temps où il était président, et aucune responsabilité. Outre cela, quand on a quatre-vingt-un ans, que l'on n'est pas trop bête (et même quand on l'est), on accède presque automatiquement au statut de « vieux sage ».

(19 juin)

Les vitamines du passé

De temps à autre, on a besoin de bonne humeur. Comme ce n'est pas dans l'actualité, c'est-à-dire dans le présent, et dans ce que le présent nous laisse deviner de l'avenir, qu'on a une chance de la trouver, on est réduit à la chercher dans le passé. De là l'amour du public pour les livres d'histoire, les biographies d'hommes illustres ou de grands artistes. Je crois que la librairie française n'a jamais autant qu'aujourd'hui publié d'ouvrages de ce genre.

Cependant il y a mieux encore que l'histoire pour nous dépayser, pour dissiper le cafard inhérent à la société industrielle et scientifique : c'est les romans d'Alexandre Dumas et d'une façon générale les grands romans historiques écrits au XIXe siècle, qui ont pour auteurs Walter Scott, Gobineau, Manzoni, Stevenson, jusqu'à Paul Féval et Michel Zevaco. C'est comme si ces écrivains avaient senti qu'ils arrivaient à une époque charnière de l'histoire des civilisations, que l'humanité, sous peu, allait entrer dans une période ennuyeuse, niveleuse, égalitaire, et qu'il fallait se dépêcher de laisser à la postérité un tableau montrant combien le monde jadis avait été amusant.

C'est le père Dumas, le plus génial de tous, qui donne l'explication de l'attrait des romans historiques. Elle tient en une petite phrase des *Trois Mousquetaires*. Sous Louis XIII et Richelieu, dit Dumas, « il y avait moins de liberté qu'aujourd'hui mais davantage d'indépendance ». Effectivement depuis trois siècles et surtout depuis la guerre de 14, la liberté, chose abstraite qui n'impose que des devoirs ou des obligations, n'a cessé d'empiéter sur le domaine de l'indépendance, chose bien concrète, elle, et qui donne tout son sel à la vie.

Il est intéressant de noter que, si les romans historiques sont toujours gais, pleins de jeunesse et d'énergie, insufflant la jubilation tant à l'auteur qu'au lecteur, les romans de science-fiction en revanche sont lugubres, apocalyptiques, désespérants. Les personnages n'y ont plus une trace d'indépendance. Les deux chefs-d'œuvre dans ce triste domaine sont *Le Meilleur des mondes* d'Huxley et *1984* de George Orwell.

Au fond, le charme des romans historiques est que les héros y ont un destin individuel. À présent il n'y a plus de destin individuel, sauf pour quelques gagneurs d'argent. Avec la mondialisation on s'ingénie à ce qu'il n'y ait plus de destin individuel pour les nations. De là la tristesse universelle. De là aussi le succès inattendu de la liste Pasqua-Villiers aux élections européennes. La France ne se résigne pas à devenir quelque chose comme le Massachusetts ou l'Ohio dans les États-Unis d'Europe. On en vient à regretter nos vieux désastres. Ceux-ci au moins ne nous faisaient pas perdre notre identité.

(26 juin)

Langues régionales

Je n'arriverai jamais à m'habituer aux façons de parler de notre temps, pour une raison bien simple, du reste : c'est que l'on s'échine à appeler les choses autrement que par leur nom. Pour un pauvre vieux comme moi, qui allais à l'école avant la guerre, à qui on a seriné tant et plus que les deux vertus de la langue française étaient la précision et la clarté, il y a là quelque chose de déconcertant, pour ne pas dire de désespérant. On a le sentiment d'être devenu soudain un étranger sur sa terre natale.

Rivarol disait : « La langue française a une probité attachée à son génie », entendant par là que tout ce qui est dit en français a son poids exact de justesse, que notre vocabulaire et notre grammaire reflètent le monde dans sa vérité. Or il n'y a plus de probité dans le français depuis qu'on l'a submergé d'euphémismes. Tout est badigeonné de couleurs aimables, c'est-à-dire que tout est mensonge. Plus qu'une figure de rhétorique, l'euphémisme est une machine politique, un camouflage. L'euphémisme est l'hypocrisie du langage. À ce point de vue nous pouvons dire que le XXe siècle a vu l'apothéose de l'hypocrisie en France. Cela a pris une soixantaine d'années, ayant commencé à Vichy en 1940, date à laquelle nous avons perdu notre fierté, notre force et, hélas ! une partie de notre conscience.

Je suis si à l'affût des euphémismes qu'il ne me faut guère plus de vingt-quatre heures pour les renifler. J'ai eu besoin quand même de quelques jours pour m'aviser que ce qu'on appelle noblement « les langues régionales » n'est rien d'autre que nos bons vieux patois et qu'il s'agit, à l'aide d'une charte, de donner à ces petits langages secrets entre les naturels d'une même province, voire d'un même hameau, une existence officielle, de les mettre sur le même plan que les vénérables langues européennes glorieuses par leur ancienneté et leur littérature.

Qui a intérêt à ce qu'une telle charte soit votée ? Les États-Unis bien sûr, dont l'esprit hégémonique, pour le moment, semble n'avoir pas de frein. Après la puissance militaire et politique il leur faut la suprématie culturelle. Entendons ici culture au sens de maintenant : à savoir coutumes, mœurs, habitudes, modes, divertissements populaires. La vraie culture dont l'objet est d'enrichir l'esprit et de perfectionner la civilisation, tout le monde s'en fiche.

Les États-Unis fournissent la langue véhiculaire du monde actuel qui est exclusivement matérialiste. Ils sont donc fort intéressés à ce que le monde parle deux mille dialectes plutôt que huit ou dix langages millénaires. On aura toujours besoin, fût-ce en lapon, en swahili, en auvergnat, des mots américains qui ouvrent les portes des toilettes dans les aéroports ou qui permettent de retrouver les valises perdues.

(3 juillet)

Recensement

Quand j'étais petit, la France avait quarante millions d'habitants. Les penseurs jugeaient que c'était peu. On lisait dans un tas de journaux des lamentations sur la dénatalité de notre malheureux pays, les « berceaux vides », les tristes fils uniques, l'égoïsme des foyers gaulois. En soixante-dix ans, depuis le second Empire, la population n'avait augmenté que de deux millions d'âmes. En effet le premier numéro du célèbre pamphlet de Rochefort, *La Lanterne*, paru en 1868, commençait par cette constatation : « La France possède trente-huit millions de sujets sans compter ceux de mécontentement. »

En 1935, Cocteau énonçait cette remarque : « La France est peuplée de quarante millions de cartésiens qui n'ont pas lu Descartes », ce qui était drôle, mais finalement un peu banal, car qui lit des livres aujourd'hui ? Depuis 1935, nous avons connu un monde rempli de marxistes qui n'avaient pas ouvert un ouvrage de Marx, ce qui ne les empêchait pas d'être de fanatiques zélateurs.

Bref, de Rochefort à Cocteau, deux millions seulement de Français étaient apparus sur la surface de la Terre. On ne voyait pas bien par quel miracle on pourrait un jour accélérer ce rythme. On pensait même qu'il y avait toutes les raisons pour qu'il se ralentît encore. Il fallait en prendre son parti : les Français en avaient assez de la France ; ils se désintéressaient de son avenir, ils préféraient leur tranquillité, leur petit confort au terrible dévouement que réclament à un ménage cinq ou six enfants.

Comme toujours, le miracle est arrivé par des chemins auxquels personne n'avait songé : la décolonisation et l'aviation civile. On n'avait pas prévu qu'un jour la France serait obligée, par la nouvelle configuration du monde, de se séparer de son vieil et vénérable empire, et l'on avait encore moins prévu que les peuples ci-devant colonisés débarqueraient en foule dans la vieille métropole. La France d'outre-mer est devenue la France intra-muros, ce qui donne, certes, soixante millions de Français munis de papiers d'identité mais modifie inévitablement ce que les écologistes appellent l'équilibre naturel. De même passerai-je pour raciste si j'ose hasarder que les quinze millions de Français éclos depuis vingt ou trente ans sont pour quelque chose dans le chômage et le déficit de la Sécurité sociale.

Ce que démontre en tout cas le dernier recensement, c'est que la quantité n'implique pas la qualité. La France n'a jamais été aussi absente du monde, aussi muette, aussi stérile sur le plan de la politique et dans l'art que depuis qu'elle a soixante millions de citoyens. Elle ne parle même plus français. On finit quelquefois par regretter les berceaux vides.

(10 juillet)

Aux lecteurs de France-Soir

Quand un vieux saltimbanque quitte la scène, il fait ses adieux au public, ce qui ne l'empêche pas à l'occasion de réapparaître. Maurice Chevalier, en quelques années, a donné dix représentations d'adieu.

J'aurais aimé en faire autant avec mes bons lecteurs de *France-Soir* qui absorbent avec patience mes élucubrations depuis 1963, c'est-à-dire trente-six ans. J'aurais pondu un de ces jolis textes humoristiques et attendrissants qui font très chic au soir d'une carrière.

Or la nouvelle direction de *France-Soir* m'a fait un cadeau fabuleux et inespéré : elle m'a rajeuni d'un demi-siècle, je veux dire qu'elle m'a flanqué à la porte comme un gamin, un galopin, un apprenti. Tout à coup, j'ai eu dix-huit ans, j'avais remis ma copie comme d'habitude. Au lieu de la publier, on m'a téléphoné que je n'appartenais plus au journal. Il y avait là de quoi être grisé. Toutefois, en me regardant dans la glace, je ne retrouvai pas ma tête de dix-huit ans.

Adieu donc, lecteurs de *France-Soir*. Nous voilà comme Titus et Bérénice, séparés malgré nous. Peut-être que d'autres journaux voudront bien, de temps en temps, héberger mes facéties, prophéties, ronchonnades et que vous retrouverez par-ci, par-là votre vieux troubadour, comme disait Flaubert. Si aucun journal ne veut de moi, j'aurai toujours la ressource d'écrire des romans d'amour avec lesquels je suis sûr de choquer le public actuel, car ils ne seront pas cochons.

(Le Monde 20.7.99)

La trahison des clercs

L'ouvrage le plus célèbre de Julien Benda s'intitule *La Trahison des clercs*. Il a paru aux alentours de 1930. L'idée générale en était que les clercs, c'est-à-dire les intellectuels et les philosophes, ont pour mission de s'élever au-dessus des passions politiques, non pas de les propager ou de les attiser. En toute circonstance le « clerc » doit se placer au point de vue de la morale, jamais de l'action, jamais de l'efficacité matérielle, de la force, de la volonté de puissance et par suite de l'injustice.

Les clercs de 1930 étaient fascinés les uns par Hitler, les autres par Staline. Ils se pâmaient devant ces deux Goliaths. Puis il y eut la guerre et les nazis furent battus. Les clercs qui avaient choisi l'U.R.S.S. condamnèrent à mort ou au silence les clercs qui avaient choisi le IIIe Reich, ou au moins, s'ils ne les condamnèrent pas, ils applaudirent à leur condamnation. Il est très passionnant d'observer l'aveuglement des intellectuels de gauche à l'égard de l'U.R.S.S. jusqu'à ce que celle-ci s'affaiblît et s'écroulât. Pendant quarante ou cinquante ans ils ont justifié toutes les horreurs et toutes les impostures soviétiques, ils ont été les chacals de ce lion. Puis quand le lion, tout à coup, a été atteint d'une maladie de langueur, que le mur de Berlin est tombé, que l'invincible Armée rouge eut été battue en Afghanistan par une bande de loqueteux, les intellectuels découvrirent que Lénine avait été un sacripant et que tout ce qui découlait de lui n'était qu'une grande abomination. On réhabilita même Kravchenko qui, Dieu sait, en 1945, ne valait pas la corde pour le pendre.

Il ne reste plus dans le monde pour ensorceler les intellectuels qu'un seul Goliath, à savoir les États-Unis. Ceux-ci n'ont aucun rival, ils sont l'image même de la force, il n'y a pas un coin sur toute la surface de la Terre où ils ne pourraient s'installer pour peu qu'ils en eussent la fantaisie. Je pense que Benda serait encore plus attristé par les clercs de notre temps que par ceux du sien. Le zèle avec lequel ils volent à la rescousse de l'Amérique est admirable. Talent en moins, c'est Boileau devant Louis XIV : « Grand roi cesse de vaincre ou je cesse d'écrire. » Du moins Boileau ne s'appuyait pas sur les droits de l'homme et ne demandait pas la tête des clercs du XVIIe siècle qui étaient moins enthousiastes que lui sur l'incendie du Palatinat.

La pensée unique à cette époque avait un côté ingénu. Elle était fixée par le roi, lequel était un homme fort intelligent et voulait hisser les Français au premier rang du monde. Ce noble but valait bien qu'on se contraignît un peu. À présent la pensée unique est fixée par l'Amérique et a pour chien de garde l'intelligentsia française. C'est quand même une chance pour Besson, Mme Garaud, Volkoff, Régis Debray, le général Gallois, Max Gallo, M. Chevènement et quelques autres qu'on ait démoli la Bastille il y a deux cents ans. Nous y serions sur lettre de cachet signée par les grandes consciences de la presse parisienne.

(Valeurs actuelles, 31 juillet)

Table

Cet ouvrage a été composé par
Nord Compo (Villeneuve-d'Ascq)
et imprimé sur presse Cameron
par **Bussière Camedan Imprimeries**
à Saint-Amand-Montrond (Cher)
pour le compte des Éditions Plon
en mai 2001

Imprimé en France
N° d'édition : 13368 – N° d'impression : 012519/1.
Dépôt légal : mai 2001.